Oscar

Jacques Gauthier

Chroniques d'Acadie
Tome II

Oscar

roman

Éditions Pierre Tisseyre
5757, rue Cypihot — Saint-Laurent, H4S 1X4

Dépôt légal 4ᵉ trimestre 1993
Bibliothèque nationale du Canada
Bibliothèque nationale du Québec

Données de catalogage avant publication (Canada)

Gauthier, Jacques

Oscar (Chroniques d'Acadie, tome II)

L'ouvrage complet comprendra 4 v.

Sommaire : t. 1. Clovis. - t. 2. Oscar

ISBN 2-89051-481-1 (Série) - ISBN 2-89051-493-5 (v. 1)
ISBN 2-89051-532-X (v. 2)

I. Titre.

PS8563.A8595C47 1992   C843' .54   C92-096500-8
PS9563.A8595C47 1992
PQ3919.2.G38C 1992

Illustration de la couverture :
George Craig
La déportation des Acadiens
Grand-Pré 1755
(Musée acadien, Université de Moncton)

Cartes :
Lisette Mallet

1234567890 IML 9876543
10721

Éditions Pierre Tisseyre
ISBN-2-89051-532-X

À Guy Brodeur

Remerciements

L'auteur souhaite exprimer toute sa gratitude à Mme Murielle Roy, sociologue et démographe au centre d'Études Acadiennes de l'Université de Moncton (N.-B.) pour son aide précieuse et ses conseils judicieux lors de la préparation et de la rédaction de *Oscar*.

Acadie
1710-1755

Océan Atlantique

ÎLE ROYALE

Louisbourg

Canso

ÎLE ST-JEAN

Fort Gaspie — Bel Air II
Pointe du Nord Est

Baie Verte

Cobequit

Baie de Cobequit
Bassin des Mines
Grand Pré

Baie de Chignectou

Pisiquit

Chebouctou/Halifax

Port Royal I
Bel Air I
Port Royal II

Cap Sable

PROLOGUE

Quand on pense qu'à la fin du premier siècle de son existence, c'est-à-dire au moment de la conquête de 1710, l'Acadie n'était peuplée qu'en quelques rares endroits! Une population de moins de deux mille habitants vivait dans les établissements de l'isthme de Chignectou ou du bassin des Mines, à Port-Royal, au Cap-Sable et le long des rivières Saint-Jean et Pentagouët. Le demi-siècle qui suivit cette lente et difficile gestation prit, à partir de cette date, un essor tout différent.

En 1713, au traité d'Utrecht, la France céda à l'Angleterre, une fois pour toutes, «l'Acadie [continentale] tout entière, comprises (sic) en ses anciennes limites...»[1]. Elle ne conserva, en cette région, que les îles Royale et Saint-Jean.

Les travaux des commissaires, chargés de déterminer ces «anciennes limites», s'éternisèrent sans jamais arriver à une conclusion. À la faveur de cette indécision, la France continua d'occuper le nord de la Nouvelle-Écosse, le sud-est du Nouveau-Brunswick actuel, y compris Chipoudy, Memramcook et Petitcoudiac, de même que l'embouchure de la Saint-Jean et la région de

1. Article 12 du traité d'Utrecht, cité par Bona Arsenault *in* Histoire des Acadiens, Leméac 1978.

7

Pentagouët dans le Maine actuel, l'ancien fief de Claude de La Tour[2].

De plus, pendant les premières décennies de leur occupation de l'Acadie, les Anglais ne manifestèrent que peu d'enthousiasme pour peupler leur nouvelle colonie. Laissés à eux-mêmes, presque ignorés par une administration plus symbolique que réelle, les Acadiens prospérèrent et se multiplièrent à un rythme accéléré. Pendant ce demi-siècle, leur population passa de deux à dix mille habitants. Il n'est donc pas surprenant, étant données les circonstances, que les Acadiens continentaux, qui habitaient le territoire contesté, continuèrent à se réclamer du roi de France. Lorsque «l'occupant» exigea d'eux un serment d'allégeance envers le roi de Grande-Bretagne, ils étaient dans la plus profonde confusion. C'est alors que se développa chez eux l'esprit de neutralité, renforcé par la crainte du sort que leur feraient les Micmacs, s'ils prêtaient ce serment d'allégeance à leur ennemi juré.

Ainsi, tous les éléments étaient en place pour une mésentente qui allait conduire à la conquête définitive, en 1760, de l'Amérique du Nord française par la Grande-Bretagne. Après cette date, comme on peut s'y attendre, la question des frontières, qui n'avait jamais été résolue, ne se posera plus jamais. C'est dans cette perspective qu'il faut examiner les événements tragiques qui conduisirent au drame de 1755.

---

2. Claude de Saint-Étienne et de La Tour, (1570-1636), père de Charles (1593-1666). Voir *Clovis*, Chroniques d'Acadie, Tome 1.)

1

À l'intérieur de la petite église de Port-Royal,[1] au pied de l'autel et sur les gradins, se pressent une dizaine d'Acadiens, hommes, femmes et enfants, certains en costume du dimanche, comme des bourgeois, d'autres portant l'accoutrement de laine des habitants. Ils suivent avec attention la cérémonie qui se déroule autour des fonts baptismaux qui y ont été apportés. Sur l'autel même, devant le tabernacle, un bébé, enveloppé dans d'humbles langes en toile et en laine, crie et pleure à fendre l'âme. Dans son visage rougeaud et congestionné, percent deux yeux vairons. Le gauche est brun et sombre comme ceux des Micmacs; l'autre, du doux bleu des Acadiens, s'enflamme déjà à la moindre provocation.

Tout en ignorant ses protestations, le curé, Claude de Saint-Poncy, tient un gobelet d'étain au-dessus de son front découvert et s'apprête à y verser l'eau du baptême.

Au même moment, le bruit sourd de quelqu'un qui frappe violemment à la porte, interrompt le geste de l'of-

---

1. Port-Royal: Il s'agit du village et du vieux fort construits par Charles de Menou d'Aulnay, que les Acadiens continuent d'appeler Port-Royal, bien qu'il ait été rebaptisé Annapolis Royal, en 1713, après le traité d'Utrecht.

ficiant. Celui-ci lève la tête, intrigué, et jette un œil inquisiteur sur les personnes assemblées autour de lui, comme si elles avaient réponse à son interrogation. Leurs regards, aussi étonnés que le sien par la soudaine interruption, le laissent indécis pendant un moment. Ses yeux se posent alors sur Nicolas Gautier[2] qui hausse les épaules en étendant les deux mains, pour indiquer qu'il n'en sait pas plus que lui sur ce tapage inopiné.

Hésitant encore pendant quelques secondes, le prêtre, dans le silence retrouvé, continue son geste si brusquement interrompu. Lentement, il commence à verser l'eau sainte sur la tête du nouveau-né.

— Oscar-François, *ego te baptizo, in nomine Patris et Filii, et Spiritus Sancti.*

À peine le curé a-t-il fini de prononcer les paroles sacramentelles, que la porte principale du temple s'ouvre brusquement et avec grand fracas. En même temps que l'air froid du dehors et le pâle soleil de décembre, une dizaine de soldats anglais, mousquet au poing, s'engouffrent rapidement dans la petite église. Surpris, les fidèles et leur curé se tournent en même temps vers les intrus.

Sous les ordres du colonel Alexander Cosby, les militaires se dirigent d'un pas martial vers le petit groupe qui les regarde s'approcher avec une incompréhension mélangée d'inquiétude. En effet, cet officier est l'ennemi juré du gouverneur de la Nouvelle-Écosse, Lawrence Armstrong. Les deux hommes, bien que se réclamant du même souverain, se détestent cordialement. Tous se posent la même question: «Agit-il en son nom propre, ou bien sous les ordres du gouverneur?»

Le curé n'attend pas que les militaires les aient rejoints pour sortir du groupe, descendre les marches du maître-autel et se diriger tout droit vers eux.

---

2. Nicolas Gautier (1689-1752): agriculteur, marchand, navigateur devint un des plus riches commerçants d'Acadie.

— Cette maison est celle de Dieu, monsieur, dit-il d'une voix ferme, en s'adressant au colonel. Les fidèles seul y entrent; les armes et la violence n'y ont pas droit de cité. Je vous somme de quitter les lieux à l'instant.

Pendant l'admonestation du prêtre, les soldats se sont immobilisés à quelques pas des Acadiens. Sur l'ordre de Cosby, ils se mettent au garde-à-vous, ignorant complètement l'ordre d'évacuer.

— Quel motif avez-vous d'envahir ce lieu sacré de la prière avec un tel déploiement de force? demande encore une fois Saint-Poncy.

— J'ai ordre d'arrêter Hugues Doucet, dont j'ai toutes les raisons de croire qu'il se cache en ce lieu.

Un long silence accueille cette déclaration du colonel. «C'est bien ce que je lui avais conseillé. Hugues Doucet n'aurait pas dû venir à Port-Royal. C'était tenter la chance», se dit à lui-même Nicolas Gautier.

— C'est une bien pauvre explication, colonel, que vous donnez à ma question. Tout d'abord, Hugues Doucet, qui habite ordinairement Cobeguit, ne tombe pas sous votre juridiction. Il est venu ici pour assister au baptême de son petit-fils. De plus, il ne se cache pas en cette église. Il y est entré au grand jour, au vu et au su de tout le monde. Si vous désiriez le trouver, vous n'aviez nul besoin de violer le temple de Dieu pour ce faire. Il vous aurait suffi d'attendre la fin de la cérémonie et la sortie des fidèles.

L'objet de toute cette commotion, un vieillard de quatre-vingts ans, n'a pas bougé d'un poil durant tout ce dialogue. Il regarde la scène d'un air détaché, comme si elle ne le concernait pas le moins du monde.

— Son Excellence n'a pas voulu que je prenne de chances, poursuit Cosby. Aussi, ai-je cru bon de le venir chercher où il se trouve.

— Hugues Doucet a toute immunité contre vos poursuites, tant qu'il est en ce temple. Je vous ordonne à nouveau de vous retirer immédiatement.

En même temps qu'il prononce ces paroles, le curé étend le bras en un geste dramatique et désigne aux soldats la porte restée grande ouverte après leur intrusion. Dans l'embrasure sont déjà massés une dizaine de curieux. Ce sont des Acadiens, attirés par l'événement et le déploiement des forces de l'ordre en plein dimanche après-midi. Il est vrai que tous sont au courant de la présence, dans l'église, de Hugues Doucet.

— Un moment, colonel, dit un des participants au baptême, il me semble que vous allez bien vite en affaires.

C'est Nicolas Gautier qui, après avoir descendu les marches tout en parlant, s'est arrêté à côté du curé, juste en face de l'officier britannique.

— Je vous rappelle, colonel, au cas où vous l'auriez oublié, que je suis délégué de ma région au conseil d'Annapolis. M. de Saint-Poncy a raison. Cette maison est sacrée. Vous n'aviez aucun droit d'y entrer par force. Je suis sûr que le gouverneur, lorsqu'il sera mis au courant...

— J'agis sous les ordres de son Excellence elle-même, interrompt vivement l'officier.

Gautier et tous les autres Acadiens avec lui comprennent de moins en moins. Chacun sait que Cosby refuse d'obéir aux ordres de Armstrong, avec qui il alimente une querelle qui dure depuis plusieurs années.

— Vous voulez dire que le gouverneur lui-même vous a ordonné de pénétrer en cette église?

Le colonel hésite avant de répondre, tout en regardant les gens assemblés devant lui. Deux enfants de chœur, en soutanes rouges et surplis de dentelle blancs, et le bedeau portant un manteau noir galonné d'or, sont debout près de l'autel. Légèrement en retrait, sur la deuxième marche, se tiennent les parrain et marraine, Joseph Gautier et sa sœur, Marie-Josèphe, les deux aînés du délégué régional et de sa femme, Marie

Alain[3]. Devant eux, sur le dernier gradin, Germain Doucet et Laure Chiasson, son épouse, les parents de l'enfant, entourent l'aïeul, Hugues Doucet.

— Son Excellence me fait un bien grand honneur de s'intéresser à mon humble personne, commence le vieillard, sans attendre l'éclaircissement de l'affaire.

Son œil bleu vif, est allumé, moqueur, presque impertinent. Il porte un costume qui tient à la fois de l'habillement des paysans acadiens et des guerriers souriquois. Ses culottes sont de laine en hiver, mais sa chemise et sa veste sont en cuir. Il porte autour de la tête une bande perlée de la même couleur que ses yeux. Une barbe fleurie et une abondante chevelure blanches encadrent un visage basané, aux traits creusés et énergiques. C'est un petit homme râblé, aux mains noueuses, aux jambes fortes et arquées. Quand il parle, sa voix est étrangement jeune, ni trop forte ni trop faible, tout enrobée de sons graves et veloutés; ceux qui l'entendent pour la première fois sont toujours étonnés de sa fraîcheur et du ton posé, presque moelleux de son discours.

Le colonel lève aussitôt les yeux vers lui, attiré par le timbre de sa voix.

— Vous devez me suivre, commence-t-il après un moment, tout en faisant un pas dans la direction de Doucet. Je vous prie de le faire sans résister.

— Colonel, intervient Gautier à tout hasard, cherchant à gagner du temps, il n'y a que deux issues à cette église. Avec vos hommes, allez les garder. Vous n'aurez qu'à attendre notre sortie pour remplir votre triste devoir.

Cosby hésite un long moment, se frottant le menton, la mine préoccupée. Évidemment, la chance d'appréhender tout de suite celui qu'il croit l'auteur d'un grand méfait resté impuni, est bien tentante, mais cette arrestation n

---

3. Marie Alain: à cette époque, il était coutume que l'Acadienne gard
   nom, sans jamais prendre celui de son mari.

va pas sans risque. S'il l'exécute dans les circonstances présentes, au milieu d'une population hostile aux Anglais, il pourrait être pris à partie par les Acadiens en colère. Il n'a pas les troupes nécessaires pour résister à plusieurs centaines de personnes déjà rassemblées autour de l'église. Dans sa tête, il compare cet intérêt avec l'occasion qui lui est offerte de s'en tirer sans perdre la face tout en atteignant son but qui est de mettre Doucet sous les verrous.

— Pour quel motif voulez-vous emmener mon père?

C'est Germain Doucet qui n'a pas encore soufflé mot. Il est l'employé fidèle et dévoué de Nicolas Gautier dont il dirige les finances depuis près de vingt ans. Ordinairement réservé, il intervient rarement dans les discussions. Sa voix, contrairement à celle si mélodieuse de son père, est nerveuse et haut perchée.

— Il n'entre pas dans mes attributions de vous éclairer là-dessus, monsieur. Je suis assuré que Son Excellence, le moment venu, satisfera votre curiosité, répond Cosby d'un ton bref, sans aménité.

Après cette riposte, un court silence suit, pendant lequel les Acadiens attendent la décision du colonel. Encore là, Gautier et les autres comprennent de moins en moins. Y aurait-il eu rapprochement entre le gouverneur et son subordonné?

— Nous allons attendre à l'extérieur, dit enfin Cosby, en se tournant vers le vieillard. Donnez-moi votre parole, Doucet, que vous ne tenterez pas de fuir.

Celui-ci hausse les épaules légèrement, ne répond pas, tout en continuant de sourire de façon énigmatique. L'officier, un peu décontenancé, donne l'ordre à ses hommes de sortir et ils quittent l'église de la même façon bruyante qu'ils étaient entrés.

— Je ne comprends rien à cette affaire, dit Gautier, ès que la porte s'est refermée derrière les soldats.

— Le colonel doit agir pour son propre compte, re-nd Saint-Poncy, aussi intrigué que les autres.

— C'est aussi mon avis. Il n'y a pas d'autre façon d'expliquer son geste. À moins que…

Gautier, lentement se tourne vers le prétexte de tout ce branle-bas.

— À propos, Doucet, savez-vous de quel crime on vous accuse?

Le vieil homme hoche la tête, tout en caressant sa barbe rêveusement.

— Évidemment, la réputation de vos Micmacs n'est plus à faire. Pourtant, les Anglais ne savent pas que vous en êtes le chef, ou même que vous en faites partie.

Doucet hausse les épaules, tout en faisant un geste des deux mains comme pour signifier qu'il n'attache que peu d'importance à ce que peuvent penser de lui les troupes d'occupation.

— Avez-vous récemment harassé des Anglais, comme vous aimez tant faire?

Après un moment, Doucet regarde le prêtre comme s'il lui demandait de l'aide.

— Vous savez donc les raisons de cette invasion? lui demande Saint-Poncy.

— Oui, je le pense, se décide-t-il enfin. Si l'ordre de m'arrêter vient du gouverneur, il l'a donné dans le but de vous chercher querelle, monsieur le curé. Si au contraire, comme vous semblez le penser, elle vient du colonel lui-même, c'est parce qu'il veut ressusciter une bien triste affaire à laquelle j'ai été mêlé jadis.

— Il vaut mieux que vous en disiez davantage, peut-être pourrons-nous vous aider.

— J'en serais fort étonné.

— Enfin, Doucet, réfléchissez. Vous serez arrêté dès que vous franchirez cette porte, à moins que nous ne trouvions une solution à votre problème. Je ne puis prendre cette chose à la légère. Votre fils, Germain, et votre petit-fils, Oscar-François, font partie de ma maison. Même si vous vivez à Cobeguit, je me sens responsable de vous.

— Je suis un vieil homme, Gautier. On ne peut pas me faire beaucoup de mal. Il vaut mieux que je me rende. Mes Micmacs trouveront bien quelque moyen de me tirer de ce mauvais pas.

— Vous êtes venus avec eux?

Doucet fait oui de la tête.

— Où sont-ils?

— Ils sont trois qui m'attendent, hors du fort, avec nos chevaux.

— Dites-nous quand même les causes de l'ire d'Armstrong ou de Cosby. Une fois que nous les connaî-trons, peut-être y trouverons-nous la réponse à votre pro-blème.

Hugues Doucet hésite encore avant de répondre, comme si ce qu'il a à livrer lui pèse grandement.

— Bien, dit-il avec un soupir. Je vais vous raconter un événement survenu il y a fort longtemps, alors que j'avais vingt-deux ans. Deux ans plus tôt, j'avais épousé Marie, une jeune Souriquoise de dix-neuf ans. Elle était la fille naturelle de Mathieu Martin[4], mon protecteur, qui vivait tantôt à Port-Royal, tantôt à Cobeguit où il possédait de grandes terres et de Obenoke, une Souriquoise de la tribu de Wecobeguitk[5]. Marie était aussi la demi-sœur de Mtaë[6] et Booktao[7].

— Ce sont ces deux Souriquois qui sont devenus vos premiers compagnons d'aventure, n'est-ce pas? demande Gautier.

— Oui, dès notre enfance, Marie, Mtaë, Booktao et moi, étions inséparables. Nous formions une bande à part, chassant, pêchant, faisant la traite. Aucun de vous n'a

---

4. Mathieu Martin, resté célibataire, était le premier Français né en Acadie, en 1636. C'est à ce titre qu'il reçut, en 1689, le fief seigneurial de Cobeguit.
5. Wecobeguitk: on utilisait surtout l'abréviation de Cobeguit.
6. Mtaë: en Souriquois: une peau de castor.
7. Booktao: en Souriquois: le feu.

connu Obenoke et sa fille aînée Marie, car elles moururent très jeunes, dans des circonstances si tragiques qu'il me fait grand peine à me les remémorer.

Le visage du vieil homme s'est rembruni. Son beau regard bleu limpide se mouille et sa voix chaude et douce tremble légèrement. Tous sont tournés vers lui, le regard interrogateur.

— Papa, remarque Germain Doucet, c'est une chose que vous ne m'aviez jamais dite à propos de maman et de grand-mère.

— Je sais, Germain. Tu étais si jeune et cette histoire m'avait causé un tel chagrin que je ne l'ai jamais confiée à personne.

Les auditeurs sont suspendus aux lèvres de l'octogénaire. Celui-ci est encore plus ému qu'il ne le paraît d'abord. Sa poitrine se soulève et il exhale un grand soupir. Ses lèvres tremblent en même temps qu'un lourd sanglot hoquetant s'échappe de sa gorge contractée par la forte émotion qui l'étreint.

— Assoyons-nous ici, suggère le curé en désignant les chaises éparpillées dans la petit nef.

Lorsque tous sont réunis en rangs serrés autour du vieillard, celui-ci commence son récit.

— Je n'ai jamais oublié cette date. C'était à l'automne de l'année 1676. Un jour, ma jeune femme et sa mère, Obenoke, allèrent en visite au Cap-Sable, où elles avaient de la famille. Ses frères et moi ne les avions pas accompagnées, car c'était la saison des récoltes et le travail nous avait retenus à Cobeguit. Donc, un jour que toute la tribu du Cap-Sable, y compris ma femme et ma belle-mère, était à la pêche, un navire venu de Piscataqua[8], vint jeter l'ancre tout près de l'endroit où ils se trouvaient. Un des Anglais, dont nous avons appris par la suite qu'il s'appelait Henry Lawton, invita nos gens à monter à bord, dans

---

8. Piscataqua: Portsmouth, New-Hampshire.

le but, leur dit-il, de faire du troc. Pour être plus convain-
quant, il fit voir des robes, des habits et des outils de toutes
sortes. Les femmes surtout, voulaient monter sur le navire,
mais les hommes, qui se méfiaient toujours des Anglais,
dont ils avaient souvent eu à souffrir, hésitaient à accepter l'invitation. Lorsque Lawton leur présenta du haut de
son bastingage une bouteille de rhum, il semble que toutes
les craintes de nos guerriers s'évanouirent.

«Ici, les versions des Souriquois qui m'ont rapporté
l'incident, diffèrent légèrement. Certains disent que
Lawton leur jeta des bouteilles à la mer, d'autres qu'il at-
tendit qu'ils fussent sur le pont avant de les faire boire.
Cela n'a guère d'importance, car le résultat aurait été le
même. En moins d'une heure, tous nos hommes étaient
ivres. Certains, et c'était le plus grand nombre, étaient
montés à bord pour faire la fête. Toutes les femmes, atti-
rées par les belles parures et les vêtements brillants, les
avaient accompagnés, ainsi qu'une dizaine d'enfants.
Marie et sa mère étaient du nombre. C'était un beau
charivari à bord du navire, la plupart de nos guerriers
étaient étendus sur le pont, ivres morts, les femmes, dont
quelques-unes avaient bu, criaient et dansaient en exhi-
bant leurs nouvelles toilettes, tandis que d'autres se don-
naient sans vergogne aux marins anglais qui n'avaient pas
vu créature depuis des mois.

«Marie et sa mère, qui se tenaient à l'écart de cet odieux
spectacle, avec deux autres femmes, remarquèrent tout à
coup que Lawton avait donné l'ordre de lever l'ancre, car
les voiles étaient soudainement hissées et le navire se mettait
en branle. Alarmées par cette découverte, Obenoke et
Marie incitèrent les Souriquoises, qui se trouvaient près
d'elles, à sauter par-dessus bord avant qu'il ne soit trop
tard et que le navire ne soit trop éloigné de la terre ferme.
Plusieurs, parce que leurs hommes étaient étendus, inconscients sur le pont, ne voulurent pas les suivre. Sans plus
attendre, ma femme et sa mère enjambèrent vivement le

bastingage, suivies de deux autres Souriquoises et se jetè-
rent dans la mer, sans que personne ait eu connaissance de
leur fuite. Cependant, le bruit que fit leur chute dans l'eau
attira l'attention de Lawton qui ne tarda pas à épauler son
fusil et à tirer sur les fugitives. Deux femmes furent atteintes, et le sort voulut que ce fut Obenoke et sa fille Marie.»

À ce moment de son récit, la voix si chaude et vibrante
du vieillard se brise et s'éteint. Ses auditeurs le regardent
en silence, sans chercher à lui apporter quelque consolation, dont ils savent qu'elle serait inutile. Au bout d'un
moment, lorsqu'il a repris son calme, Doucet continue:

— En même temps, trois guerriers, qui étaient restés
sobres, avaient fui aussi de la même façon. Ils rejoignirent
les deux survivantes dans l'eau et les aidèrent à tirer les
corps de Marie et de sa mère jusqu'à la grève.

— Papa, vous n'avez pas besoin de revivre ces douloureux souvenirs, s'ils vous sont trop pénibles, lui dit
Germain en lui prenant la main.

— Oui, il le faut. On ne sait pas assez ce qui motive
mes actions. J'ai besoin que cela se sache.

La voix de plus en plus troublée, Hugues Doucet,
courageusement, poursuit son récit:

— Les survivants de ce massacre, un fois en sécurité,
regardèrent le navire s'éloigner à pleines voiles vers la haute
mer. Puis, ils marchèrent jusqu'au village, où n'étaient
restés que trois vieilles femmes et quelques bébés dont toi,
Germain et ta sœur. Vous n'aviez pas accompagné la tribu
à la pêche, parce que vous étiez trop jeunes.

Hugues Doucet s'interrompt à nouveau, oppressé par
les sanglots qui le secouent encore une fois. Ses auditeurs,
émus, se taisent, n'osant briser le silence qui suit le récit du
vieillard.

— Qu'est-il arrivé aux Souriquois restés sur le navire?
demande le curé après un moment.

— Ils ont été vendus comme esclaves dans un marché
des Açores.

Les gens se regardent, bouleversés par cette nouvelle révélation.

— Pourtant, Doucet, je ne vois pas comment cette tragédie si ancienne se rattache aux événements de ce jour, remarque Saint-Poncy.

Le vieil homme regarde le curé de Port-Royal avec son œil bleu, encore humide, mais déjà pétillant de malice, en dépit de la tristesse de son récit.

— Ah! s'exclame-t-il après un moment, malgré vos accointances avec le ciel, vous n'avez pu deviner la suite. Cela se comprend, vous êtes donc humain.

Le curé, légèrement décontenancé par un revirement d'humeur si brusque, ne dit mot, pendant qu'un sourire éclaire le visage de Gautier qui connaît bien son homme, depuis plus de vingt ans.

— Eh bien, monsieur, continue l'octogénaire, au moment du drame j'étais jeune et impatient d'aller venger la mort de Marie et d'Obenoke. Mais Mtaë et Booktao, qui pourtant avaient perdu mère et sœur, me convainquirent de n'en rien faire pour le moment. C'est d'eux que j'appris à être patient, à attendre mon heure.

— Vous avez grandi parmi les Souriquois? s'exclame avec étonnement le curé de Port-Royal. J'ignorais cette partie de votre passé. Mais où donc êtes-vous né?

— Ça, monsieur de Saint-Poncy, c'est une histoire que je vous raconterai peut-être un jour, si je vis assez longtemps. Donc, comme je vous le disais, je me ralliai à l'avis de mes frères souriquois et rongeai mon frein pendant treize ans. Vous voyez, mes enfants, nous, les fils de la forêt et de la mer, sommes renommés pour notre persistance. La chance nous sourit enfin au début du mois de juin de l'année 1689. La nouvelle nous parvint à Cobeguit que le fameux Lawton avait été retrouvé et qu'il habitait Dover, une petite ville de la colonie anglaise du New-Hampshire. Aussitôt, mes frères et moi, avec Mabou et son frère Pege, deux autres guerriers que vous connaissez bien, car ils font encore partie de ma troupe de Micmacs, avons organisé une expédition à cet endroit. Nous nous mîmes en route aussitôt, en compagnie de quarante guerriers. Je ne vous cache pas que nous étions fort aiguillonnés par la vengeance trop longtemps retenue.

L'abbé de Saint-Poncy pousse un soupir de découragement, en entendant les déclarations si peu chrétiennes de Doucet. Celui-ci lui jette un regard en biais, mais comme il voit que le curé ne va pas l'interrompre, il poursuit au bout d'un moment:

— Après un voyage de quelques jours, nous parvînmes au lieu appelé Dover et, peu après, nous trouvâmes Lawton dans une buvette, située en pleine campagne, mais à proximité de cette ville, faisant la fête avec une vingtaine de ses amis. Les événements nous servaient bien. Nous avions l'avantage du nombre et de la surprise. Nous encerclâmes la maison dans le plus grand silence, et attendîmes patiemment qu'ils quittassent un à un les lieux. Avant que la soirée ne finît, nous avions dix-huit prisonniers que nous emmenâmes à quelques lieues de là, dans le but de les torturer. Je vous assure que ces hommes eurent tout lieu de regretter le tort qu'ils avaient fait subir à notre tribu. Car nous leur fîmes savoir la raison de notre colère, afin qu'ils comprennent pourquoi ils allaient payer un prix si élevé pour leur crime.

Cette fois, l'abbé de Saint-Poncy, révolté par le récit de Doucet, ne peut s'empêcher de pâlir.

— Vous allez vous pâmer, monsieur, si j'en crois la couleur que prend votre visage. Mais, je vous comprend. Quand on n'a pas vécu soi-même de pareilles tragédies, il est difficile d'entendre de tels récits, peut-être plus encore de les imaginer. Ne vous alarmez point, je ne vais pas vous en raconter les détails. Je vais seulement ajouter, au risque de vous choquer, que je pris un fort grand plaisir à accomplir ce que je considérai comme un devoir sacré.

— Monsieur, je suis rempli de dégoût par cet acte barbare. Notre Seigneur lui-même a aussi été soumis à de telles ignominies. Pourtant c'est aussi lui qui a tendu l'autre joue, achève l'abbé, la voix faiblement retrouvée, étreignant sa soutane à la poitrine avec sa main droite.

— Je sais votre enseignement, monsieur, vous n'avez pas à me le redire ici. Si cette façon de faire sied bien en France, elle n'a pas cours en ce pays.

— Pourtant Doucet, intervient Gautier qui trouve que le supplice de Saint-Poncy a assez duré, comment le gouverneur a-t-il eu vent de cette vieille affaire?

— J'ai appris, il y a quelques jours, que le fils de Lawton était récemment à Canseau où réside normalement le colonel Cosby. Grâce à lui, il a retrouvé ma trace. Le reste est facile à imaginer. Pour une somme, importante sans doute, Cosby a accepté de me livrer aux Anglais de Dover.

— Et le gouverneur, dans tout ça?

— Justement, c'est cette partie de l'histoire de Cosby que je ne comprends pas.

— Ne croyez-vous pas plutôt qu'il a percé votre identité et qu'il sait maintenant que vous êtes le chef des Micmacs?

— J'en serais fort étonné car, si c'était le cas, c'est Armstrong lui-même qui serait venu prendre l'église d'assaut.

— Qu'allez-vous donc faire?

— Ai-je le choix? Lorsque je sortirai d'ici, les soldats de Cosby m'arrêteront et me jetteront en prison. Ou bien mes Micmacs me feront évader, ou bien on me fera un procès. Avec un peu de chance, je m'en tirerai. Je n'ai pas atteint mon grand âge sans avoir rencontré de semblables calamités. Celle-ci n'est pas pire que les autres.

Le vieil homme sourit en disant ces paroles, son œil bleu encore vif, mais beaucoup moins fanfaron, comme s'il cherchait à éviter toute plaisanterie.

— J'irai au conseil d'Annapolis, pour voir ce que je peux faire, dit Gautier. Hélas, mon crédit n'y est pas très bon. Si le gouverneur m'a enfin accepté comme délégué, c'est après avoir rejeté ma candidature plusieurs fois, alors que j'avais été élu par les Acadiens pour les représenter. Et vous, Monsieur le curé?

— Oh, moi, mon crédit est encore plus mauvais que le vôtre, Monsieur de Bel-Air[9]. Le gouverneur, qui ne me porte déjà pas dans son cœur, voudrait que mes supérieurs me rappellent en France et envoient quelqu'un de plus accommodant à ma place. Je crois même qu'il a réussi et qu'un certain abbé Le Loutre me doit bientôt remplacer à ma cure. J'attends mon rappel d'un mois à l'autre. En attendant, je n'aurai guère de poids auprès de lui. Par contre, si nous nous concertons et que nous allions en groupe, peut-être aurons-nous quelque heureux résultat.

— Vous êtes tous fort généreux, reprend Doucet après un moment, et je vous remercie de vos efforts. Je ne crois pas que la solution nous vienne de cette direction.

À ce moment, le bébé qui avait fini par s'endormir dans les bras de sa mère, s'éveille en pleurant et en criant. Pendant que Germain Doucet le regarde d'un air attendri, sa femme, Laure Chiasson, dégage prestement de son corsage un sein gonflé de lait et l'enfant avale goulûment le beau grand tétin brun avec une évidente satisfaction.

— Monsieur le curé, hasarde doucement Germain Doucet à voix basse, tout en s'approchant du prêtre avec sa femme, pendant que les autres discutent entre eux, je ne veux pas vous en faire reproche, mais un des prénoms que vous avez donnés à l'enfant n'est pas celui que nous vous avions dit.

---

9. Bel-Air était le nom de la propriété de Nicolas Gautier, une magnifique résidence qu'il s'était fait construire dans le haut de la rivière Dauphin (aujourd'hui rivière Annapolis) à cinq lieues environ de Port-Royal.

L'abbé de Saint-Poncy regarde les parents du nouveau-né avec un air étonné.

— Comment, je... j'ai...

Doucet et sa femme, qui ne semblent pas troublés par la bévue du prêtre, le regardent en souriant et en hochant de la tête.

— Ah non, ce n'est pas possible... Qu'ai-je dit? Quel prénom vouliez-vous lui donner?

— Ça ne fait rien, monsieur, dit Laure Chiasson. Oublions celui auquel nous avions songé. Nous l'appellerons Oscar-François, comme vous avez dit. La Providence l'a voulu ainsi.

— C'est ce bruit soudain, à la porte, lorsque j'allais verser l'eau sur son front...

L'abbé s'interrompt, presque les larmes aux yeux et regarde l'homme et la femme tour à tour, son visage exprimant la désolation et l'impuissance.

— Je ne compte que sept soldats devant le porche, intervient Gautier qui, grimpé sur une chaise, observe discrètement, par une fenêtre élevée, la troupe montant la garde à l'extérieur de l'église.

— Il est probable que les trois autres attendent, avec le colonel, à la porte derrière l'abside, suggère le curé, heureux de la diversion.

Il y a déjà près d'une heure que les hommes de Armstrong font le pied de grue. La présence autour d'eux d'un si grand rassemblement d'Acadiens les rend nerveux, d'autant plus qu'ils ont remarqué, parmi eux, la présence de deux ou trois Sauvages, mais ils ne savent pas que ce sont des membres de la bande des Micmacs qui sème la terreur depuis des années chez les Anglais d'Acadie. Alexander Cosby fait constamment la navette entre les deux sorties de l'église, ayant à chaque fois à se frayer un chemin parmi la foule qui ne cesse de grossir à mesure que le temps passe et que la nouvelle de l'incident se répand dans la petite ville de Port-Royal et ses environs. Il y a maintenant plus de deux cents personnes, massées autour de la chapelle, attendant patiemment l'issue de l'affaire.

À l'arrière de l'église, à proximité de l'autre sortie, Joseph Le Blanc[10], un ami de Nicolas Gautier et de Hugues Doucet, s'entretient à voix basse avec Mtaë et Booktao, dans un coin reculé du fort. Après avoir parlementé avec eux pendant quelques minutes, il les quitte pour aller rejoindre sept ou huit hommes de son âge, groupés en demi-cercle, le long du mur de pierre de la chapelle. Ils se tiennent de façon à occulter, grâce à leurs larges culottes, une petite ouverture, fermée par quelques planches et pratiquée à deux ou trois pouces seulement au-dessus du sol. Il leur parle à voix si basse qu'aucun son ne s'échappe de leur assemblée.

Le Blanc est un petit homme nerveux et maigre comme une épinette brûlée, sa tête d'oiseau, au crâne dégarni, allant de haut en bas au rythme de ses propos. Au milieu de ces grandes personnes, invisible aux autres, un jeune garçon d'une dizaine d'années, à l'air éveillé et aux cheveux ébouriffés, écoute avec gravité les propos de Le Blanc. Il se prénomme Étienne et, comme ses aînés, il porte une culotte et une chemise de grosse laine grise. Ses pieds sont enveloppés de chaussettes de même laine, et fourrés dans des mocassins de cuir.

Depuis un moment, la curiosité de Cosby a été piquée par les agissements du petit groupe. Pendant qu'un soldat lui parle à l'oreille, il le regarde d'un œil légèrement inquisiteur. Le Blanc converse avec animation, par gestes saccadés, au milieu des têtes penchées, qui se rejoignent presque toutes au centre du cercle.

— Voilà, Étienne, tu n'as qu'à te baisser, pendant que nous garderons nos jambes pressées les unes contre les autres. Ainsi, personne ne te verra. Puis, tu pousseras le

---

10. Joseph Le Blanc (dit Le Maigre 1697-1767): fermier, trafiquant et patriote acadien.

petit carreau et tu entreras dans l'église. Ce sera un peu serré, mais tu n'es pas bien gros et tu y arriveras en te trémoussant un peu. Tu as bien compris?

L'enfant fait un signe affirmatif de la tête. Il est excité par le rôle qu'on va lui faire jouer et gonflé d'orgueil par l'importance dont il est soudainement investi.

— Surtout, petit, une fois entré, ne perds pas de temps et répète fidèlement à Nicolas Gautier et Hugues Doucet les instructions que je viens de te donner.

Nouveau signe affirmatif et le jeune garçon, désireux de prouver ses talents, mais surtout de justifier la confiance de ses aînés, délace ses mocassins et les met de côté, enlève sa grosse culotte et sa chemise sous laquelle il en porte une autre, faite de laine plus mince que la première. Sans hésiter, il la retire également et, malgré le froid, il paraît nu comme un ver à ses compagnons. Selon les instructions reçues, il dépose soigneusement ses hardes au pied de l'ouverture. Le Blanc et ses hommes, continuent de serrer les rangs. Grâce aux larges jambes de leurs chausses de laine, ils dérobent aux yeux des gardes, les agissements du jeune garçon.

Le colonel, toujours aux aguets, commence à regarder ces quelques Acadiens avec une suspicion croissante. Il se demande s'il n'y a pas lieu d'intervenir. D'autant plus que Le Maigre, qui paraît être leur chef, est mal vu des autorités anglaises, auprès desquelles il a la réputation d'un fauteur de troubles.

Cosby, comme s'il venait de prendre soudainement une décision importante, marche dans la direction du groupe en les interpellant. À sa voix, les hommes lèvent la tête, mais sans empressement ni précipitation. Puis, avec des yeux vides de toute émotion, sans hostilité ou appréhension, une façon de regarder qu'ils ont développée avec les années d'occupation, ils dévisagent l'officier qui continue de marcher dans leur direction, mettant ainsi en péril la délicate opération qu'ils ont entreprise.

Pendant ce temps, Étienne, inconscient du danger, s'est glissé aux pieds de ses protecteurs, devant l'ouverture recouverte de bois. Par petits coups discrets, il frappe au carreau pour attirer l'attention des gens à l'intérieur de la chapelle. Malgré ces précautions, le léger cognement parvient aux oreilles de Le Blanc et de ses amis. L'officier n'est plus qu'à quelques pas du groupe, et le carreau reste toujours fermé. S'il s'ouvrait en ce moment même, le bruit trahirait aisément leurs plans. En dépit du trouble qui agite intérieurement les conspirateurs, pas un muscle de leurs visages ne bouge, leurs yeux ne révélant que le vide de la détermination stoïque. Le colonel hésite un moment et s'arrête à deux pas du groupe qui attend, sans sourciller, que se produise la catastrophe.

C'est à cet instant précis qu'éclate le cri d'un des soldats en poste à la sortie devant l'église. Aussitôt, le colonel et ses trois sbires, croyant à quelque développement, s'élancent avec empressement vers le lieu de l'appel. Au même instant le carreau s'ouvre bruyamment de l'intérieur. Gautier, alerté par le grattement de l'enfant, était venu voir ce qui se passait. Sans attendre davantage, Étienne passe sa tête dans l'entrebâillement. Le passage est si étroit, qu'il paraît aux conjurés que seul un gros chat réussirait à s'y glisser. Mais c'est compter sans l'agilité remarquable du garçon qui se tortille tant et si bien que ses épaules, puis ses hanches franchissent l'obstacle au bout de quelques instants. Rapidement, il tire ses hardes à l'intérieur et la planche est remise en place sans qu'il y paraisse le moins du monde.

Le Blanc et ses amis sont encore dans la même position lorsque Cosby revient à l'arrière de l'église, en compagnie de ses trois soldats. Le regard des Acadiens, comme leur maintien, conserve le même air inhabité, comme si rien ne s'était passé.

— Allez, circulez, leur commande le colonel d'une voix bourrue, irrité de s'être rendu devant l'église bien inutilement, parce qu'un de ses hommes avait cru voir s'ouvrir la porte de la nef.

Le Blanc et ses amis continuent de regarder l'officier, mais ne bougent pas. Au deuxième commandement seulement, ils commencent à s'ébranler. Lentement, comme s'ils ont tout le temps devant eux, les hommes se dispersent dans toutes les directions, avec une nonchalance feinte, car leur cœur bat précipitamment dans leur poitrine. Ils mettent du temps avant d'être presque tous disséminés parmi la foule nombreuse massée sur le pourtour de la chapelle. Sauf Le Blanc qui, flanqué maintenant de Mtaë et Booktao, attend patiemment que le regard du capitaine et de ses hommes se tourne vers d'autres intérêts. Puis, avec la circonspection d'une perdrix dans les fourrés d'automne, les trois hommes se coulent prudemment vers l'arrière de l'église, sans que personne n'ait eu connaissance de leur déplacement.

L'attente est encore longue et l'officier recommence à s'impatienter. Comme s'il avait deviné qu'il y a anguille sous roche, il tourne la tête dans tous les sens, à la façon des loups-marins, cherchant en vain les visages de Le Blanc et des Souriquois. Il connaît trop bien Le Maigre pour ne pas se méfier de lui. Depuis qu'il l'a aperçu aux environs de la chapelle, ses soupçons n'ont fait qu'augmenter. Heureusement, Le Blanc est si petit qu'il ne risque guère d'être repéré dans une pareille cohue. Le colonel se penche alors vers un de ses hommes et lui lui donne l'ordre de faire le tour de l'église, pour voir si notre homme s'y trouve encore.

L'atmosphère se tend encore davantage lorsque la foule, jusque-là assez bruyante, se calme tout à coup, devenant presque silencieuse, comme si elle était dans l'attente de quelque événement mystérieux. Cosby est de plus en plus nerveux, son cou s'étire, ses yeux fouillent la cohue, espérant y trouver réponse à son angoisse. Au même instant, un autre cri, provenant du même endroit que le premier, fait sursauter l'officier. Comme il a déjà été échaudé une fois, il ne se précipite pas encore, car il craint quelque manigance de Le Blanc. Lorsqu'un second appel est suivi d'un coup de mousquet, il n'hésite plus. Cette fois, il se rue avec ses hommes vers le devant de la petite église.

En moins de temps qu'il ne faut pour le dire, ils sont sur le parvis du temple, où la porte est maintenant toute grande ouverte. Elle est si peu large que Nicolas Gautier et son fils Joseph, épaule à épaule, l'obstruent complètement. Cosby distingue, derrière eux dans la pénombre, la tête du bedeau et celle de Germain Doucet. Ensuite, ce ne sont plus qu'ombres et silhouettes où se devinent encore une ou deux personnes, peut-être davantage, mais l'officier ne parvient pas à les identifier. Surtout, malgré ses efforts, il n'aperçoit pas Hugues Doucet qui, petit comme il est, pense-t-il, se dissimule peut-être derrière ce rempart humain. Il est si perplexe, qu'il ne s'aperçoit même pas que, devant les Acadiens, se tiennent non plus deux, mais trois enfants de chœur, en soutanes rouges et surplis blancs, portant encensoir, bénitier et crucifix. Étant de la religion réformée, ce détail révélateur lui échappe complètement.

— Où est Doucet? demande-t-il avec autorité, presque de la colère dans la voix.

Gautier et les siens ne bougent ni ne répondent.

— Où est le curé?

Cette fois, comme le silence persiste, le colonel est alarmé et fait signe à ses hommes de le rejoindre. Après une brève consultation avec eux, il donne l'ordre de prendre le temple d'assaut. Le mousquet en avant, les soldats foncent vers l'entrée, mais s'arrêtent brusquement lorsqu'ils s'aperçoivent que Gautier et son fils, qui est un garçon de vingt et un ans, encore plus costaud que son père, n'ont pas bronché ni sourcillé. Rendu furieux pas leur inaction, Cosby hurle à ses soldats de rentrer par la force si nécessaire. Après un moment de flottement, ils chargent à nouveau. Cette fois les Acadiens, voyant qu'ils vont se faire enfoncer, battent rapidement en retraite vers l'intérieur. Ils ont à peine libéré le passage que les soldats envahissent l'église de Port-Royal pour la seconde fois en un peu plus d'une heure.

Les Acadiens ne font aucune tentative pour s'enfuir, pendant que les hommes de Cosby les entourent, le mousquet au poing.

— Monsieur, commence le curé, je vous ordonne de quitter sur-le-champ ce lieu sacré.

— Où est Doucet? demande le colonel, cherchant des yeux le petit homme à la chevelure et à la barbe blanches.

Seul le silence lui répond.

— Fouillez, ordonne-t-il à sa troupe.

Ils ont tôt fait de faire le tour du petit édifice, puis de sa minuscule sacristie et reviennent bredouilles. En apprenant que sa proie lui a échappé, le colonel est d'abord incrédule. L'église était cernée, Doucet coincé. Il ne pouvait pas s'enfuir. Pourtant, il est bien obligé de se rendre à l'évidence, l'oiseau s'est envolé. Mais comment?

— Quelqu'un a-t-il gardé la sortie arrière en tout temps? demande Cosby à l'un de ses hommes.

— Non, mon colonel, nous vous avons tous suivi, lorsque nous avons entendu le coup de mousquet. Nous avions cru qu'il y avait émeute.

— Vous avez agi comme des imbéciles. Ce coup de feu a été tiré par un Acadien, à n'en pas douter. Ils sont plus futés que vous tous réunis.

Cosby ne décolère pas, oubliant qu'il avait été le premier à se ruer vers l'avant de l'église, négligeant de laisser une permanence à la sortie arrière.

Pendant que les soldats étaient accourus une seconde fois vers l'entrée principale, l'octogénaire avait quitté tranquillement la chapelle par la porte arrière, devenue soudainement libre.

— Kesegoo![11]

Doucet avait tout de suite reconnu la voix de Joseph Le Blanc qui l'attendait à la sortie. Son ami l'avait rapidement accaparé et conduit auprès des trois Micmacs et leurs chevaux avec lesquels ils étaient venus de Cobeguit pour le baptême. Sans attendre son reste, Doucet était monté rapidement en selle avec ses compères. Pendant que Cosby fouillait l'église, ils s'étaient esquivés à toute vitesse en direction de Cobeguit. Dans cette Acadie profonde, cette Nouvelle Acadie comme ils l'appellent maintenant, aux frontières si floues, ils savent fort bien que les Anglais ne vont pas venir les quérir de sitôt.

Pendant que Doucet et ses Micmacs prennent le large, dans la chapelle, le colonel éprouve une cuisante humiliation à avoir été berné. Ce sentiment se change bientôt en une colère comme il en a rarement ressentie auparavant. Ne pouvant plus tenir, il éclate en jurons d'une étonnante grossièreté et se dirige vers la porte qu'il franchit d'un pas rapide. Puis, oubliant qu'il a laissé ses hommes à l'intérieur, il revient sur ses pas et leur commande de retourner à leur caserne. Enfin, se ravisant une deuxième fois, il contremande cet ordre et met en état d'arrestation toutes les personnes encore dans l'église, y compris le curé, le bedeau, le nouveau-né et les enfants de chœur.

Lorsque les soldats, escortant le curé et ses paroissiens, débouchent sur le perron de l'église, un silence de mort les accueille. Pas un mot, pas un son ne s'échappe de la foule nombreuse massée sur la place. Cosby ne s'en rend même pas compte, tant il est dominé par son ire. Pendant que les prisonniers descendent les marches, les Acadiens les regardent s'approcher. Lorsqu'ils sont sur eux, ils se

---

11. Kesegoo: mot souriquois signifiant «qui est le plus vieux, l'aîné». C'était le nom souriquois de Hugues Doucet. Mtaë et Booktao, les premiers compagnons de jeux du jeune Hugues, lui avaient donné ce surnom, parce qu'il avait deux ou trois ans de plus qu'eux.

séparent en deux rangs pour les laisser passer. En même temps, un murmure, d'abord de faible intensité, commence à s'élever parmi la foule. Puis, peu à peu, il s'enfle au point qu'en quelques minutes, c'est un grondement sourd qui accompagne la troupe.

Cosby, sa colère attisée par la réaction de la populace, s'arrête. L'œil allumé, la posture arrogante, il regarde de tous côtés, comme pour défier qui que ce soit de s'attaquer à lui. Les gens sentent qu'il ne demande qu'un prétexte pour faire éclater sa fureur.

— Vous méritez tous d'être pendus, leur crie-t-il d'une voix rauque, pleine de provocation. Vous êtes tous responsables de ce qui est arrivé. Vous ne perdez rien pour attendre.

Sur ces paroles, le colonel donne des ordres et les soldats se remettent en marche.

La route n'est pas longue, l'église étant située à l'extrémité est du fort où réside le gouverneur Lawrence Armstrong. Le trajet dure quand même une dizaine de minutes, car la foule est dense tout au long du parcours. Comme si elle cherchait à retarder l'échéance, elle ne se sépare qu'avec lenteur, faisant toujours entendre le même grondement sourd.

— Breslay! Breslay!

Le capitaine cherche des yeux celui qui a lancé ce cri, aussitôt suivi de rires et de quolibets. C'est peine perdue, les visages sont trop nombreux et renfermés. D'ailleurs, pour l'officier anglais, les Acadiens se ressemblent tous sous leur tuque de laine grise.

Le nom qu'une voix anonyme vient de crier, est celui du prédécesseur de Saint-Poncy à la cure de Port-Royal, l'abbé René-Charles de Breslay. Celui-ci avait été traité avec brutalité par Armstrong. Lorsque le prêtre avait refusé de lui prêter de l'argent, le gouverneur avait fait fouiller son presbytère et Breslay, craignant pour sa vie, avait dû se réfugier à Cobeguit où il avait été accueilli par Doucet et ses Micmacs. Il avait vécu dans ce village, parmi les Sauvages et les Acadiens pendant plus d'un an avant de pouvoir rentrer en grâce et de reprendre son ministère auprès de ses ouailles.

Le colonel décide d'ignorer le rappel de cet incident auquel, d'ailleurs, il n'avait jamais lui-même été mêlé. Cette décision prise, il dirige ses prisonniers vers la caserne du fort, où il a l'intention de les interner.

Entre-temps, les espions du gouverneur, qui surveillent les allées et venues de Cosby lorsque celui-ci est à Port-Royal, n'ont pas manqué d'informer Armstrong de ce qui vient de se passer à l'église et du rôle joué par son subordonné. Sa première réaction a été de s'emporter devant ce qu'il croit être un complot contre son autorité. À la réflexion, l'arrestation de Saint-Poncy, peu importe le motif, n'est pas pour lui déplaire. Il juge, cependant que Cosby, qui aurait dû se trouver à Canseau où il avait été muté l'année précédente, avait désobéi à ses consignes et outrepassé ses pouvoirs. C'est alors qu'il décide de prendre lui-même l'affaire en main; il jubile déjà en songeant que, pour nuire à Cosby, il montrera de la mansuétude à l'endroit de Saint-Poncy et des Acadiens. Lorsque le colonel et sa troupe entrent dans l'enceinte du fort, il lui fait aussitôt donner l'ordre de conduire les prisonniers auprès de lui.

Les Acadiens éprouvent un sentiment ambivalent à l'endroit du gouverneur. C'est un mélange, à la fois, de respect et de dérision. N'est-ce pas Armstrong qui, en 1726, leur avait confirmé, pour la première fois, qu'ils avaient officiellement droit à la neutralité, en cas de conflit? Cette assurance avait donné au plus grand nombre l'impression qu'ils étaient exempts du service armé. Il en restait quand même plusieurs, cependant qui, éprouvant un sentiment beaucoup plus nuancé à son sujet, n'en étaient pas si certains. Gautier, qui le voyait aux réunions du conseil, le croyait mentalement instable. Tantôt il prenait une décision qu'il renversait aussitôt sans explication.

Tantôt, il tenait des propos exagérés sur les gens et les choses, sans se soucier des témoins. Son caractère neurasthénique avait fini par le rendre tout à fait impopulaire chez les Acadiens comme chez les Anglais.

À la vue de Saint-Poncy et de Cosby qui précèdent les autres dans son bureau, il regrette soudainement ses bonnes dispositions.

— Tiens, dit-il d'un ton sec, en s'adressant au curé, j'aurais dû me douter qu'il y avait ici une autre de vos manigances religieuses.

Un conseiller du gouverneur se penche à son oreille et lui murmure que quelqu'un, dans la foule, a crié le nom de l'abbé de Breslay. Armstrong tressaille, puis regarde les prisonniers et toussote légèrement, pour cacher ce qui paraît être un certain embarras.

— Je suis surpris, Gautier, de vous trouver en cette disgracieuse compagnie. Un délégué au conseil, pas moins...

— Excellence, avec tout le respect que je vous dois, je me permets de différer d'opinion avec vous, sur les personnes qui m'accompagnent. Ce sont gens de ma famille, des amis que j'aime, de même que le curé, le bedeau et trois jeunes enfants de chœur. Aucun d'eux n'a commis le moindre méfait. Nous assistions au baptême du fils de mon fidèle employé, Germain Doucet et de son épouse, Laure Chiasson, ici présents. Pendant la paisible célébration, le caractère sacré de l'église a été violé par un de vos officiers. Cet homme a pris sur lui-même de désobéir aux commandements de Votre Excellence. Je vous connais trop bien, pour supposer un seul instant que vous ayez pu donner l'ordre d'investir le lieu de notre culte.

Gautier n'ignore pas le peu d'estime dans laquelle la garnison, aussi bien que le gouverneur, tiennent le colonel Cosby. Armstrong, maintenant perplexe, regarde ce dernier, ne sachant plus très bien comment réagir.

— Retirez-vous, colonel. Je m'occuperai de vous plus tard.

— Mais, Excellence, ces gens ont permis au prisonnier de s'enfuir.

— Allez, colonel. Faites comme je vous l'ordonne.

L'officier, encore plus ulcéré par cette nouvelle consigne, sort en grommelant, claquant la porte derrière lui.

— En effet, monsieur de Saint-Poncy, prononce Armstrong en se tournant vers le curé, comme si les angoisses lui revenaient, c'est bien de votre église que Doucet s'est échappé.

— Excellence, je connais Hugues Doucet depuis mon arrivée en ce pays. C'est un citoyen honnête dont je me porte garant absolument.

— Oh la la! Comme vous y allez, monsieur. Le terme «citoyen honnête» n'en est pas un que j'utiliserais pour décrire l'auteur d'un méfait qui a entraîné la mort atroce de plusieurs fidèles sujets de Sa Majesté britannique.

— L'incident, auquel Votre Excellence fait allusion, a eu lieu il y a de cela bien longtemps. Votre loi ne dit-elle pas qu'il y a alors prescription?

— Oh! mais, Monsieur le délégué régional, n'oubliez pas que la justice a le bras long.

— Je n'en doute pas un instant, Monsieur le gouverneur. Mais la justice est aussi aveugle.

Armstrong regarde Gautier avec l'air de lui dire qu'il ne fait que débiter des évidences.

— C'est une des qualités de notre justice, en effet.

— Mais, c'est une qualité fort dangereuse.

— Ah?

— En effet, monsieur, la justice est si aveugle, dans ce cas, qu'elle n'a pas vu que le crime que vous attribuez à Doucet, était en rétribution pour un autre méfait commis contre sa famille par ce Lawton.

Le gouverneur, se sentant coincé par l'argumentation de Gautier, lève les mains et secoue la tête en signe d'impuissance.

— Je comprends le point de vue de Votre Excellence, reprend Gautier sur un ton patient, mais ferme. Cependant, j'aimerais vous rappeler que les fidèles sujets de Sa Majesté britannique, dont vous venez de rappeler la mémoire, avaient tué l'épouse de Hugues Doucet et la mère de celle-ci. Puis, comme si leur crime n'était pas assez hideux, ils ont enlevé des dizaines de Souriquois qu'ils ont ensuite vendu comme esclaves aux Açores. Votre colonel Cosby a une bien belle allure à vouloir poser au justicier.

— Comment connaissez-vous cet incident, Gautier?

— Pendant que le colonel et ses soldats attendaient la fin du baptême, Hugues Doucet nous a raconté la raison qui avait causé l'invasion de l'église.

Le visage d'Armstrong prend un air triomphant.

— Cependant, monsieur, je me dois d'ajouter que Doucet, en dépit de nos protestations, nous a confié son intention de se rendre sans résister. Quoi que nous disions, rien ne paraissait capable d'ébranler sa décision. Toutefois, lorsque les soldats du colonel Cosby ont cessé de garder la porte arrière de l'église, Hugues Doucet s'est esquivé comme on aurait pu s'y attendre. Il a préféré la liberté à la prison. Personnellement, je ne puis l'en blâmer.

Armstrong regarde Gautier avec attention, mais non sans une certaine irritation. Il se méfie de cet homme, trop patriote à son goût.

— Vous savez, Gautier, poursuit le gouverneur sur un ton beaucoup plus dramatique, que je suis souvent tenté de souscrire à la rumeur qui veut que votre Doucet, ne serait nul autre que le chef de cette célèbre bande de Micmacs, qui nous harcèle impunément depuis tant d'années, au point que je la crois invincible et éternelle. Si c'est vrai, vous paierez cher son évasion d'aujourd'hui.

— Je regrette que l'accusé ne soit pas là pour se défendre, poursuit Gautier, mais s'il y a quelqu'un en faute
en cette affaire, ce n'est pas Doucet, mais bien le colonel
Cosby. Tout soldat qui se respecte sait bien qu'il ne doit
pas relâcher sa vigilance un seul instant, lorsqu'il dirige
une pareille opération. Doucet a profité d'une faute de
Cosby pour s'enfuir.

Cette fois, le gouverneur esquisse un léger sourire.
Gautier sait qu'il vient de marquer un point. Au même
moment, le bébé, dans les bras de sa mère recommence
à pleurer. Cela suffit à éclairer encore davantage le visage
d'Armstrong.

— Vous avez raison, Monsieur le délégué régional. Je
me vois mal jeter en prison cette innocente créature, dit-
il en regardant l'enfant qui continue ses gémissements.
Rentrez tous chez vous. Je m'occuperai du colonel Cosby.

— Votre Excellence, prononce Gautier avec un léger
salut de la tête.

Sur ce, les Acadiens se regroupent et quittent le bureau
du gouverneur. Lorsqu'ils sortent sur la place, le soleil est
sur le point de se coucher. Une grande foule, restée devant
le fort, attendant l'issue de l'affaire, les accueille avec des
applaudissements, lorsqu'elle réalise qu'ils ont été libérés.

De sa fenêtre, Lawrence Armstrong regarde la scène.
Dans son esprit, il tente de tirer quelque plaisir à l'idée de
la réprimande qu'il va servir à Cosby. Il n'y réussit qu'en
partie car, en même temps qu'il jouit par anticipation de
l'humiliation qu'il fera subir à son subalterne, son plaisir
est dilué par une autre notion. Il est tourmenté à l'idée de
s'être fait rouler par Gautier et les Acadiens. Il ne peut
supporter cette pensée, et tire vivement le rideau sur ce
qui est, tout compte fait, une bien mauvaise journée.

2

La mère et la fille sont debout, face à face, le corps raide, le visage rouge, l'air courroucé. Semblables à deux coqs dans l'arène, elles sont sur le point de se jeter l'une sur l'autre et de s'entre-déchirer.

— Ah, Marie, te voilà!

L'interpellée ne tressaille pas plus qu'elle ne détourne la tête à la voix enjouée de son mari. Nicolas Gautier vient d'entrer dans la pièce, sans prévenir, brandissant une lettre ouverte dans la main droite. À première vue, il ne semble pas se rendre compte de l'état belliqueux des deux femmes et leur parle comme s'il les avait trouvées calmes et sereines, discutant paisiblement de choses domestiques.

— Je viens de recevoir une lettre de Gourville[1].

À la mention de ce nom, Marie-Josèphe tressaille de façon à peine perceptible. Pourtant, ce mouvement si léger n'échappe pas à l'œil exercé de sa mère. Il n'en est pas de même de son père qui, conscient ou non de ce qu'il vient d'interrompre, n'en continue pas moins ses palabres.

---

1. Michel du Pont de Gourville: le cadet des trois frères Du Pont, né à Port-Royal en 1710, devenu officier à Louisbourg en 1730. Sa mère était la petite-fille de Charles de Saint-Étienne et de La Tour. Voir *Clovis*, Tome 1.

— Comme je vous en ai déjà parlé, cette année nous allons faire une grosse livraison de bétail à la ville de Louisbourg. La plus importante que nous ayons jamais faite.

Gautier s'interrompt, regarde les deux antagonistes sans paraître les vraiment voir, tant il semble pris par le sujet qui le préoccupe.

— Pour l'exécution du projet, Doucet et ses Micmacs iront par route de terre avec les bêtes. Quant à nous, nous irons par mer, pour les rejoindre. Une fois là-bas, j'espère vendre deux cents têtes de bétail, si j'obtiens l'appui du gouverneur et du commissaire ordonnateur.

Tout à leur querelle, ni l'une ni l'autre ne semble prêter la moindre attention aux propos du nouveau venu. Il aurait parlé au mur qu'il n'aurait pas eu de réponse plus animée. Elles continuent de se regarder à la façon fixe et immuable des chiens de faïence, dans la crainte que le plus infime détournement du regard puisse donner un avantage à l'adversaire. L'arrivée de leur père et mari ne semble avoir eu pour effet que la suspension momentanée des hostilités qui n'attendent que son départ pour reprendre avec encore plus de virulence et d'acrimonie.

— Évidemment, l'affaire n'est pas encore dans le sac, poursuit-il sans espoir d'obtenir réponse. Mais l'issue n'en est guère douteuse, puisque Gourville et son frère du Vivier[2] surveillent nos intérêts à Louisbourg.

Gautier, imperturbable, examine discrètement sa femme du coin de l'œil. Un autre léger soubresaut de Marie retient cette fois son attention et l'empêche de poursuivre des propos qui, tout à coup, lui paraissent cadrer si peu avec l'atmosphère lourde et tendue qui baigne la pièce. Ayant pénétré par inadvertance au beau milieu d'une tempête domestique, ces éclaboussures ne

2. François du Pont du Vivier est l'aîné des trois frères du Pont, l'autre s'appelle Joseph.

semblent pas l'atteindre le moins du monde. Pourtant, en dépit des apparences, le maître de Bel-Air est chagriné par le conflit souvent renouvelé de la mère et de la fille. Depuis toujours, en pareil cas, il est toute prudence et reste en dehors des hostilités. On a l'impression qu'il connaît la musique, mais qu'il n'est pas prêt à en chanter la moindre partition.

— Nous irons donc à Louisbourg d'ici quelque temps.

Ni la mère ni la fille ne réagissent aux paroles de Nicolas.

— Je vous avertirai longuement à l'avance, car je désire que vous m'accompagniez toutes deux en ce voyage.

Gautier regarde ses femmes tour à tour et fait comme si elles avaient tout entendu, tout retenu.

— Bien! Je vous prie de m'excuser. J'ai des affaires pressantes qui me réclament incontinent. Je vous reverrai au souper.

Sur ces paroles, Nicolas Gautier, brandissant encore une fois la lettre à bout de bras, tourne les talons et sort vivement, sans attendre la suite des événements. «Je connaîtrai toujours trop tôt les motifs de cette querelle», se dit-il en quittant les lieux si rapidement qu'il n'entend même pas les éclats de voix qui reprennent de plus belle aussitôt après son départ.

— Tu es une garce, une fille de rien, persifle Marie Alain, les dents serrées, les mâchoires crispées, les ongles pressés dans les paumes de ses deux mains.

Marie-Josèphe détourne la tête sous l'insulte, mais elle ne répond pas. Elle sait trop bien que son silence, dans pareilles circonstances, a plus de portée que les mots. Comme elle s'y attend, il ne fait qu'exacerber davantage la colère de sa mère. Marie Alain est une femme de petite taille, mais d'un grand tempérament. Marie-Josèphe connaît toutes les manettes qu'il faut tirer pour la pousser à bout, comme elle sait aussi celles qui pourraient la calmer. Elle n'est pourtant pas prête à baisser pavillon, car l'enjeu de la discussion est trop grand.

— En dépit de tes efforts pour me cacher la vérité, il ne m'a pas été difficile de la deviner. J'ai eu connaissance de quelques-uns de tes évanouissements, le matin. Et puis, ton ventre se gonfle. Ai-je besoin de t'en dire plus?

La fille, cette fois, fixe sa mère droit dans les yeux, son beau regard noir regorgeant d'audace et de défi. Pendant que cette dernière reprend son souffle pour une nouvelle attaque verbale, Marie-Josèphe, sachant que les dés sont jetés, décide de dire la vérité. La mère reconnaît aussitôt le changement dans l'attitude de son aînée dont les traits se décrispent de façon à peine perceptible. Durant de longs instants plus personne ne dit mot. La lourde atmosphère qui enveloppe les deux belligérantes commence lentement à se transformer. Si ce n'est pas tout à fait la paix, c'est au moins une trêve encore bien fragile. Seul les quelques minutes à venir vont déterminer l'issue de leur différend. L'une et l'autre, sans se l'avouer, décident d'y mettre quelque bonne volonté, car elles ont compris que les suites peuvent être désastreuses si, dans les circonstances, elles ne forment un pacte.

— Quand est-ce arrivé?

Marie Alain a tenté d'utiliser un ton conciliant, mais sa voix, encore haut perchée, rappelle un peu trop l'hystérie de sa remarque précédente. Marie-Josèphe frémit et regarde sa mère d'un œil dur, qui semble dire: «J'ai cru qu'on avait fait une trêve. Ne pouvez-vous point vous contrôler?» Marie Alain pince les lèvres avec force, tout en prenant une grande respiration.

— À la Noël, l'an dernier, répond Marie-Josèphe qui sent que c'est à son tour de faire quelque concession.

— À la Noël? Mais par Notre-Dame, comment donc...

La mère s'interrompt à nouveau lorsqu'elle voit sa fille se raidir encore une fois.

— Bon, bon, reprend-elle aussitôt. Donc, tu as cinq mois de fait?

Bien qu'elle ait prononcé ces derniers mots sur le ton de la question, Marie n'attend pas de réponse. Elle peut compter aussi bien que sa fille. Elle a dit cette phrase pour gagner du temps. Comme elles marchent toutes les deux sur des œufs, elles avancent avec une extrême précaution.

— C'est déjà mieux que je l'aie su aujourd'hui, car rien n'y paraît encore trop pour l'instant, continue-t-elle sur un ton déjà plus posé.

Un long silence s'établit pendant lequel les deux femmes conviennent tacitement de relâcher la tension dans leur corps. Aussitôt, sans se consulter même du regard et avec un étonnant synchronisme, elles vont s'asseoir dans des fauteuils placés de chaque côté d'un petite table portant un bougeoir. En face d'elles, une fenêtre à carreaux, qui donne sur le devant de Bel-Air, est légèrement entrouverte. C'est la fin mai et le chant des pinsons, des grives et des moineaux qui s'égosillent leur parvient comme un énervant message de tranquillité au milieu de leur univers en éruption. Entre les rideaux qui flottent sous l'effet de la brise encore fraîche, elles peuvent apercevoir, ici et là, des plaques d'herbe jaunie. Au pied de la prairie qui s'étend devant Bel-Air, coule la rivière Dauphin. Insensibles au monde qui les entoure, la mère et la fille restent enfermées dans leur monde querelleur et mesquin.

Elles sont si près l'une de l'autre qu'elles peuvent se parler à voix basse, sans avoir à se regarder. Cela semble satisfaire leur besoin d'être à la fois des amies et des ennemies, d'être en même temps rapprochées et éloignées.

— Lorsque je t'ai vue tressaillir, plus tôt, j'ai bien compris que le père est...

Marie Alain ne termine pas sa phrase, car Marie-Josèphe est redevenue farouche.

— Oui, ma mère, il s'agit bien de Michel du Pont de Gourville et je l'aime.

— Tu sais, ma fille, l'amour n'est pas tout.

La jeune femme est surprise par cette phrase de sa mère. Le mariage de ses parents n'avait-il pas été dicté par l'amour qu'ils éprouvaient l'un envers l'autre? N'était-ce pas ce même sentiment qui avait prévalu et renversé les obstacles soulevés, à l'époque, par son père, Louis Alain?

Lorsque, en 1715, Marie avait exprimé son intention d'épouser Nicolas Gautier, son père avait d'abord été réticent, car il aurait voulu la voir unir son destin à celui d'un Acadien attaché à la terre. Cependant, il avait fini par céder à son désir, lorsqu'il avait appris à mieux connaître le jeune prétendant. Celui-ci était ambitieux, entreprenant, des qualités qui avaient séduit le père de Marie. De plus, le jeune homme montrait un enthousiasme authentique pour l'Acadie et son progrès. Le fait que Gautier avait développé plusieurs amitiés au sein de l'administration coloniale ne lui avait pas échappé non plus. En fin de compte, il avait conclu que les désirs de sa fille s'accordaient, après tout, avec les siens. Gautier n'était-il pas un homme d'affaires, un bourgeois comme lui?

— Pourtant, n'est-ce pas l'amour qui vous avait attirée chez papa, lorsque vous l'avez épousé?

Marie-Josèphe revient à l'attaque, mais sa mère ne répond pas car, elle le sait très bien, c'est la pure vérité. Nicolas Gautier a été son premier et seul grand amour.

Ce fils d'un capitaine pour le roi, natif d'Aix-en-Provence, était arrivé en Acadie en 1710, quelques mois seulement avant que la colonie ne tombe, une fois pour toutes, aux mains des Anglais. En mettant pied à terre pour la première fois, à Port-Royal, il avait fait tourner la tête de plusieurs Acadiennes. En peu de temps, son nom, volant de bouche en bouche, était devenu légende dans la petite ville qui ne comptait pas encore mille habitants. C'était un bel homme de vingt et un ans, à la taille élancée, au torse fort et aux épaules carrées. Une chevelure brune aux boucles abondantes, encadrait un visage aux traits doux, mais énergiques. De grands yeux bleus pétillaient de chaque côté d'un nez droit aux narines frémissantes. En dessous, une généreuse moustache brune aux extrémités tombantes, surmontait une grande bouche aux lèvres charnues, éclairée de belles dents blanches et droites. C'était son menton carré qui trahissait chez lui une force de caractère peu commune.

Dès le premier mois après son arrivée dans la colonie, il avait pris logement dans la famille de Louis Alain, un riche négociant de Port-Royal chez qui il avait obtenu de l'emploi. Celui-ci avait deux enfants, un garçon, Pierre, et une fille, Marie, âgée de dix-sept ans. Lorsqu'ils s'étaient vus pour la première fois, la jeune fille lui avait fait grise mine. Elle avait déjà eu vent de la beauté légendaire du jeune homme et ne voulait pas lui laisser croire que cela lui donnait quelque avantage. La vérité était qu'elle n'était pas restée indifférente à ses charmes et à son aisance naturels. Quant à Nicolas, dès la première rencontre, il était tombé amoureux de la petite Marie et, selon son caractère, il n'avait pas tardé à le lui faire savoir.

La jeune Alain était minuscule autant que Gautier était grand. Elle ressemblait à une délicate poupée, avec sa petite bouche, ses grands yeux bruns, sa fine chevelure châtain et sa taille mince. Ses épaules délicates, ses bras graciles, ses seins petits et pointus contribuaient à donner à toute sa personne un air de fragilité envoûtante. Le jeune homme avait tout de suite été fasciné par ce qu'il avait pris, chez la jeune fille, pour un désir d'être protégée. Sa méprise n'avait guère duré, lorsqu'il s'était aperçu que sous une allure frêle, Marie cachait un tempérament fort et souvent intransigeant.

Au début, Louis Alain n'avait pas vu d'un bon œil les intentions de son nouvel employé. Il avait trouvé que les affaires allaient trop vite et se méfiait des hommes trop beaux qui faisaient tourner la tête de toutes les jeunes filles. Voyant l'attitude de son patron, et dans le but de prouver l'honnêteté de ses intentions, Nicolas avait pris pension chez un autre habitant, tout près de chez Marie. Il avait continué de travailler pour Alain, tout en courtisant assidûment la jeune fille. La volonté inflexible de Marie et la réalisation que ces deux jeunes gens étaient faits l'un pour l'autre, avaient fini, au bout de quatre ans, par dissiper enfin les méfiances du négociant. Il avait alors accueilli Gautier au sein de sa famille. Entre-temps, il avait appris à estimer ses compétences commerciales au point que, lorsque son fils Pierre, courtisant une fille de Grand-Pré, avait déménagé à cet endroit, il avait associé Gautier de très près à ses affaires.

Deux ans plus tard, Louis Alain, plus que sexagénaire, était mort, alors qu'il était à la tête d'une entreprise fort prospère. D'abord forgeron, il était devenu appareilleur et constructeur de moulins à scie. Grâce à une habile gestion, puis au cours des dernières années, aux décisions heureuses de Gautier, il avait laissé à sa fille et à son gendre une affaire florissante.

En l'espace de quelques années après la mort de son beau-père, le nouveau patron avait plus que triplé le capital initial légué par Louis Alain. Puis, désirant encore diversifier ses affaires, il s'était associé, en 1721, avec Louis du Chambon, commandant l'avant-poste de Port-Dauphin dans l'île Royale. Par la suite, il avait établi de semblables relations avec les neveux de celui-ci, François, Joseph et Michel du Pont du Vivier de Gourville, ses anciens voisins de Port-Royal, devenus depuis officiers dans les troupes de la Marine, de la garnison de Louisbourg. Ces trois jeunes ambitieux menaient de front, sans en paraître gênés le moins du monde, la carrière des armes et celle du commerce. En 1730, Gautier avait acquis, en société avec eux, un navire de fort tonnage, pour faire le transport de marchandises entre Louisbourg, les Antilles, Port-Royal et l'île Saint-Jean. Cet achat avait été le premier d'une longue série d'entreprises communes entre Gautier et les frères du Pont.

Après avoir établi solidement ses affaires, Nicolas s'était fait construire une magnifique résidence, dans le haut de la rivière Dauphin, et qu'il avait baptisée Bel-Air. C'est là qu'il avait emménagé, en 1728, lorsque sa famille était devenue trop nombreuse pour la petite maison de Port-Royal. C'est dans cette grande demeure, aux proportions somptueuses, qu'avaient grandi les neuf enfants de Marie et Nicolas.

Pendant leur croissance, Gautier avait laissé à sa femme le soin d'élever leur progéniture, ne s'occupant, quant à lui, que de la conduite de ses affaires. Si, aux yeux des gens, Mme de Bel-Air paraissait une femme douce et soumise, dont la seule ambition, dans la vie, était de satisfaire les désirs de son époux, la réalité était tout autre. En effet, Marie Alain était souvent en désaccord avec Nicolas dans les grandes orientations de leur vie. Mais comme elle l'avait placé sur un piédestal d'où elle ne le descendrait jamais de toute son existence, elle le supportait en toutes choses, comme s'il eut été Dieu le Père. Quasiment comme un corollaire de cette adoration de sa mère envers son père, Marie-Josèphe éprouvait, pour Marie Alain, une sorte d'irritation démesurée, presque de la colère. Elle détestait chez celle-ci l'ambiguïté qu'elle reconnaissait en elle-même. C'est ainsi que la jeune fille avait développé davantage encore son esprit d'indépendance et son caractère fonceur, comme l'avait si souvent noté son père.

Celui-ci ne peut donc lui être d'aucun secours dans sa difficulté présente. Bien que Nicolas soit favorable à cette union, sa mère y est si farouchement opposée qu'il ne donnera jamais son accord. Par le passé, Marie-Josèphe, pas plus que ses frères et sœurs, n'a jamais réussi à s'immiscer entre ses père et mère et à les monter l'un contre l'autre. Nicolas et Marie se sont toujours soutenus devant leurs enfants. Pas une seule fois ceux-ci ont été témoins d'une querelle entre leurs parents. Si jamais il leur est arrivé de se disputer, ils l'ont toujours fait en privé, à l'abri des oreilles aussi bien que des regards.

Au sortir de ces réflexions, Marie-Josèphe se demande si cette parole qui a échappé à sa mère, un peu plus tôt, ne cache pas quelque déception dans sa vie matrimoniale. Cette possibilité la prend par surprise et la rend mal à l'aise. C'est comme si elle venait de pénétrer, par inadvertance, dans l'intimité de ses parents où elle n'a, en vérité, aucun désir d'entrer.

— Vous n'aimez pas Michel, ni sa famille, maman, dit-elle pour dissimuler son trouble.

— Ce n'est pas vrai, je les ai reçus dans ma maison.

— Ce fut à contrecœur, et c'est bien parce que papa vous l'avait demandé.

Marie Alain reste silencieuse, paraissant réfléchir. Les deux femmes sont maintenant calmes, comme si la tempête s'était apaisée pour un temps.

— Je voudrais tant que tu épouses quelqu'un qui a choisi l'Acadie pour toujours.

Elle n'a pas dit «J'aurais tant voulu», ce qui aurait été avouer à sa fille qu'elle acceptait l'inévitable. Marie-Josèphe prend une grande respiration, dans le but de rester calme. Elle n'aime pas la tournure que prend leur entretien.

— Comprends-moi bien, continue Marie sur le ton conciliant qu'elle vient d'adopter, je ne veux pas revenir sur ce qui est fait. Tu connais bien mon point de vue là-dessus, te le répéter n'y changera rien.

Marie-Josèphe regarde droit devant elle, les mâchoires serrées, prête à reprendre la bataille au moindre écart verbal de sa mère.

— Bon, très bien. Dans ce cas, prenons donc les choses comme elles sont. Il faudra donc te marier.

Elle s'arrête de parler, comme si elle veut jouir de l'effet produit par la phrase ambiguë qu'elle vient de prononcer. Elle n'a pas précisé à qui elle songeait comme gendre, ce qui laisse à sa fille, dont le visage se détend quelque peu, la possibilité d'entretenir quelque espoir. L'esquisse d'un sourire paraît dans ses yeux. Les circonstances auraient-elles enfin forcé sa mère à se ranger à son avis?

— Je suis certaine que même si tu es enceinte, le jeune Charles Martin n'y regardera pas de si près et que...

Marie Alain ne finit même pas sa phrase, car sa fille s'est dressée avec un tel élan et une si grande vigueur, que son fauteuil a reculé de quelques pouces avant de se renverser avec bruit derrière elle. Puis, elle se tourne légèrement de côté pour lui faire face. À cette vue, le visage de Marie Alain devient aussi blanc de frayeur que celui de sa fille est pourpre de colère. La mère, soudainement inquiète, retient son souffle, tandis que Marie-Josèphe, la gorge houleuse et les mâchoires serrées, fait face de toute sa hauteur à la malheureuse petite femme recroquevillée dans son fauteuil.

Marie Alain savait à l'avance que cette conversation n'allait pas être facile. Elle ne s'est pas trompée.

— Vous croyez toujours, madame, que vous allez décider de mon existence, comme si j'étais votre propriété. Eh bien, laissez-moi vous rappeler que nous ne sommes pas à Paris, mais bien en Acadie et que les coutumes de là-bas ne s'appliquent pas nécessairement en ce pays.

La mère, comme la fille, pensent qu'elles viennent de franchir le Rubicon. Elles sont encore toutes les deux si bouleversées qu'elles sont incapables de mesurer le chemin parcouru. Marie-Josèphe, comme si elle réfléchissait, bien qu'elle en soit, en ce moment même, tout à fait incapable, garde un silence buté.

— Comme on s'accommode bien, tout à coup, d'être Acadienne, mademoiselle, ironise la mère, transposant le ton de la conversation à un tout autre niveau. Je vous croyais beaucoup plus désireuse d'être de l'Ancien Monde que du Nouveau.

— M. de Gourville est autant Acadien que moi, madame, vous semblez fort aisément l'oublier.

— Il est peut-être né en ce pays...

— À Port-Royal, tout comme moi.

— Soit! Mais si tout son être paraît résider en Acadie, je sais fort bien que son âme appartient à la France.

— Vous le connaissez fort mal, madame, et vous faites un bien mauvais juge des caractères.

— Soyez honnête, ma fille, sa naissance vous attire plus que sa personne, comme si vous n'étiez pas assez bien née de l'avoir été des œuvres de votre père et de moi-même.

Marie-Josèphe, qui n'est pas aussi rompue que sa mère à ces joutes verbales, est un moment décontenancée.

— Je l'aime, madame et je l'aimerai toujours. Quant à vous, c'est peut-être justement en cette idée de permanence qu'est votre échec.

La fille sent, en même temps qu'elle prononce ces dernières paroles, qu'elle est allée trop loin. Sa mère se raidit et tout son corps se recule, comme sous l'effet brûlant d'une gifle. L'air de la pièce est à nouveau dense et chargé d'émotions, pendant que les deux femmes, dans le silence qui suit, tentent, avec difficulté, de reprendre empire sur leurs émotions égarées par le coup inattendu. Marie Alain ferme les yeux et prend une respiration profonde, dans le but de retrouver tous ses esprits.

— Soit, je l'admets, la colère m'a brièvement aveuglée, dit enfin Marie-Josèphe. Cependant votre attitude n'est pas justifiée. En effet, ma mère, vous avez la mémoire bien courte pour ne pas retrouver en moi les mêmes sentiments qui vous ont habitée lorsque vous avez voulu unir votre destinée à celle de mon père.

Marie Alain reste muette quelques instants, ébranlée par sa propre inconséquence. Après un temps, comme elle sait qu'elle vient de perdre cet engagement, elle décide de quitter le champ de bataille et se dirige vers la porte d'un pas délibéré. Au moment d'abaisser la béquille, elle se retourne lentement vers Marie-Josèphe, encore debout au milieu de la pièce, entre les deux fauteuils où elles étaient assises plus tôt.

— Je n'ai qu'un mot à ajouter, ma fille, afin que tu saches laquelle de nous deux possède l'autorité en cette maison, dit-elle d'une voix sourde et menaçante, le verbe revenu au tutoiement, comme si elle voulait rappeler à Marie-Josèphe leurs places respectives. Ton père et moi verrons bien à te faire courber la tête, petite orgueilleuse!

Sur ces paroles, elle ouvre la porte avec fermeté et quitte la pièce sans autre cérémonie.

Pendant les jours qui suivent ce violent échange verbal, Marie-Josèphe passe le plus clair de ses journées, enfermée dans sa chambre. Elle n'en sort qu'à l'occasion, après s'être assurée qu'elle ne risquera pas de rencontrer sa mère. Pourtant, il y a peu de chance que leurs routes se croisent. En effet, Marie Alain ne recherche pas plus que sa fille les contacts avec l'ennemi. Quand elle ne se tient pas occupée dans une autre partie de la maison, elle quitte tout simplement Bel-Air, pour faire une visite à des amies à Port-Royal.

Chaque jour et sans répit, la jeune rebelle, ne cesse de réfléchir au différend qui l'oppose à sa mère. Elle envisage mille procédés pour résoudre ce qu'elle croit être son problème le plus important. La première idée qui lui vient est de partir, de s'enfuir n'importe où, loin de Bel-Air et de la domination étouffante de Marie Alain. Elle reste accrochée plusieurs jours à ce plan qu'elle tourne et retourne incessamment dans sa tête. Au début, cette idée la séduit au point qu'elle n'en considère aucune autre. Finies les impositions maternelles, les querelles si nombreuses avec sa mère qui, dans un premier temps la bouleversent de fond en comble et souvent la laissent faible et démunie! Pourtant, elle est bien obligée de reconnaître qu'une fois ces batailles épiques passées, elle se sent revigorée, renforcée dans son point de vue. Après cette découverte, elle

reste perplexe. Ne cherche-t-elle pas, sans en être consciente, à susciter ces prises de bec avec Marie, pour leur
effet stimulant? Elle n'en est pas sûre. Mais à bien y regarder, le bilan de ces guerres verbales se solde par la
négative. C'est-à-dire que son projet, qui est d'épouser
Michel de Gourville, n'a pas avancé d'un pouce.

Les deux femmes n'en sont pas à leur première
prise de bec sur ce sujet. Un an auparavant, Marie avait
abordé pour la première fois la question du mariage
avec son aînée. La jeune femme, allant alors sur ses
dix-sept ans, était en âge de convoler. La mère avait
choisi, pour ce faire, l'occasion d'une visite à Bel-Air de
Charles Martin, un jeune cultivateur, issu d'une famille
aisée de Beaubassin. Né en 1709, il était acadien de
quatrième génération. À cause de ces inestimables
qualités, qui causaient à Marie Alain un vif plaisir, elle
souhaitait ardemment avoir le jeune homme pour gendre. Comme son père avant elle, Marie n'éprouvait que
peu de sympathie pour les officiers coloniaux et leurs
soldats. Dans son esprit, elle départageait clairement les
Français et les Acadiens. Même après plusieurs générations en ce pays, les officiers de l'administration ou
des forces armées se disaient encore Français, car ils
étaient assurés de retourner un jour en France qu'ils
considéraient comme leur vraie patrie même si, comme
c'était le cas d'un grand nombre, ils n'y avaient jamais
mis les pieds. Tandis que les habitants, pour leur part,
n'avaient aucune difficulté à se réclamer de l'Acadie,
même dès la première génération. Pour eux, comme
pour Marie Alain, le présent et l'avenir, c'était l'Acadie,
le passé c'était la France.

Marie-Josèphe, pour sa part, n'avait pas de telles
préoccupations. Elle aurait épousé le diable, pourvu qu'il
fût svelte, bien fait de sa personne et issu d'un bonne famille,
de préférence noble. Le jeune Martin qui était maigre et
scrofuleux, avec un teint pâle, marqué de petite vérole et,

qui plus est, sans particule, n'avait aucune chance auprès d'elle. La discussion qui avait suivi sa visite avait jeté les deux femmes l'une contre l'autre avec une telle force qu'elles ne s'étaient plus adressé la parole pendant des semaines.

En dépit de l'entêtement de sa fille, Marie Alain n'avait aucunement l'intention d'abandonner son projet d'avoir Charles Martin pour gendre. Pourtant, elle ne se le cachait pas, les difficultés étaient de taille. D'un côté il y avait le jeune fermier, dont l'apparence physique ingrate rebutait Marie-Josèphe, et de l'autre, Michel du Pont de Gourville qui possédait toutes les qualités que sa fille recherchait chez un homme. Pour ajouter encore aux embûches, les deux jeunes gens se connaissaient depuis l'enfance, étant nés tous les deux à Port-Royal où leurs familles avaient été voisines, tandis que le jeune Martin, vivant à Beaubassin, ne connaissait la jeune Gautier que depuis peu.

Pour Marie Alain, ce n'était pas là une difficulté insurmontable. Si sa fille et le jeune Gourville s'étaient connus plusieurs années auparavant, leur situation, au début, avait peu contribué au rapprochement émotif des deux jeunes gens. Comme Michel avait huit ans de plus que Marie-Josèphe, pendant longtemps, il n'avait pas prêté la moindre attention à cette enfant au physique ingrat, au corps maigre, surmonté d'une haute tête à la chevelure ni brune ni rousse, presque crépue et rebelle à toute tentative d'apprivoisement. Puis, peu à peu, à partir de l'adolescence, la personne de Marie-Josèphe avait connu une transformation miraculeuse. En l'espace de trois ou quatre ans, le squelette dégingandé à la peau rêche s'était mué en une grande jeune fille au teint laiteux, aux formes pulpeuses et arrondies. Les touffes serrées de ses cheveux s'étaient relâchées pour former une élégante toison ondulée de la couleur des marrons qui encadrait un visage agréable, aux pommettes saillantes, au front haut et bombé.

Toute enfant déjà, la fille aînée des Gautier s'était éprise de son jeune voisin qu'elle contemplait avec de grands yeux de biche, humides d'émotions quand, par hasard, leurs routes se croisaient. Puis, vers l'âge de quinze ans, dans le secret de son cœur, elle s'était vouée à ce jeune officier qui représentait pour elle la civilisation et toutes les choses raffinées qu'elle apportait avec elle. Peu à peu et à l'insu de son héros lui-même, elle en était tombée follement amoureuse. Si Marie Alain avait pu lire clairement dans l'âme de sa fille, elle aurait peut-être mesuré la futilité de ses efforts.

L'automne précédent, Marie-Josèphe, qui venait d'avoir dix-huit ans, avait été présentée officiellement au gouverneur, Mombeton de Brouillan[3], au cours d'un bal que celui-ci avait donné à Louisbourg, au château Saint-Louis. Nicolas Gautier, qui cultivait de nombreuses amitiés dans l'administration et comptait plusieurs personnes dévouées à ses intérêts parmi les officiers de la garnison de Louisbourg, avait reçu sa première invitation, comme grand bourgeois, à une fête du gouverneur.

Pendant la soirée, la jeune fille avait joué ses cartes de façon telle qu'elle avait eu comme chevalier servant exclusif, son beau Michel de Gourville. Après une première danse, ils ne s'étaient plus quittés de toute la soirée, ce qui n'avait pas fait le bonheur de Marie Alain. La mère avait assisté, dans un silence réprobateur, aux agissements déplorables de sa fille.

Aujourd'hui, elle s'en veut beaucoup de n'être pas intervenue à l'époque.

Qui plus est, comme s'il s'était agi d'une suite logique d'événements, ce bal du château Saint-Louis avait conduit à une autre soirée qui avait eu lieu à Louisbourg également, mais chez les du Pont, cette fois. En effet, quelques se-

---

3. Joseph Mombeton de Brouillan de Saint-Ovide, deuxième gouverneur de Louisbourg, de 1717 à 1739.

maines après le fameux bal, les frères du Pont avaient donné une grande fête, pour la Noël, où ils avaient convié tous leurs associés en affaires. Des gens de Beaubassin, de Louisbourg et de Port-Royal, dont les Gautier, avaient été invités. Comme on pouvait s'y attendre, Marie-Josèphe et Michel s'étaient retrouvés avec beaucoup d'ardeur. Comme pour le bal du gouverneur, ils ne s'étaient pas quittés de toute la soirée. Pis encore, et Marie Alain s'en souvenait maintenant, les deux jeunes gens avaient disparu pendant plusieurs heures au cours de la fête. Avec le résultat qu'aujourd'hui, Marie-Josèphe était grosse de cinq mois, des œuvres du prétendant qui n'était pas son choix.

Bien qu'ils n'en aient jamais parlé entre eux, les époux Gautier n'étaient pas du même avis sur la conduite de Marie-Josèphe et sur l'élu de son cœur. En constatant le tour que prenaient les événements, Nicolas avait envisagé d'un bon œil la possibilité d'avoir pour gendre le jeune Gourville. Non seulement sa carrière militaire, mais surtout ses succès financiers, le portaient à encourager les projets matrimoniaux des deux jeunes gens. Sans qu'ils s'en parlent jamais entre eux, Marie avait fini par comprendre que son mari faisait partie du camp adverse et qu'elle ne pourrait jamais compter sur lui pour seconder ses efforts.

Quant à Marie-Josèphe, elle se retrouve aussi isolée que sa mère devant son problème aux apparences insolubles. Elle commence par chercher autour d'elle pour trouver les appuis nécessaires à son projet. À cause de son caractère indépendant et de sa forte personnalité, elle compte peu d'amis de son âge. Autant dire, en fait, qu'elle n'a pas de confidente et que, dans les moments difficiles, c'est en elle-même qu'elle doit puiser sa force et son courage.

Devant cette impasse, il lui vient à l'esprit de chercher un allié dans sa famille même. Si ce ne peut être du côté de son père, vers qui va-t-elle se tourner? Elle élimine tout de suite Marguerite, sa sœur cadette, qui n'a pas encore dix ans. Mais, sa sœur Anne, elle, a dix-sept ans et souvent a été de bon conseil. Cependant, sans être des ennemies, les deux jeunes filles ne recherchent jamais la compagnie l'une de l'autre. Malgré cette constatation, elle décide quand même de s'ouvrir à elle. Au moins, leurs propos resteront entre elles, car sa sœur est aussi, depuis un an déjà, à couteaux tirés avec leur mère, pour des raisons identiques à celles de sa sœur. En effet, depuis quelques mois, Anne est courtisée par Pierre Bergeron, un garçon de son âge, originaire de Grand-Pré. Hélas, il n'est un Acadien que de première génération!

— Je ne vois vraiment pas comment je puis t'être de quelque secours, Marie-Josèphe. Si j'étais à ta place, je m'enfuirais au Canada ou en France avec mon beau chevalier. Sûrement qu'aussi loin, maman ne pourra aller te chercher pour te ramener de force en Acadie.

— C'est bien intéressant, cette idée, car je serais tout de suite avec Michel. J'ai déjà songé à la fuite, mais je ne crois pas que ce soit une heureuse solution. D'abord, je ne suis pas certaine que mon amoureux accepte cette proposition. Et puis, de quoi vivrions-nous? Non, Anne, il faut que je trouve un moyen d'épouser Michel, tout en restant en Acadie. L'abbé de Saint-Poncy, à Port-Royal, est trop près de la famille. Il ne voudra jamais aller contre la volonté de nos parents qui sont de ses amis.

— Eh bien! dans ce cas, va à Cobeguit ou Pigiguit. Tu y trouveras l'abbé Pierre Maillard. Étant curé de Shubéna-cadie, il passe fréquemment dans ces deux villages. Il me semble qu'il pourrait t'être favorable.

La suggestion d'Anne fait réfléchir Marie-Josèphe. Elle a peut-être raison. Mais comment entrer en contact avec lui?

— Pour y arriver, reprend Anne comme si elle avait deviné la pensée de sa sœur, demande à Laure, la femme

de Germain Doucet. Elle est originaire de cette région.
Elle doit avoir gardé des liens dans ces villages.

— Laure saura-t-elle tenir sa langue?

— J'en suis certaine. Ce n'est pas une amie de notre
mère en tout cas. Et puis, tu peux toujours compter sur
une autre femme pour te soutenir, conclut la jeune fille
avec optimisme.

Marie-Josèphe n'est pas si sûre que sa sœur de la
discrétion de Laure, mais elle pense qu'il vaut la peine de
tenter sa chance de ce côté.

— Crois-tu qu'il serait sage de m'ouvrir de mon problème à Joseph?

Anne ne répond pas tout de suite à cette question,
paraissant réfléchir.

— Tu connais Joseph encore mieux que moi. Je
craindrais que ton projet ne l'effraie.

— Oui, c'est bien ce qui m'inquiète. Et puis, penses-tu
qu'il rapporterait à père ou mère ce que je lui dirais?

— Je suis sûre que non. Notre frère aîné t'aime beaucoup. Tu es d'un naturel si indépendant, Marie-Josèphe,
que tu n'as confiance en personne d'autre que toi-même.

— Bon, cela suffit pour les leçons, mademoiselle, conclut la jeune femme en riant. Je vais réfléchir à ce que tu
viens de me dire.

Une fois seule, Marie-Josèphe hésite encore à se confier
à Joseph. C'est un garçon timide, effacé, presque timoré.
Déjà, lorsqu'ils étaient enfants, c'est elle qui, de deux ans
sa cadette, menait leurs jeux. À mesure que le caractère
de son aîné s'était dessiné, Nicolas avait conçu une grande
peine en constatant que l'héritier du nom ne répondait
pas complètement à ses attentes. Il ne s'en était pas trouvé
mal pendant longtemps puisque, peu après, il avait découvert, en Marie-Josèphe, toutes les qualités qu'il avait
recherchées chez son fils.

La désaffection du père n'avait pas aidé au développement social de Joseph. Elle l'avait, au contraire, refoulé

en lui-même, d'où il ne sortait que très rarement, et encore n'était-ce qu'aux seuls contacts avec sa mère. Peut-être était-ce à cause de cela que tout le monde s'était mis à l'appeler l'Aîné, afin de compenser, en quelque sorte, la froideur paternelle.

Ces réflexions faites, Marie-Josèphe repasse dans son esprit les différents plans qu'elle a déjà élaborés jusqu'à ce jour. Pendant près d'une heure, elle invente, dans sa tête, des manigances plus méchantes les unes que les autres, jusqu'au moment où elle finit par se rendre compte qu'elle fait fausse route. Pour la plupart, ses projets ne sont que des entreprises maléfiques inventées principalement contre sa mère, dans le but de la punir pour l'avoir si méchamment contrariée. Elle n'en a que faire de sa haine à l'endroit de Marie; ce sentiment lui paraît tout à fait stérile. N'a-t-elle pas qu'une seule idée en tête, épouser Michel de Gourville?

Si cette constatation ne lui apporte pas la réponse à son problème, elle lui indique tout au moins dans quelle direction il ne faut pas chercher. C'est dans ce nouvel état d'esprit qu'elle se résout donc à aborder Joseph.

Après lui avoir exposé le problème de façon succincte, son frère ne dit pas un mot et regarde Marie-Josèphe avec beaucoup d'intensité.

— Tu es convaincue d'être dans la bonne voie? Que cette décision est finale, et que tu veux épouser Michel de Gourville?

Bien que ses phrases soient affirmatives, ce sont des questions, en vérité qu'il lui pose. Pourtant, l'Aîné connaît déjà les réponses, mais comme c'est un inquiet, il veut s'en assurer avant de poursuivre.

— Oui, Joseph, c'est ce que je désire le plus au monde en ce moment.

Ce dernier regarde sa sœur sans dire un mot. Toujours excessive, pense-t-il, toujours prête aux grands gestes, aux grands sentiments.

— Écoute Josette, comme son frère l'appelle toujours, ce n'est pas moi qui vais te dicter ta conduite. Je te connais assez pour savoir qu'il n'en servirait à rien et que tu n'en ferais ensuite qu'à ta tête.

La jeune fille n'est pas surprise par les hésitations de son aîné. Elle s'y attendait un peu.

— Dans ce cas, comment peux-tu m'aider?

— Je vais te raconter une histoire. Le père de ton amoureux, François du Pont du Vivier, a lui-même fait beaucoup de bruit lors de son mariage.

Marie-Josèphe regarde son frère avec un intérêt soudain, l'œil interrogateur.

— Malgré la défense expresse du gouverneur de Port-Royal, qui était alors Simon-Pierre Denys de Bonaventure, il avait épousé, avec la bénédiction des récollets, Marie Mius d'Entremont, la fille de Jacques Mius d'Entremont de Pobomcoup et d'Anne de Saint-Étienne et de La Tour, elle-même la fille de Charles de La Tour, un des premiers colons de l'Acadie.

— Mon Dieu! Mon Dieu! que de monde important dans cette famille, s'exclame Marie-Josèphe en riant. J'ai bien choisi, ne trouves-tu pas?

— Surtout beaucoup de monde car, trois mois seulement après le mariage, elle donna naissance à leur premier enfant.

— Ne crois-tu pas que je puisse en faire autant?

— Sois sérieuse, Josette. Tu me demandes conseil, je tâche de t'aider.

Joseph, qui tient la vie pour un drame en perpétuel devenir, n'entend pas souvent à rire.

— Enfin, en quoi l'histoire de François du Vivier peut-elle m'aider à trouver réponse à mon problème?

— En ceci, ma sœur, que son mariage a fait scandale, à l'époque.

— Oui, bien, je l'admets, mais comment cela peut-il me servir?

— Je ne le sais pas au juste, Josette. Ce n'est peut-être qu'une intuition, mais il me semble que cette histoire peut t'aider à résoudre ton problème.

— Je le veux bien, mais de quelle façon au juste? Pourquoi le père de Michel devait-il obtenir la permission de sa famille ou du gouverneur pour se marier?

— Les officiers ne devaient pas épouser des jeunes filles de naissance obscure...

— Pourquoi pas? interrompt Marie-Josèphe piquée au vif.

— On pensait que ces alliances pouvaient causer de graves préjudices à la carrière des jeunes militaires et ralentir leur zèle au service du roi.

— Tentes-tu de me dissuader d'épouser Michel?

— Non, pas du tout, bien que je connaisse l'opposition de maman à cette union.

— Mais toi, de quel côté penches-tu?

— Du côté de ton bonheur, Josette.

— Dans ce cas, cette histoire au sujet du père de Michel, c'est donc...

— C'est pour t'aider à trouver une réponse à ton problème. Comme toi, le sieur du Vivier ne faisait jamais les choses comme tout le monde.

Marie-Josèphe regarde son frère avec attention, comme si elle l'apercevait pour la première fois. Son visage est sérieux, ses yeux à la fois tristes et rieurs.

— Je suis persuadé que tu sauras y trouver l'enseignement que tu cherches. Sois assurée, petite sœur, que je suis avec toi.

La jeune fille s'approche de son frère, le prend par le cou et l'embrasse spontanément. L'Aîné est surpris et intimidé par le geste de sa sœur. Croyant leur entretien terminé, il balbutie des excuses en rougissant et quitte la pièce en fermant doucement la porte derrière lui.

Seule une fois de plus, Marie-Josèphe se sourit à elle-même. Dans sa tête vient de surgir une petite flamme fragile et délicate. Elle la contemple avec plaisir, puis elle s'applique à la protéger pour la faire croître. En moins d'une heure, les choses ont complètement changé. Cette nouvelle idée qu'elle vient d'avoir, transforme la jeune fille et lui donne des ailes.

3

Des milliers d'étoiles éparpillées brillent dans un ciel sans nuages. Une lune presque pleine baigne de sa froide lumière bleuâtre le petit village de Cobeguit.

Poonhook[1] tressaille violemment. Hugues Doucet, alerté, le regarde avec inquiétude.

— Que t'arrive-t-il?

— Ne vois-tu rien, Kesegoo?

Le vieillard reste silencieux, les yeux braqués dans la direction que lui indique son jeune compagnon.

— Non! Que devrais-je voir?

Poonhook est agacé par le manque de vision de son chef.

— Là, à quelques pas devant nous.

— Oh! Je la vois. C'est Eonamoog[2], avec son grand manteau, murmure le vieux chef avec respect.

Dans la conscience collective souriquoise vit la forme étrange et puissante de Eonamoog. C'est un esprit bien-

---

1. Poonhook: en Micmac, le premier d'une série de lacs. Avec son frère jumeau, Wegoon, il est le plus jeune de la bande.
2. Eonamoog: forme spectrale bienfaisante, d'allure brumeuse et diaphane qui apparaissait aux Micmacs pour les prévenir des dangers et les protéger. Elle était toujours vêtue d'un grand manteau de la couleur bleu-argent des rayons de la lune.

veillant qui intervient pour avertir d'un danger imminent et souvent prêter son concours dans les moments critiques.

— Comment se fait-il que nous puissions la voir? demande le jeune homme, la voix inquiète.

Quelques jours avant ou après la pleine lune, son spectre n'est jamais visible aux humains. En effet, ces jours-là, la lune refuse de lui prêter son manteau bleu-argent qui permet aux mortels, en temps ordinaire, de la reconnaître et de lui demander secours. Le vieux Doucet est aussi surpris que son jeune compagnon par l'apparition de Eonamoog, étant donné les circonstances. Seraient-ils en quelque danger?

— Je suis aussi mystifié que toi, Poonhook.

— Si la lune lui a permis de prendre son manteau...

La voix du jeune Souriquois traîne et s'éteint. Au même moment, la forme s'estompe, comme si la lumière de la lune, ayant pris de la force, l'avait fait disparaître aussi mystérieusement qu'elle était venue.

Poonhook est fort troublé par cette brève apparition. Doucet, qui n'est pas aussi superstitieux que ses guerriers, se sent quand même mal à l'aise, longtemps après la disparition du spectre.

— Crois-tu, Kesegoo, qu'elle est venue nous donner un avertissement?

— Nous avertir de quoi?

— Que les Anglais, peut-être, vont venir nous troubler jusque dans cette partie de l'Acadie?

Doucet fait un geste des deux mains pour marquer son ignorance. Pour lui, qui a connu tous les régimes en ce pays, il y a maintenant deux Acadies. La première, devenue, depuis 1713, le pays des Anglais, comprend toute la côte atlantique de la Nouvelle-Écosse, depuis le Cap-Sable jusqu'au détroit de Canseau. Et puis, il y a cette autre Acadie, celle où, pour échapper à la présence de l'envahisseur, les Acadiens s'enfoncent chaque jour davantage dans les forêts du pays des Micmacs, re-montant jusqu'au bassin des Mines et même au-delà. Le village de Cobeguit est niché au fin fond de la baie du même nom, elle même, la prolongation du bassin des Mines, tout au bout de la baie Française. Pour Kesegoo, cet endroit marque le commencement de ce qu'il appelle l'Acadie Profonde.

Ces territoires ne sont pas à la portée de l'occupant, car ils s'étendent trop profondément vers l'intérieur pour que, avec ses maigres ressources, il ait seulement le désir d'y étendre sa domination. De plus, il n'ose pas s'y aventurer, même en plein jour, se méfiant des embûches des Souriquois qui sont les alliés exclusifs des Français et des Acadiens. Si ce n'était encore que cela, des troupes nombreuses et bien disciplinées, amenées de Boston, pourraient, au cours d'une excursion bien menée, en venir à bout une fois pour toutes.

Le plus grand ennemi des Anglais, c'est une petite bande insaisissable d'une poignée d'hommes à cheval, qui surgissent au milieu d'eux, sans qu'ils s'y attendent le moins du monde, et sèment la terreur dans leurs établis-sements. Ils attaquent comme l'éclair, font leurs ravages, puis disparaissent aussi vite qu'ils sont arrivés. Les victi-mes, prises à l'improviste, n'arrivent jamais à connaître ni leur identité ni leur nombre. Certaines d'entre elles racontent qu'il n'existe pas de chef à cette poignée de maraudeurs. D'autres disent qu'elles ont vu leur capitaine et qu'il s'agit d'un Hollandais originaire de Manhate[3], à qui les Anglais auraient fait grand tort lorsqu'ils se sont em-parés de l'île et qui a juré de se venger. En dépit du fait que les dates ne concordent pas, c'est cette dernière ver-sion qui a le plus de crédibilité auprès des Anglais. Quant

---

3. Manhate ou Manhatte: une île dans l'embouchure de la rivière Hudson qui, sous le nom de New Amsterdam, fut fondée par les Hollandais en 1626 et prise par les Anglais en 1664, devenant ensuite New York.

au gouverneur Lawrence Armstrong et ses officiers, ils pensent qu'il s'agit d'un groupe formé surtout de Souriquois et d'un petit nombre d'Acadiens, mais ils n'oseraient l'affirmer. Car, eux non plus, n'ont pas de preuves pour appuyer leurs opinions.

Il ne fait pas de doute que si le gouverneur avait pu se trouver près de Cobeguit, en cette fin du mois d'août 1737, il aurait eu la surprise de sa vie car, en ce moment même, les Micmacs se préparent à réaliser la plus vaste opération qu'ils aient entreprise jusqu'à ce jour, tant par son envergure que par son audace. À cause de cela, ils sont rassemblés tous les sept, au grand complet. Leur mission: conduire deux cents têtes de bétail, au nez des Anglais, depuis Cobeguit jusqu'à Louisbourg. C'est un voyage long et difficile, par des voies encore mal tracées à travers des forêts denses et encore peu fréquentées. En plus du trajet par terre de près de trente-cinq milles, jusqu'à la baie de Tatamagouche, il faut aussi faire monter les bêtes dans des embarcations pour leur faire traverser le détroit de Canso, le secteur le plus dangereux, gardé par le colonel Alexander Cosby, avant de les mener jusqu'à Louisbourg.

En dépit de tous ces dangers, les Micmacs ont pour eux l'exclusivité du territoire. En effet, les Anglais ne viennent jamais dans l'Acadie Profonde. Ils n'ont pas les troupes nécessaires pour patrouiller un territoire aussi vaste et aux frontières aussi floues.

Demain matin, Doucet et ses Micmacs vont se mettre en route. Ce soir, à côté d'un enclos près de Cobeguit, où sont parquées les deux cents têtes de bétail, rassemblées par Nicolas Gautier, les Micmacs montent la garde à tour de rôle. C'est à minuit que commence le quart de veille de Kesegoo et de Poonhook.

À la fin du mois d'août, en Acadie, les nuits sont déjà fraîches; on sent déjà l'automne qui approche. Les deux hommes sont assis sur un billot jeté sur la terre, devant un feu qu'ils alimentent à tour de rôle. Ils sont enveloppés chacun dans une grande couverture de laine et ont jeté sur leurs épaules une peau de buffle qu'un voyageur leur a rapporté de l'Ouest canadien, quelques années auparavant. Leurs mains enveloppent la tête de leur calumet pour les réchauffer. De temps à autre, pour garder le foyer de leurs pipes allumé, ils aspirent par petites bouffées la fumée âcre et bienfaisante. Les deux hommes causent à voix basse et à discours décousu.

— Tu avais déjà rencontré Eonamoog avant aujourd'hui, Kesegoo? demande le jeune Micmac, encore troublé par l'apparition.

— Tu penses bien que oui. J'avais déjà plus de cinquante hivers quand tu es né, dit l'octogénaire à son jeune compagnon.

Un silence suit cette observation, pendant que les deux hommes aspirent avec volupté la fumée de leur calumet. Ils la font pénétrer jusqu'au plus profond de leurs poumons puis, avec une lenteur délibérée, ils la relâchent en volutes bleutées dans la froidure de la nuit, mélangée à la vapeur de leur haleine. Poonhook jette un coup d'œil du côté de son compagnon. Ses yeux, si près du feu, brillent comme des braises ardentes qui lui donnent un air cabalistique. Le reflet des flammes danse en langues roses sur sa barbe blanche et fleurie. Des gouttes d'eau, de même couleur, formées par sa respiration, s'accrochent à sa moustache. De temps à autre, un meuglement bas et bref trouble le silence que seul accompagne le crépitement du feu. Poonhook hésite encore un instant avant de poursuivre son propos car, depuis qu'il s'est joint à la bande des Micmacs, il a toujours traité son chef avec déférence, presque avec vénération.

— Tu n'es pas de Cobeguit, n'est-ce pas?

— C'est vrai. Je suis arrivé dans ce village, au mois de novembre 1654, porté sur le dos d'un missionnaire, le père Joseph. Il fuyait Port-Royal qui, deux semaines plus tôt, avait été pris par les Anglais. À cette époque, je n'avais pas encore deux lunes.

Poonhook regarde Hugues Doucet avec curiosité. Il ne comprend pas.

— Tu t'en souviens donc toi-même, bien que tu n'avais que deux lunes?

Doucet sourit doucement devant la naïveté du jeune homme.

— C'est le père Joseph lui-même qui, quelques années plus tard, m'a raconté cet épisode. Par un beau soir du mois de novembre de l'année 1654, devant les yeux ébahis des deux cents habitants de Cobeguit, était apparu un étonnant équipage. C'était un capucin, un prêtre missionnaire de petite taille, mais au corps robuste et musclé, aux jambes fortes et aux mains noueuses, qui portait sur son dos, à la façon des mères souriquoises, un enfant de quelques semaines à peine, emmitouflé dans des fourrures de phoque, qui sont si douces à la peau délicate d'un bébé. Plusieurs des habitants, dont quelques-uns étaient chrétiens et baptisés à cette époque, s'étaient tout de suite portés au secours du prêtre. D'autres, non moins compatissants quand même, avaient, tout en aidant, fait des plaisanteries sur la robe du missionnaire et le bébé qu'il portait sur son dos. «Femme», dit l'un d'eux, par plaisanterie, en s'adressant au prêtre, «est-ce le grand pin au bord de la rivière, ou le grand vent qui t'a fait ton enfant?» Et les Souriquois de s'esclaffer bruyamment en sautant et en dansant, comme c'est la coutume dans les moments de grande joie?

— Ainsi, Kesegoo, tu as été reçu avec chaleur, observe Poonhook.

— Oui, je dirais même que les Souriquois de Cobeguit m'ont accueilli comme ils auraient fait d'une naissance. Au point que l'un d'eux avait dit en plaisantant au père Joseph: «C'est toi qui lui donne la tétée?»

À cette évocation, Poonhook éclate de rire. L'idée du missionnaire, donnant le sein à un bébé, l'amuse beaucoup.

— Tu as bien raison de rire. Les autres Souriquois en firent autant, à l'époque. Mais, devant l'embarras du capucin, une jeune femme, appelée Obenoke, à la poitrine plus que généreuse, s'était approchée de nous. Sans demander la permission, elle avait détaché le sac dans lequel j'étais suspendu et m'avait ensuite pris dans ses bras. Délicatement et prestement, elle m'avait démailloté pour m'examiner et me montrer aux membres de la tribu. Les hommes et les femmes touchaient ma chevelure blonde et rousse, la roulaient entre leurs doigts, passaient leurs mains rugueuses et sales sur ma peau si blanche, tellement plus blanche que celle de leurs rejetons à eux. Cette couleur leur parut celle d'un bébé en mauvaise santé, donc moins bien constitué qu'eux, en d'autres mots, inférieur. Ils n'avaient pas tout à fait tort, puisque l'enfant blanc que j'étais, s'il avait été laissé à lui-même et aux seuls soins du père Joseph, aurait été mal préparé pour lutter contre le rude climat ambiant et n'aurait pas survécu longtemps.

— Tu es certain, Kesegoo, de ne pas te rappeler toi-même cet événement si important dans ta vie? Quant à moi, j'ai souvenance de moments de mon existence, bien avant que je voie le jour, alors que j'étais encore dans le ventre de ma mère.

Doucet regarde le jeune Souriquois avec attention. Il sait qu'il dit la vérité. Il aimerait bien poursuivre la conversation dans cette direction, mais Poonhook revient à la charge et le prie de continuer son récit.

— Pendant que tout un chacun m'examinait avec minutie, le père Joseph a raconté son odyssée de quinze jours à travers bois pour atteindre Cobeguit. Parti précipitamment avec de bien maigres provisions, il s'en était surtout servi pour me nourrir. Inutile de dire qu'il était fatigué et affaibli, tant par la marche que par les privations qu'il s'était imposées pour ma survie. Épuisé, mais heureux, il ne disait mot, se contentant de regarder et de sourire tant qu'il le pouvait. Les Souriquois se faisaient entre eux, à mon sujet, mille commentaires dont le sens échappait au capucin. À l'époque, ses connaissances de la langue souriquoise étaient encore rudimentaires. Malgré tous leurs gestes de curieux, leurs incompréhensibles paroles, le prêtre n'était pas inquiet. Il les observa avec plus d'attention, lorsqu'ils s'attardèrent sur mon sexe, au sujet duquel les femmes échangèrent quelques propos, mais personne n'y trouva sujet à plaisanterie, comme cela aurait été le cas entre Blancs.

— Pourquoi le sexe fait-il rire les Blancs? Est-ce parce qu'ils le cachent toujours à la vue des autres?

— Nous le cachons à la vue des autres, parce que nos prêtres nous disent qu'il est honteux, la cause du péché originel.

Le jeune homme hoche la tête, mais ne dit rien.

— Alors, reprend Doucet, le père Joseph regardant les habitants du village et me montrant du doigt, prononça le mot «Hugues» à plusieurs reprises pour leur indiquer que c'était mon nom. Mais les Souriquois, au lieu de répéter ce nom, se mirent à scander ensemble le mot «Kilkwus», ce qui, comme tu le sais, veut dire «ton fils». Les Souriquois connaissaient assez bien le rite catholique pour savoir que les prêtres ne se mariaient pas et n'avaient pas d'enfant. Aussi, cette nouvelle plaisanterie les amusa-t-ils beaucoup. Puis, soudain, lorsque je m'étais mis à pleurer, Obenoke, la Souriquoise qui m'avait pris sur le dos du moine, releva sa tunique et me donna la tétée. Le père Joseph m'a raconté que j'avais cessé de pleurer à l'instant. Les gentils bruits que faisait ma déglutition, paraît-il, avaient tellement détendu l'atmosphère que tous s'étaient mis à rire ensemble de bon cœur. À partir de ce jour, Obenoke devint ma nourrice.

Tandis que le vieux Doucet raconte ses souvenirs, le jeune Poonhook attise le feu qui se met à flamber à nouveau, éclairant la clôture qui entoure le troupeau.

— Par la suite, poursuit Kesegoo, lorsque son compagnon est revenu prendre sa place à ses côtés, tout s'était passé bien simplement entre les Souriquois et le père Joseph. Au bout de plusieurs mois, nous étions définitivement installés à Cobeguit, occupant un Ouaguam au centre du village, entre celui du Sagamo et celui d'un Brave, nommé Aspatogon et de sa femme Obenoke, ma nourrice.

— Ce sont les parents de Mtaë et Booktao?

— Oui! J'avais à peine trois ans lorsque Mtaë est né. Deux ans plus tard, Booktao est arrivé. Éventuellement, ces deux garçons, qui étaient mes frères de lait, devinrent mes constants compagnons de jeux. C'est vers ce temps là que survint la première tragédie.

Poonhook regarde Hugues Doucet avec un grand intérêt.

— Au cours d'une excursion des hommes de Cobeguit contre les Anglais, en 1662, plusieurs guerriers perdirent la vie, dont Aspatogon. Restée veuve avec deux garçons en bas âge, Obenoke aurait eu la vie bien difficile, n'eût été Mathieu Martin[4], un tisserand de Port-Royal qui venait fréquemment à Cobeguit pour les besoins de son commerce. À chaque visite, il habitait chez Obenoke. Comme on aurait pu s'y attendre, un jour elle fut enceinte et mit au monde une ravissante petite fille qu'ils baptisèrent

---

4. Mathieu Martin (1636-1723). Les titres du fief seigneurial que Mathieu Martin avait obtenu, en 1689, sur la rivière WeCobeguitk mentionnent que cette concession lui fut accordée parce qu'il était «le premier né en Acadie, parmi les Français du pays». (Cité par Bona Arsenault in *Histoire et généalogie des Acadiens*, p. 89.) Quand il mourut, vers 1723, le gouverneur Armstrong contesta les clauses de son testament parce que «sa vie durant il ne voulut jamais reconnaître ce gouvernement» (Cité par Clarence J. d'Entremont dans *Dictionnaire biographique du Canada II*, 482) en conséquence, le gouverneur rattacha le fief à la couronne britannique.

Marie. Mathieu et Obenoke ne se marièrent pas. Je n'ai jamais su pourquoi, car ils s'aimaient tellement que c'en était un vrai plaisir juste de les voir afficher leur bonheur lorsqu'ils étaient ensemble.

Après notre arrivée à Cobeguit, le père Joseph avait commencé d'apprendre la langue des Souriquois. Mais il n'y parvint pas aussi rapidement que moi. Il s'exprimait encore avec difficulté, alors que je l'avais maîtrisée dès l'âge de trois ans, en même temps que le français.

— L'homme Blanc croit qu'il lui faut connaître un grand nombre de choses qui sont tout à fait étrangères à ce pays.

— Oui, c'est vrai. Mais c'est parce qu'elles pourront le servir un jour.

Poonhook regarde le vieillard et hoche la tête.

— Le père Joseph était donc très savant?

— Comme un grand nombre de religieux, à cette époque, il était instruit.

— Se conduisait-il ici comme il l'aurait fait en France?

— Pas tout à fait. Loin de ses supérieurs et de l'étouffant enseignement religieux qu'il avait reçu là-bas, il avait accommodé ses rites à ceux des Souriquois qu'il avait pour mission d'évangéliser. Après quelques années passées de cette façon, il s'était si bien trouvé à Cobeguit, qu'il y avait construit une chapelle, avait baptisé toute la population et y dirigeait, sans jamais sacrifier à l'essentiel de son dogme, un culte qui tenait autant des coutumes indigènes que de celles du rituel catholique.

— Comment était la vie à Cobeguit, à cette époque?

— C'était plutôt paisible. En compagnie de Mtaë et Booktao, je chassais et pêchais à la façon des Souriquois, je courais les bois comme eux et m'habillais à leur façon. Il faut dire que, pendant ces années-là, sauf Mathieu Martin et les quelques familles de colons qu'il avait fait venir de Port-Royal, nous voyions rarement des visiteurs, les Acadiens se dirigeant de préférence plus au nord, vers Beaubassin, qui venait d'être fondé. Mathieu Martin finit par passer le plus clair de son temps à Cobeguit et n'allait plus qu'occasionnellement à Port-Royal. Dès ses premières visites, il s'était pris d'amitié pour le père Joseph et les habitants du village. En l'année 1667, sentant venir sa fin prochaine, le missionnaire me prépara à cette éventualité. J'avais alors treize ans.

— Comment est-ce arrivé, au juste?

— Mathieu Martin, survenant un beau jour, avait trouvé le père Joseph à l'agonie, entouré de toute la tribu, avec moi en larmes, à côté de sa couche. Avant de rendre son dernier souffle, le capucin a demandé au seigneur de Cobeguit de me ramener auprès des Blancs, pour que j'apprenne à mieux connaître le peuple dont j'étais issu. Martin prit très au sérieux cette prière d'un agonisant. Après la mort et l'inhumation du moine, il m'a emmené à Port-Royal avec mes deux inséparables compagnons, Mtaë et Booktao. Il avait obtenu la permission de leur mère, Obenoke, de les laisser m'accompagner, dans le but de leur faire connaître notre genre de vie et leur donner une bonne éducation. Au début, je m'en souviens, nous n'avions pas aimé le changement et demandions souvent de retourner à Cobeguit.

— Tu n'aimais pas vivre parmi les Blancs?

— À la vérité, mon garçon, c'est que j'étais amoureux.

Poonhook tourne la tête légèrement et regarde Kesegoo en souriant.

— Les premières semaines de notre séjour à Port-Royal, dans la maison de Mathieu Martin, je m'aperçus que je m'étais beaucoup attaché à la famille d'Obenoke, mais plus particulièrement à la jeune Marie. Elle était belle comme la source, souple et agile comme la biche, elle avait la peau soyeuse et veloutée de la martre, en même temps qu'elle était parée des traits fins et délicats d'une jeune Acadienne de bonne naissance, comme aiment dire les Français.

— Tu as donc épousé Marie?

Cette simple question jette Hugues Doucet dans une profonde mélancolie.

— Je n'ai pas voulu t'attrister, Kesegoo.

— Je ne suis pas triste, mon petit, reprend le vieillard. Ces souvenirs me sont chers. J'aime me les rappeler.

— Comme l'expédition de Dover?

— Celle-là et les autres, bien entendu.

Hugues Doucet sait qu'il n'a pas besoin de raconter à Poonhook la fameuse campagne de 1689 au New-Hampshire. Dans la tradition souriquoise, ces récits font partie de la mémoire collective, une bibliothèque vivante de souvenirs conservés intacts, sans qu'aucun changement y soit fait, parce que, ne bénéficiant pas de la langue écrite, ils ne peuvent pas retourner au texte pour vérification.

— Pourquoi fais-tu ce que tu fais, Kesegoo?

— Tu veux parler des exploits des Micmacs?

— Pourquoi nous donnons-nous la peine de défendre celui-ci ou celui-là, souvent même au péril de notre vie?

— Parce qu'il y a tant de gens en ce pays, qui sont faibles et démunis. Notre but est de protéger les Acadiens et les Souriquois contre les injustices de l'occupant. Je dois ajouter que pour y arriver, nous avons souvent dû être à la fois juges et justiciers, lors d'exploits restés profondément burinés dans notre mémoire. Nos actions sont surtout concentrées aujourd'hui dans l'Acadie Profonde qu'un grand nombre appelle l'Acadie Nouvelle et qui comprend Beaubassin, Grand-Pré, Cobeguit, Pigiguit, l'île Royale et l'île Saint-Jean. Dans le passé, nous avons opéré dans tout le territoire de l'ancienne Acadie, c'est-à-dire celui qui comprend la côte est de l'Amérique, depuis la rive droite du fleuve Saint-Laurent jusqu'à l'île de Manhatte.

— C'est une bien immense contrée, Kesegoo. N'était-ce pas un problème pour les Micmacs?

— Pas pour nous car, en ce temps-là, nous étions les plus mobiles des Acadiens et des Souriquois. En effet, non seulement nous allions à cheval, mais nous vivions presque jour et nuit sur nos montures. Ce qui fait que nous devancions toujours l'ennemi, obligé de se déplacer dans l'ordre et selon des règles militaires strictes. Rien de tout cela pour nous.

— As-tu toujours vécu de la façon dont tu le fais aujourd'hui?

Doucet, tirant encore une fois la fumée de son calumet, fait une longue pause avant de répondre.

— Non, en effet, je n'ai pas toujours mené cette vie. Les trente-cinq premières années de mon existence ont été tout à fait semblables à celles des autres Souriquois, sauf que j'ai appris, en plus, à compter, à parler, à lire et à écrire le français.

— C'est après l'expédition de Dover que le groupe des Micmacs s'est formé?

— Oui, ce fut le début. C'est aussi à cette occasion que nous nous sommes appelés les Micmacs.

— Comment est-ce arrivé?

— Il y avait des Hollandais à Dover, où nous avions fait notre première attaque, notre première expédition. Ils ont dit aux Anglais que nous étions des «muytmakers» [5].

— Cela ressemble beaucoup plus à Mig'Mawag [6] qui est notre vrai nom, qu'à Souriquois comme nous appellent les Français. Sont-ce donc les Anglais qui ont donné le nom de Micmacs à notre groupe?

— Oui. Il fallait bien qu'ils nous désignent de quelque façon, car pendant plus de quarante ans, nous les avons harcelés de toutes parts et de toutes les façons. Nous avons

5. Muytmaker: du moyen néerlandais, qui veut dire mutin, rebelle. (Robert)
6. Mig'Mawag: «À l'origine, (les Micmacs) se dénommaient eux-mêmes Mig'mawag, «peuple de l'aurore», nom que les Anglais ont rapidement déformé en Micmac, alors que les Français leur avaient attribué le nom de Souriquois». (Dictionnaire du Français Plus)

corrigé des injustices, rendu des enfants à leurs familles, des maris à leurs femmes. Mais surtout, nous avons exercé la vengeance. Grâce à nos actions, nous les avons empêchés de commettre de plus grandes atrocités.

Poonhook reste pensif, à la suite de cette déclaration de Kesegoo. Les deux hommes remettent du tabac dans leur calumet avant de tirer à nouveau la fumée dans leurs poumons.

— Tu crois, Kesegoo, dit enfin le jeune homme après un long silence, que tuer quelqu'un, parce qu'il a tué, c'est bien?

Le vieux Hugues Doucet ne réagit pas à la remarque de son compagnon. Le visage impassible, les paupières à demi-baissées, il continue de tirer sur le tuyau de sa pipe tout en regardant fixement le brasier qui flambe à ses pieds.

— Mais toi, qu'en penses-tu, mon garçon?

— Je ne sais plus, Kesegoo. Avant, il me semble que je savais.

— Avant quoi?

Poonhook hésite, comme s'il allait dire une chose défendue, ou comme s'il allait livrer un secret.

— Avant l'arrivée des missionnaires, dit-il enfin.

— Tu as longuement parlé aux prêtres, n'est-ce pas?

— L'abbé Maillard[7] curé de Shubénacadie[8] croit que ce n'est pas la bonne façon. Il dit que dans sa religion, il y a un enseignement ancien et un enseignement nouveau. Nous les Micmacs, nous faisons la religion à l'ancienne.

— Qu'est-ce au juste que cette religion à l'ancienne?

— C'est de rendre le mal pour le mal.

---

7. Pierre Maillard (1710-1762). Prêtre des Missions étrangères, devenu expert en langue micmaque.
8. Shubénacadie: vaste territoire s'étendant depuis le Cap Sable jusqu'à la baie de Chédabouctou au nord, et à l'actuel détroit de Northumberland à l'ouest. Le prêtre chargé de cette mission, s'occupait surtout des Micmacs. La résidence de la mission se trouvait sur la rivière du même nom, à douze lieues de Cobeguit.

— Et la nouvelle?

— Il dit que ce Jésus est venu pour nous enseigner à rendre le bien pour le mal. C'est ce que nous devrions apprendre.

— Toi, qu'en dis-tu?

Poonhook réfléchit longuement, tout en attisant le feu avec une longue branche à l'extrémité enflammée.

— L'abbé Maillard, poursuit Doucet, est le premier Français que j'ai jamais connu, à avoir si bien appris le Micmac qu'il le parle encore mieux que votre Sagamo.

— Justement, il le parle peut-être trop bien. Avant qu'il me fasse de si beaux discours sur sa religion, je n'hésitais jamais avant de prendre une décision. Je savais toujours ce qu'il fallait faire et lorsque je m'étais exécuté, je n'en avais jamais de regrets. Depuis...

— Depuis, les paroles de l'abbé Maillard ont tout changé, n'est-ce pas? C'est un homme rempli de bonnes intentions; il connaît bien les hommes et pas du tout les animaux.

— Que veux-tu dire?

— Tu es assez vieux, Poonhook, pour savoir que si l'on veut vivre avec les loups il faut apprendre à mordre.

Les deux hommes restent silencieux après cette remarque du vieux chef. Le soleil commence alors à poindre à l'horizon. Ce sera bientôt l'heure de se remettre en route.

La nuit du 11 septembre, alors que depuis la veille, les Micmacs et leur deux cents têtes de bétail sont en vue de la mer, Poonhook et Kesegoo sont encore de garde aux mêmes heures qu'ils l'ont été depuis le début de l'expédition.

Vers les quatre heures, Kesegoo se lève pour attiser le feu qui les réchauffe et éloigne les bêtes, mais qui, aussi, attire les curieux. Du coin de l'œil, mais sans avoir à lever la tête, il croit apercevoir, à une centaine de pas devant lui, au-delà de l'ombre qui les entoure, un éclair si bref qu'il se demande un instant s'il l'a vraiment aperçu. A-t-il été causé par le reflet de la flamme sur du métal brillant, un poignard, peut-être? Lentement, et de façon toute naturelle, il se rassoit sur la bille de bois, à côté de Poonhook.

— Ne t'étonne pas de ce que je vais maintenant faire, murmure-t-il à son compagnon.

Celui-ci continue de regarder droit devant lui, mais ne fait aucun signe de la tête. Pourtant, Doucet est certain d'avoir été compris. Puis, comme s'il était bien fatigué, il étire ses jambes vers le feu et se renverse en arrière, comme pour dormir.

— Pourquoi ne vas-tu pas t'étendre pendant une heure, Kesegoo, lui suggère son jeune compagnon à voix haute. Tu parais bien las. Je peux finir la veillée seul.

— Tu le sais, je n'aime pas abandonner mon poste. C'est donner le mauvais exemple.

— Oui! Oui! Je te connais, tu es un vrai guerrier. Mais nous sommes presque rendus. Étant si près de la côte, il ne se passera rien.

— Tu as sans doute raison. Demain, c'est la journée de l'embarquement. Elle sera rude pour moi. D'accord, je vais en profiter et aller m'étendre jusqu'au lever du soleil.

Sur ces paroles, Hugues Doucet se lève et s'éloigne à une cinquantaine de pas derrière lui, un lieu retiré où sont étendus leurs cinq compagnons. Avec sa vue perçante, il se dirige dans la noirceur, habitué qu'il est à la forêt et ses secrets. Sans se presser, il fait en sorte de s'étendre au milieu des hommes endormis qui s'éveillent à mesure qu'il fait son nid. Quelques grognements se font entendre, mais peu à peu, tout retombe dans le silence. De loin, Kesegoo aperçoit le dos de Poonhook, dont la silhouette se découpe sur la flamme du brasier.

Couché à côté de lui, le vieil homme reconnaît Mtaë. Après avoir bien examiné la nuit pour s'assurer qu'il ne va rien se produire, il met la main sur la bouche de son compagnon, en même temps qu'il place la sienne à son oreille.

— Écoute-moi bien Mtaë, chuchote le chef des Micmacs. Nous sommes sur le point de nous faire attaquer par une bande de Sauvages, mais je ne crois pas que ce sont des Souriquois. Tu vas éveiller ton frère comme je l'ai fait pour toi. Qu'il éveille ensuite son voisin à son tour jusqu'à ce que nous soyons tous prêts à recevoir nos attaquants. Je crois qu'ils ne sont pas plus nombreux que nous, mais je sais qu'ils sont armés de couteaux.

Pendant de longues minutes qui lui paraissent éternelles, Doucet attend.

— Nous sommes tous éveillés et prêts, lui murmure Mtaë à l'oreille.

— L'un d'eux va d'abord attaquer Poonhook sournoisement, afin qu'il ne donne pas l'alarme. Je te connais bien, tu es notre meilleure lame. Je te le confie.

— Oui, ça c'est bien, mais comment voir venir la suite?

— Fais le message suivant à tes compagnons: dès qu'ils verront ton couteau se planter dans le dos de celui qui vient attaquer Poonhook, que chacun roule vivement dans une direction différente. Nous croyant endormis, ils ne s'attendront pas à nous trouver ailleurs que sur notre couche.

— Et ensuite?

— Nous verrons bien.

Mtaë fait passer le message et l'attente commence. Elle dure tellement longtemps que Kesegoo finit par se demander s'il n'a pas rêvé, s'il a vraiment vu cet éclair dans la nuit, réfléchie sur la lame d'un couteau. Il sait que dans quelques minutes, quinze tout au plus, les premières lueurs du jour vont commencer à paraître et que les Sauvages n'attaqueront pas de jour. Il faut donc, s'il ne s'est pas trompé, que l'assaut soit imminent.

Kesegoo, les yeux mi-clos, sa tête reposant sur une bûche, le visage tourné vers le dos du veilleur, scrute les ombres, les moindres changements dans la lumière. Soudain, Poonhook se lève pour attiser la braise et ajouter une bûche sur le feu. Il n'est pas sûr si c'est dû au mouvement du jeune guerrier lorsqu'il s'approche de la flamme, mais il semble à Kesegoo qu'une ombre se déplace derrière lui. Son oreille et tout son être sont tellement alertés que malgré l'habileté du marcheur, il peut ressentir le mouvement dans l'air, le bruit quasi imperceptible des pas sur la terre dure.

— Il est là, murmure Kesegoo à l'oreille de son voisin.

Mtaë lui serre le bras doucement pour lui faire signe qu'il a compris. Puis, soudainement, vif comme l'éclair, la main du Souriquois, à peine élevée de terre, se détend avec un petit geste sec du poignet et la fine lame va se loger en plein dans le dos du Sauvage qui, sans faire le moindre son, s'écrase doucement sur le sol, pendant que les Micmacs, comme convenu, roulent rapidement dans toutes les directions.

Comme par instinct, Poonhook a deviné ce qui vient de se passer et lui aussi, il a pris refuge dans l'ombre de la nuit. Mais au même moment, les lueurs du jour commencent à paraître et les silhouettes de quatre guerriers se dessinent lentement pour l'œil exercé de Kesegoo. Comme eux sont étendus par terre, ils n'offrent pas la même cible que leurs adversaires qui ne savent pas exactement où ils se trouvent. Tout à coup, une autre lame va se planter dans la poitrine d'un des Sauvages, puis d'un autre, qui tous deux s'effondrent comme le premier.

— Vous êtes pris, vous ne pouvez plus fuir, dit une voix désincarnée, sortant mystérieusement de la forêt, dans le dos des attaquants.

Doucet a reconnu la voix de Poonhook qui s'avance derrière les deux hommes sans qu'ils le voient. D'un coup de massue bien appliqué, il les étend par terre, inconscients, à côté de leurs compagnons.

Les Micmacs, maintenant réunis, restent silencieux à regarder les cinq corps éparpillés autour de leur campement. Soudain, ils entendent des meuglements qui, en temps ordinaire, ne commencent jamais avant qu'on mette les bêtes en marche.

— Poonhook, commande Doucet, lie les mains et les pieds de ces hommes. S'il y en a qui vivent encore, ils ne pourront pas s'enfuir. Les autres, suivez-moi.

Ils enfourchent leur monture rapidement et se dirigent à toute vitesse du côté opposé au corral. Avant l'attaque, les Sauvages avaient coupé le cordon qui empêchait les bêtes de fuir. Heureusement, quelques-unes seulement ont tenté de prendre le large. En quelques minutes, les cavaliers les ramènent dans l'enclos.

De retour au campement, le jour est déjà levé. Poonhook a ligoté ceux qu'il n'avait qu'assommés. Les trois autres ont déjà rendu le dernier soupir. L'un d'eux a répandu tout son sang sur l'herbe tendre où il s'était écrasé. Les Micmacs se tiennent debout faisant face aux deux prisonniers, solidement ficelés, dos à dos, au tronc d'un gros bouleau à l'écorce blanche et douce. Ce sont deux jeunes hommes qui n'ont pas encore vingt ans. Ils portent la tête relevée, le regard dur et cruel. Ni l'un ni l'autre ne semble prêt à baisser pavillon. Ils mourront plutôt que de livrer la moindre information. C'est du moins l'image qu'ils projettent aux yeux de leurs vainqueurs. Ils ne sont pas Souriquois, c'est évident par leur costume et leurs matachias. De plus, leurs visages ne sont pas peints comme ceux des guerriers souriquois avant l'attaque.

— D'où es-tu? demande Mtaë à celui qui paraît le moins fanfaron.

Seul le silence lui répond, accompagné d'une moue de dédain.

— Point n'est besoin de me le dire, je sais que tu es un Armouchiquois de la région de Saco. Vous êtes envoyés par les Anglais de Dover pour attaquer et détruire les Micmacs.

Même mépris hautain. Booktao s'avance vers celui qui lui paraît le plus endurci et lui envoie son genou avec vigueur entre les deux jambes. Malgré toute sa force de caractère, le jeune homme lance un hurlement à faire fuir les loups.

— Tu vois, lui dit Booktao, ce sont là des outils bien tendres.

Le jeune guerrier, ne s'attendant pas à pareil développement, est atterré. Sa morgue est soudainement tombée, ses yeux sont abaissés et regardent le sol, mais toujours il ne dit mot.

— Je ferai la même chose à ton compagnon, car lui non plus, ne semble pas comprendre la force de mon genou.

Ce disant, il applique à l'autre le même traitement qu'au premier, avec un résultat identique. À la fin, les deux guerriers se tiennent à leur gibet, tête baissée.

Kesegoo appelle ses Micmacs à l'écart pour tenir un conseil loin des oreilles ennemies.

— Ces deux garçons ont vu nos visages, dit-il en s'adressant à ses compagnons. Ils pourront dire qui nous sommes à nos ennemis. Il faut les mettre à mort.

Tout en prononçant ces dernières paroles, il regarde ses Micmacs dans les yeux, les uns après les autres.

— Ai-je l'assentiment de tous?

Des grognements approbateurs lui répondent, sauf de Poonhook, qui n'émet aucun son.

— Eonamoog ne nous a pas aidé, dit enfin le jeune guerrier.

Les Micmacs regardent Poonhook avec surprise. Ils ne savent rien de l'apparition.

— À qui dois-je maintenant m'adresser, au Souriquois ou au chrétien?

Le jeune homme reste silencieux. La voix du chef micmac ne contient ni reproche ni sarcasme.

— Mes frères, commence Kesegoo, Poonhook parle le langage de l'abbé Maillard. Quel est ton avis, Poonhook?

— Pourquoi les tuer? Pourquoi ne pas les garder simplement prisonniers?

Les Micmacs regardent leur jeune compagnon avec surprise. Comment? Se priver de deux scalps ennemis? Ils ne comprennent pas.

— Je crois que les Français nous ont beaucoup apporté. Ils m'ont enseigné une autre façon que la nôtre, qui est toujours de tuer, d'ôter la vie qui est un don sacré du Grand Manitou.

La discussion qui suit la déclaration de Poonhook est fort vive. Les plus vieux tentent d'amener leur jeune compagnon à voir les choses à leur façon. À la fin, comme personne ne va l'emporter, Hugues Doucet tranche la question.

— Poonhook, dit-il à son jeune compagnon, tu veux leur laisser la vie, n'est-ce pas?

— Oui, dit simplement le jeune homme.

— Très bien. Et vous, les autres, vous ne voulez pas que ces guerriers, une fois libres, puissent nous désigner comme la bande des Micmacs de Kesegoo.

Tous opinent du chef avec un grognement affirmatif.

— Dans ce cas, je vois un moyen de concilier les deux besoins. Laissons-leur la vie, comme le désire Poonhook, mais enlevons-leur la possibilité de la transmettre. Ainsi mutilés, ils n'oseront jamais retourner dans leur tribu et s'iront cacher où on ne les pourra jamais découvrir.

Tous, sauf Poonhook, qui paraît réfléchir, aiment beaucoup la solution de leur chef et montrent leur appréciation avec des rires et des suggestions grossières.

— N'es-tu pas content de mon idée? lui demande-t-il.

— L'abbé Maillard m'a dit qu'il est mal d'enlever la vie, mais il n'a rien dit sur les empêchements de la donner.

— Donc tu es favorable à ma solution.

Poonhook regarde autour de lui et lit la cruauté dans les yeux de ses compagnons.

— Si tu le permets, Kesegoo, je ferai ce travail, dit-il, comme s'il croit que cela lui revient de droit.

Le vieil homme observe le jeune brave pour qui il éprouve beaucoup d'affection et une profonde sympathie. Après un moment, il lui fait un signe affirmatif de la tête.

— Ce sont tes prisonniers.

Sur ces paroles, les Micmacs scalpent les morts, remontent en selle et mettent le troupeau en route pour sa dernière étape avant l'embarquement. En même temps que le beuglement des bêtes remplit la vallée de Tatamagouche et que le soleil monte à l'horizon, deux horribles cris déchirent l'air virginal de cette journée nouvelle. Pour un moment, le monde à tremblé, la vie s'est arrêtée.

4

Plusieurs jours après cette journée tumultueuse avec sa mère, Marie-Josèphe s'éveille de la meilleure humeur du monde. Doline, l'esclave noire que son père a ramenée de Guadeloupe, cinq ans auparavant, bavarde avec elle, tout en vaquant aux soins ménagers.

— Je ne t'ai pas vue aussi gaie depuis longtemps, Doudou, remarque la servante sur le ton familier dont elle use avec tous les gens de la famille Gautier, depuis le maître jusqu'au plus humble employé.

— Tu as raison, Doline, je ne me suis pas sentie aussi bien depuis des semaines.

— C'est madame Doudou qui sera contente, ajoute-t-elle en riant de son beau rire de gorge rempli du soleil des Antilles.

Pour Doline, toutes les femmes s'appellent Doudou et elle donne le nom de Moussié à tous les hommes.

Tout à coup, leurs bavardages et leurs rires sont interrompus par un bruit à la porte. Elles n'ont pas le temps de répondre que l'huis s'ouvre pour laisser apparaître Nicolas Gautier, le visage souriant.

— Ah! Moussié, Moussié, s'exclame Doline comme elle le fait chaque fois qu'elle s'adresse à M. de Bel-Air.

— Dans une heure, nous partons pour Port-Royal où est ancrée *La Reyne du Nord*. François du Vivier et Michel de Gourville, nous y attendent. Dès que nous serons à bord, nous partirons pour Louisbourg où nous devrons faire jonction avec Hugues Doucet et ses Micmacs. Ils sont déjà partis depuis cinq jours, conduisant vers Louisbourg deux cents têtes de bétail. Si mes calculs sont justes, ils devraient arriver en même temps que nous.

— Ces bêtes sont-elles déjà vendues, papa?

— Non, pas encore. C'est à cette fin que nous avons rendez-vous avec le gouverneur, comme je te l'ai expliqué, ainsi qu'à ta mère, l'autre jour. Je voudrais que tu nous accompagnes.

— Serez-vous le seul de Bel-Air, papa?

— Ton frère Joseph et ta mère viennent aussi, avec Germain Doucet.

— Si vous emmenez Germain, c'est pour discuter de la vente de vos bestiaux?

— Tout juste, ma fille, voilà pourquoi je voudrais que tu sois avec nous pour assister à nos conversations.

— Ainsi que je le fais à Bel-Air?

— En effet.

— À Louisbourg, cependant, ce n'est pas comme à Port-Royal. Les gens ne sont pas habitués à ce qu'une femme participe activement à leurs discussions dont ils croient qu'elles ne doivent se faire qu'entre hommes.

— Je sais, mais ils devront s'y faire. Je ne doute pas que, grâce à ton talent, dès la première rencontre, tu y sois accueillie comme notre associée au même titre que ton frère.

— Justement, que pense Joseph de cette idée?

— C'est lui qui me l'a suggérée et je l'ai tout de suite acceptée.

— Ah?

— Tu connais ton frère. C'est un homme d'affaires bien avisé, mais il est taciturne. Au cours des discussions entre un grand nombre de personnes, il ne dit mot.

La jeune fille ne répond pas et paraît réfléchir. Le visage de Nicolas est paisible, légèrement souriant, comme à l'habitude. Elle détecte, au-delà de cette façade, un air mystérieux qui pique sa curiosité. Elle connaît assez son père pour savoir qu'il ne parlera jamais avec elle du différend qui l'a opposée à sa mère les semaines précédentes. Elle ne sait pas pourquoi, mais elle a l'impression que, tout à coup, il est devenu son complice.

— Je serai très heureuse de vous accompagner, papa, dit-elle soudainement sur un ton fort enjoué. Je serai prête en un rien de temps.

— Parfait, ma fille. Je m'en réjouis à l'avance, et il sort de la pièce, l'air content de lui-même.

Tout juste une heure plus tard, la grande entrée de Bel-Air s'ouvre pour laisser passer Nicolas, sa femme, ses aînés, Joseph et Marie-Josèphe, avec l'intendant, Germain Doucet. Ils débouchent sur une grande galerie qui court tout le long de la façade, où sont percées quatre hautes fenêtres de chaque côté de la porte. Marie-Josèphe et sa mère semblent dans les meilleurs termes, comme si leur querelle s'était soudainement évaporée. Nicolas Gautier bavarde avec animation, sur un ton fort enjoué. Cela n'a rien de bien extraordinaire chez M. de Bel-Air qui rayonne constamment l'optimisme. Aujourd'hui, cependant, son contentement possède un éclat supplémentaire, discret. Que s'est-il passé au juste? Comment les membres de cette famille qui voulaient s'entre-déchirer hier encore, en sont-ils venus à cet état de grâce qui tromperait l'observateur le plus averti?

Les femmes, chaussées de hautes bottes en cuir lacées à mi-jambes, descendent prudemment les marches, jusque dans l'herbe mouillée. Elles tiennent relevées leurs longues jupes de laine recouvertes d'un surtout de toile blanche, semblable au bonnet qu'elles portent pour le voyage. Sauf Marie-Josèphe qui, selon son habitude, se promène tête nue, une mode que déplore sa mère et qui lui donne, selon elle, l'allure d'une fille de rien. Marie Alain, peut-être pour ne pas jeter un froid sur la bonne humeur de sa fille, fait mine d'ignorer la coiffure absente et garde aussi un air serein. Les femmes marchent lentement, tout en évitant soigneusement les plaques de vase dont est parsemée la prairie qui descend en pente douce vers la rivière Dauphin où est amarrée une grande pinasse, le long du petit quai en bois.

Une fois les bagages empilés à l'arrière de l'embarcation, les passagers s'y entassent tant bien que mal et au hasard. Du moins Nicolas Gautier le pense-t-il. Il n'a pas l'air inquiet, lorsqu'il voit sa femme et sa fille partager le même banc. Les deux femmes paraissant au mieux, cela suffit à lui donner meilleure humeur encore. M. de Bel-Air continue sur le ton badin, pendant que la pinasse s'éloigne du quai et se met au milieu du courant pour se laisser glisser sur les eaux rapides de la rivière Dauphin, en direction de Port-Royal. En moins d'une heure, la pinasse arrive à destination et se range le long de la *Reyne du Nord*, un brigantin de cent-vingt tonneaux que Gautier a acheté en société avec les frères du Pont.

C'est un navire destiné surtout au transport des marchandises, mais il contient aussi plusieurs cabines confortables pouvant recevoir aisément une dizaine de passagers. Par une étroite échelle de corde, ceux-ci montent les uns après les autres sur le pont, avant de regagner leurs chambres respectives. Marie Alain est la dernière, suivie de son mari, à prendre pied sur le navire. À peine est-elle à bord, qu'elle a un haut-le-corps, à la vue inattendue de Michel du Pont de Gourville et de son frère François du Pont du Vivier. Son mari avait négligé de la prévenir que ceux-ci allaient être du voyage.

— Ce sont les co-propriétaires du bateau. Ils sont ici au même titre que nous, chuchote Nicolas à l'oreille de sa femme. De toute façon, nous les aurions retrouvés à Louisbourg, puisque nous logerons chez eux.

Marie Alain ne dit rien. En même temps qu'elle encaisse le coup, elle se tourne vers sa fille qui, au même moment, a les yeux posés sur elle. «Coïncidence? se demande-t-elle, ou bien prépare-t-elle quelque coup en sous-main?» Elle n'en est pas sûre, car Marie-Josèphe la regarde avec le même air paisible et rassurant qu'elle a adopté depuis la veille du départ de Bel-Air. «Je me trompe sans doute, se dit-elle. Toute sa personne montre qu'elle en est venue à de meilleurs sentiments. Et puis, c'est vrai que les du Pont, comme dit Nicolas, nous les aurions vus à Louisbourg.»

La maîtresse de Bel-Air n'en reste pas moins inquiète. D'un côté, elle veut bien croire que l'orage est passé, que Marie-Josèphe, si elle ne s'est pas encore rangée à l'avis de sa mère, a décidé de faire une trêve; de l'autre, elle se méfie de sa fille et de sa capacité à réaliser ses désirs les plus chers. Marie-Josèphe met autant d'énergie que sa mère pour arriver à ses fins, ce qui ne laisse pas de tracasser Marie.

Pendant le voyage, qui dure trois jours, ses soupçons s'évaporent peu à peu, lorsqu'elle voit les agissements de sa fille. Le jeune Gourville et Marie-Josèphe se comportent en amis, ne se cherchant pas l'un l'autre, comme le feraient des amoureux. Même à table, pendant les repas, la jeune fille est souvent assise avec les hommes, ce qu'elle aime toujours faire en temps ordinaire, car ceux-ci, à cause de son apport intelligent à la conversation, la tiennent pour une des leurs. Puis à d'autres moments, elle mange à côté de sa mère, à qui elle tient des propos pacifiques, où on ne pourrait relever la moindre trace d'acrimonie ou d'esprit querelleur. Marie Alain est encore plus satisfaite du fait que sa fille ne cherche pas à l'amadouer, comme elle le ferait sûrement, si elle cherchait à la gagner à sa cause. «C'est bien Marie-Josèphe comme je la connais», se dit-elle, «tout feu tout flamme, puis la raison prend le dessus et elle fait ce qu'on attend d'elle. Je ne dois pas la brusquer; il faut maintenant laisser les choses suivre leur cours.» Ces pensées apaisent les quelques angoisses de Mme de Bel-Air. Elle est même charmante avec les frères du Pont, lorsque, le lendemain matin, la *Reyne du Nord*, toutes voiles dehors, pénètre dans la grande rade de Louisbourg.

Gautier et tout son monde sont sur le pont pour jouir du merveilleux spectacle qui s'étale sous leurs yeux. Marie-Josèphe et sa mère, côte à côte, le long du bastingage, regardent avec émerveillement cette forêt de mâts de toutes hauteurs qui remplissent le havre. Sur les bateaux et sur les quais, elles découvrent la vie grouillante et tapageuse d'un grand port de commerce. Le bruit des voiles qu'on abaisse ou qu'on hisse et les voix des marins qui se répondent d'un navire à l'autre, se mêlent aux cris des mouettes qui suivent les navires dans l'attente de quelque nourriture. Par-dessus le toit des maisons, elles aperçoivent le château Saint-Louis au centre duquel la tour de l'horloge, une fleur de lys pointée vers le ciel, domine la ville forteresse. À cette vue, un frisson de fierté et d'orgueil parcourt Marie-Josèphe de la tête aux pieds. Comme son père, elle croit que Louisbourg est une citadelle imprenable.

— La France, ma mère, n'a jamais auparavant, en Acadie, étalé, avec tant de succès, sa puissance et sa détermination.

Les pensées de Marie Alain, qui n'est pas indifférente à la grandeur et à la majesté du spectacle, vont dans une tout autre direction.

— C'est une bien belle démonstration de puissance militaire et commerciale que cette ville. Mais je me demande...

La phrase de Marie reste en suspens, pendant que ses pensées suivent leurs cours. Sa fille la regarde d'un air interrogateur.

— Je me demande, continue-t-elle, si, le moment venu, elle pourra défendre les Acadiens.

Marie-Josèphe la regarde avec une sorte de patiente sympathie.

— C'est un des trois ports de commerce les plus importants de l'Atlantique avec Boston et New York, dit Michel de Gourville qui vient de se joindre à elles.

Tout en s'adressant aux deux femmes, c'est Marie Alain qu'il regarde. Pendant qu'ils bavardent, la *Reyne du Nord* glisse lentement le long d'un immense trois mâts où flottent les couleurs du roi de France. Sur le pont, des marins en uniformes bleu et blanc s'affairent à ramener les voiles, car le vaisseau vient tout juste d'arriver au port. Autour d'eux, une cinquantaine de navires de tous tonnages sont amarrés le long des quais, ou ancrés un peu partout dans la rade.

Par d'habiles manœuvres, le capitaine se dirige entre les vaisseaux, longe le bas de la rue Toulouse et s'amarre une centaine de pieds plus loin, où les frères du Pont, qui sont d'importants commerçants, ont un port d'attache en permanence, juste en face de la résidence du commissaire ordonnateur. Une passerelle est avancée et les femmes descendent d'abord, en compagnie des deux servantes portant des bagages. Puis, les hommes, chacun tenant un sac à bout de bras, les rejoignent aussitôt sur le quai. Regroupés, ils marchent en direction de la rue Toulouse qui traverse le centre de la petite ville.

Marie Alain n'a pas souvent mis les pieds à Louisbourg. Sa dernière visite remonte au mois de décembre précédent. Elle avait accompagné son mari et ses deux aînés chez les frères du Pont, pour assister à la fête de Noël, au cours de laquelle sa fille avait réussi à se faire engrosser. Si les événements récents lui font presque regretter d'y être venue, ils lui ont aussi enseigné à ne pas perdre sa fille de vue, surtout lorsque les du Pont sont aux alentours.

S'il ne s'agissait pas de la responsabilité qu'elle s'impose de protéger son aînée, elle se serait passée de ce voyage à Louisbourg. Elle n'aime pas l'atmosphère de caserne qui y règne. Ici, plus qu'à Port-Royal, en tout cas, pullulent les buvettes remplies de marins ivres et désœuvrés.

À croire que les habitants de l'île Royale n'ont pas de plus grande préoccupation que de s'enivrer du matin au soir. Le bruit incessant du port et les cris des débardeurs remplissent l'air d'un bourdonnement constant. Il se dégage déjà, sur les quais, à cette heure matinale, une odeur nauséabonde, un amalgame de corde mouillée, de poisson pourri, de vapeurs de tafia[1] et de sueur humaine.

Après avoir laissé à gauche l'hôtel de la Marine et à droite le magasin du roi, les voyageurs remontent la rue Toulouse. Le bruit du port et des quais s'estompe peu à peu. Il est remplacé par celui de la ville, où des matelots et des soldats traînent partout, même le matin, effondrés en tous lieux, cuvant paisiblement leur vin. Plus on s'enfonce vers l'intérieur, plus les odeurs du port se fondent avec la pestilence âcre des vomissures et des excréments des hommes et des animaux, puis avec celle plus entêtante des rebuts déposés en plein soleil.

Marie Alain, la tête droite, le corps raide, les yeux fixés devant elle, retient sa respiration le plus longtemps possible, lorsqu'elle passe devant *L'Épée Royalle*, une buvette à l'entrée de laquelle un marin ivre mort ronfle bruyamment, la tête enfouie dans sa souillure. Après quelques pas, elle inspire avec prudence, lorsque la puanteur est un peu plus supportable. Pas plus que les autres elle ne place un mouchoir parfumé sur son nez. L'Acadienne est stoïque, habituée aux conditions difficiles. Ce n'est pas une pestilence urbaine qui va la décontenancer. N'empêche que, tout en montant la rue, avec précaution pour ne pas trébucher sur les dormeurs, Marie Alain ne peut s'empêcher d'apprécier, par contraste, les parfums naturels qui peuplent son univers de Bel-Air.

Elle se retourne pour jeter un coup d'œil à sa fille qui marche maintenant derrière elle d'un pas alerte. Elle a fait en sorte de se retrouver au centre du groupe des

---

1. Tafia: Eau-de-vie tirée de la distillation des mélasses de canne à sucre.

hommes, composé de Nicolas, de son frère Joseph, des frères du Pont et de Germain Doucet. Marie-Josèphe gesticule avec ses grands bras, dominant la conversation, sa belle chevelure marron lançant des reflets sous les rayons du soleil. Les odeurs de la ville ne semblent pas l'incommoder le moins du monde. Sa mère éprouve pour elle un sentiment ambigu, une sorte d'admiration irritée.

Il est près de midi, lorsque la petite troupe arrive enfin devant la maison de la famille du Pont. C'est une grande demeure en pierre avec mansardes à l'étage, érigée à l'extrémité est de la rue Royale. À l'arrière, un grand potager et des écuries occupent le reste du terrain, protégé par un mur d'enceinte.

Ils n'ont pas besoin de frapper à l'huis, car la porte s'ouvre soudainement et apparaissent aussitôt deux servantes, une blanche et une esclave noire, tout comme chez les Gautier. Derrière elles surgit une petite femme aux cheveux blancs, au teint rose et à l'allure délicate. Son sourire, large et généreux, est accueillant et chaleureux. C'est Marie Mius d'Entremont du Pont du Vivier, la mère de François, Joseph et Michel. C'est une dame de cinquante-quatre ans, pour laquelle Marie-Josèphe éprouve une grande sympathie. Une des raisons pour cela, et non la moindre est, sans conteste, l'incident que lui a rapporté son frère Joseph. De plus, toute la vie de Marie du Vivier, devenue veuve lorsque ses enfants étaient encore en bas âge, a été marquée au sceau du non-conformisme et de l'indépendance.

Marie Alain et elle sont de vieilles connaissances, depuis l'époque du début de leurs mariages, alors qu'elles étaient voisines, à Port-Royal. Acadiennes toutes les deux, elles ne sont pourtant jamais devenues de grandes amies, sans doute à cause de leurs tempéraments si différents. La première a consacré toute sa vie à sa famille et à ses enfants, tandis que la seconde, beaucoup moins sédentaire, a toujours aimé les voyages et les aventures. Malgré les

conditions souvent difficiles et hasardeuses de pareils déplacements à cette époque, elle a visité la France, l'Angleterre, l'Italie et les villes importantes des colonies
américaines.

Même si Marie Alain connaît les manières excentriques
de leur hôtesse, elle est quelque peu surprise lorsque les
deux servantes usent d'une grande familiarité avec les
maîtres. Elle ne se souvient pas d'avoir noté ce détail,
l'année précédente. François du Pont croit nécessaire
d'expliquer ce curieux arrangement à Marie Alain.

— Maman n'est pas souvent à Louisbourg, aimant aller
deçà, delà, pour son bon plaisir, n'est-ce pas, mère? Qui
plus est, mes frères et moi, qui sommes des célibataires
endurcis, n'avons guère le temps de nous occuper des
choses domestiques. La carrière militaire, et surtout les
nombreuses affaires que nous traitons, avec votre mari,
par exemple, nous appellent souvent loin d'ici. Pour
maintenir notre maison dans un bon état de fonctionne-
ment, nous devons donner à notre personnel domestique,
beaucoup plus de latitude que vous ne le feriez vous-même
pour le vôtre.

Ce commentaire de François cause un plaisir indicible
à Marie. Si les frères du Pont sont des célibataires endurcis,
comme il le prétend, Marie-Josèphe devra faire une croix
sur ce mariage. François, l'aîné, a quand même trente et
un ans, Joseph en a trente et Michel vingt-sept. Ils ont,
tous les trois, passé l'âge de convoler se rassure-t-elle. Puis,
elle regarde les servantes qui virevoltent autour d'eux, bavardant sans cesse entre elles et avec leurs maîtres.
Comment se fait-il qu'elle n'a pas remarqué ces petits détails
lors de son dernier voyage, alors qu'ils avaient aussi logé
chez les frères du Pont? Elle s'avise tout à coup que ces
deux femmes remplissent peut-être beaucoup plus que leur
rôle domestique. Elle sourit en elle-même à cette pensée.
Michel de Gourville n'aura donc pas tant besoin d'une
épouse.

Marie Alain, qui aurait préféré rester à Bel-Air, s'est trouvé une bonne raison d'accompagner sa famille à Louisbourg. Elle veut voir évoluer les frères du Pont dans le milieu qui leur est le plus familier. Cette fois, elle décide de les observer avec une vigilante discrétion. Jusqu'à maintenant, elle est plus qu'édifiée par ses heureuses découvertes.

Pendant que son mari parle affaires avec Germain Doucet et les frères du Pont, la mère et la fille se sont retirées dans leurs chambres respectives pour se reposer. Marie, qui est incapable de rester oisive, cherche, dans ses bagages, de quoi s'occuper. Elle trouve des pièces de broderie auxquelles elle travaille tous les jours puis, s'étant assise dans une bergère près de la fenêtre, elle joue du crochet, tout en fredonnant doucement une berceuse qu'elle chantait à ses enfants pour les endormir.

Tout absorbée qu'elle soit par son travail, elle ne manque pas d'entendre la porte de la chambre de Marie-Josèphe s'ouvrir doucement, comme on fait lorsqu'on ne veut pas attirer l'attention. Marie lève les yeux vers sa propre porte, croyant que c'est chez elle qu'on vient. Cependant, les pas feutrés s'éloignent dans la direction opposée, où se trouve justement la chambre de Michel de Gourville. Aussi silencieuse qu'un chat, Mme de Bel-Air quitte son fauteuil et marche jusqu'à la porte qu'elle entrouvre légèrement et avec précaution. Lorsqu'elle jette un coup d'œil dans le corridor, elle ne voit personne, Marie-Josèphe a déjà disparu. Elle va refermer l'huis, lorsqu'elle entend le bruit d'une autre porte qui est sur le point de s'ouvrir, c'est celle de Michel de Gourville.

Marie Alain est fort intriguée. Si sa fille a rejoint Michel à l'instant, comme elle le pense, pourquoi le quitte-t-elle si tôt après? En attendant la réponse à sa question, elle est persuadée qu'il est de son devoir de rester aux aguets. Elle est certaine que, cette fois, elle va prendre sa fille sur le fait.

Pendant quelques instants, rien ne se produit. Marie pense qu'elle a peut-être mal entendu. En fin de compte, elle se dit que non, car son ouïe est fine, et elle décide d'attendre. Sa patience est bientôt récompensée, lorsque la porte s'ouvre enfin, mais personne ne sort de la chambre. Même à cette distance, et sans saisir le contenu de leurs propos, Marie Alain peut reconnaître les voix d'un homme et d'une femme. Elle est incapable, cependant, tant qu'ils ne sortiront pas dans le corridor, de les identifier. Elle n'a plus à patienter longtemps; d'abord, une ombre se dessine puis, une jeune femme quitte la chambre de Michel de Gourville, referme la porte et se dirige vers l'escalier qui conduit au rez-de-chaussée. Mme de Bel-Air, qui s'attendait à voir sa fille surgir de cette pièce, est surprise de reconnaître la servante noire des du Pont.

Cette découverte inattendue lui donne beaucoup à réfléchir. Elle ne saisit pas complètement la portée de ce qu'elle vient d'apprendre, mais ce dont elle est certaine c'est que les espoirs de sa fille d'épouser Michel, paraissent compromis. Ne devrait-elle pas lui faire part de sa découverte? Pendant qu'elle se pose ces questions, Marie Alain regagne son fauteuil pour réfléchir. Assise confortablement, les mains croisées sur son giron, elle regarde distraitement par la fenêtre qui donne sur le potager et les dépendances.

Si elle raconte à sa fille les événements dont elle vient d'être témoin, ne risque-t-elle pas d'attiser sa colère qui, croit-elle, peut refaire surface à la première occasion? D'autre part, en tant que mère, n'est-il pas de son devoir de prévenir Marie-Josèphe, afin de lui éviter, plus tard, de cruelles déceptions?

Elle en est là de ses considérations, lorsque son attention est attirée par deux personnes, postées à l'entrée des écuries et qui parlent avec animation. Ce sont François du Vivier et Marie-Josèphe. Sa fille n'était donc pas allée rejoindre son beau chevalier. Cette fois, Marie Alain est si perplexe, qu'elle finit par reconnaître son incapacité à voir clair dans cette affaire. Au même moment, la cloche sonne pour appeler les convives au dîner. Perdue dans ses pensées, elle se lève en automate, range sa broderie et se dirige, songeuse, vers la salle à manger.

C'est une vaste pièce basse, aux poutres apparentes, équarries à la hache. Un seul buffet, à une extrémité, contient des assiettes et des ustensiles. Au centre une longue table, recouverte d'une nappe de toile blanche, est entourée de chaises Louis XIII avec siège en paille et dossier haut et droit. Une carafe en cristal, avec un couvercle en argent ciselé, trône au beau milieu, fraîchement remplie de vin. Deux chandeliers à six branches, également en argent, disposés de chaque côté, sont déjà allumés. Sans cérémonie et devant les convives, les servantes dressent la table pour le repas, un laisser-aller que la maîtresse de Bel-Air n'aurait jamais toléré chez elle. La vaisselle et la verrerie indiquent l'aisance dans laquelle vivent les du Pont. Ne sont-ils pas la famille militaire et commerçante la plus en vue de l'île Royale? Noblesse oblige, songe Marie-Josèphe.

— Regardez, maman, cette ravissante coupe, dit-elle en tenant son verre à vin devant la lumière des bougies, tout en caressant sa tige avec une volupté qui gêne sa mère.

Ce goût de sa fille pour les objets de grand luxe, met toujours Marie Alain à rebrousse-poil, car elle n'a jamais fait étalage d'une telle opulence à Bel-Air. Elle aime l'aisance, mais elle a toujours donné à son intérieur une allure beaucoup plus modeste que celle que les du Pont ont imprimée au leur. Pour elle, une nappe de toile de lin écrue, des ustensiles et des gobelets en étain, au lieu de l'argent, de la porcelaine et du cristal.

— À quatre heures, cet après midi, nous serons reçus au château Saint-Louis, chez le gouverneur[2], annonce du Vivier dès qu'ils sont à table.

Marie Alain lève la tête et le regarde d'un œil interrogateur. La dernière fois qu'elle est allée au château Saint-Louis, elle ne s'est pas trouvée très heureuse des résultats.

— C'est une visite de courtoisie, au cours de laquelle nous parlerons affaires.

Mme de Bel-Air hoche la tête en signe de compréhension.

Le repas se déroule agréablement, Mme du Vivier lui donnant un ton léger et intéressant, en racontant ses récents déplacements à l'étranger. Rien dans la conversation ne vient troubler la bonne humeur qui règne depuis le début du voyage. De temps à autre, Marie Alain jette un coup d'œil dans la direction de Marie-Josèphe. Elle est assise à côté de Michel de Gourville; les deux jeunes gens lui font face de l'autre côté de la table. Pas une seule fois elle les surprend à se lancer des regards à la dérobée, comme le feraient des complices. Cette observation la rassure quelque peu.

Quand, par hasard, son regard s'arrête sur le ventre de sa fille, ses inquiétudes recommencent. C'est bien lui, le père de l'enfant à naître, se dit-elle. Je connais bien mon aînée, lorsqu'elle a une idée en tête, elle ne l'abandonne pas de si tôt. Pourtant, ils ont tous les deux l'air de ne plus penser au mariage. Ils se conduisent comme des amis, non comme des amoureux.

Lorsque François du Pont, ses frères et leurs invités se présentent au château Saint-Louis, Marie Alain est à

---

2. Le gouverneur, à cette date, était encore Joseph de Mombeton de Brouillan de Saint-Ovide, qui servit le plus longtemps, à ce titre, à Louisbourg. Il remplit cette fonction pendant vingt-deux ans.

nouveau rassurée. Marie-Josèphe est bien la fille de son père, intéressée surtout par le commerce. Les frères du Pont lui parlent de la même façon qu'à son frère Joseph, comme s'ils s'adressaient à un autre homme. Marie Alain n'aime pas cette façon de faire, mais elle l'accepte en silence. C'est sans doute le prix à payer pour la voir épouser le jeune Charles Martin.

Les visiteurs sont introduits dans un salon où le gouverneur les rejoint aussitôt. C'est un petit homme replet et bedonnant, au début de la soixantaine, le visage rond et quelque peu bouffi, percé de petits yeux rieurs. Il se déplace lentement et avec d'infinies précautions, l'arthrite rendant ses mouvements difficiles et douloureux. Il porte un costume de velours grenat, orné d'un magnifique jabot de fine dentelle, une perruque à la mode, formée de boucles brunes, retenues à l'arrière par un ruban de couleur assortie à l'habit. Des bas de soie vieux rose et des chaussures rouges à boucles d'argent complètent l'ensemble.

— Ah! Monsieur et Madame de Bel-Air. Je suis bien aise de vous revoir. D'autant plus que vous avez amené la jeunesse avec vous.

Avec une agilité surprenante, en dépit de ses courbatures, Saint-Ovide se penche en avant, saisit la main de Marie-Josèphe qu'il porte galamment à ses lèvres.

— Mademoiselle, vous nous avez donné grand plaisir en assistant à notre bal, l'an dernier.

— Votre Excellence est trop bonne de se rappeler de moi. J'ai aussi gardé de cette soirée un bien agréable souvenir dont je vous sais gré.

Marie Alain se raidit à ce rappel. Son visage est renfrogné et elle ne fait aucun effort pour qu'il n'y paraisse pas.

— Voici Germain Doucet, Votre Excellence. Il est le grand argentier de M. de Bel-Air.

— Ah! vous êtes cet homme que le gouverneur Armstrong a voulu jeter en prison il y a deux ans, dit Mombeton avec un rire dans la voix.

— Non, ce n'est pas moi, Monseigneur, c'est mon père.

— Ah oui, en effet, je me souviens. Comment cette affaire fut-elle résolue?

— Armstrong s'est réconcilié avec M. de Saint-Poncy et a expédié Cosby, le fauteur de troubles, à son poste de Canseau, avec l'ordre d'y rester, répond Doucet, ce qui amène un grand sourire sur le visage de Saint-Ovide. Depuis, il n'a plus cherché à inquiéter Hugues Doucet.

Une fois qu'ils sont tous confortablement assis autour de la pièce, le gouverneur fait servir des boissons fraîches et des gâteaux secs.

— Eh bien, du Vivier, votre arrivée en aussi grande force me laisse à penser que vous avez des problèmes. Où en sont donc nos petites affaires? s'enquiert Mombeton sans autre préambule.

— En effet, je n'aurais pas ennuyé Votre Excellence, si je n'avais de sérieuses raisons pour ce faire.

Mombeton regarde du Vivier avec attention, ses épais sourcils broussailleux s'arquant en accents circonflexes.

— Pour la première fois, nous avons rencontré quelques difficultés à obtenir les permissions nécessaires que délivre ordinairement le commissaire ordonnateur[3].

Le gouverneur, cette fois, fronce les sourcils, pendant que ses petits yeux rieurs se voilent et s'assombrissent. En même temps, il se recule profondément dans son fauteuil et, avec de grands efforts, il croise sa jambe droite par-dessus la gauche, ce qui, chez lui, est un signe de grande préoccupation.

---

3. Le commissaire ordonnateur était le plus haut fonctionnaire, après le gouverneur, avec qui il partageait le pouvoir exécutif. Il siégeait au Conseil Supérieur.

— Il vous faut montrer beaucoup d'indulgence envers M. de Mézy, dit-il enfin après un long moment de réflexion. Hélas, il a hérité de la mauvaise réputation que s'était acquise son père, lorsqu'il était lui-même commissaire ordonnateur en ces lieux. Les mauvaises langues tiennent maintenant le fils responsable des malversations du père.

Tous sont surpris d'entendre le gouverneur prendre la défense de Mézy. Les deux hommes, souvent à couteaux tirés, pour des vétilles, la plupart du temps, c'est bien connu, ne s'estiment guère l'un l'autre. Peut-être aussi, Saint-Ovide, qui n'a pas la conscience tranquille, veut-il se réhabiliter par personne interposée.

— Nous avons besoin de protection pour la vente de notre bétail. De plus, nous avons des matériaux de bonne qualité pour les travaux que Votre Excellence poursuit à Louisbourg.

— Bien, Bien! Je ne vois pas ici de problème insoluble. En premier lieu, je vous suggère d'agir avec délicatesse avec M. de Mézy. Les dernières missives de M. de Maurepas[4] l'ont grandement chagriné. Et puis, lorsque vous vous entendrez avec lui sur le prix de ses efforts, soyez magnanime. Peu de gens résistent à ces arguments. Je fais une note que vous remettrez au commissaire de ma part. Cela devrait aplanir les difficultés que vous avez rencontrées jusqu'ici.

— Votre Excellence est trop bonne, poursuit François du Vivier. Comme d'habitude, elle peut être assurée du quart...

— Tut, tut, tut... Pas devant ces dames, de si sordides détails...

— Que Votre Excellence se rassure, intervient Marie-Josèphe, je suis mêlée, tout comme mon frère Joseph,

---

4. Jean-Frédéric Phélypeaux, comte de Maurepas, Secrétaire d'État à la Marine et aux Colonies sous Louis XV, de 1723 à 1749.

aux affaires de mon père. Rien de tout cela ne m'est étranger.

— Monsieur de Bel-Air, vous préparez une nouvelle génération d'Acadiens qui seront prêts à toutes les éventualités.

— Oui, Monseigneur, surtout lorsque le temps sera venu de nous emparer à nouveau de Port-Royal.

Le gouverneur, surpris de la remarque inattendue de Gautier, regarde du côté de du Vivier pour y chercher une explication.

— Votre Excellence n'est pas sans savoir que la reconquête de l'Acadie fait souvent l'objet de nos conversations.

— Que voilà bien une famille unie, ajoute le gouverneur en plaisantant.

Peu après ces paroles, dites sur un ton léger, Mombeton se lève lentement de son fauteuil, marquant ainsi la fin de l'audience. Une demi-heure plus tard, Marie Alain est rentrée à la maison, pendant que les hommes, avec Marie-Josèphe, arrivent chez le commissaire ordonnateur à qui ils font porter la note de Saint-Ovide. Celui-ci, après en avoir pris connaissance, les reçoit aussitôt.

Marie-Josèphe croit détecter un léger embarras chez Mézy qu'elle rencontre pour la deuxième fois seulement. Comme le gouverneur, il est célibataire. C'est un bel homme, mince, de grande taille, au début de la trentaine, les yeux bleus, le visage glabre, le teint olivâtre, le front bombé. Ses mains longues, aux doigts effilés se tendent gracieusement, lorsque François du Vivier présente le haut fonctionnaire à ses compagnons.

— Je m'attendais à votre visite, dit le commissaire nerveusement, tout en posant les yeux sur Marie-Josèphe.

Se rendant compte de l'ambiguïté de sa remarque, il tend la main vers la fenêtre d'où on peut apercevoir la *Reyne du Nord*, amarrée au quai juste en face de sa résidence officielle.

— Vous me voyez content d'apprendre, monsieur de Mézy, que notre venue ne vous prend pas par surprise.

Comme ses compagnons, du Vivier évite soigneusement d'appeler leur hôte par son titre, afin que celui-ci comprenne clairement qu'ils sont venus rendre visite à l'homme et non au fonctionnaire. Mézy, encore légèrement embarrassé, fait asseoir ses visiteurs.

— J'espère, monsieur, que vous n'y verrez pas d'inconvénient si mademoiselle de Bel-Air participe à nos discussions. Depuis plusieurs mois déjà, elle siège dans tous nos conseils, au même titre que son frère aîné. Nous nous sommes toujours trouvés bien de ses avis et nous espérons qu'il en sera de même pour vous.

Sébastien de Mézy est surpris par cette annonce, car il juge que les Acadiens, dont il a, en général, une bien pauvre opinion, sont de piètres gens d'affaires, à plus forte raison les femmes. Le commissaire se garde bien de partager cette perception avec ses visiteurs...

— Croyez, monsieur, que j'ai toujours eu à me louer du choix de vos collaborateurs, prononce-t-il enfin avec une onction toute diplomatique.

— Dans ce cas, puis-je me permettre de vous exposer nos affaires?

— Je le veux bien, monsieur, puisque Son Excellence m'en a prié. Toutefois, si vous me permettez d'être franc, il me semble qu'il y a quelque conflit, pour moi, de me retrouver, en tant que commissaire ordonnateur, au milieu d'une assemblée de gens d'affaires...

— Je comprends vos scrupules, monsieur, mais nous sommes entre gens du même monde. Aussi n'est-ce pas le commissaire ordonnateur que nous sommes venus voir, mais bien l'ami et le conseiller.

Du Vivier jurerait que son allusion au même monde n'est pas passée inaperçue auprès de Mézy. Il connaît ses préjugés envers les Acadiens et les colons.

— Je sais, je sais, mais tout de même, il m'est difficile de séparer l'un de l'autre.

— Permettez, monsieur, que je vous le rappelle, vous avez des talents en affaires qui sont largement reconnus. Il n'est que juste de les voir justement rémunérés, intervient Gourville à son tour. C'est un salaire que nous versons au conseiller, non pas une prébende au commissaire ordonnateur. Je ne vois là rien de gênant.

— Quelquefois, pourtant, j'ai été appelé chez le gouverneur qui m'a fait de sévères remontrances, parce que disait-il, je montrais du favoritisme à votre endroit.

— Par exemple...

— Eh bien! monsieur, tout récemment encore, il m'a reproché de vous avoir accordé le contrat visant à reconstruire le fort de la Lanterne.

— Pourtant, monsieur...

— Oui, je sais, vous n'avez pas besoin de me le rappeler, vos devis étaient les plus modestes.

— Eh bien voilà! Admettez avec moi qu'il n'y a pas de quoi heurter votre conscience. Vous avez agi en bon serviteur de l'État. On devrait vous accorder une médaille pour cela, non pas vous quereller.

— D'autre part, Monsieur de Mézy, que va-t-il advenir, des grands besoins du gouvernement de Louisbourg en matériaux de toutes sortes, pour le parachèvement de la forteresse? intervient Gautier, pour relancer la conversation sur les affaires. Vous a-t-on dit que nous pouvions vous procurer presque toute la brique et le bois pour ce faire. Je ne connais personne d'autre en ce pays qui peut en faire autant.

Sébastien de Mézy se tourne vers Nicolas Gautier qu'il fait mine de découvrir pour la première fois.

— Certains marchands de Louisbourg ne sont pas du même avis, monsieur, répond-il en battant rapidement des paupières, une habitude qu'il affecte toujours en s'adressant à des inférieurs.

— Comment, pas du même avis? Mais qui sont ces marchands?

— Vous les connaissez aussi bien que moi...

— Vous voulez sans doute parler de Michel Daccarette.

Le commissaire ne répond pas, mais continue de regarder Gautier, ce qui équivaut à une affirmation.

— Eh bien, que veut-il?

— Il y a, monsieur de Bel-Air, que Michel Daccarette et certains de ses associés, sont maintenant capables de nous procurer les mêmes matériaux que vous. Ils prétendent que je penche trop souvent en votre faveur et en celle de vos associés, ce en quoi ils n'ont pas toujours tort.

— Ces gens font montre d'une bien grande effronterie, Monsieur de Mézy, intervient François du Vivier. Vous ne faites rien qui ne soit de la fonction du commissaire ordonnateur. Mettraient-ils votre honnêteté en doute?

— Ils en sont encore à faire le procès de mon père qui m'a précédé dans mon poste. Le cher homme n'étant plus en Acadie pour se disculper, c'est sur moi que s'acharnent ces gens, soutenus en cela par le gouverneur.

— C'est à cause de tous ces désagréments, monsieur, que nous avons songé, mes associés et moi, de nous montrer fort généreux si, grâce à vos bons conseils, nous devenons les fournisseurs en bois et en briques pour la forteresse de Louisbourg.

Le commissaire ordonnateur garde le silence. Il baisse la tête délibérément, tout en caressant doucement son menton avec le pouce et l'index de sa main droite.

— Bien, j'examinerai cette question attentivement et je vous ferai les suggestions appropriées, d'ici une dizaine de jours.

François du Vivier regarde son frère Michel, Nicolas Gautier, Marie-Josèphe et Germain Doucet, comme pour obtenir leur assentiment.

— Bien, monsieur! Nous attendrons votre avis sur ce sujet. Il sera judicieux, comme toujours, j'en suis assuré. Comme cet autre conseil que nous recherchons auprès de vous.

Mézy jette sur du Vivier un œil interrogateur qui semble dire: «N'en avez-vous pas encore fini?» Pour cacher l'irritation qui le gagne, il hésite encore un instant, tout en regardant les personnes autour de la table. Ses yeux s'arrêtent si brièvement sur le visage de Marie-Josèphe que personne ne semble le remarquer. Sauf la jeune femme, qui ne montre pourtant aucun signe de s'en être même aperçu.

— Eh bien, madame et messieurs, de quoi s'agit-il cette fois?

Malgré des paroles aussi directes, son ton est agréable, presque chaleureux.

— Nous recherchons votre avis, monsieur, commence François du Pont, selon la formule qu'il a coutume d'employer avec le commissaire ordonnateur, afin de calmer ses inquiétudes, sur un projet que nous avons conçu avec M. de Bel-Air.

Du Vivier s'arrête et observe Mézy dont le regard plutôt vague exprime avec discrétion un authentique intérêt.

— Nous avons renouvelé, mais en plus grand cette fois, l'exploit des deux dernières années. Nous avons transporté, par la baie Verte, quelques centaines de têtes de bétail jusqu'à Louisbourg, sans que les Anglais en aient eu connaissance.

— En tant que commissaire ordonnateur, je ne puis que me réjouir d'une pareille initiative qui affaiblit nos ennemis. Toutefois, je ne vois pas mon rôle dans cette opération.

— C'est juste, il ne peut vous apparaître ainsi à première vue, puisque par les années passées les besoins de Louisbourg étaient si grands que plusieurs commerçants étaient nécessaires pour les combler. Cette année, les affaires se présentent de façon bien différente.

Mézy regarde ses interlocuteurs, sans dire un mot, attendant la suite.

— Nous avons transporté jusqu'ici deux cents têtes de bétail, monsieur, et nous cherchons à les vendre, annonce Gautier, le ton aimable, en dépit de la façon dont Mézy le traite.

— Eh bien faites, monsieur, prononce celui-ci sur un ton sec et irrité, en étendant les deux mains devant lui. Vous n'avez pas besoin, pour ce faire, de l'assentiment de l'ordonnateur.

— Bien sûr, monsieur de Mézy. Vous avez parfaitement raison.

Tous les yeux se tournent vers Marie-Josèphe qui prend la parole pour la première fois.

— C'est pourquoi nous nous adressons aujourd'hui au conseiller, non pas au commissaire, continue-t-elle.

L'expression du visage de Mézy vient de changer soudainement, à l'intervention de la jeune femme.

— Nous ne voulions pas faire injure à votre fonction, en entraînant dans une affaire privée l'intègre serviteur de Sa Majesté que vous êtes, ajoute-t-elle.

Mézy, le visage rosissant légèrement sous la flatterie, attend patiemment la suite.

— Cette année, cependant, il y a quelques obstacles à surmonter, si nous voulons vendre un si grand nombre de bêtes. C'est ici que vos conseils nous seront précieux.

Le terrain ayant été si bien préparé par Marie-Josèphe, François du Pont reprend la parole à son tour.

— Comment pourrons-nous écouler toutes ces bêtes sur le marché? D'une part, les besoins de Louisbourg sont moins grands cette année et d'autre part il y a maintenant dans la place trois autres marchands qui vendent le même butin.

Sébastien de Mézy contemple ses interlocuteurs d'un œil attentif, tout en réfléchissant à ce qu'il vient d'entendre. Gautier n'est pas sans remarquer que le regard du commissaire s'arrête souvent sur le visage de sa fille qui est assise à ses côtés. Chaque fois, il détourne rapidement les yeux quand il s'aperçoit que M. de Bel-Air le regarde.

— Il m'apparaît, messieurs, commence Mézy, avec son style hésitant mais précis, que votre cargaison est trop grosse pour Louisbourg. Vous avez, il me semble, deux façons de régler ce problème. La première, c'est de réduire le nombre de têtes de bétail, pour qu'il réponde à nos besoins; et la seconde, c'est d'écouler, sur d'autres marchés, le surplus inutilisable ici.

— Notre production est encore plus grande que vous ne pouvez l'imaginer, Monsieur le conseiller, intervient habilement encore une fois la jeune Gautier.

— Ah?

— Nous avons deux cents bœufs, sans compter les soixante-quinze moutons, cent vingt-cinq cochons et la nombreuse volaille que nous élevons ici même à Louisbourg, répond Germain Doucet, lorsque l'œil vif de Marie-Josèphe se pose sur lui. Nous offrons également de la farine, du blé, de l'avoine, des pois, du porc salé, des peaux vertes et des pelleteries.

Pendant qu'il écoute d'un air attentif, le commissaire plonge ses grands doigts effilés dans son jabot de dentelle.

— Qui plus est, monsieur, les trois autres marchands de Louisbourg qui font aussi l'élevage, possèdent en tout deux cents bêtes, enchaîne Nicolas Gautier. Comme vous le voyez, il n'y a pas de place pour nous quatre. Je me permettrai de vous rappeler ici que Bel-Air fournit la viande et les céréales depuis plusieurs années, aussi bien pour les besoins des troupes, que pour ceux de la population.

Le ton de Gautier est froid, avec une trace d'irritation dans la voix.

— Qu'attendez-vous donc de moi? demande Mézy en regardant autour de lui.

— Votre conseil, monsieur, répond la jeune femme. Vous savez que nous payons toujours équitablement pour les avis que nous recevons.

Encore une fois, le fonctionnaire rougit légèrement. Il se redresse dans son fauteuil, baisse la tête en regardant ses mains qu'il frotte lentement l'une dans l'autre, ainsi qu'il fait toujours pour réfléchir.

— Eh bien! le conseiller parlera au commissaire ordonnateur, dit-il avec un sourire mesuré, en direction de Marie-Josèphe. N'est-ce pas ce que vous vouliez entendre?

— Que lui dira-t-il? insiste la jeune femme.

— Vous voulez donc que l'on vous dise tout? demande-t-il l'œil toujours égayé.

Ses visiteurs lui sourient en retour et attendent la suite.

— Bien! Dans ce cas, ce que je recommanderai au commissaire ordonnateur , en tant que votre conseiller, sera de vous donner la préférence sur le marché local, et de vous faciliter les choses, pour vendre votre surplus à Boston ou à New York.

Marie-Josèphe se tourne vers ses compagnons pour connaître leur réaction aux suggestions de Mézy.

— Monsieur le conseiller, reprend François du Vivier, nous ne pouvons que nous féliciter des judicieux avis que vous nous avez procurés. Mes associés et moi-même avons convenu de vous offrir la dîme de nos succès. Cela vous convient-il?

— Bien entendu, messieurs, cela me convient tout à fait, prononce de Mézy après un moment.

— Nous avons trop abusé de votre patience, monsieur, prononce François du Vivier en se levant lentement. Permettez-nous de nous retirer.

— Je suis heureux, messieurs...

Ici, le commissaire s'interrompt et rougit.

— Je suis heureux, madame et messieurs, d'avoir pu vous être de quelque service, dit-il en se levant à son tour.

Le commissaire et les hommes échangent des poignées de main, comme pour sceller leur pacte.

— M. du Vivier a raison, mademoiselle, vous leur serez de bon conseil, dit-il au moment où ses visiteurs sont sur le point de sortir.

Lorsqu'ils sont de retour à la maison, du Vivier et Gautier expriment leur satisfaction de l'entente qu'ils viennent de conclure avec le commissaire.

— Vous auriez dû être de cette réunion, madame, déclare Michel de Gourville en s'adressant à Marie Alain. Vous auriez eu toutes les raisons d'être fière de votre fille. C'est grâce à son habileté que nous avons réussi à mettre M. de Mézy de notre côté. N'est-ce pas, mes amis?

Les hommes acquiescent à tour de rôle, certains de la tête seulement, tandis que Germain Doucet abonde en compliments sur les talents de négociateur de Marie-Josèphe. Mme de Bel-Air est d'abord surprise de la tournure de la conversation. Puis, peu à peu, elle se détend et finit par sourire tout à fait. En son for intérieur, elle se sent rassurée. Elle ne sait pas encore comment elle y parviendra, mais elle est persuadée que la route est dégagée pour mettre en branle, dès le retour à Bel-Air, car le temps presse, le projet qu'elle a formé de voir Marie-Josèphe épouser le jeune Charles Martin. En femme remplie de sagesse, elle sait que ce n'est ni le lieu ni l'heure de partager ces pensées avec qui que ce soit. Un sourire énigmatique sur le visage, elle termine sa journée en affichant une bonne humeur si communicative que le souper se termine sur le ton de la fête, voire de la réconciliation.

5

Le lendemain matin, lorsque toute la maisonnée est sur pied, la même atmosphère cordiale que la veille continue à prévaloir chez les du Pont. C'est Marie Alain, d'ailleurs, qui propose, puisque c'est dimanche, de se rendre à l'église «tous ensemble, pour entendre la messe dominicale et remercier le Seigneur de ses bienfaits».

— Faisons-en un jour d'action de Grâces, ajoute-t-elle, avec ce qui pourrait passer chez elle pour de l'enthousiasme, car elle fait rarement étalage de ses émotions devant des étrangers.

— Que voilà, Madame de Bel-Air, dit François du Vivier, une pensée qui vous honore et qui souligne la qualité de votre foi. Mon frère et moi serons des plus heureux de nous joindre à vous pour la célébration de la Sainte Messe.

Marie Alain se rattrape juste à temps pour ne pas exprimer un trop grand étonnement en entendant une pareille réponse. Ses hôtes, ordinairement, ne sont pas très portés sur la religion, catholique ou autre. Elle ne se souvient pas de les avoir jamais vus à l'église, bien qu'ils soient tous baptisés. Il est vrai qu'elle n'habite pas Louisbourg, mais elle se souvient du temps où ils étaient à Port-Royal. M. François du Vivier, père, maintenant décédé, avait donné lui-même, à l'époque, l'exemple d'une grande modération dans la pratique religieuse.

Malgré l'inattendu de la remarque, Marie Alain est rayonnante de bonheur lorsque tous se mettent en marche vers le château Saint-Louis, dont la chapelle sert d'église paroissiale aux résidants de Louisbourg. La distance est courte depuis la maison des du Pont jusqu'à l'habitation du gouverneur. Pour éviter la rue Toulouse et le spectacle désolant qu'elle offre, Marie, Nicolas, Marie-Josèphe, son frère l'Aîné, Germain Doucet, et les frères François et Michel du Pont sortent par une porte pratiquée dans le mur d'enceinte, à l'arrière de la propriété. Ils débouchent aussitôt dans un terrain vague où est construite la glacière commune de Louisbourg. Ils ont tôt fait de rejoindre le château Saint-Louis par le côté sud, de passer devant le corps de garde, de pénétrer sous la voûte centrale du Bastion du Roi où, à gauche, débouche l'entrée de la chapelle.

Marie Alain, qui y pénètre pour la première fois, est agréablement surprise par le spectacle qui l'accueille. C'est une belle grande pièce toute blanche, au plafond élevé en forme de voûte, aux moulures et décorations dorées. Le retable, en bois sculpté, est surmonté d'un triangle supporté, à la façon des temples grecs, par deux colonnes corinthiennes, décorées de feuilles d'acanthe. En son centre, derrière le tabernacle, s'élève un tableau représentant Saint-Louis en costume du Sacre. De chaque côté du maître-autel est percée une porte qui mène à la sacristie. À gauche, la chaire à cinq côtés est suspendue au mur et surmontée d'un toit de même forme. Une balustrade sépare la nef du chœur où deux prie-Dieu sont disposés en face de l'autel.

La foule des fidèles, composée d'une part de la noblesse d'épée et de robe, et de l'autre, des bourgeois et des colons, pêcheurs, ouvriers et autres petites gens, est déjà assemblée pour la messe. Les premiers sont à l'avant, portant velours, satins et dentelles, les seconds, plus nombreux, se tiennent vers l'arrière et sur les côtés, vêtus de costumes de laine et de toile écrue. Marie Alain, sans hésitation, se dirige du côté de la chaire, juste derrière la noblesse, mais parmi les marchands et les colons avec qui, de toute façon, elle se sent plus à l'aise. Son mari reste à ses côtés, pendant qu'elle regarde, avec une certaine inquiétude, du côté de sa fille Marie-Josèphe qui, en compagnie de Michel de Gourville, va se joindre à un groupe d'officiers de la marine. Les nouvelles craintes de Mme de Bel-Air s'évaporent rapidement, lorsque François du Vivier vient se placer entre son frère et sa compagne, comme s'il allait leur tenir lieu de chaperon.

Maintenant tout *accoisée*, elle commence tout juste à jouir du spectacle, lorsque la foule, dans la nef, se met à s'agiter. Avant qu'elle ait eu le temps de chercher la cause de ce grouillement, elle aperçoit, par-dessus son épaule droite, François-Ange Le Normant de Mézy, le second personnage en importance de la colonie, qui arrive par la nef et se dirige vers la balustrade. Il ouvre la barrière en son centre et pénètre dans le chœur, pour occuper le prie-Dieu qui lui est réservé, du côté de l'épître. À peine le commissaire ordonnateur s'est-il agenouillé, que les bavardages cessent aussitôt.

En effet, dans le chœur, la porte du côté gauche, qui donne dans la sacristie, vient de s'ouvrir pour livrer passage à Joseph de Mombeton de Brouillan de Saint-Ovide. Le gouverneur marche avec hésitation vers l'autre prie-Dieu, au pied de la chaire, du côté de l'évangile. Après avoir accepté l'eau bénite que lui tend un enfant de chœur, il se signe tout en regardant longuement l'assemblée des fidèles. Pas une fois il ne pose les yeux, même brièvement, sur le commissaire ordonnateur qui, d'ailleurs, abîmé dans ses oraisons, feint d'ignorer complètement sa présence. Puis, son examen terminé, Mombeton pivote sur ses talons et tourne le dos aux fidèles, avant de s'agenouiller à son tour avec grand peine.

Dans la nef, la foule reste silencieuse après l'arrivée de M. de Saint-Ovide. C'est comme si elle était dans l'attente d'un autre événement. D'ailleurs, le gouverneur n'a pas le temps de se plonger dans ses dévotions que la porte de la sacristie s'ouvre à nouveau toute grande. Dans son embrasure apparaît le célébrant, précédé de deux enfants de chœur. À la grande surprise de Marie Alain, il s'agit de l'abbé Pierre Maillard, prêtre des Missions Étrangères, qui est un ami de son mari et des frères du Pont. Ordinairement, la paroisse de Louisbourg est desservie par les récollets. Elle s'attendait à ce que le célébrant soit le petit père Zacharie, qu'elle tient pour un saint homme.

L'abbé Maillard est assez jeune, aux environs de la trentaine. Grand et mince avec des épaules carrées et de longs membres musclés, il paraît bien à l'étroit dans la chasuble mauve qu'il a endossée sur sa forte charpente. Au sommet de sa belle chevelure brune, ondulée et abondante, trône une barrette minuscule qui menace de tomber à chacun de ses pas. Tandis que sa main gauche disparaît sous le voile du calice qu'elle tient en équilibre devant lui, sa droite s'occupe quand et quand, à remettre en place la fuyante coiffure. Le prêtre marche d'un pas vif et assuré jusqu'au pied de l'autel où il s'arrête en plein centre. Il donne sa barrette à un jeune servant qui la dépose sur les gradins, à côté d'une clochette. Il gravit aussitôt les deux marches conduisant à l'autel et s'incline pour effleurer de ses lèvres la croix rouge brodée dans la toile blanche de la nappe sous laquelle reposent, dans la pierre d'autel, les reliques de saint Louis. Il y dépose le calice et se tourne vers les fidèles qu'il regarde un moment avant de redescendre les marches et de leur tourner le dos à nouveau. Alors, il fait un profond salut, se signe, et commence, d'une voix forte et claire, les prières en latin, auxquelles répondent les servants.

La voix chaude et bien modulée de l'abbé Maillard remplit l'église avec une telle ampleur que les gens, assurés de ne rien perdre, retournent à leurs affaires, certains priant, mais la plupart, causant à voix basse entre eux. Bien que les groupes sociaux restent généralement séparés, quelques personnes vont et viennent dans toutes les directions, s'entretenant discrètement, tantôt avec l'un, tantôt avec l'autre.

— Je croyais que c'étaient les récollets qui desservaient la paroisse de Louisbourg, chuchote, à l'oreille de son mari, Mme de Bel-Air qui ne cesse encore d'être fort déroutée par l'absence de ses chers franciscains réformés[1].

Sa voix laisse percer une intense curiosité. Elle ne comprend pas ce que fait en ce lieu l'abbé Maillard pour qui, par ailleurs, elle éprouve beaucoup de sympathie. Elle est d'autant plus intriguée par ce qui se passe dans le chœur, que les récollets et les prêtres des Missions Étrangères, dont fait partie le célébrant, ne s'entendent pas entre eux, se déprisant tant et plus les uns les autres à la moindre occasion. Et puis, il y a ces vêtements sacerdotaux que porte l'abbé Maillard et qui ne semblent pas lui avoir été destinés, tant ils sont étriqués sur sa personne.

— N'est-ce pas le petit père Zacharie qui devait célébrer la messe aujourd'hui?

En guise de réponse, Nicolas Gautier fait un geste des deux mains pour indiquer qu'il n'est pas au courant. Le qualificatif que Marie Alain accole au nom du récollet, n'est pas raillerie de sa part, car il ne mesure que trois pieds et demi, ce qui, même pour l'époque, est bien au-dessous de la moyenne des gens.

— Que fait ici l'abbé Maillard, en ce jour? insiste encore Mme de Bel-Air, la voix de plus en plus pressante.

---

1. Les récollets étaient des Franciscains réformés.

Cette fois, son mari ne répond même pas et continue de regarder droit devant lui, ce qui a l'heur d'irriter sa femme encore plus.

— Ah! les hommes! Vous n'avez aucun sens de l'observation. Ne comprends-tu pas que ce qui se passe à l'autel n'est pas normal?

— Pas normal, la messe? proteste Nicolas. Ma mie, tu plaisantes.

Pendant un moment, Marie Alain reste silencieuse, tâchant de décider si elle va continuer cette conversation bien frustrante.

— Tu ne m'as toujours pas dit pourquoi l'abbé Maillard est l'officiant aujourd'hui, plutôt que le père Zacharie.

— Comment veux-tu que je le sache? Je ne suis pas dans les secrets du clergé, répond enfin Nicolas, avec, cette fois, une pointe d'irritation dans la voix, qu'il ne cherche même pas à dissimuler, tant il est agacé par l'insistance de sa femme.

Ce que voyant, Marie Alain se tait, se rendant bien compte que son mari n'en sait probablement pas plus qu'elle. Quant à l'abbé Maillard, tout à la célébration du saint sacrifice de la messe, il ne semble pas incommodé par le murmure incessant qui monte de l'assemblée des fidèles. Mme de Bel-Air, en dépit des remontrances sur la vraie dévotion, dont elle accable souvent les autres, n'en est pas plus pieuse pour autant, observant celui-ci ou celui-là, avec de temps à autre, un commentaire à l'oreille de Nicolas. Vers l'offertoire, elle prend discrètement le bras de son mari, un geste qu'elle se permet rarement lorsqu'ils sont en public. Elle se sourit à elle-même; à bien y penser, elle est heureuse des résultats de ce voyage, car il lui semble que sa fille est beaucoup moins attachée à Michel de Gourville que la pénible scène des semaines précédentes, à Bel-Air, le lui avait laissé croire.

Tout en bavardant avec discrétion, elle ne relâche pourtant pas sa vigilance, gardant de loin un œil sur Marie-Josèphe qui se tient toujours vers l'avant de la nef, en compagnie des frères du Pont. La jeune femme ne paraît pas faire plus de cas de l'un que de l'autre, parlant tantôt à celui-ci, écoutant tantôt les propos de celui-là. Marie Alain, tout à coup, remarque un troisième homme qui se joint au groupe de Marie-Josèphe.

— C'est Joseph, le frère puîné de François, répond Nicolas dès qu'elle lui pose la question.

— C'est la première fois que je le vois. Il ressemble à ses frères.

— Comme eux, il est dans les forces de la marine, mais n'est pas mêlé aux affaires commerciales de François et Michel. Comme il vient rarement à Louisbourg, sa compagnie étant, la plupart du temps, stationnée dans l'île Saint-Jean[2], tu n'as jamais eu l'occasion de le rencontrer.

Pendant que son mari lui parle, Marie Alain garde les yeux toujours rivés sur sa fille et ses compagnons. Elle ne manque pas un seul de leurs mouvements, pas un seul de leurs gestes ne lui échappe. Elle devient soudainement plus attentive lorsqu'elle aperçoit Joseph du Vivier s'approcher de la balustrade et se pencher vers le gouverneur, dont le prie-Dieu est tout près. Si près, en effet, que M. de Saint-Ovide n'a qu'à se détourner à gauche, puis se pencher légèrement pour que du Vivier lui parle brièvement à l'oreille. Ceci fait, il regagne sa place auprès de ses frères, avec qui il a un conciliabule auquel participe Marie-Josèphe.

Mme de Bel-Air fait part de ses observations à son mari qui hausse les épaules en signe d'indifférence. Puis, comme il ne se passe plus rien par la suite, dans le groupe des du Pont, elle finit par se lasser de les épier et porte son attention sur le sacrifice de la messe, déjà rendu à la communion. Perdue dans ses pensées, Marie ne remarque pas que sa fille et Michel de Gourville se sont séparés des autres,

---

2. L'île Saint-Jean: l'île du Prince-Édouard.

et se tiennent maintenant le long de la balustrade, en plein centre, en face du maître-autel.

Lorsqu'elle sort enfin de sa rêverie et qu'elle réalise que Marie-Josèphe s'est isolée avec Gourville, elle éprouve à nouveau une vague inquiétude. Pourtant, elle est incapable d'en identifier la source. Pour se rassurer, elle se remémore les observations qu'elle s'est faites depuis quelques jours. Marie-Josèphe et Michel de Gourville se conduisent en amis, non pas en amoureux. Sa fille, bien qu'enceinte, n'hésitera pas à avoir un enfant hors des liens du mariage, si tel est son désir. Car, elle l'a constaté si souvent, Marie-Josèphe n'en fera toujours qu'à sa tête, surtout si le monde entier est d'un avis différent.

— Telle mère, telle fille, murmure Nicolas Gautier à l'oreille de sa femme.

Celle-ci, étonnée, lève la tête soudainement et le regarde avec ahurissement. Aurait-il deviné ses pensées? Ou plutôt, ses pensées et celles de son mari viennent-elles de cheminer par les mêmes voies, pour en arriver aux mêmes conclusions?

— Que veux-tu dire?

Nicolas regarde sa femme avec un certain amusement et lui fait un clin d'œil en guise de réponse. Il en use souvent ainsi avec elle, et la plupart du temps, elle réagit favorablement à cette coquinerie. Cette fois, pourtant, elle ne sourit pas comme elle l'aurait fait en d'autres circonstances. Plutôt, elle lui montre un visage irrité, beaucoup plus parce qu'elle a été devinée, que parce qu'elle a été contrariée.

— Tu ne comprendras donc jamais rien aux femmes en général, mon pauvre ami, et encore moins à ta fille en particulier.

Nicolas, qui aime la paix par-dessus toute chose, met son bras autour des épaules de sa compagne et l'attire affectueusement vers lui. Elle résiste légèrement au début. Pourtant, après un moment, elle se laisse aller jusqu'à s'appuyer tout contre son mari, au moment même où, à l'autel, le prêtre se tourne vers l'assemblée des fidèles et entonne l'*Ite Missa Est*; puis, il lève la main droite vers le ciel pour donner sa bénédiction finale.

C'est à cause de ce laisser aller, sans doute, qu'elle qualifiera plus tard de sérieux moment d'inattention, que lui échappent tout à fait le sens des brefs événements qui se succèdent rapidement par la suite au devant de la nef. Plus tard, elle revivra dans son esprit le moindre détail de la cérémonie, le plus insignifiant des gestes qu'elle tirera de sa mémoire.

L'abbé Maillard est debout, face au peuple, le dos appuyé à la table d'autel. Son bras droit est plié au coude, sa main droite levée devant son visage. L'index et le majeur pointés vers le ciel, le pouce rejoignant l'annulaire et l'auriculaire, il se prépare à bénir la foule. Soudain, ce geste du rituel reste figé dans cette position, lorsqu'une voix, venant de l'assemblée des fidèles se fait entendre.

— *Notjinen, taan misgan teliteg teli oliatg taan teli etgoatieg Marie-Josèphe Gautier, ola nige taan tôgôpogoatieg*[3].

C'est Michel du Pont qui vient, d'une voix claire et forte, de prononcer ces paroles en langue micmaque. Un bref silence suit. Presque aussitôt, la voix de la jeune Gautier résonne à son tour sous la voûte de la chapelle Saint-Louis.

— *Notjinen, taan misgan teliteg teli oliatg taan teli etgoatieg Michel du Pont de Gourville, ola nige taan tôgôpogoatieg*[4].

---

3. «Mon père, telle est la volonté de Dieu que soit bénite mon union avec Marie-Josèphe Gautier de Bel-Air, ici présente à mes côtés.» Ce texte a été traduit en langue micmaque par Margaret LaBillois de la réserve de Eel River, N.B., et le Dr. Mildred Milliea de la réserve de Big Cove, N.B.
4. «Mon père, telle est la volonté de Dieu que soit bénite mon union avec Michel du Pont de Gourville, ici présent à mes côtés.

— Que viennent-ils de dire? chuchote Marie Alain à l'oreille de son mari, la voix anxieuse et inquiète.

— Comment veux-tu que je le sache, Marie? Je ne parle pas plus la langue micmaque que toi.

Mme de Bel-Air est interdite, décontenancée. Elle croit qu'elle devrait agir, mais elle ne sait pas quoi faire ni vers qui se tourner. En même temps, elle cherche à comprendre le sens des événements dont elle vient d'être témoin, mais elle n'ose plus en trouver l'explication, de peur que celle-ci ne lui confirme les terribles soupçons qui l'habitent depuis un moment. L'abbé Maillard, s'il est dans le coup, doit être un fieffé hypocrite, pense-t-elle, car sur son visage se lit un étonnement sans borne. Comme il parle couramment la langue micmaque dont il est devenu grand expert, en ayant même écrit une grammaire, il a donc parfaitement compris ce qui vient d'être dit. S'il n'est pas en train de jouer un rôle, son étonnement doit donc être bien réel.

Les fidèles, eux, sont laissés complètement dans l'ignorance, non seulement parce que personne, sauf de rares exceptions, comme Germain Doucet, parle le micmac, mais aussi par les gestes que les personnages en cause posent ensuite.

Le prêtre, paraissant toujours sous le coup de l'étonnement, n'a pas bougé d'un poil depuis le premier moment de ces étranges événements. Il ne s'agite pas davantage, lorsque Marie-Josèphe et Michel ouvrent la barrière de la balustrade, pénètrent dans le chœur, font une inclinaison de la tête à gauche, puis à droite, devant le Gouverneur, et devant le commissaire ordonnateur qui leur rendent leur salut. Puis, lentement, avec une certaine solennité, ils viennent s'agenouiller sur les dernières marches de l'autel, juste aux pieds du prêtre, et entre les deux enfants de chœur. Maillard, dont le visage est maintenant composé, regarde attentivement les deux jeunes gens puis, levant les yeux vers la foule des fidèles, il termine le geste de la bénédiction, commencée un moment plus tôt.

— *Benedicat vos omnipotens Deus, Pater, et Filius, et Spiritus Sanctus. Amen*[5].

Marie Alain est tellement surprise par ce qu'elle vient de voir, qu'elle reste bouche bée. Presque comme hébétée, elle regarde devant elle, toujours appuyée au bras de son mari qui la serre tout contre lui. L'action de sa fille vient de lui causer un grand choc, tant par l'inattendu du geste, que par le geste lui-même.

— Viennent-ils de contracter mariage? souffle-t-elle d'une voix blanche à son mari, tout en n'osant pas y croire.

Celui-ci serre sa main tendrement, mais sans lui répondre directement.

— Le scandale de la grossesse de Marie-Josèphe était déjà assez grand sans qu'elle vienne y ajouter un mariage à la gaumine[6]. Car c'est bien ce qui vient de se produire, n'est-ce pas?

Nicolas, avec le même sentiment, lui serre la main à nouveau.

— Ma mie, comme il l'appelle dans leurs moments de tendre intimité, ces enfants veulent être heureux malgré nous. Pourquoi n'acceptons-nous pas leur désir le plus cher. De toute façon, comme tu viens de le noter si justement, ils sont maintenant mari et femme, sans que nous n'y puissions rien.

La châtelaine de Bel-Air, ordinairement si énergique, si forte, est maintenant toute molle, comme effondrée, ressemblant à une poupée désarticulée. De sa gorge s'échappent des petits râlements presque inaudibles et des sanglots étouffés, hoquetants, pendant que son mari la tient doucement pressée contre lui.

---

5. Que le Dieu Tout-Puissant vous bénisse, au nom du Père, et du Fils et du Saint-Esprit. Amen.

6. Mariages à la gaumine: «mariages contractés en présence du curé, à la vérité, mais malgré lui et sans aucune bénédiction, ni de lui, ni d'un autre, (qui) étaient réputés valides comme les autres...» (Littré) Ce genre d'union se pratiquait fréquemment en Acadie au 18e siècle.

Lorsque Marie Alain se tourne à nouveau vers Nicolas, elle cherche son regard que celui-ci lui renvoie franc et droit. Dans un moment comme celui-là, elle n'a aucune difficulté à lire, comme dans un livre ouvert, les sentiments qui habitent le cœur de son mari. Elle y trouve une grande tendresse, beaucoup de force et d'amour. Le fait que son homme ait soutenu son regard aussi franchement et pendant si longtemps, l'amène à penser que, non seulement, il était de connivence avec les jeunes gens, mais qu'il était aussi d'accord pour qu'ils agissent de cette façon. Qui sait, peut-être même leur a-t-il prêté son concours.

En dépit de sa réputation de femme butée, elle a suffisamment d'intelligence pour reconnaître la défaite et une sagesse plus grande encore pour accepter ce qu'elle ne peut changer. C'est donc en vaincue, mais la tête haute, que Marie Alain, pendue au bras de son mari, se prépare, à quitter, parmi les derniers, le sanctuaire de la chapelle Saint-Louis.

Mais ils n'ont pas encore tourné le dos à la nef que leur parviennent des éclats de voix, par la porte de la sacristie, restée entrouverte après le départ du prêtre à la fin de la messe. Les époux se regardent, intrigués. Lorsqu'un son plus violent arrive jusqu'à leurs oreilles, Marie Alain, qui s'est trouvée bien malhabile aujourd'hui, ne résiste pas à aller aux nouvelles. Malgré les efforts de son mari pour quitter la chapelle et rejoindre les autres à l'extérieur, elle l'entraîne avec une force peu commune, aiguillonnée par le droit de savoir dont elle s'est vue si souvent privée ces derniers temps.

— Si tu ne veux pas venir avec moi, tu ne m'empêcheras pas d'aller voir ce qui en est, dit-elle avec férocité, sa hargne complètement revenue, ses bonnes dispositions soudainement évaporées.

Nicolas préfère encore accompagner sa femme plutôt que de la laisser seule dans cette situation où les conséquences de ses actes pourraient être désastreuses.

— Tu ne devrais pas, proteste-t-il avec mollesse, tout en se laissant entraîner malgré lui en direction de la sacristie.

Marie Alain, sans hésiter un seul instant, ouvre toute grande la porte et pénètre au milieu d'une scène dont elle ne sait pas d'abord si elle est comique ou tragique.

Au milieu de la pièce, au fond de laquelle sont dressés deux confessionnaux, se tient l'abbé Maillard, encore revêtu des ornements sacerdotaux. Mais le plus curieux, le plus extraordinaire de toute cette affaire c'est qu'avec le prêtre se tiennent Hugues Doucet et trois de ses Micmacs qui ont tout à fait l'air éploré, comme s'ils se demandaient comment se tirer de ce mauvais pas.

En effet, autour de ces hommes, qui sont, sauf Doucet, d'assez forte taille, virevoltent trois moinillons, le sommet du crâne rasé, une étroite couronne de cheveux leur encerclant le tour de la tête. Ils sont vêtus d'une bure en rugueuse laine brune ceinte d'un gros cordon de chanvre noueux et chaussés de sandales aux bouts troués, d'où s'échappent des orteils sales aux ongles longs et crasseux. Ce sont, avec le père Zacharie, les trois autres récollets de la paroisse de Louisbourg. Comme des mouches harcelantes, ils tournent autour des quatre hommes en gesticulant et en leur criant des injures odieuses, les appelant suppôts de Satan, engeance de Lucifer, incubes lubriques et autres semblables insanités. Ceux-ci, dans leur solidité, ne bougent ni ne répondent, tournant simplement la tête dans un sens ou dans l'autre, pour suivre l'évolution rapide et bruyante des trois récollets.

Toute cette agitation, même si elle n'en est pas le but, détourne l'attention de la cause véritable de ce tohu-bohu. C'est Marie Alain, la première, même avant son mari, qui aperçoit, au fond d'un confessionnal, dont la porte est légèrement entrouverte, une forme sombre, effondrée sur le banc réservé au confesseur. Sans savoir pourquoi, elle comprend que l'explication de cette odieuse scène se trouve là, en ce lieu sacré du sacrement de pénitence. Tirant toujours son mari par la main avec fermeté, elle l'entraîne en direction du lieu où elle pense trouver réponse à son dilemme. En route, elle est interpellée par la forte voix de l'abbé Maillard qui vient tout juste de la voir entrer avec son mari dans la sacristie.

— Madame, où allez-vous ainsi?

Le ton est si puissant, si autoritaire que Mme de Bel-Air s'arrête net avant d'avoir traversé la moitié de la place. Les récollets, toujours aussi agaçants et contrariants, continuent leur danse endiablée autour du missionnaire et des Micmacs, sans prêter la moindre attention aux nouveaux venus.

— Ayant entendu des cris, mon mari et moi venons aux nouvelles, répond-elle aussitôt, la voix ferme et sans réplique.

— Ce n'est place pour une femme, Madame de Bel-Air, lui dit le prêtre avec une douce fermeté. Ce lieu est seul réservé à l'intimité des prêtres. Je crois que pour notre bien à tous, vous devriez quitter cette pièce à l'instant, sans aller plus loin.

Nicolas Gautier, qui estime beaucoup l'abbé Maillard, espère qu'il sera entendu de sa femme, mais il entretient peu d'espoir en ce sens.

— Eh bien, monsieur, ce n'est peut-être pas place pour une femme, mais laissez-moi vous annoncer que c'est femme qui vient ici y mettre bon ordre.

À ce moment même, comme s'ils avaient tout à coup prêté attention aux nouveaux arrivants, les récollets arrêtent leur sarabande endiablée et se calment tout à fait pendant qu'un silence fragile et embarrassé s'établit dans toute la sacristie. On sent qu'à la première provocation, les moines vont reprendre leur bruyante cohue, cette fois pour ne plus l'interrompre. Cette trêve, cependant, donne à Marie Alain l'occasion de prendre les choses en main. Avec toujours la même énergie, elle continue sa marche vers le confessionnal dont la porte est restée entrouverte. Pour y parvenir plus vite, elle laisse aller la main de son mari qui se retrouve tout près de l'abbé Maillard, entre Hugues Doucet et ses Micmacs. Sans un mot, mais seulement des yeux, il demande au célébrant s'il est l'instigateur de cette affaire. Celui-ci fait non de la tête, tout en regardant Kesegoo et ses comparses. Gautier connaît assez Doucet et ses Micmacs, pour comprendre sans avoir besoin d'échanger le moindre mot avec eux, les détails de ce qui vient de se passer.

Pendant ce temps, Mme de Bel-Air, maintenant seule, arrive devant un tableau qui la fige sur place, par le spectacle inattendu qu'il offre.

— Je vous avais prévenue, madame, dit encore une fois l'abbé Maillard, que ce sont là affaires d'hommes et de religieux et que vous devriez vous retirer d'ici incontinent. Sinon, vous risquez d'être fort navrée.

— Je m'en retirerai, monsieur, lorsque j'aurai éclairci ce qui me paraît être l'enlèvement et la séquestration d'un homme de Dieu et, à ce qu'il m'apparaît, par un homme qui se dit aussi de Dieu, mais assisté en ses méfaits par des êtres qui tiennent plus du diable que de Dieu, achève-t-elle en jetant un regard du côté des Micmacs.

— Ma mie, tu n'es pas officier de la justice, tu ne peux t'immiscer...

— Ah! toi aussi, tu prends parti pour ces persécuteurs d'un ordre qui nous a tant bien servis depuis si longtemps.

En même temps qu'elle parle, elle ouvre toute grande la porte du confessionnal pour que tous puissent voir le désolant spectacle qu'il offre. Tassé au fond du siège où s'assoit ordinairement le confesseur, le petit père Zacharie, dont Marie Alain, plus tôt, cherchait à s'expliquer l'absence à la célébration de la messe, y est soigneusement ligoté et bâillonné. Mais ses yeux, qui n'ont pas été bandés, auraient dû l'être, car ils lancent des éclairs si foudroyants que même Mme de Bel-Air, qui tente de le tirer de sa fâcheuse posture, en ressent la force brutale et foudroyante sur sa personne. Le père Zacharie est dans un tel état qu'il ne distingue plus les amis des ennemis et est prêt à faire flèche de tout bois et dans toutes les directions, même contre les membres de son ordre.

Il est vrai que ceux qui l'ont séquestré ont utilisé, pour l'immobiliser, les objets mêmes du culte qu'il s'apprêtait à célébrer. En effet, les poignets du moine sont solidement attachés par un cordon qui sert ordinairement à nouer l'aube de dentelle autour de la taille du prêtre. Pour l'empêcher de crier, ses tortionnaires l'ont bâillonné avec un manipule vert dont ils ont enlevé les attaches et qui pénètre rigidement à travers sa bouche grande ouverte, avant d'être noué solidement derrière sa tête.

Le reste du tableau est encore plus désolant. La soutane du moinillon, sans doute dans la lutte qui a dû accompagner cette saisie par force, est relevée jusqu'à la ceinture et s'arrête sous le menton du père Zacharie, prolongé par une barbichette taillée en pointe, s'étirant à l'horizontale. Personne n'ayant pu prévoir la visite de la châtelaine de Bel-Air, on ne s'est pas soucié de ce que la bure du moine, restée relevée, découvre la moitié la plus secrète de son anatomie. En conséquence, ce dépouillement involontaire révèle à Marie Alain des faits dont, jusqu'ici, elle n'a même jamais soupçonné l'existence. La partie dénudée du corps du père Zacharie est si velue, depuis la taille jusqu'aux chevilles, qui sont fortement retenues par deux manuterges noués ensemble, qu'elle ne forme qu'une masse de fourrure noire, semblable à celle d'un ours. Ses courtes jambes arquées sont étendues droit devant lui, pendant que ses fesses, aussi velues que le reste, reposent solidement dans le coin du siège. Marie Alain à ce spectacle imprévu, a un haut-le-corps puis, elle s'arrête à quelques pouces de la porte, la main tendue comme si elle allait dénouer les liens du malheureux.

— L'abbé Maillard t'avait prévenu, ma mie, c'est vraiment affaire d'hommes.

Mme de Bel-Air, à cette remarque de son mari, sent son sang bouillir. Elle est sur le point d'exploser, lorsque ses yeux se posent sur les jambes du père Zacharie. Elle vient de remarquer, à l'endroit du pubis, pointant hors de la fourrure qui l'enveloppe de toutes parts, une petite corne pointue à tête rouge, qui semble, à n'en pas douter, aussi rigide que reluisante. L'apparition est si inattendue que pendant quelques instants elle se demande en face de quel être elle peut bien se trouver. Est-ce satyre ou Satan? Puis, sa réaction suivante est celle de la catholique. Le diable, pense-t-elle. C'est donc le diable qui se cache sous cette bure. Pour dire la vérité, elle est tout simplement horrifiée. Sans poser de question ni demander conseil, elle referme bruyamment et avec vigueur la porte du confessionnal, pour dissimuler à la vue des autres le moine dont elle entend les pénibles lamentations, malgré le manipule qui l'étouffe. Des années plus tard, lorsqu'elle se remémorera involontairement ce spectacle diabolique, le seul détail qui restera à jamais gravé dans sa mémoire, sera ce petit lumignon rouge qui scintillait, libidineux, entre ses cuisses.

Quand elle se retourne vers ses compagnons, son air a complètement changé. Son visage empourpré par la colère est passé au blanc de neige, à cause de la peur qu'elle vient de ressentir à la vue de Belzébuth. Elle ne doute pas un seul moment que le missionnaire, tout comme son mari, n'avait comme intention, en la voulant retenir hors de cette pièce, que de lui éviter la vue de cette damnable image que son tempérament trop vif l'avait forcée de regarder.

Elle s'en veut beaucoup de son emportement, mais elle cherche, comme elle peut, à reprendre ses sens. Pendant qu'elle porte la main à sa poitrine houleuse, bouleversée par la forte émotion qu'elle vient de ressentir, son mari, qui connaît bien la religieuse superstition de sa femme, s'approche d'elle, prend sa main dans les siennes. Avec des mots rassurants à son oreille, il finit par la calmer tout à fait. Ce que voyant, l'abbé Maillard s'approche aussi, pour ajouter son réconfort à celui de Nicolas Gautier. À nouveau brisée, ramollie par les émotions, Marie Alain ne dit mot, trop heureuse de n'être pas seule en cette épreuve.

Pendant ce temps les trois récollets, qui s'étaient arrêtés plus tôt de tournoyer autour du missionnaire et des Micmacs, ont regroupé leurs forces et se tiennent, épaule contre épaule, devant la porte refermée du confessionnal d'où proviennent les faibles gémissements de l'incube Zacharie.

Hugues Doucet, sentant bien que leur rôle est terminé, fait signe à ses Micmacs qu'il est temps de partir. Ceux-ci reprennent leurs armes, déposées dans un coin de la sacristie, et se préparent à quitter le lieu de leur dernier exploit.

— Méfiez-vous de lui, dit Doucet à la ronde, avec sa belle voix chantonnante, tout en regardant du côté du confessionnal, avant de sortir, ce moine est un petit sac de vanité et de malice qui ne vous causera toujours que troubles et grincements de dents. J'aime beaucoup mieux qu'il soit à vous qu'à moi.

Sur ce, ils s'esquivent tous les quatre par la porte arrière de la sacristie qui les conduit bientôt hors de la citadelle, où sont attachés leurs chevaux.

Après cette scène, Marie Alain regrette presque d'avoir cédé à son instinct et d'être entrée dans la sacristie. Mais pas tout à fait car, au fond d'elle même, elle n'est pas mécontente d'avoir eu l'occasion d'entrevoir l'étrange corne de Lucifer, qu'elle n'avait jamais, même dans ses rêves les plus fous, imaginé qu'elle pouvait avoir ni cette forme, ni cette brillance.

Nicolas, qui la connaît mieux que personne, l'entraîne lentement vers la sortie, laissant les prêtres faire le tri dans cet imbroglio satanique. Ils marchent à travers le chœur et traversent la nef maintenant vide de la chapelle Saint-Louis.

Dehors, sous la voûte, un groupe d'officiers de la marine, collègues des frères du Pont, entourent ceux-ci, au centre desquels Marie-Josèphe et Michel se tiennent par la main, le visage souriant, mais encore empreint d'une certaine tension.

— Donnez-nous votre bénédiction, papa, demande humblement la jeune épousée, à la vue de son père.

Elle adopte un ton où ne percent ni le triomphe ni la victoire.

Pendant que Marie Alain, encore secouée par ses récentes visions, regarde sa fille et son gendre s'agenouiller devant son mari, celui-ci pose ses mains sur leurs têtes et leur dit:

— Ma fille, mon fils, ma femme et moi demandons au Dieu Tout-Puissant de bénir votre union, au nom du Père, et du Fils, et du Saint-Esprit.

Mme de Bel-Air, bien qu'heureuse d'avoir été incluse par son mari dans cette supplique, ne songe plus qu'à se retirer du champ de bataille où elle vient, pour la première fois, de rencontrer Satan en personne, et de connaître un si cuisant revers. Nicolas, de son côté, ayant fait preuve d'une grande habileté dans cette affaire, songe que sa femme et sa fille, pour lesquelles il éprouve une affection profonde, sont grandes toutes les deux, l'une dans la défaite, l'autre dans la victoire.

6

Par ce beau dimanche après-midi du début de l'automne 1738, une foule nombreuse et bruyante se presse dans le grand salon de la résidence officielle du commissaire ordonnateur, à Louisbourg, dans l'île Royale. L'édifice est une superbe construction en pierre à un étage, avec mansardes dans la partie formant l'angle de la rue du Quai et de la rue de France où sont situés le grand salon et les appartements privés. Le reste du bâtiment, qui s'allonge sur une cinquantaine de pieds le long de la rue de France, sert aux secrétaires et autres employés attachés à l'office du commissaire ordonnateur.

Aujourd'hui, François-Ange Le Normant de Mézy, le parrain, et Marie Mius d'Entremont de Gourville, la marraine, reçoivent à l'occasion du baptême de Marie-Ange, le deuxième enfant de Marie-Josèphe Gautier et de Michel de Gourville. L'aînée, baptisée Marie-Josèphe, comme sa mère, était née quelques semaines seulement après le mariage des parents qui avait eu lieu dans des circonstances pour le moins inusitées, ce qui avait alors causé, dans la colonie, un joli petit scandale.

C'est une foule bigarrée qui remplit le grand salon où les meubles, hormis quelques fauteuils, ont été retirés pour faire plus de place aux nombreux invités. En plus des familles du Pont et Gautier qui sont au premier chef concernées, on retrouve tout ce qui compte dans l'île Royale et l'île Saint-Jean, depuis le gouverneur de Saint-Ovide jusqu'au dernier fonctionnaire. De l'Acadie, avec les Gautier, est venu tout le clan des Doucet y compris l'ancêtre et son petit-fils Oscar, maintenant âgé de trois ans et dont le baptême avait été marqué par un malheureux incident à l'église de Port-Royal. Comme les activités des du Pont sont autant militaires que commerciales, la foule des invités, vêtue surtout du costume de laine grise des habitants, est parsemée de l'uniforme coloré des officiers de la Marine, accompagnés de leurs épouses qui s'habillent, autant qu'elles le peuvent, comme si elles étaient à la Cour, bien que très peu d'entre elles y soient jamais allées.

Malgré tout cet étalage de robes aux couleurs chatoyantes, de pourpoints de satin ou de velours non moins colorés, de bijoux et de joyaux répandus à profusion sur les têtes, les mains et les vêtements, celui qui attire l'attention est vêtu comme le dernier des plus petits. Il s'agit du vieux Hugues Doucet, accompagné de ses Micmacs dont il ne se sépare jamais. Ceux-ci, un peu mal à l'aise dans une pareille assemblée, ne le quittent pas d'une semelle. Ce n'est que sur son insistance, qu'ils ont accepté d'accompagner Kesegoo à cette fête. C'est bien parce qu'il s'agit de Marie-Josèphe Gautier et du baptême de sa fille. Doucet est un grand ami de M. de Bel-Air. Le gouverneur et le commissaire ordonnateur s'entretiennent avec le vieux chef.

— Vous avez rendu de signalés services à la cause française, Doucet, lui dit Mombeton.

— Je n'ai jamais agi seul, Monsieur le gouverneur; ce que j'ai accompli, je l'ai toujours fait avec leur aide, répond-il en étendant la main pour désigner ses compagnons.

— Sans doute, sans doute. C'est bien ce que j'entends, répond vivement le gouverneur, après un moment d'hésitation. J'en toucherai un mot au roi; il s'en montrera très heureux, je n'en doute pas.

Le vieux Micmac regarde le gouverneur et le commissaire, l'œil inquisiteur, mais sans dire un mot.

— Oui, je verrai Sa Majesté lors de mon prochain voyage en France, ce qui ne devrait pas trop tarder.

Hugues Doucet, les yeux toujours pétillants et rieurs, continue d'observer les deux gentilshommes en silence. Ils sont un peu mal à l'aise en sa présence et celle de ses compagnons d'aventures. Est-ce dû à leur habillement si peu conventionnel, ou à l'odeur qu'ils dégagent, un mélange de sueur, de sang séché et de poisson passé?

— Reviendrez-vous en Acadie, monsieur? demande de son étonnante voix chaude et jeune, le vieux chef des Micmacs.

— Peut-être bien que non. Je crois avoir fait mon temps ici.

Hugues Doucet, peu rompu aux manières des courtisans, ne songe même pas à exprimer quelque regret. Au contraire, il acquiesce de la tête et aussitôt, il présente un à un ses six compagnons à Saint-Ovide qui, ne sachant trop comment se comporter en face de ces gens, reste les mains commodément posées sur ses deux cannes dont il se sert presque toujours pour se déplacer, et fait un petit salut de tête à chacun. Lorsque le gouverneur veut se retourner vers Le Normant, pour lui présenter les Micmacs à son tour, il se rend compte que celui-ci n'est plus à ses côtés. Il l'aperçoit, marchant lentement vers le fond du salon, en direction d'un petit groupe de femmes, parmi lesquelles se trouve Marie-Josèphe de Gourville. Elles entourent une jeune négresse de forte taille, assise dans le seul fauteuil de la pièce. C'est Doline qui, son énorme sein gauche dégagé de son corsage de toile de lin écrue, donne la tétée à un bébé, Marie-Ange de Gourville, l'objet de cette fête. L'enfant est encore vêtue de sa longue robe de baptême, aux fines dentelles, à travers lesquelles on peut apercevoir la riche doublure de satin pêche.

Doucet, en souriant, fait un clin d'œil au gouverneur, lorsque celui-ci l'envisage, après avoir détaché avec regret son regard de la scène charmante qu'il vient de découvrir. Mombeton est gêné par la vulgaire complicité du vieux chef et porte les yeux à nouveau vers le commissaire. Il sait très bien que Mézy n'est pas attiré par le tableau, si ravissant soit-il, qui retient l'attention de tous. C'est vers la mère du nourrisson qu'il se dirige.

Aujourd'hui, à l'âge de vingt ans, sa deuxième grossesse a transformé Marie-Josèphe Gautier de Gourville en une jeune femme dans toute la plénitude de son épanouissement. Son abondante chevelure marron aux tons cuivrés, étincelle sous le minuscule bonnet de dentelles qu'elle a consenti à porter pour l'occasion, à la demande de sa belle-mère, Marie Mius d'Entremont du Vivier, avec qui elle cause amicalement. Les deux femmes se tiennent debout et face à face, juste à côté du fauteuil de la nourrice.

— Pour ne rien vous cacher, ma mère, je crains que nous n'ayons passé les limites et que nous devrons essuyer quelque révolte de la part de nos concurrents.

Marie-Josèphe, mêlée aux démarches commerciales de sa famille avec celle des du Pont, croit qu'une révolte contre eux se prépare.

— Ne vous en faites pas, ma fille, les temps ne sont pas plus méchants qu'avant. Ma famille, la mienne tout comme celle de mon mari, en a vu d'autres.

— Il est vrai que vos ancêtres, les La Tour ont été fort éprouvés.

— Mon ancêtre, Charles de La Tour, a perdu tous ses biens à plusieurs reprises aux mains d'autres Français. Il n'a eu la vie sauve que par miracle et a dû se réfugier au Canada[1].

— Pourquoi pas en France? N'y aurait-il pas trouvé de bien meilleurs secours qu'au Canada?

— Je vous vois bien enthousiaste pour la mère patrie, mon enfant. Je ne peux vous le reprocher, car j'ai pour elle aussi une grande affection. Pourtant, elle ne peut tout faire pour nous, qui devons, comme votre père et vous le faites, nous débrouiller par nous mêmes. Ne soyez pas trop sévère envers votre mère...

La matriarche[2] de Gourville s'interrompt soudainement.

— Je vous laisse, mon enfant. Je vois qu'on me fait signe de là-bas.

Pendant que Mme de Gourville s'éloigne d'un pas vif, Marie-Josèphe se demande si sa belle-mère parlait de la France ou de Marie Alain, lorsqu'elle lui a recommandé de n'être pas trop sévère avec «votre mère». Perdue dans ses pensées, elle n'a pas remarqué que le commissaire ordonnateur s'est approché d'elle.

— À quoi devons-nous ce charmant sourire que je vois posé sur votre visage, madame? lui susurre-t-il, à deux pouces de son oreille.

Mme de Gourville, encore sous l'effet du départ précipité de sa belle-mère, sursaute aux paroles du commissaire. Elle lui sourit, tout en agitant son éventail, beaucoup plus pour se donner une contenance que pour se rafraîchir, car ce dimanche d'octobre est frais, malgré les rayons du soleil qui plongent à travers les fenêtres de la résidence du commissaire ordonnateur.

---

1. Canada: sous le régime français, on distinguait entre le Canada (Québec et la vallée du Saint-Laurent) et l'Acadie (les provinces maritimes d'aujourd'hui) qui a adopté divers découpages géographiques au cours des ans, jusqu'à la conquête
2. Matriarche: c'est un néologisme, on dit bien «patriarche».

— Je vous remercie de tous les soins que vous avez pris, mon ami, pour faire de cette fête la plus belle qui soit, répond-elle avec une sorte de chaleur réservée, en tournant vers lui son visage doux, mais énergique, aux yeux de jais.

— Si je n'ai fait que mon devoir, je dois ajouter qu'il me fut délicieux à accomplir. Vous le savez bien, madame, je ne demande qu'à faire toutes choses qui vous sont agréables.

Marie-Josèphe continue de sourire aimablement à Mézy. Depuis bientôt trois ans que dure ce manège, elle a réussi à conserver l'amitié du commissaire ordonnateur, sans avoir à céder à ses avances qui se font, depuis quelque temps, de plus en plus pressantes. Grâce au sentiment que Mézy éprouve à son endroit, elle a obtenu maintes faveurs qui ont aidé les entreprises de son père et de son mari.

— D'ailleurs, pour ce qui est de ma présence ici, elle ne vous affligera plus longtemps, continue le haut fonctionnaire avec une moue chagrine.

La jeune femme est surprise par le ton nouveau, teinté d'amertume, employé par Le Normant. Il a toujours été avec elle d'une grande délicatesse, n'exigeant rien de plus que de pouvoir jeter un regard sur sa personne, en se sachant considéré.

— M'affliger? questionne la jeune femme, l'œil inquisiteur.

Mézy a un geste de la main, comme pour marquer son impatience et sa contrariété à ne pas avoir été entendu.

— Ne vous accrochez pas à ce mot, madame, j'ai le cœur trop plein de fâcheries. Par ma remarque inconsidérée, peut-être ai-je voulu vous annoncer mon départ.

Marie-Josèphe regarde le soupirant avec surprise. C'est la première fois qu'il marque quelque dépit dans leurs relations.

— Votre départ, mon ami?

— Je m'embarque pour la France la semaine prochaine. M. de Saint-Ovide m'y envoie chercher des vivres dont la colonie a si grand besoin.

Pendant qu'il parlait avec Marie-Josèphe, M. de Mézy n'a pas remarqué qu'ils n'étaient plus seuls. Derrière eux s'étaient approchés les parents de celle-ci, Nicolas Gautier et Marie Alain, en compagnie de son mari, Michel de Gourville.

— Je n'ai pu m'empêcher, Monsieur le commissaire, d'entendre vos dernières paroles, intervient Gautier. Que ne m'aviez-vous informé plus tôt de cette pénurie. J'y aurais mis bon ordre aussitôt.

Le haut fonctionnaire sursaute légèrement, comme pris en faute, et se tourne vers les nouveaux venus.

— Je sais, Monsieur de Bel-Air, répond-il après un moment pendant lequel il reprend contenance. *La Norembègue* appareille dans deux jours pour la Guadeloupe.

— Vous voyez, j'aurais pu vous apporter de là-bas toutes les denrées nécessaires au pays.

— Dois-je comprendre que vous irez vous-même en Amérique[3]?

— J'en avais l'intention, car ma goélette doit rapporter une cargaison précieuse. Mais, après des représentations pressantes de ma femme, c'est mon fils aîné, Joseph, qui commandera l'expédition.

Le commissaire ordonnateur regarde Gautier d'un œil curieux.

— Une cargaison précieuse, dites-vous? Vous m'intriguez.

— Vous n'êtes pas le seul, que mon projet intéresse. En plus du tafia, du rhum, de la mélasse et du sucre, je ramènerai quelques esclaves.

— Des esclaves? Quelle nouvelle intéressante. Vous savez que monseigneur le gouverneur lui-même...

---

3. Amérique: au 18e siècle, on appelait ainsi les Antilles.

— Oui, je sais, interrompt Gautier. Il a déjà passé sa commande. Ne vous en a-t-il point parlé?

Le commissaire, légèrement embarrassé, baisse les yeux, mais ne répond pas à cette question. Il est de notoriété publique à Louisbourg que Saint-Ovide et Mézy ne s'adressent la parole que pour les strictes nécessités du service.

Marie-Josèphe est sur le point d'intervenir pour tirer son père de l'embarras, lorsque survient dans leur groupe, l'abbé Jean-Louis Le Loutre[4], qui vient d'officier, un peu plus tôt, au baptême de Marie-Ange, dans la chapelle Saint-Louis. Il est suivi de près par Doucet et ses Micmacs avec qui il s'est rapidement lié, dès son arrivée en Acadie, un an plus tôt.

Si Nicolas Gautier est heureux de la diversion, sa femme l'est beaucoup moins. Voilà bien quelqu'un qu'elle ne porte pas dans son cœur. Pour elle, Le Loutre représente la France qui vient mêler les cartes dans le jeu délicat de la vie quotidienne des Acadiens vivant en pays occupé. Ce prêtre n'est en Acadie que depuis peu, mais déjà, la demi-douzaine de fois qu'elle l'a rencontré, elle a toujours éprouvé pour lui une forte antipathie. Elle s'en est toujours fait un problème de conscience qu'elle n'a jamais avoué qu'à son mari. Car l'abbé, sans avoir jamais été chaleureux à son endroit, ne lui a jamais, non plus, causé, par le passé, le moindre désagrément. Peut-être est-ce dû au fait que, depuis le premier jour de son arrivée en Acadie, il a épousé la cause des Français, plutôt que d'appuyer la neutralité des Acadiens qu'il dénonce chaque fois qu'il le peut.

C'est un homme de forte taille, presque aussi grand que Nicolas Gautier, mais beaucoup plus musculeux. Ses

---

4. Jean-Louis Le Loutre (1709-1772), prêtre spiritain et missionnaire en Acadie de 1737 à 1755. Il joua un rôle autant politique et militaire que religieux.

fortes épaules, sa poitrine bombée et ses bras puissants tendent fortement les coutures de sa soutane noire assez passée. Son crâne dégarni surmonte une figure carrée, à la peau sombre comme celle d'un Maure, aux traits prononcés et énergiques. Son nez aquilin, ses lèvres épaisses et ses sourcils broussailleux, au-dessus de deux grands yeux noirs perçants et fort éveillés, lui donnent un air de force invincible, capable de renverser n'importe quel obstacle qui oserait se trouver sur sa route. En dépit de cet étalage de puissance et d'autorité, son visage ne laisse pas d'être ouvert et avenant. Son regard vous fouille sans trop de délicatesse, mais avec un air de s'excuser de vous dévisager ainsi, comme s'il ne pouvait rien y faire.

— L'abbé Le Loutre devait remplacer M. de Saint-Poncy, à Port-Royal, comme vous le savez, maman, continue Marie-Josèphe.

Marie Alain regarde sa fille sans comprendre.

— Devait?

— Oui, cela ne se fera pas, puisque M. de Saint-Poncy s'est réconcilié avec le gouverneur Armstrong. Il reste donc à la cure de Port-Royal.

— Et Monsieur l'abbé? demande-t-elle en regardant le prêtre avec un air surpris, sans l'appeler par son nom.

— Il sera curé de Shubénacadie en remplacement de l'abbé de Saint-Vincent.

— Son ministère comprendra Cobeguit, n'est-ce pas?

Elle continue à s'adresser à sa fille et à son mari, tout comme si Le Loutre n'était pas là:

— Oui madame, il sera notre curé aussi bien que celui de Tatamagouche. Nous voilà bien sanctifiés.

Cette fois, c'est la voix mélodieuse de Doucet qui intervient. Tous éclatent de rire à sa remarque, sauf Marie Alain qui prend un air renfrogné. Ses sentiments envers le vieil homme sont ambivalents. Elle le regarde avec un certain reproche dans les yeux. Elle est bien heureuse des services que Doucet et ses Micmacs ont déjà rendus à sa famille. Cette fois, pourtant, elle ne peut que désapprouver le rapprochement qui s'est établi entre lui et Le Loutre.

Pendant qu'elle ressasse sa hargne, elle ne se rend pas compte que les gens avec qui elle se tenait, se sont éparpillés. Elle se retrouve seule, derrière le fauteuil de la nourrice, en compagnie de Le Loutre. Elle le regarde attentivement et se sent d'abord légèrement embarrassée, mais elle ne cherche pas à fuir. De fait, elle n'est pas mécontente de se trouver pour une fois en tête-à-tête avec lui.

— Vous ne m'aimez guère, Madame de Bel-Air, lui dit l'abbé avec une étonnante franchise, lorsqu'ils sont seuls. Non! Non! ne protestez pas, poursuit-il en levant la paume de sa main droite. Je sais, vous allez dire quelque phrase qu'on vous a enseigné à répéter lorsqu'on s'adresse à un prêtre.

Marie Alain baisse la tête, moins à cause de l'interjection candide du missionnaire que par l'embarras d'avoir été découverte. Puis, se sentant comme prise en faute, elle réagit vivement et relève la tête dès qu'elle est consciente de sa faiblesse.

— C'est vrai, monsieur, je ne vous aime pas, vous et tous ceux qui prêchent partout le même message.

— Et ce message?

Sa voix reste suspendue, invitant une réponse. Pendant ce temps, Marie Alain, debout, les mains croisées devant elle, sur son tablier, prend une grande respiration.

— Votre message, c'est celui d'une loyauté exclusive envers la mère patrie.

— N'est-ce pas là un message universel où tous les êtres se rencontrent.

— Il se peut, monsieur le curé, que c'est vous qui avez raison en tout cela, car vous voilà, tel que vous êtes considérablement plus instruit que moi et pouvant m'en remontrer pendant longtemps.

— Toutefois..., encourage l'abbé.

— Toutefois je ne crois pas me tromper si je dis que j'ai autant de loyauté, sinon plus que vous. Hélas, cependant, l'objet de notre loyauté, le vôtre et le mien, n'est pas le même.

— Quel est l'objet de votre loyauté, madame, si ce n'est celui de l'amour qu'on porte à la France et à son Roi?

— Justement, monsieur, ma loyauté ne va pas vers la France, elle va vers l'Acadie et vers elle seule.

— Cela s'entend bien, madame, parce que son sort est tellement lié à celui de la France que la loyauté que l'on porte à l'une, on la porte aussi à l'autre.

— Le sort de l'Acadie est-il si lié que cela à celui de la France? C'est ce que vous tentez de faire croire aux Acadiens depuis plus de cent ans. Si la France tient tant à nous garder comme loyaux sujets, que n'y met-elle les efforts nécessaires à cette fin? Et puis, cette fameuse loyauté envers la France, que nous a-t-elle apporté? Que guerres, misères et malheurs. Lorsque les armes françaises ont subi la défaite à maintes reprises en Acadie et que, chaque fois, nous avons été laissés à nous-mêmes, nous avons fait beaucoup plus de progrès que lorsque vous nous dirigiez. En ce moment, les Anglais, qui ne sont pas assez nombreux pour nous mener comme ils l'entendent, nous laissent à nous-mêmes. Regardez autour de vous, monsieur, et voyez-en les heureux résultats.

L'abbé Le Loutre, les bras croisés sur la poitrine, regarde Marie Alain s'enflammer et étaler sa colère et ses frustrations.

— L'occupant n'a que la tâche d'accorder de nouvelles concessions pour y établir nos enfants et nos petits-enfants. Quant à nous, nous arrachons de nos mains à la mer des terres si riches et si fertiles, qu'elles font ensuite le bien-être de toute cette famille. Nous n'avons reçu ces bénéfices ni de la France ni de l'Angleterre. Ce que nous

possédons, nous le devons à notre travail et à notre ingé-
niosité. Pourquoi ces deux pays ne comprennent-ils pas
qu'ils n'ont qu'à nous laisser en paix et nous allons prospérer?

— Vous devez quand même admettre, Madame de Bel-
Air, que le rôle de la France, dans votre bien-être, est assez
grand.

— Oui, je sais, c'est ce que vous croyez. Je ne suis pas
sourde ni aveugle. Je vois des actes et j'entends des propos qui ne cessent de m'alarmer.

— Partagez vos alarmes avec moi, madame. Peut-être
pourrai-je les calmer.

Avant de répondre, Marie Alain contemple l'abbé
pendant un certain temps. Elle hésite à se trop confier à
cet homme.

— Depuis quelque temps, j'entends des bruits qui veulent que certains Acadiens songent à attaquer Port-Royal
et à l'arracher aux Anglais.

— Pour rendre à nouveau l'Acadie française, ajoute
l'abbé d'une voix ferme.

— Est-ce là votre principal argument pour justifier cette
politique?

— Ne voudriez-vous point que Port-Royal et toute cette
Nouvelle-Écosse redeviennent acadiennes?

— Bien sûr que je veux cela. Mais avant de vous lancer en pareille aventure, songez que vous allez mettre en
péril, sinon détruire le bel équilibre que nous avons enfin
atteint et dans lequel nous prospérons si grandement. La
France, par ceux qui la représentent ici, n'a ni la volonté
ni les moyens de reprendre ce territoire pour l'Acadie
une fois pour toutes. Je les vois beaucoup plus préoccupés de leur agrandissement personnel que de celui de la
nation.

— C'est un jugement bien sévère, madame, que vous
portez sur une société et des gens qui vous touchent de
très près.

— Je le sais, monsieur. C'est pour cela justement, que c'est à vous que je dis ces choses. J'ai conservé la paix dans mon ménage en soulevant ailleurs qu'avec mon conjoint, ces questions qui ne font, en aucun temps, le sujet de nos entretiens, mon mari et moi. Nous ne parlons jamais que des enfants, des choses de la maison, ou des sujets à propos de nos personnes. Jamais rien d'autre.

Le Loutre ne répond plus rien après cette harangue de Marie Alain et continue de la regarder en silence. Il ne sait quoi penser au juste de cette femme. Ses propos ne lui apprennent rien de bien nouveau. Mme de Bel-Air n'est pas seule à penser de cette façon. De fait, la grande majorité des Acadiens partage son opinion. C'est le petit nombre qui a gardé confiance dans le retour de la France en Acadie. Il comprend, entre autres, Nicolas Gautier et ses amis Joseph Le Blanc et Joseph Dugas, par exemple.

Pendant que Marie Alain et Jean-Louis Le Loutre continuent à se regarder sans savoir au juste comment finir cette conversation, ils sont tirés d'embarras par l'arrivée de l'abbé Pierre Maillard. Mme de Bel-Air paraît heureuse de voir le missionnaire. Elle ne lui a jamais tenu rigueur de son rôle dans le mariage de sa fille. Elle est persuadée qu'il n'était pas du complot.

— À partir de l'an prochain, je ferai de nombreux voyages en Shubénacadie, lui dit le missionnaire. Je suis chargé d'enseigner la langue micmaque[5] à nos prêtres.

— Vous me voyez enchantée par cette nouvelle, Monsieur l'abbé. Nous aurons donc l'occasion de vous voir à Bel-Air.

— J'y compte bien, madame.

---

5. Langue Micmaque: Micheline D. Johnson cite dans le DBC III, p.449: «...l'abbé Maillard ... est un sauvage naturalisé en fait de la langue.» En effet, il réussit même à acquérir le talent de rimer à chaque membre de période, selon le génie de cette nation, de sorte qu'il arrive à «parler aussi purement et aussi facilement micmac que leurs femmes les plus habiles dans ce genre.»

Pendant que prend place cet échange, Jean-Louis Le Loutre s'esquive discrètement et se dirige vers le commissaire ordonnateur qui cause avec Marie-Josèphe de Gourville. Il les rejoint en même temps que le secrétaire de M. de Mézy.

— Son Excellence désire que vous la retrouviez dans votre petit cabinet où elle s'entretient déjà avec messieurs du Vivier, de Gourville, de Bel-Air et Doucet, dit ce dernier en s'inclinant.

Le commissaire paraît ennuyé et contrarié à la fois par cette interruption.

— Mais ces messieurs étaient ici il y a encore un instant. Voilà bien une réunion prestement arrangée.

Le secrétaire feint d'ignorer la remarque de son patron.

— M. de Mombeton m'a dit de vous prévenir qu'il y sera question de reprendre aux Anglais Port-Royal et toute l'Acadie, monsieur.

François-Ange Le Normant de Mézy lève les yeux au ciel et laisse échapper un grand soupir qui trahit son extrême agacement. Après avoir salué Mme de Gourville, le regard noyé d'excuses, il sort d'un pas mesuré, mais sans enthousiasme.

7

Les deux petites filles, âgées de quatre et cinq ans, sont complètement dévêtues et attachées dos à dos à un arbre. Le visage contorsionné, elles lancent des cris déchirants, dès que leur bourreau, un garçon de sept ans, approche la pointe acérée d'une flèche tout près de leurs jeunes poitrines.

— Vous allez mourir, chiens d'Armouchiquois, dit-il à ses victimes en roulant des yeux féroces.

Les fillettes, maintenant muettes de peur, regardent avec frayeur le fer de lance toucher la chair délicate et rose de leurs bras.

— Que fais-tu là, Moussié?

La voix de Doline fait se retourner le jeune garçon qui regarde l'esclave noire avec ses grands yeux vairons, un sourire angélique sur son visage.

— Nous jouons à la guerre. Marie-Josèphe et Marie-Ange sont mes prisonniers. Ce sont des ennemis armouchiquois.

Tout en riant à gorge déployée, Doline détache les deux pauvres victimes qui protestent qu'on leur interrompt leurs ébats.

— Nous jouons à la guerre, dit l'une d'elles, au bord des larmes. Oscar est le chef micmac et nous sommes ses prisonnières. Il est plus fort que nous, voilà pourquoi nous sommes deux.

— Vous le savez bien, votre maman n'aime pas que vous jouiez à ces jeux violents. Ce ne sont pas là des activités pour les filles.

Ce n'est qu'à ce moment-là que Doline remarque le crâne d'Oscar.

— Qui t'a fait ça? demande-t-elle avec horreur au jeune garçon.

Sa belle chevelure brune, aux boucles luxuriantes, qu'heureusement il portait déjà très courte, est presque complètement rasée. Le travail a été si mal fait qu'il reste ici et là de grandes plaques hérissées comme des gales.

— C'est nous qui l'avons scalpé, dit Marie-Ange avec fierté, parce qu'il était notre prisonnier.

— Mme Doudou ne sera pas contente, ajoute Doline l'air mi-sérieux, mi-rieur.

L'esclave noire ne peut se retenir de passer la main sur le crâne presque dénudé du jeune garçon.

— Que vont dire tes parents lorsqu'ils te verront dans cet état? demande-t-elle en riant.

À ce moment, Anne, la tante des deux fillettes survient enfin, ayant été alertée plus tôt par leurs cris effrayés.

— Dieu du ciel! Doline, que s'est-il passé? s'exclame-t-elle à la vue de ses nièces complètement nues et de la tête rasée du jeune Doucet. Ne les surveillais-tu pas?

— De loin, Doudou. Mais tu sais, s'il fallait accourir chaque fois qu'un enfant qui joue pousse des cris, je ne ferais jamais mon travail.

— Tu as raison, Doline, dit Anne après avoir examiné brièvement la situation. Ils jouaient à la guerre sans doute?

— Oui, dit Marie-Ange. Oscar était un Micmac et nous des Armouchiquois.

— Rhabille-les, Doline. Je parlerai à Laure et lui expliquerai à propos de la chevelure d'Oscar.

Pendant que l'esclave fait entrer les enfants, Anne rejoint sa mère à la salle à manger où celle-ci reçoit à dîner, en compagnie de sa fille et de Laure Chiasson, l'abbé Jean-Baptiste de Gay des Enclaves[1], le curé de Port-Royal.

— Te voilà bien préoccupée, ma fille, lui dit sa mère qui l'avait envoyée aux nouvelles. Que s'est-il donc passé?

— Ce sont les enfants, commence-t-elle, puis elle s'arrête.

Pendant les mois d'été, Marie Alain garde ses deux petites-filles, les enfants de son aînée, Marie-Josèphe. Aujourd'hui, Oscar Doucet est venu avec sa mère à Bel-Air.

— Qu'ont-ils fait, les enfants?

Anne raconte brièvement l'incident. Marie Alain, pas plus que Laure Chiasson, ne prennent au tragique ce genre d'événement.

— Qu'est-il arrivé, à la fin?

— Ils vont jouer à des jeux moins brutaux. Doline les surveille.

Pendant que les femmes s'occupent de leur domesticité, l'abbé des Enclaves regarde par la fenêtre qui donne sur le jardin de Bel-Air. C'est une splendide journée de septembre, une de ces journées idéales où l'air est un mélange de chaleur et de fraîcheur comme en connaît quelquefois l'Acadie en cette saison de l'année. À cause du beau temps, le jardin offre un spectacle féerique. Ici, point d'allées ratissées comme à Louisbourg. Il y règne plutôt un certain désordre joliment orchestré par Anne, qui fait montre d'un beau talent pour l'horticulture. Elle a réussi le plus agréable mélange de fleurs transplantées des terres environnantes, de plantes vivaces et de petits ifs disséminés parmi les fougères sauvages.

---

1. Jean-Baptiste de Gay des Enclaves (1702-1764). Il arrive en Acadie en 1739. En juin 1742, il est nommé à la cure d'Annapolis Royal. Il entretient d'excellentes relations avec le gouverneur du temps, Paul Mascarene.

Enfin, au bout d'un moment, le repas se poursuit et la conversation, interrompue par les cris des enfants, reprend où elle a été abandonnée. On ne parle plus de l'affaire du mariage de Marie-Josèphe. Sa vie sociale est devenue très importante et sa position à Louisbourg fort prépondérante.

Il est certain qu'elle n'approuve pas le fait que sa mère se soit liée d'amitié avec l'abbé des Enclaves que Marie-Josèphe considère comme trop ouvert aux Anglais. Surtout, contrairement à l'abbé Le Loutre, c'est un tenant de la neutralité que la grande majorité des Acadiens favorise aussi. Ce sont là des sujets que la châtelaine n'aurait pas abordés en présence de son mari. Celui-ci est en voyage à Cobeguit, chez le vieux Hugues Doucet avec qui il prépare quelque expédition; il n'est pas attendu avant la fin de la journée. Fort heureusement, car leurs propos prennent une tournure qu'il aurait désapprouvée.

— Je n'ai pas toutes les données de cette affaire de la neutralité, Madame de Bel-Air, commence des Enclaves. J'entends un trop grand nombre de versions contradictoires pour me former un jugement. Je sais que de vous, j'aurai la vérité.

— Je peux vous en assurer, Monsieur le curé. Je commencerai donc par le commencement, dit Marie en se reculant confortablement dans son fauteuil, comme quelqu'un qui a une histoire favorite à raconter.

— Je vous écoute, madame, répond l'abbé en imitant son hôtesse.

— Après que les Anglais se furent emparés de notre chère Acadie, en 1710, ils ne semblèrent pas vouloir y mettre tant de troupes, soit par manque d'argent, soit par manque d'intérêt. Toujours est-il que nous avons été laissés à nous-mêmes, c'est-à-dire que leur présence ne s'est vraiment fait sentir qu'à Port-Royal et dans ses environs immédiats. Nous élisons des délégués qui nous représentent auprès du gouverneur, en un conseil qu'il a formé à cette fin. C'est par ce canal que nous obtenons la concession de nouvelles terres pour établir nos enfants et nos petits-enfants.

— Était-ce là leur seule intervention?

— Pas la seule, mais à mon sens c'est la plus importante.

— Aux yeux des Anglais, quelles sont les limites du territoire que leur a accordé le traité d'Utrecht?

— C'est là un point chatouilleux. L'article 12 du traité cède à la Grande-Bretagne, et je vous le cite mot à mot, «l'Acadie toute entière, comprise en ses anciennes limites».

— Je vois. C'est donc à propos de l'expression «en ses anciennes limites» qu'il y a toujours bisbille.

— Voilà. Et qui plus est, les Anglais ont trop peu de troupes pour nous en imposer beaucoup.

— Cependant, à cause de cela, ils ne cessent d'être inquiets sur la conduite des Acadiens, advenant un état de guerre entre l'Angleterre et la France.

— C'est là, Monsieur l'abbé, le nœud du problème. Il y a eu et il y a encore chaque jour dans cette maison, à cause des accointances de mon mari que vous connaissez bien, tant de discussions sur ce sujet que j'en ai appris beaucoup plus en écoutant simplement qu'en participant aux conversations.

— Pourquoi n'avez-vous jamais émis votre point de vue?

— Ah, monsieur, pour garder la paix dans mon ménage. Voyez-vous, j'aime mon mari et mes enfants. J'ai toujours su que, pour assurer la tranquillité dans mon foyer, je serais celle dont le point de vue devrait être mis en veilleuse. Je ne l'ai pas abandonné pour autant, loin de là. Je mène mes activités acadiennes, comme mon mari les appelle, en dehors de sa présence et sans que j'aie à lui en rendre compte. Cependant, il connaît bien ma position et je connais bien la sienne.

— Revenons, si vous le voulez bien, madame, à ce que vous appelez le nœud du problème, la conduite des Acadiens en cas de conflit armé.

— Le traité permet aussi aux Acadiens qui demeurent dans le territoire conquis, de pratiquer la religion catholique. Ceux qui voulaient partir pouvaient le faire dans l'espace d'un an avec tous leurs effets mobiliers. Plus tard, la reine Anne nous a permis de conserver tous nos biens meubles et immeubles et a étendu la limite indéfiniment pour ceux qui veulent partir, au lieu d'un an, comme ce fut d'abord prescrit. De plus, ceux qui veulent s'établir ailleurs ont maintenant le droit de vendre leurs terres.

— Ce qui fait que, bien sûr, personne ne cherche à partir.

— Voilà! De plus, et j'ose l'affirmer, nous sommes mieux qu'avant 1710, puisque maintenant nous n'avons plus personne pour nous dire quoi faire ou ne pas faire.

— C'est donc ainsi que vous avez pu prospérer?

— Justement, Monsieur l'abbé. Des villages se sont créés et ont grandi. On ne les compte plus, au fond du bassin des Mines et jusque dans la baie de Chignectou, les établissements de plus d'un millier d'habitants chacun.

— Vous faites allusion à Grand-Pré, Beaubassin, Cobeguit, Pigiguit, par exemple?

— C'est juste et quelques-uns d'entre eux comptent plusieurs paroisses fort prospères.

— De quoi les Anglais ont-ils peur au juste?

— Ils craignent que nous n'observions pas le serment de neutralité en cas de guerre, que nous leur avons fait.

— Observeriez-vous la neutralité en cas de guerre, madame?

— Absolument, monsieur. J'ai donné ma parole.

— Comment ce serment est-il venu?

— Parce que nous ne voulions pas prêter le serment d'allégeance au monarque anglais, qui nous aurait peut-être obligé à prendre les armes contre la France. Je vous le dis et vous le répète pour la millième fois, Monsieur l'abbé, je suis Acadienne, mais pas un instant je ne puis oublier que mes ancêtres sont de France et que je parle leur langue. Autant m'arracher la vie.

— Madame, je ne vois pas de conflit dans ce que vous me dites. On peut aimer la France et être un bon Acadien.

— Vous savez, Monsieur l'abbé, reprend Marie Alain, vous êtes un des rares prêtres qui ne nous incite pas à quitter l'Acadie pour nous établir soit à l'île Royale, soit à l'île Saint-Jean. Ou à faire comme d'autres qui, se croyant plus en sécurité, se sont établis beaucoup plus au nord, sur les rivières Chipoudy et Petitcoudiac, par exemple.

— Vous vous sentez donc en sécurité, ici, à Bel-Air, à quelques lieues seulement de Port-Royal.

— Oui, monsieur, car nous avons prêté le serment de neutralité.

— Pardonnez-moi, madame, mais je dois vous avouer que je n'ai jamais vu ce fameux serment dont vous parlez.

— Pourtant, il existe, monsieur. C'est le gouverneur Philipps qui en parla d'abord et le gouverneur Armstrong qui, en 1726, l'a fait inscrire en marge du traité qu'il nous proposait.

— Que dit au juste cette inscription?

— Une clause a été insérée suivant laquelle nous, les Acadiens, ne pourrions jamais être obligés de prendre les armes.

— Où pourrais-je lire cette clause?

— Vous avez de l'influence auprès des Anglais de Port-Royal. Je suis certaine que le gouverneur se fera un plaisir de vous la montrer. Elle est insérée en marge, dans la traduction française du document qui contient le serment.

— Dans la version française?

— Oui, dans le texte français, car elle était écrite en français.

— Ne paraît-elle pas dans la version anglaise?

Mme de Bel-Air regarde son interlocuteur comme si elle ne comprenait pas sa question.

— Les Anglais ont-ils inséré cette clause dans la version anglaise?

Encore une fois, Marie Alain ne semble pas comprendre où le prêtre veut en venir.

— Cette clause, madame, insérée dans la seule version française, suffit-elle à vous rassurer sur les intentions des Anglais?

— Naturellement, monsieur, ils nous l'ont écrit noir sur blanc. De plus, en 1730, les curés des paroisses des Mines, de Grand-pré et de Pigiguit ont signé un acte confirmant ce fait, devant le notaire Alexandre Bourg.

— J'admire votre foi, madame. Avec quelques hésitations, je la partage.

— À la bonne heure, monsieur. Nous vivons en paix depuis plus de trente ans. Il m'apparaît que nous faisons les choses qu'il faut pour y arriver.

— De plus, je crois que les Indiens, qui sont vos alliés traditionnels, ne vous pardonneraient pas de prêter un serment inconditionnel à la couronne britannique.

— Ah! Monsieur des Enclaves, vous touchez-là l'autre point difficile de cette affaire: les Sauvages. Ils nous massacreraient sûrement, si nous posions un pareil geste. Ils croiraient que nous les avons abandonnés.

— Ne serait-ce pas le cas?

— Certainement pas. Les Souriquois, depuis toujours sont nos alliés. Nous ne voudrions jamais les abandonner. Même si nous prêtions un serment inconditionnel au monarque anglais, ils resteraient nos amis. Nous les avons toujours défendus contre les Britanniques et nous continuerions de le faire. Ils sont comme des enfants, en face de nos institutions. Ils ne peuvent pas comprendre la complexité des traités, des serments. Ils doivent se fier à nous pour ces choses. Ils ont besoin de nous.

— Et vous d'eux, n'est-ce pas?

— Ce n'est pas la même chose. Nous pourrions nous passer d'eux, mais ils ne pourraient se passer de nous.

L'abbé des Enclaves ne dit plus un mot après cet échange et reste silencieux pendant longtemps. Il ferme les yeux, comme s'il priait, ou réfléchissait.

— Voyez-vous, Monsieur l'abbé, les Anglais se conduisent avec cruauté envers les Sauvages. Je pourrais vous raconter de nombreuses histoires où les Britanniques ont eu envers les Indiens des gestes tout à fait inhumains. Prenez seulement le cas de l'épouse et de la belle-mère du vieux Hugues Doucet.

— Oui, je l'ai entendu évoquer devant moi.

— Eh bien, vous n'entendrez jamais de rapports disant que des Français ou des Acadiens ont agi avec une telle brutalité envers ces pauvres êtres.

— Les cruautés exercées par l'homme contre l'homme ne sont pas toutes sanglantes, Madame de Bel-Air.

Marie Alain regarde le curé de Port-Royal sans comprendre. Ses sourcils se froncent, son front se plisse. Elle sent que l'abbé lui fait quelque leçon. La bonne entente qui a régné jusque-là semble compromise.

— Vous n'allez pas me dire que je suis cruelle envers les Sauvages, dit-elle enfin, le souffle un peu plus court, le ton plus bref.

— Jamais, madame, je n'oserais formuler pareille accusation. J'ai seulement voulu dire que nous devons tous examiner notre conscience en ce domaine.

— Eh bien, Monsieur le curé, la mienne est claire.

— Mère, je ne suis pas si certaine que la mienne le soit, dit Anne sur un ton doux, pendant que ses joues rosissent légèrement.

— Allons, ma fille, toi une personne si jeune, tu n'as même pas encore eu le temps...

— Maman, excusez-moi de vous interrompre, mais je dois avouer, puisque M. le curé de Port-Royal est présent que mes pensées sur les Indiens ne sont pas toujours chrétiennes.

— Allons, allons, Anne, tu n'es pas au confessionnal. N'est-ce pas, Monsieur des Enclaves, qu'elle n'a rien à confesser ici?

— Laissez-la faire, madame. Ce qu'elle a à dire soulagera peut-être sa conscience. Parlez, mon enfant, parlez sans crainte. Je sais être discret.

— C'est une histoire ancienne, mais je ne l'ai jamais oubliée. Un jour, alors que je n'avais qu'une dizaine d'années, j'ai forcé un jeune Souriquois de mon âge à me donner le produit de sa chasse, une perdrix et deux lièvres, ce qu'il ne voulait pas faire. J'ai usé de mon ascendant sur lui pour l'y forcer. Je voulais montrer à mon père que moi aussi, je pouvais chasser. N'est-ce pas là le genre de cruauté dont vous parlez, mon père?

— Oui, mon enfant. C'est bien ce que je veux dire. Avez-vous aujourd'hui l'intention de recommencer?

— Oh! non, jamais. J'en éprouve encore aujourd'hui une si grande honte.

— Dans ce cas, il y a repentir et je vais vous donner l'absolution.

Le curé s'exécute aussitôt, pendant que les trois femmes se jettent instinctivement à genoux.

— Relevez-vous, mesdames. Dieu accorde son pardon aux hommes, peu importe qu'ils soient assis ou prosternés.

Marie Alain, sa fille et Laure Chiasson retournent à leurs chaises pendant que le repas s'achève.

— Vous êtes au mieux, Monsieur l'abbé, avec le gouverneur Mascarene[2], n'est-ce pas?

---

2. Paul Mascarene, né en France de parents huguenots (bannis de France après la révocation de l'édit de Nantes en 1685), était commandant du fort d'Annapolis Royal. À cause de sa naissance, ses loyautés étaient suspectes autant à Boston qu'à Londres. Pourtant il fut l'homme de la situation et se montra excellent administrateur.

— C'est-à-dire que nous nous entendons bien. Je crois qu'il en est mieux ainsi.

— Oh! Monsieur l'abbé, n'allez pas croire que je vous en fais reproche. Bien au contraire. À l'époque, le gouverneur Armstrong, dont le caractère étrange l'a finalement conduit au suicide, nous a donné beaucoup de difficultés lors de ses démêlés avec nos prêtres. Le colonel Cosby, qui y était souvent mêlé, a aussi été rappelé à Dieu. Nous avons affaire à des hommes nouveaux et plus conciliants.

— Vous dites cela parce que le gouverneur Mascarene est d'origine française?

— Oui, mais aussi parce qu'il comprend bien notre position de neutralité.

— Je voudrais avoir votre confiance, madame, mais bien que je sois dans les meilleurs termes avec lui, je n'oublie jamais que nous ne sommes pas du même côté.

— Peu importe, monsieur. J'aime mieux votre façon de procéder que celle de l'abbé Le Loutre. Ce n'est pas un prêtre, c'est un soldat.

— Allons, Madame de Bel-Air, ne soyez pas si dure dans vos jugements. L'abbé Le Loutre fait son ministère comme il l'entend, sous les directives de l'évêque de Québec.

— Vraiment, monsieur? Je me suis plutôt laissé dire que ses instructions viennent tout droit de Versailles et qu'elles ont plus à voir avec la politique qu'avec la religion.

Des Enclaves ne relève pas cette dernière remarque de son hôtesse. Il n'en a d'ailleurs pas l'occasion car ils sont interrompus par l'arrivée inattendue de Nicolas Gautier, de son fils Joseph et de François Du Vivier. Ils sont accompagnés d'un prêtre, l'abbé Jacques Girard, le nouveau curé de Cobeguit.

Le sujet qui avait occupé la conversation de Mme de Bel-Air, de sa fille, de Laure Chiasson et de l'abbé des Enclaves est aussitôt abandonné.

— Que te voilà bien entouré, mon ami, dit Marie à Nicolas, une fois qu'ils sont assis.

— Je le serai encore mieux très bientôt, car nous attendons l'arrivée de l'abbé Le Loutre. Je croyais d'ailleurs le trouver ici; il devait nous y attendre.

— Eh bien! tu en es pour ton reste, car il n'est pas encore venu. Que complotez-vous cette fois?

— Nous ne complotons rien, mon amie, tu le sais. Nous tenons demain, ici même, une importante réunion, je t'avais déjà prévenue. Tu n'avais pas oublié, j'espère.

— Non, Nicolas, je n'avais pas oublié.

Marie Alain, qui jusque-là a gardé un visage serein, se rembrunit tout à coup. Elle n'aime pas le sujet qui sera discuté au cours de cette assemblée. Des plans vont être élaborés pour reprendre Port-Royal aux Anglais. Le bel équilibre qu'elle aime tant, risque d'être détruit. Elle n'a pas le temps de s'attarder sur ces pensées, car les enfants entrent en courant et en criant dans la pièce. Leur arrivée, mais surtout la nouvelle coiffure d'Oscar, cause toute une commotion. Marie Alain raconte les événements de la matinée et tout rentre dans l'ordre. L'abbé des Enclaves en profite pour prendre congé. «C'est bien dommage, songe Mme de Bel-Air, une journée qui avait si bien commencé!»

8

Pour Oscar Doucet, cette journée s'annonce comme la plus excitante qu'il ait jamais vécue jusqu'à ce jour. Il a neuf ans et il va accompagner son grand-père dans une véritable expédition au cours de laquelle, s'il en croit ce qu'on lui dit, il y aura de la bagarre. Il voyagera en compagnie de son ami Kaleboo[1] Padanuques, le fils du Sagamo de l'île Royale[2]. C'est à l'âge de cinq ans que Kaleboo a mérité ce surnom, au cours d'un chasse pendant laquelle il a descendu un caribou d'une seule flèche en plein front. Les deux garçons, qui sont du même âge, partagent les mêmes goûts pour les activités physiques, surtout la chasse et l'aventure. Ces préférences ont développé chez eux une inclination pour les combats, la bataille et tout ce qui touche à la guerre. Depuis qu'ils se connaissent qu'ils rêvent de participer ensemble à de vrais engagements, pas des jeux comme ceux auxquels ils s'adonnent avec des compagnons de leur âge, dans la forêt et aux environs de Port-Royal. Ceux-ci, d'ailleurs, n'ont ni la force ni la précocité des deux garçons.

---

1. Kaleboo : mot micmac que les Français prononcent «caribou», nom donné au renne du Canada.
2. Le Sagamo de l'île Royale : Jacques Padanuques.

Déjà, à son âge, Oscar mesure plus de quatre pieds, il a les épaules carrées, les bras et les jambes musclés. Son cou est fort et solide comme celui d'un jeune taureau. Depuis le jour où Marie-Ange et sa sœur lui ont rasé la tête, il se coiffe toujours de cette façon. Il est imité en cela par Kaleboo et leurs compagnons de jeux Souriquois. Le crâne dégarni, c'est prévenir la saisie de l'ennemi qui se sert souvent de la chevelure de l'adversaire pour le terrasser et, éventuellement, le scalper.

Physiquement, Kaleboo ressemble assez à Oscar. Comme lui, il est grand pour son âge. Il paraît cependant moins musclé que lui, car ses membres sont plus longs et plus fins. Mais il ne faudrait pas s'y tromper, il n'en est pas moins fort pour autant. Ils s'entraînent souvent, par jeu, dans des corps à corps où, la plupart du temps personne n'en sort vainqueur. Kaleboo est plus gracieux dans ses mouvements; ceux d'Oscar sont plus lourds, mais non moins efficaces.

Depuis l'an dernier, les parents des deux garçons les envoient passer l'été à Cobeguit, chez Hugues Doucet. Celui-ci leur enseigne à lire, à écrire, à compter et à guerroyer. Ils arrivent avec le début d'avril et ne retournent chez eux qu'avec les premières neiges. Il arrive fréquemment qu'ils se rencontrent l'hiver, au cours de chasses qui ont lieu soit en Acadie, soit à l'île Royale.

Oscar est bien aguerri pour son âge. Il a déjà tué un orignal, deux ours, et participé à trois grandes chasses avec les habitants de Cobeguit. Il a accompagné son grand-père, l'hiver précédent, au cours d'un voyage avec les Micmacs, lorsqu'ils ont, pour le compte de Nicolas Gautier, acheminé des troupeaux de bœufs vers le nord, en direction de la baie Verte. Il a gardé de cette expérience un impérissable souvenir.

D'habitude, quand Oscar fait des séjours chez le vieux Doucet à Cobeguit, ses vêtements se résument au costume des Sauvages, c'est-à-dire pieds nus en été, le pagne de cuir autour des reins, retenu par un cordon. En hiver, il porte des mocassins et des habits de peaux de bête. Lorsqu'il habite chez ses parents, une maison à mi-chemin entre Port-Royal et Bel-Air, où travaille son père, Germain Doucet, il porte des vêtements plus conventionnels, semblables à ceux des jeunes Acadiens de son temps: sabots de bois, chausses et bas-de-chausses, une chemise de toile blanche aux manches bouffantes, sous une redingote sans manches et, sur la tête, un feutre à trois bords relevés. Pour Oscar, il n'y a pas d'hésitation, il préfère de beaucoup la vie à Cobeguit, chez son grand-père.

Il est presque huit heures du matin, lorsqu'un groupe de cavaliers et de chariots s'assemblent bruyamment à la sortie de Cobeguit. Autour de Hugues Doucet et de ses Micmacs sont réunis Oscar et Kaleboo, ses deux jeunes élèves fringants comme des poulains du printemps; Nicolas Gautier, ses fils Joseph l'aîné et Pierre, qui a déjà seize ans; enfin, tous les employés mâles de Gautier. Cela fait une vingtaine d'hommes en tout, la plupart à cheval et les autres menant cinq chariots remplis de munitions et de victuailles.

Les bêtes piaffent d'impatience, pendant qu'on attelle deux chevaux de trait à chaque voiture. Oscar et Kaleboo sont les plus pressés de se mettre en route. Leurs montures montrent la même impétuosité que leurs jeunes cavaliers. Dans l'air frais, mais déjà doux du début du mois de mai, les cris des charretiers se mêlent aux hennissements des chevaux et aux directives de Kesegoo, qui commande l'expédition. Sa voix mélodieuse a beaucoup de difficulté à se faire entendre dans tout ce tintamarre. Il doit répéter ses instructions à plusieurs reprises. Finalement, Gautier obtient le silence.

— Notre marche sera de quarante milles. Nous ferons un arrêt ce soir à mi-chemin, pour dormir. Nous nous mettrons à nouveau en route demain matin dès l'aube. Si rien ne vient troubler notre voyage, nous arriverons à destination demain soir.

— Où allons-nous, Kesegoo? demande le jeune Oscar, impatient.

— Nous allons jusqu'à la baie de Meligonish où nous attendent deux navires affrétés par Nicolas Gautier et François du Vivier.

— Et ensuite? insiste-t-il encore.

— Il vous faudra tous attendre d'être sur les navires pour connaître notre destination finale. Si nous avons choisi de partir de Cobeguit pour aller à la baie de Meligonish, et non de Beaubassin pour aller à la baie Verte, c'est parce que nous voulons donner le change à l'ennemi. Ordinairement les Anglais surveillent attentivement le trafic maritime qui entre et sort de la baie Verte et notre équipage aurait été aussitôt repéré.

— C'est donc que nous allons vers le sud.

— Tu feras comme tout le monde, Oscar, tu connaîtras notre destination une fois sur le navire.

Finalement, la caravane démarre et se dirige en ligne droite vers l'est. La première journée se passe presque sans incident, sauf une fois où, pendant l'après-midi, les voitures éprouvent quelque difficulté à traverser une rivière à gué, parce que la crue du printemps n'est pas encore tout à fait terminée. Malgré ce léger ennui, l'expédition parcourt un peu plus de la moitié du chemin, avant de s'arrêter à une grande clairière, sur les bords d'une rivière, pour y passer la nuit. De toute la journée, ils n'ont croisé personne, ni Blancs ni Indiens.

Le campement, grâce aux Micmacs, s'installe rapidement. Ils ont l'habitude de ces bivouacs instantanés, qu'on peut monter et démonter en quelques minutes. Les chariots sont placés en ligne entre la rivière et la forêt qui est à une centaine de pieds. Après le souper, qui est pris tôt, les hommes se préparent pour la nuit. Deux sentinelles, qui se remplaceront aux deux heures, font la garde du campement. À cause de la journée si tranquille, les voyageurs ne s'attendent pas à être dérangés pendant leur sommeil. Aussi, Hugues Doucet accepte-t-il l'offre d'Oscar et de Kaleboo de faire un quart de veille. Cependant, ils ne le feront pas ensemble, mais chacun avec un des Micmacs, guerriers d'expérience.

Vers trois heures du matin, commence le dernier quart de veille, jusqu'au lever du soleil. Oscar et Poonhook, l'un des plus jeunes Micmacs de Hugues Doucet – il n'a que vingt-huit ans – prennent la relève de Kaleboo et Wegoon, le jumeau de Poonhook. Comme pour les gardes précédentes, il n'est rien arrivé durant leur veille. En même temps que les nouveaux gardiens occupent leur poste, les deux autres regagnent le campement où ils vont dormir jusqu'à la pointe du jour.

Poonhook et Oscar s'assoient sur un billot, au pied d'une épinette. De cet endroit, ils peuvent voir dans tout son ensemble, à la fois la rivière et la clairière où ils ont établi leur campement. Si quelqu'un vient d'une direction ou de l'autre, ils ne pourront manquer de le repérer. Au début, ils restent silencieux. Poonhook allume son calumet, sur lequel il tire lentement, avant de rejeter la fumée en un mince filet entre ses lèvres à peine desserrées. L'homme et le jeune garçon, le dos appuyé au tronc de l'arbre, la tête renversée en arrière, regardent le ciel et les étoiles qui commencent à s'effacer. Sans s'en rendre compte, Oscar ferme les yeux, pendant que la fumée du calumet de son compagnon lui chatouille les narines. C'est un moment unique dans le déroulement de la journée, celui où la lumière déferle sur la terre, chassant ainsi la noirceur comme le bon fait fuir le méchant.

— C'est l'heure où les esprits de la nuit cèdent la place à ceux du jour, murmure, en un chuchotement rempli de révérence, le jeune Micmac à son compagnon.

Celui-ci, se sentant enveloppé par le son mélodieux et chaud de la voix de Poonhook, est transporté de bien-être à l'idée de ce dont il va être témoin. Il a l'intention bien arrêtée de garder les yeux grand ouverts pour observer ce changement de la garde.

Pour Poonhook, dont toute la vie, toute l'éducation est centrée autour du Grand Esprit, il fait partie de la nature au même titre que les arbres et les animaux qui l'entourent. Il ne sursaute pas, lorsqu'un bruit de feuilles froissées par des pas se fait entendre assez loin derrière eux. Oscar a entendu aussi, mais sa réaction est différente. Il se raidit et porte vivement la main en direction de son mousquet. Poonhook a tout juste le temps de lui retenir le poignet pour l'empêcher de continuer son geste.

— Ne bouge pas d'un poil. Fais comme je te dis, chuchote-t-il à son jeune compagnon.

— Qu'est-ce?

— Regarde, continue Poonhook en pointant du côté de la rivière.

Oscar écarquille les yeux, mais la noirceur est encore trop grande pour qu'il puisse distinguer quoi que ce soit.

— Pas avec les yeux, lui dit Poonhook, avec le cœur.

Le jeune garçon ferme les yeux et attend. L'anxiété qui le domine, le quitte peu à peu. Ce sentiment est remplacé par le murmure régulier et doux du courant de la rivière qui descend vers la mer.

— Vois-tu maintenant?

Oscar ne dit mot. Il laisse son regard voguer en direction de l'endroit que lui a désigné Poonhook un peu plus tôt, sur la rivière. Lentement, commence à se dessiner devant ses yeux étonnés, une haute forme d'une couleur bleu-argent qui paraît flotter au-dessus des eaux. D'abord diaphane, l'apparition se solidifie, prend corps.

— Oui, je vois maintenant, dit-il comme dans un souffle.

Naturellement, vivant en plein territoire micmac, Oscar a souvent entendu parler de Eonamoog, de ses apparitions et de son pouvoir. Cependant, c'est la première fois qu'il la voit de ses propres yeux et il a peine à garder son sang-froid. La forme s'avance vers eux sans qu'on aperçoive ses pieds. Elle paraît flotter au niveau du sol. Oscar oscille entre un trouble étrange mélangé de frayeur et de plaisir, et l'assurance qu'il va enfin voir ce qu'il a toujours désiré connaître. Il lui semble que sa respiration devient de plus en plus lente, de plus en plus difficile. Il se sent envahi par une chaleur bienfaisante et les appréhensions qu'il a d'abord ressenties, s'évanouissent comme par enchantement. Aussitôt, sa poitrine se libère et, de la façon la plus naturelle du monde, il prend une grande respiration par le nez, qu'il laisse doucement s'échapper par la bouche en même temps que toutes tensions quittent son corps.

Il n'est pas le moindrement étonné lorsqu'il aperçoit Poonhook, debout et se dirigeant lentement vers la forme bleu-argent qui continue de s'avancer vers eux. Oscar sent qu'il approche de la connaissance d'un mystère, lorsqu'il voit son compagnon s'arrêter en même temps que la forme. Maintenant, il la voit parfaitement bien. C'est une femme très grande, couverte de la tête jusqu'à terre d'un grand vêtement d'un bleu argenté d'où se dégagent son visage et ses mains croisées devant elle. Le jeune garçon ne peut détacher son regard de ses traits à peine esquissés et qui, de même ton que son vêtement, se dessinent doucement par le jeu des ombres et de la lumière. Ses yeux sont les seuls points de sa personne qui diffèrent du reste. Ils regardent dans sa direction avec une douceur qui émeut le jeune garçon au point qu'il se sent au bord des larmes.

Tout à coup, l'enchantement dans lequel il se trouve éclate brusquement, lorsque Eonamoog se transforme en une bête noire énorme, ressemblant à un loup, la gueule ouverte, les crocs découverts, les yeux flambant comme des charbons ardents. Craignant pour la vie de son compagnon, il saisit vivement son mousquet et tire en direction de la bête. La détonation, dans l'air calme du matin, ébranle le paysage et éveille en sursaut les membres de l'expédition.

Au début, c'est la confusion totale. Oscar, toujours au pied de son épinette est maintenant debout, tenant son mousquet encore fumant, l'air hébété, ne sachant que faire ni que dire. Les Micmacs et Hugues Doucet sont les premiers arrivés sur les lieux, bientôt suivis de tous les autres. Ils se dirigent d'abord vers Poonhook qui est maintenant étendu par terre, à une centaine de pas devant son compagnon, en direction de la rivière.

Pendant que les autres s'occupent de Poonhook, Kesegoo se dirige vers son petit-fils.

— Que s'est-il passé, petit?

Oscar regarde son grand-père, les yeux agrandis par la frayeur.

— J'ai tué Poonhook, prononce-t-il, la voix tremblante.

— Allons, ne t'énerve pas, tu n'as pas tué Poonhook.

Le garçon le regarde ahuri, sans comprendre. Il soulève son mousquet de la main droite.

— Où est ton arc?

— Je l'ai laissé au campement.

Le vieillard examine son petit-fils attentivement.

— Étrange, prononce-t-il après un moment.

— Étrange? Qu'est-ce qui est étrange, grand-père?

— Tout, dit-il en faisant un large geste comme pour englober la forêt, la clairière, la rivière.

Mtaë, le plus vieux compagnon de Doucet s'approche d'eux.

— Il n'est que blessé au bras gauche.

— Et l'autre?

— Mort, foudroyé par le coup de mousquet de notre jeune guerrier, dit le Micmac avec un sourire satisfait.

Oscar est éberlué. Il ne comprend pas un mot de ce qu'ils disent. Son grand-père s'en aperçoit.

— Non, mon petit, tu n'as pas tué Poonhook. Au contraire, tu lui as sauvé la vie.

Le jeune garçon comprend toujours de moins en moins.

— C'est Eonamoog qui soudain s'est transformée en loup.

Mtaë et Kesegoo, cette fois, tournent tous les deux leurs regards en même temps vers Oscar.

— Tu as bien dit Eonamoog?

— Oui, elle venait vers nous, lorsque Poonhook s'est levé pour aller à sa rencontre.

— Et alors?

— Alors, Eonamoog a disparu et une bête féroce a pris sa place. J'ai tiré sur la bête qui menaçait Poonhook.

Les deux vieux se regardent les yeux dans les yeux. Sur un signe de tête de Doucet, ils se retirent à quelques pas de distance, laissant le jeune garçon aussi décontenancé qu'avant. Il est trop secoué pour bouger, et les regarde se parler à voix basse pendant quelques minutes.

— Tu sais, Oscar, que Mtaë est un aoutmoin. Non seulement il guérit les corps, mais il interprète aussi les rêves.

— Oui, je sais, mais de quel rêve...

— Tu as fait un songe, mon petit, dans lequel t'est apparue Eonamoog. Les Micmacs connaissent bien cette vision que tu as eue. Cette femme au voile bleu-nuit, qui semble argenté sous les reflets de la lune et des étoiles, apparaît souvent pour nous sauver d'un danger.

— Que s'est-il donc passé au juste?

— Tu t'étais assoupi sous ton arbre, pendant ta veille. Pendant ce temps, Poonhook a entendu des pas à proximité...

— C'est vrai je les ai entendus aussi.

— Il s'est levé, et lentement, il a gagné un autre tronc d'arbre d'où il pouvait mieux observer les alentours. Il n'a pu découvrir tout de suite la cause du bruit. Il a cru que son imagination lui avait peut-être joué un mauvais tour. Il a décidé de regagner sa place auprès de toi, lorsqu'il a senti une présence derrière lui. Il s'est retourné vivement pour lui faire face. Dans la nuit encore assez sombre, il n'a pas eu le temps de voir venir une flèche qui, heureusement, ne l'a touché qu'au bras gauche.

— Il faut que j'aille le voir tout de suite, grand-père.

— Attends, ne sois pas impatient. Il faut que tu saches aussi que c'est grâce à toi que celui qui a tenté de tuer Poonhook gît maintenant mort à une centaine de pas de lui.

— Alors, mon coup de mousquet...

— Eh bien oui! Tu l'as dirigé sur le monstre qui a remplacé Eonamoog. Elle était venue au secours de Poonhook.

— La dame que tu as vue, continue Mtaë, c'est une des multiples incarnations du Grand Esprit; c'est la nature, c'est notre mère à tous. Quand elle veut nous secourir, elle se met elle-même en péril. Elle finit toujours par vaincre le mal qui, attiré par sa présence, cherche à la détruire. Mais elle est invincible.

Oscar écoute avec attention les paroles du vieux Micmac.

— Mais qui donc ai-je tué?

— Personne de nous ne le connaît. C'est un Sauvage qui n'est pas d'ici. Il semblait voyager seul, car nous avons fouillé les environs et nous n'avons pas trouvé d'autres traces que les siennes. Nous n'en saurons probablement jamais plus.

Après cet émoi, le campement est rapidement levé, car le jour commence à poindre à l'horizon. Poonhook est en selle comme les autres, lorsque, dès la barre du jour, la caravane se remet en marche vers la baie de Meligonish où ils arrivent au coucher du soleil.

Ancrées dans une petite anse qui les dissimule à la vue du trafic maritime de la haute mer, deux goélettes attendent toutes voiles baissées. Ce sont *La Norembègue*, qui appartient à Nicolas Gautier, et *Le Succès* qui est à François du Vivier. Les équipages ont tôt fait de repérer les voyageurs et quelqu'un, à bord d'un des vaisseaux, tire un coup de canon pour saluer leur arrivée. Quelques minutes plus tard, quatre embarcations de plus petit tonnage, quittent les navires et se dirigent vers la terre ferme où les chariots et les cavaliers les attendent.

Une fois accostées, en descendent François du Vivier, son frère Michel de Gourville, leur oncle, Louis du Pont du Chambon[3]; le Sagamo Jacques Padanuques, les abbés Le Loutre et Maillard; les deux compères de l'île Royale, Joseph Le Blanc dit le Maigre et son gendre, le corsaire Joseph Dugas; et enfin, une dizaine de marins pour diriger les barques. Les retrouvailles sont bruyantes et joyeuses. En dépit de l'heure avancée, l'embarquement commence immédiatement. Des torches sont allumées sur les goélettes et sur les pinasses. Le travail s'effectue avec tant de célérité que, vers les dix heures du soir, les derniers transbordements sont terminés et tous sont montés à bord, sauf les cinq chariots et leurs chevaux qui repartiront le lendemain pour Cobeguit avec leurs conducteurs.

Gautier, ses fils, son gendre Gourville, les frères de celui-ci et leur oncle du Chambon se retrouvent sur *Le Succès* en compagnie des deux prêtres, de Doucet, de son petit-fils et de ses Micmacs ainsi que des Padanuques père et fils. Avant de se séparer pour la nuit et de partager le groupe sur les deux navires, François du Vivier tient, dans sa cabine, un conseil urgent.

— Mes amis, le gouverneur de l'île Royale m'a chargé d'une importante mission. Son Excellence Jean-Baptiste

---

3. Louis du Pont du Chambon (1680-1775) était le frère de François du Vivier, le père de François, Joseph et Michel du Pont. Il épousa Jeanne Mius d'Entremont de Pobomcoup, dont il eut sept enfants, une fille et six fils, dont Louis du Pont du Chambon de Vergor.

Le Prévost du Quesnel, vient d'apprendre que la France a déclaré la guerre à l'Angleterre.

Du Vivier s'arrête un moment, pour voir l'effet produit par la nouvelle. Il n'est pas déçu; si les visages devant lui expriment d'abord la surprise, ils ne tardent pas à s'épanouir largement.

— Nous n'attendions que cette rupture avec la Grande-Bretagne, pour mettre à exécution nos plans de reconquête de l'Acadie.

Cette fois, des cris de joie et des bravos accueillent cette annonce qui les remplit d'espoir. Depuis des années qu'ils travaillent à ce projet! Le jour est enfin arrivé, où ils vont réaliser leur rêve.

— Notre premier objectif est la prise du poste de Canseau. C'est de cet endroit que les Anglais interceptent souvent nos navires. Avant d'entreprendre la reconquête continentale, il nous faut balayer cet observateur gênant. C'est là notre mission.

Au mur, derrière l'officier de Marine, une carte de la région est épinglée. À la fin de l'annonce de son frère, Michel de Gourville s'en approche. Avec un bâton, il indique la pointe sud-est de l'Acadie où est érigé le petit fort de Canseau.

— Nos renseignements nous ont appris que ce poste ne comprend qu'une garnison de quatre-vingts hommes tout au plus, commandés par le capitaine Patrick Heron. Depuis la mort de Cosby[4], la place n'a fait que décliner progressivement. Je ne veux pas suggérer qu'elle sera facile à prendre. Ce que je veux dire, c'est que les circonstances nous sont favorables. Nous avons trois cent cinquante hommes, deux vaisseaux et quarante canons. Mais je vous mets en garde contre un excès d'optimisme. Nous avons tous assez d'expérience pour savoir qu'il ne faut pas ven-

---

4. Le colonel Alexander Cosby qui commandait à Canseau, était mort subitement deux ans auparavant.

dre la peau de l'ours avant de l'avoir tué, n'est-ce pas Padanuques?

Le chef Souriquois acquiesce de la tête en souriant.

— C'est comme ça que vous dites en France?

— Oui, c'est une phrase populaire à Paris. Vous ne
dites pas la même chose ici?

— Ici, nous disons: «Il faut prélever le scalp avant de
l'accrocher à sa ceinture.»

La phrase fait rire tout le monde, surtout Oscar, qui la
connaissait déjà.

— Je laisse la parole à mon frère François qui vous
expliquera les détails de l'entreprise. Comme il n'y a pas
de temps à perdre, nous lèverons l'ancre dès demain
matin[5], aux petites heures, en direction de Canseau.

À cause de l'heure tardive à laquelle la réunion prend
fin, tous vont au lit aussitôt, afin d'être frais et dispos pour
le lendemain.

En dépit des bonnes intentions, les deux goélettes ne
mettent pas la voile avant midi. Des préparatifs et des
changements de dernière minute en sont la cause. Mais le
retard n'est pas assez grand pour modifier les plans de
l'expédition.

Les deux navires voyagent à petites journées, en lon-
geant les côtes de la baie de Chédabouctou, afin de ne pas
paraître trop tôt en vue du fort. Du Vivier compte sur l'effet
de surprise, car il est persuadé que le commandant Heron
est loin de soupçonner une attaque prochaine. En effet, à
ce temps de l'année, les gens qui pourraient le harceler
sont ordinairement occupés à transporter du bétail et autres
denrées, depuis la baie Verte ou Tatamagouche jusqu'à
Louisbourg.

Ce n'est donc que le 13 mai au matin que les deux
inséparables mousses, Oscar et Kaleboo, perchés depuis
la veille sur la hune, aperçoivent, droit devant, un filet de

---

5. Le 11 mai 1744.

fumée sortant de la cheminée du fort de Canseau. Ils sonnent aussitôt l'alarme. Comme du Vivier savait qu'ils approchaient de leur but, il n'a pas tant d'ordres à donner, car chacun est en position de combat depuis le lever du jour.

D'abord, Joseph Dugas et son beau-père, Le Maigre, entreprennent la première partie de l'opération. Ils montent dans une pinasse, sur le devant de laquelle est installé un canon de faible calibre, mais de longue portée. En annonçant qu'il s'agit d'une mission de reconnaissance, le commandant invite Kaleboo et Oscar à les accompagner. Les jeunes garçons sont fort excités, à l'idée d'être à l'avant-garde d'une pareille aventure.

— Qu'allez-vous faire d'abord? demande en chuchotant le jeune Doucet à Joseph Le Blanc.

Seul le vent soufflant dans la petite voile unique de la barque répond à l'interrogation du jeune garçon. Le Maigre ne répond pas tout de suite, souriant à l'impatience des deux mousses.

— As-tu déjà fait la guerre? demande-t-il au curieux.

— La guerre? Vous voulez dire comme maintenant?

— Bien, disons, comme maintenant.

— C'est-à-dire que je... que Kaleboo... enfin que tout à fait comme dans les conditions... J'ai fait la chasse, je sais tirer de l'arc et du mousquet; j'ai tué un homme durant le voyage , il n'y a que trois jours de ça. C'est bien ça la guerre, n'est-ce pas?

Le Blanc et Dugas rient de bon cœur, pendant que les deux garçons les regardent un peu décontenancés.

— Eh bien, oui! mon garçon, la guerre c'est ça. On tue des gens. Donc, tu as déjà fait la guerre. Tu es un vétéran, comme on dit d'un vieux soldat.

Le jeune Doucet rougit de plaisir, pendant que son ami, heureux pour lui d'un pareil compliment, surtout venant d'un adulte, lui donne de grandes tapes dans le dos.

— Ce n'est pas pour rien qu'on vous a pris tous les deux avec nous, enchaîne Dugas. C'est à cause de votre savoir-faire et de vos capacités.

— Vous avez un rôle précis à nous faire jouer? demande Kaleboo.

— Naturellement. Nous allons mettre vos talents à l'épreuve. Êtes-vous prêts tous les deux à une action qui présente des risques.

— Oh oui!

La réponse est venue des deux bouches à la fois. Les yeux des garçons brillent comme des joyaux aux eaux pures, mouillés par l'émotion.

— Très bien, dans ce cas, nous allons vous expliquer votre mission.

Pendant les minutes qui suivent, les deux corsaires, accroupis au fond de la barque avec leurs jeunes compagnons attentifs, leur expliquent en détail, le rôle qu'ils auront à jouer. Cette conversation ne fait rien, bien sûr, pour calmer leur ardeur. Lorsque tout est bien entendu entre eux, Dugas fait, avec un drapeau, un signe convenu en direction du *Succès* et de *La Norembègue*, qui sont immobilisées à près de cinq cents pieds derrière eux, toutes voiles baissées. À cause d'une pointe de terre, plantée de hauts conifères, les deux vaisseaux sont invisibles aux occupants du fort.

De Canseau, à part la fumée qui s'échappe de la cheminée, au centre d'un des bâtiments, aucun signe n'indique la présence de l'homme. Il est sans doute encore trop tôt pour que la petite compagnie qui l'occupe commence ses activités de la journée. C'est donc le moment idéal pour mettre le plan à exécution. Oscar et Kaleboo se dévêtent d'abord, puis enroulent dans leurs vêtements leurs arcs et leurs flèches. Ayant bien ficelé le tout en un paquet, ils le fixent sur le dessus de leurs têtes, grâce à une attache qui leur passe sous le menton.

Le jour est ensoleillé et la brise légère, lorsque les deux garçons se glissent discrètement dans l'eau très froide. Sa température est si basse que le corps ne doit pas y être immergé plus de quinze minutes, sinon il risque l'hypothermie et la mort à brève échéance.

Pendant que la barque s'éloigne discrètement en direction des goélettes, Oscar et Kaleboo, nagent rapidement vers la rive. Seules leurs têtes rasées, surmontées de leurs effets, sont visibles au-dessus de l'eau. Avec une énergie comme seuls des jeunes gens de leur âge sont capables de déployer, ils mettent moins de dix minutes à atteindre la terre ferme, où ils dénouent aussitôt le paquet contenant leurs vêtements et leurs armes. Ils ont choisi, pour atterrir, une touffe d'épinettes assez basses plantées presque au bord de l'eau.

Il était temps, car malgré leurs mouvements vigoureux, certaines parties de leur corps commencent déjà à se ressentir de l'extrême température de l'eau. Les orteils et les doigts des deux garçons sont déjà bleus et presque totalement engourdis. C'est Kaleboo qui, déjà bien avisé pour son âge, indique à son compagnon qu'il faut frotter vigoureusement les parties atteintes, puis, le corps tout entier, pour y réactiver la circulation du sang. Les Sauvages, vivant en une telle symbiose avec la nature, savent s'en servir en même temps que se protéger contre ses excès.

— Comme je voudrais avoir toutes tes connaissances, Kaleboo. Je serais mieux préparé à survivre en ce pays.

— Tu es déjà bien aguerri. Les Français et les Acadiens de ton âge que je connais à l'île Royale n'ont pas même une petite parcelle de tes connaissances. Je continuerai à te les enseigner, parce que tu es mon frère.

Oscar est ravi et légèrement embarrassé par cette dernière remarque de son ami.

— À deux occasions déjà, tu m'as appelé ton frère. N'est-ce pas là qu'une façon de parler? Car je ne suis pas vraiment ton frère, puisque nous n'avons pas le même père et la même mère.

— Oui, nous sommes aussi des frères parce que nous versons notre sang ensemble pour la même cause.

— Mais nous n'avons jamais encore été dans un combat ensemble. C'est la première fois que nous participons à une action commune où l'on n'est pas assurés de verser notre sang.

Kaleboo regarde son ami pendant un moment.

— J'ai déjà pensé à cette question. C'est vrai, nous n'avons pas encore participé à un combat ensemble et rien ne nous assure que nous verserons ensemble notre sang dans celui-ci. Aussi, je voudrais que nous fassions une petite cérémonie que font les jeunes Souriquois qui veulent se jurer amitié pour la vie, devenant ainsi des frères de sang. Est-ce cela que tu veux dire?

— Je voudrais être ton ami pour la vie. Que faut-il faire?

Kaleboo, sans dire un mot, prend Oscar par la main et l'entraîne près du seul bouleau qui pousse parmi les ifs. Une branche basse assez forte est juste à la hauteur de leurs hanches. Il place Oscar d'un côté de cette branche et, en ayant fait le tour vient se placer de l'autre côté, juste en face de lui, toujours en silence. Le jeune Indien de l'île Royale, fils de Sagamo, et lui-même destiné un jour à devenir aussi chef de sa tribu, retire une flèche de ses effets. Sa pointe est faite d'un silex de couleur blanche. Elle est affûtée et ses côtés, qui ont été patiemment limés, sont aussi tranchants que les dents acérées du raton. Oscar, qui a déjà souvent chassé à l'arc, connaît l'effet meurtrier de cette arme. Malgré cela, il n'a pas peur, et le tremblement qui les avait saisis tous les deux après leur séjour dans l'eau froide, les a maintenant quittés. Oscar sent qu'il s'agit d'un moment solennel, et toute son attention est rivée sur les moindres gestes de son ami.

— Nous allons devenir des frères de sang. Cette fraternité est encore plus forte que celle qu'on acquiert par la naissance, parce que celle-ci, nous l'avons désirée, nous l'avons choisie et nous l'avons exécutée.

Oscar reste silencieux, mais son cœur bat la chamade. De la main droite, Kaleboo tient la flèche en position verticale, la pointe au-dessus de la forte branche du bouleau qui les sépare. Avec la main gauche, il prend le prépuce de son ami, l'attire sous la flèche et le pose sur la blanche écorce. Ensuite, il s'approche lui aussi de la branche et tire à son tour son propre prépuce qu'il place par dessus celui d'Oscar. Dans le plus grand silence, comme si toute la nature elle-même s'était arrêtée pour être témoin de la cérémonie, Kaleboo descend la flèche au-dessus de la tendre chair exposée. Avec un geste soudain et rapide, il plante le silex dans la branche de bouleau, traversant ainsi quatre épaisseurs de peau mince. Au même instant, une goutte de sang apparaît au point d'impact. Un choc secoue les deux garçons qui, encore étonnés de ce qu'ils viennent de faire, se regardent dans les yeux pendant quelques instants, durant lesquels leurs pensées s'échangent en silence. Pendant près d'une minute, ils sont physiquement liés l'un à l'autre et à la nature, par la branche du bouleau.

— Oscar Doucet et Kaleboo Padanuques sont maintenant des frères de sang, prononce avec solennité le jeune Souriquois.

Oscar répète la même phrase, après quoi Kaleboo retire d'un coup sec la flèche qui les a temporairement unis.

— Nous ne pourrons jamais défaire ce que nous venons d'accomplir, dit le jeune Souriquois. Nous sommes frères jusqu'à la mort.

Probablement à cause des circonstances et du climat, le sang ne coule presque plus. Puis, à la suggestion de Kaleboo, ils vont à la mer y tremper leur prépuce dans l'eau froide, ce qui a pour effet de fermer la plaie et arrêter le sang de couler. Ils le lavent ensuite, puis ils se rhabillent en silence. Ils éprouvent tous les deux une

forte émotion et s'étreignent naturellement et solennel-
lement.

— Maintenant, nous avons notre mission à accomplir,
dit Kaleboo qui veut les ramener à la réalité. Il ne nous
reste d'ailleurs que peu de temps pour l'exécuter, car les
navires sont sur le point de paraître devant le fort.

— Au moment où le soleil sera au-dessus de la cheminée, rappelle-toi. Il est encore assez loin.

— Pas autant que tu le penses, Oscar. À cette heure-
là, on dirait qu'il se déplace plus rapidement qu'au lever,
alors qu'il monte dans le ciel avec lenteur.

À travers les branches de leur cachette, ils peuvent voir
les activités des soldats qui ont maintenant quitté en grande
partie leurs casernes. Certains sont oisifs, assis dans la
lumière du soleil, d'autres sont occupés soit à se laver, soit
à fourbir leurs armes. Deux ou trois petits groupes de quatre
ou cinq hommes, causent à voix assez haute pour que les
deux garçons puissent les entendre.

Pendant que presque toute la garnison est ainsi occupée, les deux nouveaux frères de sang se faufilent aisément à travers les bois jusque derrière le fort. Ils trouvent,
là encore, un groupe de six soldats qui paraissent occupés
à une tâche qu'il leur est impossible d'identifier. Heureusement, ils n'ont pas à attendre longtemps. Après quelques minutes, les soldats se chargent les bras de bûches de
bois qu'ils transportent aussitôt dans le fort, où ils pénètrent par la porte arrière.

C'est le signal pour Oscar et Kaleboo de s'approcher
de l'habitation, qui n'est qu'une série de trois bâtiments en
bois. Ils sont faits de fortes billes de sapin ou d'épinettes,
équarries sur deux côtés et empilées les unes sur les autres.
De longues traces de résine coulent de plusieurs endroits
vers le sol. Le toit est fait de même façon et, comme pour
les murs, les interstices sont calfeutrés avec de la mousse
séchée, recueillie sur les arbres ou sur le sol des forêts de
conifères.

Les jeunes garçons se tiennent maintenant juste derrière l'endroit où la cheminée de l'édifice central pointe droit vers le ciel. Un regard leur suffit pour se rendre compte que le soleil sera juste au-dessus de ce point dans moins de cinq minutes. Le temps est venu de faire leur travail. Avec une habileté remarquable, Kaleboo et Oscar frottent, avec vigueur, une tige de bois placée entre leurs paumes, dans les interstices de la charpente où est fourrée la mousse séchée, qui prend feu rapidement. Ensuite, c'est un jeu d'enfant de transporter la flamme ainsi produite en des dizaines de points éloignés les uns des autres. Ils savent bien qu'ils n'ont pas beaucoup de temps à leur disposition avant que les Anglais ne s'aperçoivent que leurs maisons sont en feu. Comme ils sont presque tous dehors, au devant, ils prendront encore plus de temps à s'en rendre compte, pensent les deux garçons.

Ils décident, d'un commun accord, de continuer leur travail et d'allumer le plus de points possible. Est-ce leur enthousiasme naturel, ou bien l'effet de la cérémonie fraternelle qu'ils viennent de vivre, mais Oscar et Kaleboo ont tout à coup un sens de l'invincibilité. Comme des fourmis ouvrières, ils courent d'un point à l'autre, transportant de la mousse enflammée en plusieurs endroits et à toutes sortes de hauteurs.

Lorsque le soleil est juste au-dessus du point convenu, ils savent que *Le Succès* et *La Norembègue* sont maintenant en face du fort et que les Anglais les ont déjà aperçus. De fait, au même instant, leur parvient le bruit assourdissant d'une décharge de canon, suivi des cris des militaires. En dépit de tout ce branle-bas, ils peuvent discerner les pas des soldats qui courent dans tous les sens. Car ceux-ci, en même temps qu'ils aperçoivent les navires qui leur tirent dessus, se rendent compte que le fort est en flammes.

C'est à ce moment-là que Kaleboo et Oscar décident qu'il est temps de fuir. Ils n'ont pas plus tôt pris cette décision qu'ils se trouvent face à face avec quatre soldats, le mousquet au poing.

— *Look at what we have here!*

— *Oh! two little Savages. What a gold mine.*

— *Yes, of course, since we can get at least ten pounds for each scalp.*

— *Oh! but they may not be worth anything, since their head is shaved.*

— *It's true, we like to hang those scalps on our belts as trophies. This could not be done*[6].

Et les quatre soldats de rire bruyamment, pendant qu'ils poussent rudement les deux garçons vers le devant du fort.

— *Look at what we found*[7], crie l'un d'eux lorsqu'ils arrivent au devant de l'habitation.

La confusion est si grande sur la place, que personne n'entend la remarque du soldat. Les gens crient et courent dans toutes les directions, pendant que les obus pleuvent fréquemment sur la plage. L'un d'eux atteint même le mur d'enceinte où il fait une énorme percée. Les soldats qui se sont emparés des deux garçons, deviennent soudainement aussi agités que les autres au point qu'ils en oublient leurs prisonniers. Ceux-ci, sans attendre leur reste, se mettent à courir en direction des portes qui sont toutes grande ouvertes. Au passage, il y a bien quelques remarques, mais la panique s'étant emparée de chacun, les garçons ont beau jeu et, en quelques enjambées, ils se retrouvent à l'extérieur du fort. Apercevant le petit boisé d'épinettes où ils s'étaient réfugiés plus tôt, ils s'y précipitent sans que personne ne

---

6. — Regarde ce que nous avons trouvé!
    — Oh! Deux petits Sauvages. Quelle mine d'or.
    — Oui, naturellement, puisque nous pouvons en tirer dix livres par scalp.
    — Oh! mais peut-être n'en tirerons-nous rien, puisqu'ils ont le crâne rasé.
    — C'est vrai, car nous aimons pendre ces scalps à nos ceintures. Avec eux, c'est impossible.
7. — Regardez ce que nous avons trouvé.

leur prête la moindre attention. De cet endroit, ils peuvent observer le reste de l'action.

La première chose qu'ils remarquent, c'est un homme, un officier sans doute, qui sort de l'habitation en courant, portant à bout de bras un long bâton auquel est attaché un drapeau blanc. Malgré les boulets qui pleuvent autour de lui, il se précipite au devant des navires en criant: «*We surrender!*»[8]

Quelqu'un à bord du *Succès* a dû voir le manège car le tir s'arrête peu après la sortie de l'officier au drapeau blanc. Des barques sont mises à la mer. De l'endroit où ils se cachent, Oscar et Kaleboo reconnaissent, dans la première, Jacques Padanuques, François du Vivier, Michel de Gourville, et leur oncle, Louis du Pont du Chambon, qui représente le gouverneur de Louisbourg. Dans les deux autres sont montés une soixantaine de soldats de la Marine, armés jusqu'aux dents. Les Micmacs, sans doute pour ne pas être reconnus, sont restés sur *La Norembègue*.

En quelques minutes, les officiers français et les soldats sont à terre. Le commandant du fort, Patrick Heron, les accueille, entouré de quelques-uns de ses hommes qui, maintenant calmés, regardent la scène l'air piteux. La plupart sont à demi-vêtus, échevelés, ayant été, pour quelques-uns, arrachés au sommeil, soit par la fumée de l'incendie ou la canonnade des deux goélettes.

Heron exprime à Louis du Pont du Chambon, son désir de capituler, étant submergé par le nombre, afin d'obtenir de meilleures conditions pour lui et ses hommes. C'est à ce moment que les deux garçons, voyant la tournure des événements, décident de quitter leur cachette. Ils sont joyeusement accueillis par les Français qui les félicitent de leur travail. Jacques Padanuques, surtout, est heureux de retrouver son fils en bonne santé et le regarde avec fierté.

---

8. Nous nous rendons!

— Vous avez fait acte de bravoure, leur déclare du Chambon. Je serai heureux de raconter votre fait d'armes au gouverneur.

— Oui, mes garçons, ajoute Padanuques, vous avez agi en braves.

Oscar et Kaleboo sont si heureux qu'ils émettent des cris joyeux et manifestent leur sentiment en se donnant l'un à l'autre des coups de poings, tout en riant aux éclats.

— Celui-ci, dit Oscar en désignant un soldat anglais, a voulu nous scalper, Kaleboo et moi. Heureusement, nous avons pu nous enfuir.

— Ils n'auraient pas eu cher pour vos scalps, rasés comme vous êtes, dit Michel de Gourville, ce qui fait rire tout le monde.

Les pourparlers sont brefs, car la victoire des Français est totale. Ravi de sa prise, Chambon décide d'emmener les Anglais prisonniers à Louisbourg.

— Ce n'est pas une bonne idée, lui suggère son neveu. Voilà plus de quatre-vingt bouches à nourrir, alors que la colonie n'a pas tant de réserves.

— Si je ne les ramène avec moi, qu'en ferai-je? demande du Chambon.

— Je propose que nous allions les reconduire à Plaisance ou tout autre endroit rapproché, propriété des Anglais.

— Oui, pour qu'ils reviennent à nouveau nous attaquer.

— Si ce n'est eux ce seront d'autres Anglais qui le feront. Les garder avec nous ne peut que nous nuire. Combien de temps comptez-vous les garder à Louisbourg?

— Jusqu'à ce que nous trouvions l'occasion de les retourner en Angleterre.

— Si vous les emmenez chez nous, ils connaîtront Louisbourg et ses faiblesses. Une fois rendus en Angleterre, ils raconteront ce qu'ils ont vu. Non, croyez-moi, oncle Louis, ce n'est pas une bonne idée de les ramener avec nous.

Louis du Pont du Chambon, fier de sa victoire, n'écoute pas les sages conseils de ses neveux. Tout ce qui l'intéresse, c'est de faire défiler ses prisonniers à travers les rues de Louisbourg. Il ne voit aucun autre moyen d'étaler sa victoire, qui est la première de sa carrière.

L'affaire est entendue, car du Chambon, en tant que représentant du gouverneur, a le dernier mot. Puis, comme c'est la coutume des gens de guerre, les soldats de la Marine se livrent au pillage du poste de Canseau avant qu'il ne soit complètement consumé. Une bonne partie des vivres et des munitions sont récupérés, séparés en parts égales et chargés à bord des deux goélettes. Il va sans dire que cette opération dure quelques heures et retarde le départ. En dernier lieu, les prisonniers montent à bord du *Succès* et sont logés dans la cale.

Les deux nouveaux frères de sang se font leurs adieux, car ils vont être séparés pendant quelque temps. En effet, Oscar retourne à Cobeguit avec son grand-père, chez qui il restera tout l'été, tandis que Kaleboo va passer quelques semaines avec ses parents avant de venir, dès le mois de juin, retrouver son ami pour passer l'été avec lui, à pêcher et chasser, au fin fond de l'Acadie profonde.

Il est près de midi, lorsque les navires se mettent en route pour le retour. Pendant que *La Norembègue* file vers Port-Royal, qui est son port d'attache ordinaire, *Le Succès* fait voile vers Louisbourg avec sa cargaison humaine. Ainsi s'achève la première opération militaire en Acadie de cette nouvelle guerre entre la France et l'Angleterre. Cette fois, les Français des îles Royale et Saint-Jean, avec l'aide des Acadiens, des Souriquois et des Micmacs de Hugues Doucet sont déterminés à reconquérir l'Acadie. Ils ont remporté la première manche; la prochaine cible, c'est Port-Royal lui-même où ils espèrent obtenir le même succès qu'à Canseau.

Le dernier jour de mai, alors que tout le monde a regagné ses quartiers, Jacques Padanuques, sa femme, ses deux fils et sa fille, qui n'a que cinq ans, sont à la pêche du côté d'Arichat, une île située presque en face de Canseau, de l'autre côté de la baie de Chédabouctou. Ils voyagent dans une petite embarcation à un mât, assez grande pour les contenir tous avec des provisions pour quatre à cinq jours.

Vers les quatre heures de l'après-midi, un navire d'assez fort tonnage, venant du détroit de Canseau, s'approche de la pinasse des Padanuques. Il ne porte aucun pavillon pouvant indiquer si c'est un vaisseau appartenant à la France ou à l'Angleterre.

— Je suis ni à l'un ni à l'autre, crie le capitaine à Padanuques, grâce à un porte-voix. Je fais de la flibuste.

— Pour le compte de qui? demande Padanuques.

— Pour mon propre compte, vient la réponse avec un grand rire.

Le bonhomme paraît assez amical au Sagamo et la conversation se continue de cette façon pendant quelque temps.

L'homme dit se nommer David et que c'est la première fois qu'il s'aventure dans ces parages, D'une chose à l'autre, il invite le Sagamo et sa famille à monter sur son navire pour prendre le dîner avec eux. Le flibustier, qui connaît mal les côtes, voudrait en être mieux informé.

Padanuques, n'y voyant qu'une cordiale invitation à dîner, accepte aussitôt et il monte à bord avec sa femme et ses enfants. Au début, le dénommé David, qui parle un excellent français, paraît sympathique aux visiteurs. Voyant leur enthousiasme et surtout l'intérêt du jeune Kaleboo pour son navire, il leur propose une tournée de tout le bâtiment avant le dîner. Ils acceptent avec enthousiasme et la visite commence aussitôt. D'abord, le pont principal, la dunette et autres installations. Puis il les fait descendre dans les ponts inférieurs où sont alignés cinq canons de chaque côté, derrière une porte qui s'ouvre, venu le moment des combats. Puis, en dernier lieu, il leur fait voir les cabines de ses officiers et le dortoir de l'équipage, qui est au nombre de dix-huit.

La dernière pièce qu'il leur montre, est ce qu'il appelle la prison du navire. Il leur explique que, parfois, certains troubles surgissent parmi les membres de l'équipage et qu'il est forcé de les séparer en les enfermant dans cette cellule. C'est une petite pièce qui n'a pas plus de cinq pieds sur cinq, sans hublot, et fermée par une lourde porte bardée de fer avec un petit vantail dans le haut. Les deux garçons et leur sœur y pénètrent sans hésiter. Mme Padanuques s'arrête à l'entrée, légèrement craintive.

— Allons, n'ayez pas peur, vous pouvez entrer, lui dit David sur un ton encourageant.

La femme du Sagamo sourit timidement, un peu embarrassée par son hésitation. Finalement, sur un signe de tête de son mari, elle se laisse convaincre et pénètre à son tour dans la cellule, suivie de son mari.

Ils ne sont pas sitôt entrés que leur hôte lui-même, sans hésitation, comme s'il n'attendait que ce moment, ferme rapidement la porte sur eux et tire le verrou. Aussitôt, des cris et des protestations lui répondent. Le flibustier, ayant eu ce qu'il cherchait, abandonne les pauvres Souriquois à leur sort et remonte sur le pont supérieur, où il se vante aussitôt de sa prise.

Cet homme, qui se disait ni d'un parti ni de l'autre, est en fait un flibustier anglais, à la solde de la Grande-Bretagne et de ses colonies d'Amérique. Tout de suite après avoir réalisé sa prise, il met la voile sur Boston où il arrive trois jours plus tard. La famille Padanuques est aussitôt jetée au cachot, sans savoir le sort qui l'attend.

Quelques semaines plus tard, Jacques Padanuques meurt étranglé. Au bout d'un mois, sa femme et ses trois enfants sont vendus comme esclaves dans un marché des Caraïbes.

Jamais plus Oscar n'entendra parler de son frère de sang.

9

Dans son cabinet de travail, dont les fenêtres sont grande ouvertes, Nicolas Gautier s'entretient avec sa femme. Une brise légère, en ce chaud après-midi de la mi-juillet[1], agite paresseusement les longs rideaux de mousseline blanche qui contrastent avec les meubles sombres de bois et de cuir de la pièce.

— Ma mie, je ne puis reculer. J'ai donné ma parole.

Il regarde sa femme qui va dire quelque chose et lève la main pour l'arrêter.

— Je sais, je sais, nous n'avons jamais abordé cette question jusqu'à ce jour. Cependant, nous savions bien tous les deux qu'un jour ou l'autre nous aurions à y faire face.

Marie Alain n'ajoute rien à cette remarque de son mari. Même si son visage est empreint d'une grande tristesse, il reste détendu. Elle demeure silencieuse un long moment avant de regagner la bergère où elle était assise un peu plus tôt.

— Je sais bien, Nicolas, que tu dois tenir parole. J'ai beaucoup réfléchi à ton engagement avec les Français. Tu sais que je ne l'approuve pas. Je suis du même avis que

---

1. 1744.

185

l'abbé des Enclaves. J'ai signé le serment accompagné, selon moi, de la promesse de rester neutre en cas de conflit. Notre bonheur dépend de notre parole donnée. Comme toi, je la trouve sacrée.

— Ce sentiment t'honore, ma chérie, mais je voudrais aussi que tu comprennes que les Anglais ne voient pas les choses à ta façon.

— Que veux-tu dire?

— La clause de la neutralité en laquelle tu attaches tellement de foi, l'occupant n'y croit pas.

— Pourtant, nous avons démontré à plusieurs reprises que nous savions respecter notre parole.

— Mon amie, ces gens sont des fourbes. La neutralité des Acadiens est inscrite en marge dans la traduction française du document qui est restée à Port-Royal. La copie originale anglaise, qui est rendue à Londres, est la seule que nos ennemis considèrent comme valable. Et comme tu le sais, elle ne contient pas cette clause. Quelle version crois-tu qu'ils vont lire?

Marie Alain se tait à nouveau. La conversation est lente et difficile. À la demande du gouverneur de Louisbourg, Nicolas Gautier a accepté de participer avec François du Vivier et ses frères à la reconquête de Port-Royal.

— Crois-moi, Marie, si nous ne prenons les devants, les Anglais auront tôt fait de nous asservir complètement.

— Pourtant, nous n'avons jamais prospéré autant que depuis qu'ils sont là.

— Tu as raison, mais c'est parce que la garnison anglaise n'était pas suffisante pour qu'ils étendent leur domination au-delà de quelques lieues autour de Port-Royal. Pour échapper à leur surveillance, j'ai construit Bel-Air en dehors de leur zone d'influence. Hélas, aujourd'hui je ne m'y sens plus en sécurité.

— Comment se fait-il?

— Parce qu'ils sont plus nombreux que nous. Les directives politiques qui viennent de Londres ont pour but soit de nous astreindre à un serment inconditionnel d'allégeance à la couronne britannique, soit, si nous refusons de le prêter, de nous arracher à nos terres et de nous déporter dans quelque pays lointain.

— Tu plaisantes! Nous déporter dans des pays lointains, mais c'est impossible. L'abbé des Enclaves, tout comme moi, pense que si nous gardons la neutralité, nous serons épargnés.

— C'est justement là où il se trompe. Les Anglais ne respecteront pas ce serment, parce que pour eux, il n'existe pas. J'ai appris que des plans sont en préparation pour nous chasser de nos maisons et nous disperser à travers les colonies américaines.

— Nous disperser à travers les colonies anglaises, mais c'est insensé. Nous sommes maintenant plus de dix mille. On n'arrache pas un aussi grand nombre de gens à leurs terres où ils ont pris racine depuis trois ou quatre générations, même davantage pour plusieurs d'entre nous. C'est de la barbarie.

— C'est pourtant vrai. Je t'assure, Marie, que je le tiens de bonne source. On se prépare à nous disséminer dans les colonies américaines où nous nous fondrons éventuellement dans le reste de la population. Nous perdrons notre identité, notre foi, notre langue et notre héritage français.

Marie Alain paraît secouée par ce dernier argument de son mari.

— Ah! Nicolas, je voudrais tant avoir ton assurance. Tu ne sembles pas un instant douter de toi-même.

— Je crois que si nous voulons conserver ce que nous avons, notre avenir n'est pas sous un régime anglais, mais sous la couronne de France. Voilà pourquoi je te dis qu'il est grand temps de reconquérir l'Acadie.

C'est un moment fort difficile pour Marie Alain. Toute sa vie, elle a cru dans la bonne volonté de l'occupant. Pendant ces années-là, elle a vu grandir et prospérer l'Acadie. Comment ne pas être logique avec soi-même? Les Anglais et le serment de neutralité signifient pour elle progrès et prospérité pour son peuple.

— Cette déportation dont tu parles, en as-tu la preuve?

— Des preuves écrites, non. Ce que je sais c'est que la question a été discutée à Londres comme une solution à envisager.

Marie est profondément troublée par les paroles de son mari.

— Cette déportation n'est peut-être qu'un projet qui ne se concrétisera jamais.

— Tu parles peut-être avec justesse, ma chérie, mais j'en doute fort. Pour ma part, je crois que les Anglais n'attendent que le moment propice pour le mettre à exécution.

— Quel serait ce moment propice?

— Eh bien! comme maintenant, par exemple. Puisque la France et l'Angleterre sont en guerre, il suffirait aux Britanniques d'augmenter leurs forces en Acadie, d'y envoyer des troupes.

— N'es-tu pas un peu alarmiste?

— Au contraire. C'est le moment d'agir. Nous nous sommes emparés de Canseau avec la plus grande facilité. Le gouverneur du Quesnel pense que nous pouvons aussi prendre Port-Royal avec la même aisance.

— Sur qui comptes-tu, pour y arriver?

— La garnison anglaise de Port-Royal ne compte pas plus de soixante-quinze soldats dont le moral est bas. De plus, ils vivent dans un fort délabré qui ne peut résister longtemps à une attaque bien organisée.

— Braves paroles, mon ami, que celles-là. Mais qui commandera cette expédition?

— François du Vivier, sur l'ordre du gouverneur du Quesnel.

— Louisbourg va envoyer des renforts?

— François du Vivier va venir par la baie Verte avec un détachement d'une trentaine d'hommes. Ils vont visiter Beaubassin, Grand-Pré, Cobeguit, enfin toutes les agglomérations d'Acadiens pour les encourager à le suivre pour attaquer Port-Royal.

— Il n'y arrivera jamais. La plupart des Acadiens pensent comme moi, qu'ils ont prêté un serment par lequel ils n'ont pas à prendre les armes. Ils ne suivront pas du Vivier.

— Oh! mais, ça n'est pas tout. En même temps que du Vivier fera sa campagne de recrutement, l'abbé Le Loutre avec Hugues Doucet, vont embrigader au moins trois cents Souriquois. En conjonction avec l'arrivée d'une petite escadre navale, venue de Louisbourg, nous aurons tôt fait de faire main basse sur cette proie facile. Je t'assure, Marie, c'est une occasion unique. Nous ne devons pas la laisser passer.

— François du Vivier ne me paraît pas l'homme de la situation. Ce n'est pas vraiment un soldat, c'est un commerçant. Toute action militaire ne l'intéresse qu'en vertu du profit qu'il en peut tirer. Je n'aurais pas confiance en cet homme.

— Pourtant c'est celui que son Excellence nous envoie. Il faut s'en satisfaire.

Marie Alain ne dit plus un mot. Il lui semble que son dilemme est plus grand que jamais. Même si elle est ébranlée par les paroles de son mari, elle croit encore qu'il est possible de continuer à vivre en paix. Elle n'a jamais aimé l'abbé Le Loutre. Elle trouve qu'il s'occupe plus de politique que de religion.

— À quel moment devez-vous attaquer?

Gautier hésite avant de répondre et regarde sa femme attentivement dans les yeux.

— Écoute, mon bon ami, tu peux me faire confiance. Je suis ta femme et je tiens trop à ton bien-être pour te mettre en péril par des bavardages imprudents.

— Je sais, Marie, dit Nicolas en prenant sa femme dans ses bras. Je voudrais que tu ailles plus loin encore que cette promesse d'être discrète. Je voudrais que tu appuies activement notre cause.

Mme de Bel-Air, un peu gênée par la demande son mari, se dégage de son embrassade avant de répondre.

— Je te fais la promesse de ne rien faire qui puisse te nuire dans cette entreprise. Je resterai neutre, ajoute-t-elle avec un sourire.

Voyant qu'il n'en obtiendra pas davantage, Nicolas se résigne à accepter la prise de position de Marie.

— Quels sont ceux qui, dans cette maison, participeront à l'expédition?

— Nos fils Joseph et Pierre. Germain Doucet, bien sûr et son fils Oscar qui s'est si bien distingué à Canseau.

— Tu peux bien le dire, mais ce garçon m'inquiète. Il tient beaucoup plus de son grand-père Hugues, qui l'a, pour ainsi dire, élevé. C'est lui qui lui a tout appris, surtout la révolte. Il n'en a pas fait un Français. Plutôt, c'est un petit Micmac qu'il a formé.

— Peut-être as-tu raison, ma chérie, mais il en a fait un Micmac qui sait lire, écrire et compter et qui connaît l'histoire de France et d'Acadie comme pas un.

— La belle affaire que toute cette science! Comment t'aidera-t-elle à reconquérir l'Acadie?

— Je veux dire par là que c'est un garçon plein de promesse. Son avenir paraît brillant, pourvu qu'on lui donne la chance de faire ses preuves. D'ailleurs, tu pourras l'observer de près, puisque j'ai accepté que Bel-Air devienne le quartier général des opérations.

— Oh! Tu aurais pu m'en parler avant de prendre cette décision, reprend-elle, visiblement vexée.

— Pourquoi? Tu t'y serais opposée?

Elle réfléchit un moment avant de répondre.

— Non, bien sûr. Tu sais bien que ce que tu veux, en fin de compte, je le veux aussi. Je me ferai aussi discrète que possible. Quand comptez-vous commencer l'opération?

— Très bientôt. La saison est déjà fort avancée.

— Cela veut dire que notre maison sera envahie par Hugues Doucet et l'abbé Le Loutre avec leurs Micmacs.

— L'état-major seulement logera à la maison. Les Micmacs, ils y sont habitués, vont planter leurs ouaguams aux alentours.

— Pas dans mon jardin, j'espère.

— Non, ils s'établiront derrière la maison, à l'intérieur du boisé, afin que leur campement soit le plus discret possible.

Tout à coup, Nicolas et Marie sont interrompus par l'ouverture soudaine de la porte du petit cabinet.

— Nous sommes arrivés, lance en entrant le jeune Oscar Doucet. Où devons-nous élever les ouaguams?

Marie Alain est éberluée. Elle regarde tour à tour son mari et le jeune garçon, l'œil incrédule. Nicolas hausse les épaules en signe d'impuissance.

— Je vois, dit-elle, cette conversation que nous venons d'avoir n'a pas eu lieu une seconde trop tôt.

Irritée, elle se dirige vers la sortie.

— Je garderai quand même ma parole, dit-elle sèchement avant de quitter la pièce.

— Eh bien! mon garçon, commence Nicolas, après le départ de sa femme, te sens-tu prêt pour cette nouvelle aventure?

— Oui, monsieur. Je regrette seulement que mon frère Kaleboo ne soit pas avec nous.

Nicolas Gautier, qui connaît le sort subi par la famille Padanuques, ne relève pas cette dernière remarque.

— Tous les Micmacs sont-ils arrivés?

Oscar n'a pas le temps de répondre, car au même moment entre l'abbé Le Loutre, le visage rouge et congestionné par la longue course qu'il vient de faire.

— Oui, Monsieur de Bel-Air, ils sont tous arrivés. Comme vous l'avez suggéré, ils vont monter leurs ouaguams dans la pinède derrière votre maison.

— Assoyez-vous, Monsieur l'abbé. Prenez le temps de vous reposer, vous voilà tout échauffé.

— C'est que nous avons fait une longue marche pour former une armée de trois cents guerriers micmacs. Je les ai recrutés à travers mon immense paroisse de Shubénacadie. Cela m'a demandé près de trois semaines.

— Bien! Que faisons-nous maintenant?

— Eh bien! nous devons attendre l'arrivée de la petite escadre venue de Louisbourg. Elle devrait paraître devant Port-Royal d'un jour à l'autre. Le détachement, commandé par M. du Vivier, devrait déjà avoir quitté Louisbourg par mer.

— Comment doivent-ils nous rejoindre?

— Ils débarqueront à la baie Verte et marcheront jusqu'ici, enrôlant dans leurs rangs tous les Acadiens capables de porter les armes.

— Ma femme ne croit pas qu'il aura beaucoup de succès dans sa campagne de recrutement.

— C'est difficile à prévoir. Peut-être que le gouverneur aurait dû envoyer quelqu'un en qui les Acadiens ont une totale confiance.

— À qui donc auriez-vous confié cette tâche?

— À un Acadien, plutôt qu'à un Français.

— Mais du Vivier est Acadien. Il est né à Port-Royal même.

— Oui, oui, je sais. Mais vous savez ce que je veux dire.

Gautier reste perplexe à la suite des explications de l'abbé Le Loutre. Pendant qu'il réfléchit, entre l'abbé Pierre Maillard qui a aussi participé au recrutement des Micmacs. Il vient de donner les directives aux Sauvages pour leur campement temporaire sur la propriété de Bel-Air. Maillard parle la langue aussi bien que les Souriquois et représente une aide précieuse dans cette entreprise. Après les salutations d'usage, la conversation reprend.

— Vous ne paraissez pas satisfait des nouvelles que nous vous apportons, Monsieur Gautier, lui déclare en commençant l'abbé Maillard.

— Mes amis, comprenez-moi bien, je ne veux pas un instant critiquer votre travail. Au contraire, je ne peux qu'admirer le succès que vous avez obtenu auprès des Souriquois. Recruter trois cents guerriers aussi rapidement et les conduire jusqu'ici n'est pas une mince affaire. Vous l'avez bien réussie. Ceux qui m'inquiètent, ce sont les Acadiens. Je suis de l'avis de ma femme, je doute que M. du Vivier ait un grand succès auprès d'eux. J'ai pour mon dire qu'ils vont tous refuser de participer à la tenta-
e de reprendre Port-Royal. Rappelez-vous, ils ont fait *e*rment de rester neutres en cas de conflit. Je suis sûr *vont* tenir parole.

e le crains aussi, car l'abbé des Enclaves les encou-
ter fidèles au roi d'Angleterre.

ph Le Blanc accompagne du Vivier. Peut-être *s* convaincant? Vous connaissez son ardeur

ez-vous que du Vivier et sa troupe ont déjà pris *ie* Verte?

nds un message à ce sujet. Dès qu'ils auront *n* Micmac va venir nous prévenir aussitôt.

*Sa*ous reste donc qu'à attendre l'arrivée de ce

sont espère qu'il ne tardera pas, car mes Micmacs *atients* de se battre.

l'arrivé, là-dedans, que ferai-je? demande Oscar que *éclipsé* *abbés* Le Loutre et Maillard a complètement

— Ti*n'*est-ce pas le fameux héros de Canseau, dit *l'abbé Ma*d en découvrant tout à coup Oscar au fond *de la pièce.*

— Oui, monsieur, c'est bien moi, répond le jeune garçon en bombant le torse et en rougissant violemment. Je ne demande qu'à servir encore.

— Je crois que M. du Vivier a un rôle pour toi, mon garçon, lui répond Gautier. Il te l'expliquera lui-même.

— Ce sera comme à Canseau?

— Ça, je ne peux te le dire. C'est au commandant de l'expédition de distribuer les tâches.

Oscar paraît déçu. Il est fringant, impatient, lui aussi, de passer à l'action.

Le mois de juillet tire à sa fin et la petite escadre n'est toujours pas arrivée devant Port-Royal. Pas plus que du Vivier n'a encore atterri à la baie Verte avec sa troupe. Le Loutre et Hugues Doucet ont de la difficulté à contenir les Micmacs qui, désœuvrés, souvent s'enivrent et font des incursions aux environs, ce qui a pour effet d'attirer l'attention de la garnison d'Annapolis Royal. Le premier août, Nicolas Gautier réunit ses gens pour un conseil qu'il préside.

— L'abbé Maillard a une communication à nous faire, commence Gautier.

— Hier soir, vingt Micmacs nous ont quittés pour retourner dans leur village. C'est la saison des récoltes, ils ont du travail à faire.

— Il en reste quand même assez pour entreprendre une action contre Port-Royal, dit Germain Doucet.

— Ce matin, oui, sans doute reprend Le Loutre, ce n'est qu'un premier départ. Il y en aura d'autres à brève échéance.

— Ils savent pourtant que du Vivier s'en vient avec des centaines d'Acadiens.

— Vous n'y êtes pas du tout, aucun de vous, dans cette affaire.

C'est la voix chaude et mélodieuse du vieux Kesegoo qui se fait entendre. Tout le monde tourne la tête dans sa direction.

— Nous pourrions prendre d'assaut le fort d'Annapolis sans aucun effort avec nos trois cents Micmacs. Ils ne demandent pas mieux. La garnison, faible et démoralisée, s'attend à une attaque. Nous emporterions la place en quelques heures seulement, ne serait-ce que par l'effet de notre grand nombre.

— Oui, je sais, reprend Gautier, mais vous connaissez les ordres du Gouverneur. Nous devons attendre les renforts de du Vivier et de l'escadre.

— Ils ne nous sont pas nécessaires, reprend Doucet. Agissons donc aujourd'hui même pendant qu'il en est encore temps.

— Vous savez qu'une attaque réussie contre Port-Royal par les Micmacs pourrait fort bien se mal terminer, suggère Marie Alain.

— Comment cela, se mal terminer? demande avec agacement l'abbé Le Loutre.

— Vous savez bien ce que je veux dire, Monsieur l'abbé, réplique Marie, d'un ton sec. Ces Sauvages, une fois lancés, sont incontrôlables. Ils vont massacrer tout le monde pour en tirer des scalps.

— Madame, ce que vous avancez là est faux. Nos Micmacs peuvent se conduire aussi bien que vos soldats de la Marine qui ne donnent pas leur place le moment du pillage venu.

L'abbé Le Loutre est rouge et courroucé.

— Allons, allons, du calme, reprend encore une fois le vieux Doucet. Il est épuisant de se quereller à propos de tout. Dépensons plutôt notre énergie à régler notre problème. Je vous le dis, si nous n'entreprenons pas une action immédiate, demain les Micmacs vont rentrer chez eux. Mtaë, Booktao et moi ne ferons rien pour les retenir; ce serait bien inutile. Vous ne réussirez pas davantage messieurs les abbés.

— Je le crains, dit Maillard. Alors, que devons-nous faire?

— Agir aujourd'hui même, ou attendre et risquer de tout perdre, voilà toute ma pensée, termine Hugues Doucet.

— Quels sont ceux qui sont favorables à une attaque immédiate?

Seul Kesegoo, Mtaë, Booktao et Oscar lèvent la main.

— Très bien, l'affaire est donc terminée pour moi, dit Doucet. Nous rentrons chez nous.

— Attendez, Monsieur Doucet, vous ne pouvez pas faire cela, c'est défaire notre travail d'un mois au moins, supplie Le Loutre.

— Ce n'est pas moi qui défais votre travail. C'est vous même, par votre inaction et vos bêtises qui vous faites du tort. Quant à moi, je ne fais qu'accompagner mes Micmacs. Ils forment ma famille.

L'assemblée se sépare sur cette note pessimiste. Le lendemain, lassés par une si longue attente, tous les Micmacs, à l'exception de trois ou quatre, repartent pour Cobeguit avec, à leur tête, le vieux Kesegoo et son petit-fils Oscar.

Quelques jours seulement après le départ des Micmacs, un Sauvage arrive à Bel-Air avec l'annonce du débarquement, à la baie Verte, de François du Vivier avec une petite troupe de trente-cinq soldats de la Marine. Ce n'est qu'à la fin du mois d'août, cependant, qu'il arrive en vue d'Annapolis Royal avec sa compagnie et une douzaine d'Acadiens seulement qui se sont laissés convaincre d'abandonner la neutralité et de participer à l'expédition.

— Le bilan n'est pas encourageant, confie Gautier à du Vivier dès son arrivée. Les Micmacs de Le Loutre et Maillard en ont eu assez d'attendre et sont partis. L'escadre, promise par Louisbourg, n'est pas encore arrivée. Avec tous ces agissements, les Anglais d'Annapolis sont sur le qui-vive, bien sûr. Je le sais par Mascarene, avec qui, malgré tout, je reste en bonne intelligence.

En dépit de tant de difficultés, du Vivier, Gautier avec les abbés Maillard et Le Loutre, réussissent à recruter un peu plus de deux cents Malécites et Micmacs qui acceptent de participer à l'entreprise. Ces troupes sont mal préparées, lorsque, enfin, le 7 septembre, du Vivier met le siège devant Annapolis Royal. Les Anglais se défendent bien. Le 26 septembre deux vaisseaux venus de Boston, leur apportent renforts et provisions. Les nouvelles troupes, comprenant une cinquantaine d'Agniers, de féroces guerriers, recrutés en Nouvelle-Angleterre, sont commandées par le capitaine John Gorham. Le 2 octobre, un officier de Louisbourg, Michel de Gannes de Falaise, apporte la nouvelle que l'escadre n'a pas pris la mer, et leur transmet l'ordre du Gouverneur de se retirer aux quartiers d'hiver des Mines. Les Acadiens, ceux qui veulent rester fidèles à leur serment de neutralité, refusent même d'approvisionner les Français en vivres pendant l'hiver. Du Vivier, avec cette excuse, quitte le terrain et s'en retourne à Louisbourg avec sa troupe.

Au début du mois d'octobre, cette belle entreprise se termine en queue de poisson. Peu après, parvient à Bel-Air la nouvelle de la mort subite, à Louisbourg, du gouverneur du Quesnel. L'intérim est assuré par nul autre que Louis du Pont du Chambon, l'oncle des frères du Pont.

— Ça reste dans la famille, ironise Marie Alain lorsque son époux lui apprend la nouvelle.

— C'est juste, mais ça ne peut nous être d'aucun secours, répond Nicolas Gautier.

— De quel secours avons-nous donc besoin?

— Il va y avoir des représailles de la part des Anglais. Le contingent de Boston, surtout des Sauvages Agniers, commandé par le capitaine Gorham, a soif de vengeance.

— Mais, Nicolas, nous ne leur avons rien fait. Tout ce que nous avons entrepris a échoué. Je ne vois pas de quoi ils vont se venger.

— Nous les avons quand même assiégés. Pendant plusieurs semaines, ils n'ont pas eu la vie facile.

Le lendemain de cette conversation, Joseph Le Blanc, resté dans la région de Port-Royal, après le départ des troupes, arrive en trombe à Bel-Air, au début de l'avant-midi. Nicolas Gautier le reçoit aussitôt.

— Je viens d'apprendre, lui déclare-t-il de but en blanc, que ta tête est mise à prix. Tu ferais mieux de déguerpir tout de suite. Tu n'as pas une minute à perdre.

— Tu es certain de ce que tu dis Le Maigre? demande Gautier, surpris de la réaction à Annapolis. Mascarene ne permettrait pas une pareille chose.

— Tu dois quitter les lieux avant qu'on ne vienne t'arrêter.

— Mais comment fuir? *La Norembègue* a été capturée par les Anglais la semaine dernière.

— Je sais, dit Le Blanc et c'est tant mieux. La baie Française est trop bien gardée. Tu ne pourrais t'échapper par la mer. Tu dois fuir par les bois.

Marie Alain a écouté cette conversation sans broncher. C'est une femme d'une volonté et d'une force peu communes.

— Écoute, mon ami, nous n'avons pas besoin de tous quitter Bel-Air. Je comprends l'urgence du moment. Pour ta sécurité, tu voyageras mieux seul. Je vais rester ici avec Pierre et les filles. Je peux tenir le coup. Ils n'oseront pas nous toucher. Mes sentiments de neutralité sont bien connus.

— Je ne trouve pas cela prudent. Ils peuvent tâcher de m'atteindre en vous faisant du mal.

— Ne t'en fais pas mon ami, je saurai bien me défendre. Nous avons encore beaucoup d'amis dans la région.

— Je m'en veux de te presser, Nicolas, lui rappelle Le Maigre, mais chaque seconde compte. Pars à l'instant.

Gautier sait que son vieux compagnon dit la vérité. Il ne lui reste qu'à se plier à la réalité.

— C'est entendu, je pars dans l'heure. Joseph m'accompagnera, car lui aussi est assez compromis dans l'attaque avortée de Port-Royal.

— Où irez-vous?

— Nous irons à Cobeguit chez Hugues Doucet. Nous attendrons quelques mois que passe l'orage, puis nous reviendrons au printemps.

Pendant que Joseph Le Blanc sort, les époux s'étreignent avec émotion. Pour la première fois de leur existence, pour la première fois depuis la conquête de l'Acadie en 1710, ils sentent que leur vie et leurs biens sont menacés.

— Que Dieu vous préserve mamie. Pierre prendra charge de la maison. Mais tu restes maîtresse en mon absence. C'est toi qui prendras les décisions.

— Va mon ami, ne perds plus un moment.

Une demi-heure plus tard, deux montures, conduites par Nicolas et son fils Joseph l'Aîné, quittent Bel-Air et se dirigent rapidement en direction du nord-est, vers Cobeguit, tout au fond du bassin des Mines.

Vers la fin de l'après-midi, à Bel-Air, Marie Alain, ses fils Pierre et Joseph-Nicolas, des adolescents âgés de dix-sept et quatorze ans, sa fille Marguerite, seize ans, sont assis au salon, discutant des conditions de leur vie future, leur père et mari étant en fuite. Dans une chambre à l'étage, une servante s'occupe de son plus jeune fils, Jean-Baptiste, qui n'a que trois ans. Doline, l'esclave noire, vient annoncer l'arrivée d'un groupe de visiteurs.

— Ce sont des soldats anglais, Doudou. Ils sont au moins une dizaine.

— Qui les commande?

— Le capitaine John Gorham, qui demande à être reçu.

— Très bien, Doline, fais le entrer, mais lui seul. Que ses soldats restent à la porte.

Aussitôt, Marie Alain fait sortir les enfants et reste seule au salon avec son fils Pierre. Quelques instants plus tard, la servante revient accompagnée d'un homme dans la trentaine, en costume d'officier. Il entre d'un pas martial, faisant claquer bruyamment ses talons sur le plancher de bois. La châtelaine de Bel-Air est assise dans une bergère et ne fait aucun mouvement pour se lever à l'entrée de l'officier. Elle esquisse un léger signe de tête en guise de bienvenue. Son fils Pierre, qui n'a que seize ans, mais qui est déjà grand et costaud pour son âge, est debout derrière elle, les mains posées sur le dossier du fauteuil.

— Madame, prononce le nouveau venu en inclinant le buste légèrement, je suis le capitaine John Gorham de la garnison d'Annapolis Royal.

— Bonjour capitaine. Je vous souhaite la bienvenue. Mais permettez-moi d'exprimer ma surprise, car je connais bien les officiers d'Annapolis et je ne crois pas vous avoir jamais rencontré.

— En effet, madame, je ne suis arrivé de Boston que depuis peu.

— Ah! Je vois. Pourquoi donc M. Mascarene, s'il a quelque important message à nous livrer, n'est-il venu en personne. Nos relations avec le commandant du fort sont des plus cordiales.

Le capitaine est décontenancé pendant un moment. Le dialogue qu'il a préparé ne devait pas se dérouler ainsi.

— Le commandant Mascarene lui-même, m'a délégué pour cette mission.

— Très bien. Dans ce cas, que puis-je faire pour vous, Capitaine? demande la châtelaine de Bel-Air.

— Madame, votre mari est recherché par notre police. J'ai ordre de l'arrêter.

— Ah? Quel crime a-t-il donc commis?

— Ne jouez pas au plus fin avec moi, dit alors Gorham, son ton devenant plus agressif. Vous savez fort bien qu'il a dirigé l'attaque contre le fort d'Annapolis Royal, contrairement à l'entente qu'il avait faite avec nous de rester neutre en cas de conflit.

— Capitaine, reprend Marie Alain avec une voix ferme, on vous a bien mal informé. Mon mari n'a jamais commandé une telle attaque. C'est ridicule de penser de cette façon. Un tel geste aurait été contre son intérêt. Nous croyons en la neutralité des Acadiens et nous l'observons.

— Vos bavardages sont inutiles, madame. Nous savons que votre mari est mêlé à cette attaque, s'il ne l'a pas dirigée en personne.

— Mais c'est tout à fait impossible, monsieur, il n'était même pas ici pendant ce que vous appelez une attaque. Il est parti depuis plusieurs semaines avec notre fils Joseph, dans la région du bassin des Mines, où nous y avons des affaires. Mon mari est un commerçant, pas un soldat. D'ailleurs, monsieur, je profite de votre visite ici pour protester contre la saisie, le mois dernier, de notre goélette. Elle nous est nécessaire pour notre commerce. Comme vous le savez d'ailleurs, elle n'a jamais servi à cette attaque dont vous me parlez, mais qui n'a jamais eu lieu. C'est injuste.

Gorham est stupéfait par les paroles de la châtelaine de Bel-Air. Il n'en revient pas de son audace. Sentant qu'il n'est pas en train de gagner du terrain, il tente une autre tactique.

— Vous savez, madame, que je puis bien ordonner à mes hommes de fouiller cette demeure, pour voir si votre mari ne s'y cache pas.

— On voit bien que la politesse et les bonnes manières de M. Mascarene sont des qualités rares à Annapolis. Je sais fort bien, capitaine, que si vous désirez tourner toute ma maison sens dessus dessous, je n'ai pas les moyens de vous en empêcher. Si vous le faites, vous serez bien déçu, car je vous ai donné ma parole, mon mari n'est pas ici.

— C'est ce que nous verrons, madame, dit enfin Gorham dont la patience est à bout.

Il quitte le salon du même pas qu'il y était entré et se dirige vers la sortie de Bel-Air où il retrouve ses soldats.

— *Search this house from top to bottom. Leave no stone unturned. I need to find Nicolas Gautier. He is wanted for crimes against His Majesty*[2].

Aussitôt, les dix soldats se répandent dans Bel-Air. Même si, dès le début, on lui a rapporté l'absence, dans l'écurie, des montures de Nicolas et Joseph, il fait quand même procéder à la fouille dans toutes les règles de l'art. Pendant deux heures, ils mettent toutes les pièces à l'envers et les fouillent dans leurs moindres recoins. Pendant cette opération, Marie Alain se réfugie au salon avec ses enfants et ses deux servantes. Lorsque l'un des soldats soulève le tapis qui recouvre le centre de la pièce, la châtelaine ne peut se retenir de faire une remarque.

— Mon mari est un bel homme grand et mince. Mais monsieur il n'est pas aussi plat qu'il puisse, avec la meilleure volonté du monde, se dissimuler sous une carpette.

Rendu à ce point, Gorham est exaspéré. Il a fait chercher par toute la maison et dans toutes les dépendances, sans le moindre résultat.

— Madame, dit-il enfin d'une voix où l'on sent qu'il réprime sa colère, vous nous avez joués. Votre mari a été prévenu de notre visite et s'est enfui à temps. Je m'en vais faire rapport à mes supérieurs. Vous ne perdez rien pour attendre. Le bras de la justice va s'abattre sur vous avec toute la force dont il est capable. Votre conduite est ignoble et ne mérite aucun adoucissement.

Sur ce, il donne l'ordre à ses hommes de se retirer.

— Je reviendrai, madame, soyez en sûre. Cette fois, je ne repartirai pas les mains vides, ajoute-t-il, menaçant, avant de tourner les talons et de claquer la porte derrière lui.

---

2. Fouillez cette maison de fond en comble, dans ses moindres recoins. Je cherche Nicolas Gautier, accusé de crimes contre Sa Majesté Britannique.

Après le départ de Gorham, Marie Alain secouée fortement, mais sans en rien laisser paraître, se retire dans le cabinet de son mari avec son fils Pierre, pendant que les servantes et la plus vieille des filles, Anne, qui a vingt-deux ans, emmènent les enfants à la cuisine pour leur préparer un repas.

— Que pensez-vous, maman, de cette visite. Vous croyez qu'il reviendra?

— J'en suis persuadée. Cet homme ne nous veut pas de bien. J'aimerais faire parvenir un message à M. Mascarene, qui a pour nous beaucoup d'estime.

— Ce n'est peut-être pas une très bonne idée, car je crois que le capitaine Gorham le soupçonne de sympathies à notre endroit. Il ne se trompe d'ailleurs pas.

— Tu as sans doute raison. Pourtant, Nicolas siège depuis longtemps au conseil d'Annapolis. Ils n'oseraient pas lui faire quelque mal.

— Maman, je crains que vous ne vous dissimuliez la vérité. Le rôle de papa dans cette attaque avortée leur est connu.

— J'ai pourtant dit la vérité, lorsque j'ai affirmé qu'il n'a pas dirigé cette opération.

— C'est juste, mais vous aurez de la difficulté à leur prouver qu'il est absent depuis plusieurs semaines, comme vous l'avez affirmé. Trop de gens l'ont aperçu jusqu'à hier et pourront en témoigner.

— Ce sont des Acadiens. Ils ne diront rien.

— Je n'en suis pas si certain.

— Bon! très bien. Je comprends. Comment donc évaluer le péril dans lequel nous sommes?

— Pourquoi n'irais-je pas chez Germain Doucet, pour lui raconter la visite de Gorham et lui demander conseil?

— C'est une bonne idée. Pourtant, je pense que tu devrais attendre à demain. Si nous nous précipitons chez l'intendant de ton père aussitôt après leur départ, les Anglais lui chercheront peut-être quelque noise à lui aussi.

— Je suis de votre avis, maman. Dans ce cas, demain, je me rendrai à Annapolis, comme je le fais fréquemment. Au retour, je m'arrêterai chez Germain, ce qui paraîtra la chose la plus naturelle du monde. Je lui demanderai de venir vous voir aussitôt que possible. Tous les trois, nous mettrons en place un plan d'action.

— C'est entendu. Je te recommande cependant d'être très prudent. Je crains fort que nous soyons entrés dans une nouvelle phase de nos relations avec les Anglais.

Le lendemain matin, Pierre se rend à Annapolis, comme il l'a fait si souvent avec son père ou son frère, pour s'occuper des affaires de son commerce. Il est près de deux heures de l'après-midi lorsqu'il quitte le fort et entreprend le chemin du retour. Une demi-heure plus tard, sa monture arrive devant la petite route qui conduit à la demeure de Germain Doucet, érigée à peu près à mi-chemin entre Bel-Air et Port-Royal.

C'est une résidence peu banale et qui fait l'admiration d'un grand nombre d'Acadiens. Germain s'est inspiré des ouaguams des Souriquois. Il a érigé, côte à côte, deux tentes semblables en grande partie à celles des Sauvages. Elles se touchent à la base et communiquent entre elles par un passage couvert. Mais sous l'écorce de bouleau, se cache une charpente en bois et en planches de sapin, ce qui assure à l'habitation un caractère permanent. Sur le pourtour de la paroi des ouaguams, sont percées quatre fenêtres qui font pénétrer une abondante lumière dans toutes les pièces. La première tente consiste en une grande salle commune où se déroulent toutes les activités de la famille. Dans la seconde, sur le pourtour, ont été aménagées quatre chambres qui s'ouvrent toutes au centre. Les deux parties de l'habitation sont chauffées par un foyer en pierres, construit en plein milieu, et surmonté d'une longue cheminée qui s'ouvre au sommet du cône.

La maison de Germain Doucet est construite au fond des bois, dans la direction opposée à la rivière Dauphin.

Normalement, lorsqu'on l'approche à cheval, on aperçoit de loin le sommet des deux tentes d'où émergent les cheminées. Chose étrange, Pierre Gautier lève la tête et ne parvient pas à repérer ce jalon. Il est tout de suite inquiet. À mesure qu'il avance dans le petit sentier qui conduit à la maison, il détecte une odeur de brûlé, mélangée à d'autres senteurs âcres qu'il ne parvient pas à identifier. Aussitôt, Pierre presse sa monture et c'est presque à la course qu'il débouche dans la grande clairière où Germain Doucet a érigé son domaine. Le spectacle qu'il découvre le glace d'horreur.

Une masse de débris calcinés s'étale à l'endroit où autrefois se dressaient les ouaguams de Germain Doucet. Seules les deux cheminées, à moitié effondrées, pointent leurs briques noircies vers le ciel, comme des moignons hideux, témoins muets d'une terrible hécatombe. Ici et là, s'élèvent quelques filets de fumée blanche, un signe que le feu a dû être allumé moins de vingt-quatre heures plus tôt.

Après être enfin sorti de sa stupeur, Pierre se dirige vers l'amas nauséabond. Dès qu'il s'approche de la masse des décombres, il reconnaît, à travers l'odeur du bois brûlé, celle écœurante de chairs grillées et carbonisées. Descendu de cheval, il s'approche avec hésitation du premier cadavre. Sa tête tranchée et à moitié consumée par le feu gît à côté du corps. En dépit de ces ravages, il peut encore reconnaître qu'il s'agit de celui d'une femme. Qui plus est, elle était enceinte au moment du massacre. Les auteurs du forfait lui ont ouvert les entrailles et tué son enfant avant de le jeter dans la géhenne.

Il faut donc que les meurtriers aient agi avec la plus grande cruauté et un suprême mépris pour la vie humaine. Le cadavre d'une autre femme, gisant un peu plus loin, a subi le même sort que la première. Après de longues et pénibles recherches il trouve encore six corps à demi calcinés, dont trois sont des enfants en bas âge. Les autres sont ceux de deux femmes et d'un homme.

Comme Pierre connaît bien la maisonnée des Doucet, il se souvient que deux des filles étaient enceintes et attendaient leur enfant au cours des prochains mois. Il en arrive à la pénible conclusion que l'un des cadavres est celui de Germain Doucet lui-même et que les autres sont sans doute ceux de Laure Chiasson et de ses filles dont leur plus jeune fille qui n'était pas encore mariée.

Pierre Gautier, bouleversé par sa découverte, arrive difficilement à s'arracher à cet horrible spectacle qu'il ne voit plus qu'à travers les larmes qui troublent sa vision. Une rage impuissante l'envahit lentement, au fur et à mesure que la réalité pénètre avec douleur dans son esprit encore obnubilé par l'épouvantable tragédie.

10

À la fin du mois de juin 1745, au coucher du soleil, trois cavaliers s'approchent discrètement du village de Grand-Pré. Ils avancent avec précaution, afin de ne pas attirer l'attention des habitants. Pour ce faire, ils attendent que la noirceur soit venue.

— Il fait maintenant complètement nuit. Je vais aller jusqu'à l'église, dit Oscar Doucet à ses compagnons.

— Sois prudent, lui recommande Nicolas Gautier. Joseph et moi t'attendrons à cet endroit. Nous ne bougerons pas.

Le jeune garçon, qui connaît bien son rôle, n'ajoute rien. Il quitte ses compagnons et se fond dans la nuit sans lune. Comme l'air est doux et chaud en ce début d'été, Oscar est habillé à la Sauvage, selon sa coutume. Ce n'est pas par vanité, mais bien par nécessité qu'il s'affuble ainsi. Son crâne est rasé, ses reins ceints d'une peau de daim retenue par une ceinture de corde de lin et ses pieds sont chaussés de mocassins en peau d'orignal, lacés de même cuir.

Pour y être venu fréquemment, le jeune Doucet connaît bien la configuration des rues et la disposition des maisons du village. Il se faufile avec prudence en direction de l'église. Tout en se déplaçant entre les habitations, il examine soigneusement les alentours. Sa route est assez éclairée par la lumière que jettent des lampes encore allumées dans quelques-unes des demeures du village, car ici, au temps des semailles, presque tous les habitants se couchent et se lèvent avec le soleil.

— Qui va là? demande une voix sortie de l'ombre.

Oscar a juste le temps de se jeter en arrière entre une maison et un hangar. Il retient son souffle pendant qu'il tente de reconnaître celui qui l'a hélé. Un bruit de pas et de voix à peine audibles, lui font prêter l'oreille, afin d'identifier les sons. Il lui semble qu'il est en territoire ami et qu'il n'y a que peu de risque à se montrer à ceux qui l'ont interpellé. Après tout, c'est en français que la voix a parlé. Il se place donc dans un rayon de lumière et en moins de deux secondes, il est entouré de quatre hommes armés jusqu'aux dents.

En dépit du fait qu'il a entendu ces hommes parler français et qu'ils ne peuvent être des ennemis, Oscar éprouve quand même un certain frisson, un léger effroi. Il aime ces situations où le danger l'encercle de toutes parts. Mais, au bout d'un moment, ceux qui l'ont interpellé reconnaissent le petit-fils du vieux Doucet. Sans dire un mot, ils l'entraînent à nouveau dans l'ombre.

— Que fais-tu ici à pareille heure, Oscar?

— Je suis avec Nicolas Gautier et son fils Joseph. Ils m'ont envoyé en mission de reconnaissance jusqu'à l'église pour aller chercher le curé, Jean-Pierre de Miniac. Je dois le conduire jusqu'à lui.

— C'est une course bien imprudente que tu viens de faire, mon petit. Le gouverneur Mascarene a envoyé deux patrouilles à Rivière-aux-Canards. Elles se promènent dans toute la région de Grand-Pré. Les soldats sont arrivés hier et ne semblent pas prêts de repartir. Malgré la nuit noire, ils parcourent le village, à la recherche de je ne sais qui ou quoi.

— Les soldats, je peux toujours les éviter, je suis petit et je peux me faufiler rapidement dans des lieux qu'ils connaissent mal. D'autant que je cours plus vite qu'eux, encombrés qu'ils sont dans leurs uniformes militaires.

— C'est très vrai ce que tu dis, Oscar, mais le commandant de ces détachements s'appelle John Gorham. Je crois que s'il te trouvait en ces lieux, je ne donnerais pas cher de ta peau.

— Celui-là, j'aimerais bien me trouver face à face avec lui. Je lui ferais subir un sort au moins aussi horrible que celui qu'il a infligé à ma famille.

— Je te comprends, mon garçon. Pourtant, je crois que tu dois attendre, pour te venger, que le temps propice soit arrivé. Pour l'instant, achève ta mission. Nous allons t'aider.

— Qu'allons-nous faire?

— Où sont cachés Nicolas et Joseph? Nous allons aller chercher le curé et le mener jusqu'à eux.

— C'est une chose que je peux bien faire moi-même, argumente Oscar, sans répondre à la question, car il brûle d'accomplir sa mission seul.

— Oui, je comprends ton désir d'agir, mais notre solution est plus prudente. Tu vas retourner d'où tu viens, pendant que nous irons au presbytère et ferons à Miniac le message de Nicolas.

— Mais s'il rencontre une patrouille anglaise qui veut le suivre?

— Ne t'en fais pas, il sera accompagné d'un enfant de chœur qui le précédera, faisant tinter une petite clochette.

— Mais ce bruit attirera l'attention, reprend avec inquiétude le jeune Doucet qui n'a reçu que peu d'éducation religieuse et ne connaît pas le rituel romain.

— C'est justement pour cela; c'est pour attirer l'attention. Car il sera suivi du curé Miniac qui, vêtu des ornements sacerdotaux, prétendra qu'il s'en va porter le saint viatique à un malade. Ils n'oseront pas le suivre dans sa mission. Où donc sont cachés Nicolas et Joseph?

Cette fois, Oscar n'a plus d'hésitation et leur donne le renseignement. Aussitôt, ils se séparent et s'en vont dans des directions différentes.

En quelques minutes, Oscar a rejoint ses amis et il leur raconte son aventure. Gautier se dit satisfait des résultats et ils continuent d'attendre en silence. Cinq, dix, quinze minutes passent et rien ne se produit. Après une attente qui se prolonge de façon inquiétante, Gautier décide d'adopter une tactique légèrement différente de celle qu'ils ont prévue.

— Tu as bien décrit l'endroit exact où nous nous trouvons, n'est-ce pas, Oscar? demande-t-il à voix basse.

— Oui, j'ai dit que nous serions au pied du grand chêne derrière la maison de Joseph Aubin et que nos trois montures y seraient attachées.

— Très bien, dans ce cas nous allons déplacer les bêtes à une centaine de pas d'ici. Nous prendrons soin de laisser les rênes attachées au tronc pour faire croire que les chevaux ont été volés ou se sont enfuis. Pendant ce temps, toi, Oscar, tu seras juché sur les hautes branches du chêne et tu écouteras leur conversation. Si tu reconnais le curé Miniac, tu nous appelles. Nous serons à deux pas. Si tu ne nous appelle pas, c'est que nous avons été trahis et si leur nombre n'est pas grand, nous les attaquerons.

— Bien. Je serai dans mon arbre avec mon arc et mes flèches. Je pourrai vous aider.

— C'est entendu. Mais tu dois attendre que nous attaquions les premiers, afin de ne pas commettre d'erreur sur la personne.

— J'ai bien compris. Je ferai comme vous me l'avez dit.

Les hommes emmènent les chevaux, pendant que le jeune garçon, agile comme un écureuil se retrouve à dix pieds au-dessus du sol, debout sur une grosse branche.

Il était temps, car ils distinguent, dans le lointain, le grêle tintement de la clochette du servant de messe. Au bout d'un moment, elle s'interrompt, pendant que Gautier et son fils se demandent ce qui se passe. Ils n'ont pas à attendre longtemps, car le son cristallin reprend au bout de quelques minutes. Mais plutôt que de se rapprocher d'eux, il semble s'éloigner dans une direction opposée, ce qui les laisse quelque peu perplexes. Ils commencent à penser qu'ils ont peut-être été trahis, lorsque la clochette cesse brusquement de tinter, mais cette fois elle ne reprend pas.

Les deux hommes, tenant leurs chevaux par le mors, osent à peine respirer, tant ils sont inquiets. Leur plan aurait-il échoué? Dans sa tête, Nicolas Gautier commence à en échafauder de nouveaux pour les tirer de ce mauvais pas.

Pendant qu'il cherche désespérément une solution, le prêtre et son servant de messe arrivent à l'endroit qu'on leur a indiqué. Ils sont étonnés de ne trouver que les brides des chevaux, attachées au chêne. Ils le sont encore davantage lorsqu'une masse sombre, qu'ils prennent d'abord pour un Sauvage, leur atterrit dessus, renversant le ministre de Dieu et le saint viatique. C'est pendant que l'enfant de chœur aide son curé à se relever que Gautier et son fils Joseph sortent de leur cachette en tirant leurs chevaux derrière eux.

— Que s'est-il passé? demande Gautier à voix basse.

— Nous avons été arrêtés par une patrouille anglaise qui nous a posé mille questions sur notre destination. Voilà pourquoi nous avons dû changer de direction avant de venir jusqu'ici. Vous arrivez à point nommé, Monsieur Gautier, car je ne suis pas porteur de bonnes nouvelles.

Nicolas, qui commence à être habitué aux mauvais coups, ne dit mot, attendant la suite.

— Eh bien! messieurs, Louisbourg est tombé, ces jours derniers aux mains des Anglais. Quand je dis Louisbourg, je veux parler de toute l'île Royale, ainsi que de l'île Saint-Jean. La nouvelle nous est parvenue ce jour même, lors-

que des patrouilles anglaises d'Annapolis sont venues jusqu'ici, craignant une réaction adverse de la population.

Gautier est atterré par l'annonce de la chute de
Louisbourg.

— Est-ce du Chambon[1] qui a capitulé?

— Oui, monsieur, c'est ce qu'on m'a dit.

Encore sous le choc, il reste pensif et s'inquiète aussitôt
pour Marie-Josèphe, son mari, Michel de Gourville et leurs
enfants.

— Vous ne connaissez pas le sort fait aux Français de
Louisbourg?

— Si, monsieur, ils ont été faits prisonniers et, pour la
plupart, mis sur des bateaux et rapatriés en France. Quant
à votre gendre, ses frères, votre fille et ses enfants, ils sont
en sécurité à Québec.

— Ah! Dieu soit loué! Ma femme est-elle au courant?

— Nous le croyons, parce que la nouvelle nous est venue
d'Annapolis.

— Qui vous l'a apportée?

— Le major Gorham lui-même, dont nous soupçon-
nons qu'il est l'auteur du massacre des Doucet.

— Est-on vraiment certain que c'est lui?

— Sans aucun doute, car il s'est vanté d'avoir détruit
ce qu'il a pris pour des ouaguams où vivaient cinq sauvages
avec trois enfants.

— Comment, il les a pris pour des ouaguams? Que
voulez-vous dire?

— On m'a raconté que le gouvernement du Connecticut
offre cent cinquante livres pour tout scalp d'Indien, âgé de
seize ans au moins, homme, femme ou enfant, et que l'assemblée du New Hampshire paie cinquante livres aux
volontaires qui prélèvent des scalps d'Indiens de tous âges.

---

1. Louis du Chambon, l'oncle des frères du Pont, avait été nommé gouverneur par intérim de Louisbourg, après le décès subit du gouverneur
   du Quesnel, en Octobre 1744.

Ainsi, voyant la demeure de Germain Doucet, qui ressemblait, il faut bien le dire, à des ouaguams souriquois, ils se sont attaqués à eux, avec une brutalité sans précédent.

— Vous voulez dire que peut-être l'erreur de Gorham, sur l'identité des ouaguams était volontaire et qu'il connaissait l'identité des résidants?

— Je le crois.

— Donc, ils n'ont pas été attirés que par l'attrait financier des scalps?

— C'est bien ce que je pense, l'erreur sur l'identité n'est qu'une excuse...

— ... et qu'ils ont voulu se venger de notre tentative de reprendre Port-Royal.

— Vous avez sans doute raison, Gautier, car ils n'ont pas oublié votre rôle ni celui des quelques Acadiens qui ont participé à cette tentative.

— Comment cela, ils ne m'ont pas oublié?

— Vôtre tête est mise à prix. Ils promettent cinq cents livres à qui vous livrera vivant aux autorités d'Annapolis.

— Cinq cent livres, répète Gautier songeur. C'est une forte somme.

— Oui, monsieur, elle peut tenter beaucoup de gens. Il vous faut être sur vos gardes.

— De qui dois-je me méfier, Monsieur le curé?

— Pas des Indiens, bien sûr. Vous les connaissez, l'argent ne les intéresse pas. Non, croyez-moi, cette récompense, si elle est jamais payée, le sera à un Blanc. Reste à savoir si ce sera à un Français ou à un Anglais.

— Monsieur de Miniac, vous parlez comme si ma capture était une chose assurée.

— Oh! pardonnez-moi, Monsieur de Bel-Air. J'ai seulement voulu vous mettre en garde contre un Judas qui pourrait être parmi nous et qui n'a pas les mêmes vertus que les soi-disant Sauvages. Certains – ils sont peu nombreux cependant – n'hésiteraient pas à vous livrer pour cette somme.

Gautier reste pensif à la suite des remarques du prêtre.

— Est-ce la première fois que Gorham et ses hommes viennent jusqu'aux Mines?

— Non c'est la deuxième fois et, si j'ai bien compris, d'autres contingents de Boston vont se joindre à eux pour patrouiller nos villages et y semer la crainte.

— Dans quel but?

— Des rumeurs de serments recommencent, accompagnées cette fois de menaces à peine voilées qu'ils vont nous chasser de nos terres et nous exiler dans les colonies américaines.

— Je vois. Ils exercent maintenant leur influence dans une zone bien au-delà d'une lieue ou deux aux environs d'Annapolis, comme ils ont fait jusqu'à ce jour.

— C'est juste. Aujourd'hui, comme vous le voyez, ils ont étendu leur zone de juridiction sur un bien plus grand territoire, qui englobe Bel-Air et se rend jusqu'à Grand-Pré.

— Voilà qui m'inquiète beaucoup. Je crains pour ma famille et mes biens. Si leurs soldats viennent jusqu'ici, Dieu sait dans combien de temps ils monteront jusqu'à Cobeguit où j'habite présentement avec Doucet et ses Micmacs.

— Il semble évident qu'ils ont l'intention d'imposer leur autorité le plus au nord possible, même si les couronnes anglaise et française, réclament toutes deux ce territoire comme chacun le sien. Mais qu'êtes-vous venu faire ici, au juste Monsieur Gautier, en dépit des dangers nombreux qui vous guettent?

— D'abord je vous apporte une lettre du curé de Cobeguit, l'abbé Jacques Girard, qui vous demande de nous prêter toute l'assistance possible dans mon projet. J'ai l'intention de visiter, en cachette bien sûr, ma femme et mes enfants à Bel-Air.

—Ah! monsieur, que voilà bien un projet périlleux pour lequel je ne vois guère de chances de réussite.

— Vous m'étonnez, Monsieur l'abbé. Nous nous sommes bien rendus jusqu'ici sans encombre.

— Ah oui, mais passé Grand-Pré, vous rencontrerez de nombreuses embûches.

— Je compte sur vous et sur Joseph Dugas, un fidèle partisan, pour me renseigner sur ces dangers. Si mes informations sont justes, il devrait être à Grand-Pré ces jours-ci.

— En effet, monsieur, vous avez raison, mais personne d'autre que moi et quelques fidèles ne sont au courant de sa présence ici. Comment l'avez-vous apprise?

— Peu importe, Monsieur le curé. L'important c'est que je le sache. Voyez-vous, je suis fort inquiet pour ma femme et mes enfants. Je sais qu'ils sont enfermés à Bel-Air, à la merci des caprices de l'administration. Mascarene est encore en place, mais les nouvelles que j'en ai eues m'ont appris qu'il est soupçonné d'être favorable aux Acadiens, parce qu'il est né Français.

— Oui, mais sa famille a renié la vraie religion, ne l'oubliez pas.

— Ah vraiment, monsieur. C'est donc ainsi que vous voyez les choses. Il vous a donc échappé que le feu roi[2] a accompli sur terre plus de mal que de bien. Je n'en veux voir pour preuve que la bêtise incommensurable qu'il a faite lorsqu'il a révoqué l'Édit de Nantes. On ne me fera jamais croire que celui qui a commis cette stupidité peut passer pour un grand roi. Mascarene et sa famille sont des victimes de cet acte impardonnable qui a fait perdre à la France des milliers d'hommes de grand talent, sans parler des richesses qu'ils ont emportées avec eux. Nous souffrons jusqu'ici, en Acadie, de cette douloureuse saignée de la Nation. Je vous assure, monsieur, qu'un tel acte ébranle la foi la plus solide de tout bon patriote. Pardonnez-moi mon impatience, car elle ne s'adresse pas à vous personnellement.

---

2. Louis XIV.

— Ah! vous me voyez rassuré, quand même. Vous paraissez sous l'effet d'une telle colère, que j'ai craint un instant que vous alliez me faire un mauvais parti.

—Non, ce n'est pas à vous que j'en veux, c'est à l'Église et à son intolérance, qui n'a d'autre ambition que de protéger ses richesses et ses privilèges acquis et qui n'a cure du bien-être et de la vie des hommes qu'elle tient pour inférieurs à ses principes vétustes et inadaptés à notre monde acadien et à notre temps.

— Ah! Monsieur de Bel-Air, vos paroles me troublent et m'inquiètent à la fois. En France, elles seraient blas-phème, voire hérésie. Ici, c'est autre chose. Notre tâche est de moins en moins facile. Quelquefois je me demande si ce n'est pas l'abbé Le Loutre qui a raison. Ma cons-cience aussi est inquiète et je me couche souvent le soir, en pensant que je ne sers peut-être pas le Seigneur comme Il l'entend.

— Je ne voudrais pas prolonger ces considérations à la fois politiques et théologiques, continue Gautier redevenu un peu plus calme, car j'ai peu de temps pour accomplir ma mission. Il vous faut me trouver un moyen de rejoindre ma famille sans que les Anglais ne l'apprennent.

—Très bien, monsieur, je vous donne ma parole. D'ici demain soir j'aurai tout mis en place pour votre voyage. Vous, votre fils et le jeune Doucet resterez donc chez Charles Dugas, le fils aîné de Joseph. Sa maison n'est qu'à une centaine de pas d'ici. Vous y serez à l'abri toute la journée. La vieille Marguerite Dugas, la sœur de l'ancêtre Abraham, habite avec eux, Elle a quatre-vingt-sept ans et elle est très malade, ce qui me donne l'excuse de la visiter presque tous les jours. Je m'y rendrai demain matin pour lui apporter le saint viatique et je vous apporterai les nouvelles que vous désirez.

— Je vous remercie, Monsieur le curé. Je n'en atten-dais pas moins de vous. L'abbé Girard m'avait rassuré à votre propos.

Jean-Pierre de Miniac ne dit plus un mot et conduit les hommes en silence jusque chez Charles Dugas, où ils sont accueillis avec chaleur. Dugas, comme son père, est un des rares patriotes qui, tout comme Gautier, n'aime pas le serment de neutralité. En homme sage, il fait peu confiance à la parole des Anglais. Hélas, Charles est sans nouvelles de son père, qui se trouvait à Louisbourg au moment de l'attaque.

La journée du lendemain se passe en préparatifs de toutes sortes, pour lesquels mille précautions doivent être prises, afin que la présence de Gautier à Grand-Pré reste secrète et ne soit pas connue, même des Acadiens. Pendant que Nicolas et son fils restent dissimulés toute la journée, le jeune Oscar, vêtu en costume de grosse laine et coiffé du chapeau acadien, est trop heureux de faire les courses et de porter les messages sans jamais être détecté. Il éprouve un malin plaisir à croiser à deux reprises les soldats anglais qui ne lui prêtent pas la moindre attention.

Le soir venu, tout est prêt pour le départ. C'est encore une nuit sans lune qui va accompagner les voyageurs. Dès que la noirceur le leur permet, ce qui, en ce temps de l'année, n'arrive pas beaucoup avant neuf heures du soir, ils se mettent en route en compagnie de Charles Dugas. Gautier n'a confiance qu'en lui pour les conduire à bon port. Le premier soir, ils ne se rendent pas très loin. Il s'agit seulement de sortir de Grand-Pré, sous couvert de la nuit, et d'être prêt à voyager de jour, ensuite. Le lendemain matin, dès le lever du soleil, les quatre cavaliers partent en direction de Bel-Air. Dugas les conduit par des routes détournées. Pas une seule fois ils ne rencontrent des patrouilles anglaises.

— Même si leur contingent augmente, les soldats ne sont pas encore assez nombreux pour couvrir tout le territoire. C'est bien juste s'ils réussissent à patrouiller la rivière Dauphin, au plus une dizaine de pieds des deux côtés de la rive et sur toute la longueur de ce cours d'eau.

À la brunante, lorsque la silhouette de Bel-Air apparaît au loin, Nicolas Gautier est fort ému. Si rien ne vient contrecarrer ses plans, il va serrer dans ses bras, d'ici peu, sa chère Marie qu'il n'a pas vue depuis près d'un an déjà. Afin de ne pas courir de risque, il est entendu qu'ils attendront la noirceur, avant d'envoyer Charles Dugas et Oscar Doucet en éclaireurs. Si, par hasard, ceux-ci croisent une patrouille, leur présence ne peut lui paraître suspecte, Oscar ayant adopté le costume du jeune paysan acadien. Il est plus que probable, advenant la rencontre avec des soldats d'Annapolis, qu'ils ne prêteront pas la moindre attention au jeune garçon. Les Anglais, en général, font beaucoup moins de cas des enfants que les Français ou les Sauvages.

Depuis la fuite précipitée de Nicolas et de l'Aîné, et le drame qui a décimé la famille de Germain Doucet, la joie a complètement disparu de Bel-Air. Finies les courses folles des enfants dans les jardins; on n'entend plus jamais leurs rires cristallins résonner à travers la grande demeure. C'est comme si la vie avait été suspendue, en attendant qu'un magicien vienne les délivrer de ce terrible maléfice. En dépit des nombreuses adversités qui se sont abattues sur sa famille, Marie Alain donne l'exemple d'un héroïque courage et d'un stoïcisme inébranlable.

Des nouvelles de Nicolas et Joseph, vivant à Cobeguit, leur parviennent régulièrement. La liaison est assurée par les Micmacs de Doucet, Poonhook et son jumeau Wegoon. Ces deux-là connaissent si bien la route, qu'ils ne mettent guère plus de quatre jours pour faire l'aller retour entre Cobeguit et Bel-Air. Bien que Nicolas connaisse l'habileté des deux Micmacs à échapper à toute capture, il ne prend quand même aucun risque et ne leur confie jamais de lettre écrite. Plutôt, il leur fait apprendre à tous les deux un message verbal qu'ils récitent à Marie Alain une fois sur place. En réponse, elle utilise le même stratagème. Gautier sait que, si jamais ils étaient pris, les deux Micmacs mourraient plutôt que de révéler le moindre mot du message.

Au cours de la dernière communication, Nicolas a fait prévenir sa femme de sa venue prochaine. En réponse, elle l'a mis en garde contre la surveillance tracassière par le gouvernement d'Annapolis, dont elle est régulièrement l'objet. Par exemple, elle a noté que sa maison est surveillée de façon courante par des soldats qui remontent la rivière, s'arrêtent à Bel-Air et vont jusqu'à frapper à la porte pour demander à parler à Nicolas Gautier.

Cette manière d'agir des militaires l'exaspère au possible. Depuis le mois de janvier, il ne s'est pas écoulé une semaine sans qu'elle reçoive la visite d'une patrouille. Quelquefois même, lorsqu'il fait assez beau temps, les soldats se construisent un bivouac et passent quelques jours à proximité de sa propriété. Puis au bout d'un certain temps, ils repartent pour recommencer le même manège au bout de trois ou quatre jours.

Depuis le dégel de la rivière Dauphin, les visites sont encore plus fréquentes, mais les séjours sont plus courts. Le printemps venu, le commandant du fort d'Annapolis est plus occupé et peut disposer de moins de soldats pour des missions comme celles de la surveillance de Bel-Air. Marie Alain est persuadée que les Anglais savent où son mari se cache, mais qu'ils n'ont pas encore les forces nécessaires pour aller l'appréhender sur place. C'est donc avec la plus grande circonspection que les quatre cavaliers approchent de Bel-Air. Afin de ne courir aucun risque, ils ne se déplacent qu'à travers bois, à quelques milles des rives de la Dauphin.

Lorsqu'enfin ils sont tout près, Oscar Doucet est envoyé en éclaireur. Les nouvelles qu'il rapporte ne sont pas bonnes. Il a observé un bivouac de quatre soldats, montant la garde au bord de la rivière où leur embarcation est amarrée.

— S'ils font comme d'habitude, dit Dugas, ils devraient nous laisser le champ libre d'ici un jour ou deux. Nous n'avons qu'à être patients et à attendre.

Ce discours ne fait pas l'affaire de Nicolas Gautier. En plus d'être si près du but, il pense que chaque jour qui passe est un jour de perdu. Il est convaincu qu'il faut agir vite. Les nouvelles qu'il a apprises depuis le début de son voyage lui donnent les plus grandes alarmes.

— Nous allons entrer ce soir chez moi, sous le couvert de la nuit.

— Mais la patrouille?

— Nous saurons l'éviter. Écoute, Charles, ils sont quatre soldats et nous aussi, nous sommes quatre.

Oscar, qui entend ce discours est fier d'être compté à part entière, tout comme les autres.

— Tu veux dire que, au cas où nous ayons à livrer combat, nous sortirions vainqueur?

— C'est bien mon avis. Pas le tien?

— Tu as raison. Ne perdons pas un moment. Nous allons entrer chez toi cette nuit.

— Il nous faut prévenir les membres de la famille, afin qu'ils ne réagissent pas à notre venue et qu'ils n'allument pas de lampe, ce qui pourrait donner l'alarme. Il faut que je leur fasse dire de se conduire comme à l'habitude.

— C'est moi qui ferai le message? demande Oscar qui brûle d'agir.

— Oui, bien sûr. Tu t'es montré fort habile en ce genre d'opération, lui dit Gautier. Je vais t'expliquer mon plan.

Le jeune Doucet, l'œil éveillé, son attention rivée sur Nicolas Gautier, écoute attentivement ses consignes. À la fin, il assure qu'il a tout compris.

Une fois que les soldats se sont retirés dans leur campement, ils s'occupent à préparer leur repas du soir. Pendant ce temps, l'arrière de Bel-Air n'est pas du tout surveillé. C'est à ce moment-là qu'Oscar met à exécution le petit plan de Gautier.

Il ne court aucun risque à ramper à travers champs, jusqu'à une petite porte qui s'ouvre dans une cave où les denrées sont accumulées et acheminées à l'intérieur. La porte elle-même est cachée à la vue par les hautes herbes et des conifères qui poussent devant. C'est un trou de cinq pieds sur cinq, creusé sous la cuisine de la maison, qui sert à garder certains aliments au frais, mais dont la fonction principale est de cacher quelqu'un en cas d'urgence. On y accède par une trappe, percée dans le plancher de la cuisine et dissimulée par des caisses et des objets empilés. Les soldats anglais, qui ont visité la maison à plusieurs reprises, n'ont jamais appris l'existence de cette cachette.

Oscar atteint rapidement l'endroit désigné. Il n'est que dix heures du soir et des lampes brûlent encore dans trois pièces, la salle à manger, la chambre de Pierre et la cuisine où s'affairent probablement les domestiques. Il n'a aucune difficulté à trouver la petite porte qui n'est pas fermée à clef. Une fois à l'intérieur, il la tire derrière lui et se trouve dans l'obscurité complète. Lentement, avec ses mains, il commence l'inventaire de ce trou où il reconnaît, au toucher, des caisses en bois et des objets hétéroclites qu'il ne parvient pas à identifier.

Au-dessus de lui, il n'entend aucun bruit. Cela l'étonne, parce que, la salle à manger étant éclairée, on pourrait penser que les deux servantes vont et viennent pour le service. Le temps lui paraît long avant qu'il n'entende enfin des pas au-dessus de lui. Alors, avec précaution, il gratte doucement sur le plafond de sa cachette. Au début, ses efforts ne donnent aucun résultat, car la servante quitte la cuisine. Cependant, moins d'une minute plus tard, il entend des pas à nouveau. Cette fois, il ne se trompe pas, il s'agit bien de deux personnes. Le plancher de bois étant assez épais, il n'entend pas clairement ce qu'elles se disent. Il attend que revienne le silence avant de recommencer à gratter doucement.

Cette fois, une des personnes sort de la pièce pendant que l'autre marche doucement sans se presser. Quelques minutes plus tard, des pas plus lourds, accompagnés d'autres plus légers, se font entendre au-dessus de lui. Il sait qu'un homme vient d'entrer avec l'autre servante qui a dû aller le chercher. Il se prépare à gratter une autre fois, mais il s'abstient à la dernière seconde, lorsqu'il s'aperçoit qu'on est en train de dégager la trappe qui donne dans la cave.

Au bout de quelques minutes qui lui paraissent interminables, Oscar aperçoit un mince filet de lumière venant de la cuisine. Quelqu'un est en train de soulever la trappe avec précaution. Afin de ne pas causer de panique, le jeune garçon approche son visage de l'ouverture.

— C'est moi, Oscar.

Seul le silence lui répond. Voyant qu'il a attiré leur attention, il répète sa phrase, mais d'une voix légèrement plus forte. Cette fois, il a certainement été entendu, car la trappe s'ouvre toute grande. La lumière de la lampe que tient une des servantes, l'éclaire en plein visage.

— Oscar! Mais que fais-tu là? lui demande Pierre avec étonnement.

Sans attendre qu'il réponde, les deux servantes l'aident à sortir de son trou. Une fois dans la cuisine, il met le doigt sur la bouche, comme s'il voulait leur signifier qu'ils doivent parler à voix basse. Encore sous le coup de l'étonnement, ils le regardent en attendant des explications.

— Surtout, commence-t-il, selon la consigne qu'il a reçue de Nicolas, vous ne devez pas allumer de lampes supplémentaires. Vous devez agir comme vous le faites à chaque soir.

— Mais que se passe-t-il? demande Pierre. Doline avait entendu un grattement. Nous avons cru qu'un raton avait encore une fois pénétré dans cette cave. Dieu merci, c'est toi. Quelles nouvelles nous apportes-tu?

— Votre père, votre frère Joseph ainsi que Charles Dugas, de Grand-Pré, sont cachés dans les bois, à proximité. Ils n'attendent que mon signal pour venir jusqu'ici. M. Gautier m'a répété à plusieurs reprises de ne rien changer à vos habitudes, pour ne pas donner l'alarme aux soldats qui sont occupés, en ce moment à prendre leur repas.

— Oui, dit Pierre. Il en est ainsi chaque soir. Avant de se retirer, ils font toujours une ronde autour de la maison. Après quoi, ils se couchent pour la nuit, mais l'un d'eux veille devant leur tente. Ils se relaient ainsi aux deux heures.

— Il n'y a donc jamais personne qui garde l'arrière?

— Non car cette entrée leur est inconnue. Mais dis donc, Oscar, quel signal as-tu convenu avec mon père?

— À quelle heure éteignez-vous normalement la lampe qui brûle dans la cuisine?

— Ça n'est pas toujours au même moment, mais en général, c'est entre dix et onze heures.

— Bien, lorsque vous jugerez le moment venu de l'éteindre, vous devrez déplacer la lampe vers la gauche avant de souffler la mèche. C'est le signe qu'ils attendent pour venir jusqu'ici.

— Mais comment?

— Par la même voie que moi. Il faudra être prêts à les recevoir dans le noir.

— Très bien. Il est l'heure d'éteindre la lampe. Pendant que vous vous occupez à cela, je vais aller chez ma mère qui est retirée dans sa chambre, mais elle ne dort pas encore. Je vais lui annoncer ce qui se passe. Les enfants, eux, dorment déjà. Nous ne les préviendrons que demain matin.

— M. Gautier demande à ce que sa femme ne quitte pas sa chambre. Il ira l'y rejoindre. Quant à Joseph, il doit s'enfermer avec Charles Dugas dans celle qu'il occupait autrefois et n'en plus bouger jusqu'à nouvel ordre.

Tel qu'entendu, Pierre éteint la lampe et s'en va prévenir sa mère. L'attente est longue, avant que les trois hommes arrivent jusque dans la petite cave. Ils ont rampé sur le ventre, à travers champs, craignant qu'une patrouille ne survienne à tout moment. Lorsqu'ils pénètrent enfin dans la cuisine, leurs visages et leurs vêtements sont couverts de boue et de terre. Après s'être dévêtus, ils enfilent des hardes propres que Doline est allée chercher dans la lingerie. Toute cette opération se fait dans le plus grand silence, sans que personne, de l'extérieur, puisse jamais deviner qu'il se passe des choses insolites à Bel-Air.

Les retrouvailles de Nicolas et de Marie sont tendres et joyeuses, mais retenues. Quant à Joseph et Charles Dugas, toute la nuit ils restent dans leur chambre, dont les rideaux sont tirés depuis le départ de l'Aîné l'année d'avant. Ils n'ont donc pas à se préoccuper d'être aperçus par les fenêtres.

Vers dix heures le lendemain matin, Marie Alain et Nicolas viennent leur rendre visite, afin de discuter de la conduite à suivre. C'est dans cette pièce aux fenêtres recouvertes que les enfants, Pierre, Marguerite et Joseph-Nicolas, ainsi que le plus jeune Jean-Baptiste, âgé de quatre ans, viennent rendre visite à leur père et à l'Aîné. Nicolas est ému lorsqu'il embrasse chacun d'eux à tour de rôle.

— Notre visite, dit-il après quelques épanchements, a pour but principal de vous faire sortir d'ici et de vous conduire en toute sécurité à Cobeguit où on ne viendra pas nous chercher de si tôt, déclare Nicolas dès le début.

— Mon pauvre ami, dit Marie, c'est une bien grande tâche. Je ne vois pas comment elle se peut réaliser. À part moi et les enfants, il y a les deux servantes. Cela fait sept personnes, sans compter vous quatre. Comment penses-tu que nous pouvons quitter cette demeure sans nous faire repérer?

— Bien sûr, la chose est difficile, mais pas impossible. Je sais que les Anglais font relâche, de temps en temps, dans la surveillance de Bel-air. Si mes renseignements sont justes, ils ne restent que trois ou quatre jours, puis s'en vont pour deux ou trois jours avant de revenir.

— Ah! C'est ce que tu crois. Mais, en fait, ils ne relâchent pas leur surveillance d'un instant. Quand ils s'absentent, c'est pour donner le change. Ces jours-là, des soldats sont cachés dans les bois et, le jour comme la nuit, ils ne perdent pas la maison de vue un seul moment. Vous avez eu la chance d'être arrivés pendant qu'ils sont au bivouac. Si vous étiez venus un jour que les gardes sont dans les bois, vous auriez été pris aussitôt. Il faut donc, s'il y a évasion, qu'elle se fasse pour ainsi dire sous leur nez. Depuis un an, nous sommes virtuellement prisonniers dans cette maison. Nous vaquons aux occupations quotidiennes. L'été dernier, nous avons fait un grand potager afin d'avoir de quoi nous nourrir. Nous tuons des animaux selon nos besoins. Pierre et Joseph-Nicolas n'ont pu aller à la chasse qu'une seule fois. Les soldats les en ont empêchés et leur ont retiré leurs mousquets avant de les renvoyer à la maison avec interdiction de quitter la propriété. Grâce à notre potager et à l'élevage, nous avons de quoi tenir un très long siège. Encore que nous ne sommes pas certains qu'ils ne vont pas nous enlever aussi ces ressources. La seule difficulté, c'est l'ennui. Surtout pour Jean-Baptiste qui est trop petit pour comprendre pourquoi il ne peut aller partout, à sa guise.

Nicolas prend la main de sa femme dans les siennes.

— Sais-tu que Marie-Josèphe et Michel sont à Québec?

— Oui, les Anglais nous ont appris la chute de Louisbourg et le sort de notre fille et de sa famille. C'est une consolation de les savoir à l'abri au Canada.

Pendant que les époux Gautier s'entretiennent ainsi, Doline, frappe à la porte de la chambre et entre aussitôt.

— Doudou, une nouvelle embarcation vient de s'amarrer près de celle des Anglais. Il y a une dizaine de personnes à bord, tout comme l'an dernier, lorsqu'ils sont venus pour arrêter Moussié et Joseph.

La nouvelle est électrifiante et met aussitôt toute la famille en branle encore une fois.

—Vivement, nous allons descendre tous les quatre dans la petite cave.

—Vous n'avez pas un instant à perdre, Moussié, ajoute Doline. Aux dernières nouvelles, ils quittaient la barque et se mettaient en formation de marche.

Habitués à agir avec rapidité, Gautier et ses affidés descendent à la cuisine à toute vitesse et s'enferment vivement dans la cave exiguë, pendant que les membres de la famille se dispersent dans la grande demeure, pour vaquer à leurs occupations habituelles. Marie Alain, comme elle fait chaque jour à cette heure matinale, est enfermée dans sa chambre, occupée à des travaux d'aiguille. Les enfants plus âgés sont occupés à lire et à s'instruire autour de la table de la salle à manger, pendant que Doline berce le petit Jean-Baptiste dans la cuisine où l'autre servante s'occupe à préparer le repas du midi.

Chacun a tout juste pris sa place et la trappe de la petite cave est tout juste recouverte de caisses, que des coups sont frappés à la porte avant. Doline s'interrompt et va répondre.

C'est John Gorham, une fois de plus, qui se présente à Bel-Air, demandant à s'entretenir avec Marie Alain. Celle-ci le reçoit dans le petit cabinet de son mari. Elle ne lui tend pas la main et ne fait aucun signe de bienvenue. Elle le regarde droit dans les yeux, attendant qu'il parle en premier.

— Où est votre mari?

Mme de Bel-Air ne daigne même pas lui répondre et continue de le dévisager. Peu à peu, à cause du long silence qui suit sa question, la figure du capitaine commence à s'empourprer. Brusquement, et sans qu'elle s'y attende, l'officier assène un coup de son bâton sur le pupitre devant lui. Marie Alain, malgré tout le contrôle qu'elle s'impose, sursaute légèrement.

— Ah! Voilà que vous réagissez. Vous avez peur.

L'Acadienne ne relève même pas cette remarque et continue à regarder le capitaine droit dans les yeux. Elle ne flanche pas.

— Enfin, allez-vous répondre? Où est votre mari? demande encore Gorham.

Le ton est dur, menaçant, lorsqu'il lève son bâton une deuxième fois, comme pour frapper à nouveau sur le pupitre.

— Vos cris et vos gestes ne me font pas peur, monsieur. Vous pouvez vous les épargner. Quant à mon mari, vous savez aussi bien que moi où il se trouve.

— Vous voulez dire à Cobeguit?

— C'est là que vous m'avez dit qu'il s'était réfugié. Je n'en sais pas plus.

— J'ai toutes les raisons de croire, madame, que vous avez gardé le contact avec lui pendant ces douze mois écoulés.

— Bah! ricane Marie Alain. Je ne vois pas comment nous pourrions communiquer avec qui que ce soit, nos moindres gestes étant épiés par vos gens, comme si nous étions des criminels. À moins d'être le Saint-Esprit, il n'y a aucun moyen de sortir d'ici. Oh! Pardon! Excusez-moi. Évidemment, le Saint-Esprit, pour vous...

— Assez! s'exclame Gorham exaspéré. Vous allez parler, ou bien je prendrai les grands moyens.

Mme de Bel-Air reste aussi taciturne qu'avant. Tassée dans son fauteuil, elle ressemble à une masse amorphe qu'aucune force humaine ne peut parvenir à faire bouger.

— Je suis persuadé que votre mari a quitté Cobeguit.

Marie hausse les épaules, soit pour manifester son ignorance, ou son indifférence.

— Non seulement il n'est plus à Cobeguit, mais nous croyons qu'il se dirige vers Bel-Air. Peut-être a-t-il déjà communiqué avec vous.

— Ah! Bravo! Pourquoi ne serait-il pas venu me visiter, tant que vous y êtes?

— Justement, nous pensons qu'il est peut-être déjà ici.

— Voilà qui est encore mieux. Vous avez une confiance aveugle dans les capacités de vos hommes, à ce que je vois.

Le sarcasme de Marie Alain continue d'exaspérer le capitaine. Elle se demande même jusqu'où elle pourra aller, sans mettre son mari en péril.

— Nous allons faire fouiller la maison de fond en comble, comme l'an dernier. Vous vous souvenez comme mes hommes manquent de délicatesse et qu'ils peuvent tourner cette maison sens dessus dessous. Ou bien vous parlez, ou bien je fais faire la fouille. Cette fois, vous prendrez plus d'une journée pour remettre de l'ordre, si jamais vous en avez l'occasion.

Marie Alain continue à regarder l'officier sans bouger ni sourciller.

— Avant de faire la fouille, je désire parler à votre fils Pierre. Envoyez-le chercher.

— Pourquoi? Qu'a-t-il fait? Vous êtes même allés jusqu'à lui retirer son arme. Nous sommes ici, en pleine campagne, isolés, sans moyens pour nous défendre. Je proteste encore une fois contre ce traitement.

— Mais, madame, nous vous assurons toute la protection nécessaire, jour et nuit. De quoi vous plaignez-vous? Faites chercher votre fils Pierre.

Marie se dirige vers la porte du cabinet, l'entrouvre et appelle Doline dont elle sait qu'elle est restée à portée de voix.

— Va chercher Pierre et conduis-le ici.

Quelques instants plus tard, le jeune homme entre dans le cabinet de son père, regarde sa mère, puis l'officier.

— Que se passe-t-il, maman?

— Capitaine, vous l'avez fait quérir. Que lui voulez-vous, maintenant?

— Jeune homme, il y va de votre sécurité et de celle de votre mère si vous répondez à mes questions.

Pierre regarde sa mère. Son visage est figé, indéchiffrable.

— Lorsque nous sommes venus vous interroger, l'an dernier, commence Gorham à l'adresse de l'adolescent, vous avez prétendu ne rien savoir des activités des Acadiens qui ont tenté de reprendre Port-Royal.

— Monsieur, intervient la mère, cet enfant n'avait pas encore quinze ans. Comment voulez-vous qu'il ait été mêlé à cette affaire?

— Vous savez très bien, madame, qu'il n'y a pas d'âge pour ce genre de traîtrise. Chez vous, elle commence au berceau.

Mme de Bel-Air redresse la tête et le buste, pour marquer, par ce geste, la fierté qui l'habite.

— Alors, allez-vous répondre?

— Vous ne m'avez pas encore posé de question, monsieur, répond Pierre d'un ton poli.

— Non? Eh bien! en voici une. Pourquoi ne nous avez-vous pas révélé, l'an dernier, les allées et venues de Joseph Marin de la Malgue?

— Je ne connais personne de ce nom, monsieur.

— Ah! Vous mentez, j'ai des témoins qui vous ont vu parler avec cet homme pendant le siège d'Annapolis. Vous saviez qu'il était venu de Québec avec un groupe de Canadiens, pour vous prêter main-forte.

— Si vous savez tout cela et que vous avez l'air d'y croire, monsieur, pourquoi me posez-vous la question?

Telle mère, tel fils.

Gorham, rendu furieux, cette fois par l'attitude de Pierre, assène un nouveau coup de bâton sur le pupitre. Soit qu'il s'est énervé, soit qu'il ait agi trop rapidement, son bâton frappe un encrier en verre qui éclate en morceaux, éclaboussant de taches noires l'uniforme immaculé de l'officier. Comme par miracle, Marie et Pierre ont été complètement épargnés. Cet incident n'est pas pour calmer la colère du capitaine. Brusquement, il ouvre la porte et ordonne qu'on fasse chercher ses hommes qui, comme pour la première visite, sont restés à l'extérieur. En peu de temps, les pas lourds des soldats martèlent le plancher de Bel-Air, avant de s'immobiliser devant l'entrée du petit cabinet où se tient Gorham.

— *Search this house once more. This time, I want you to make sure that nothing is hidden in any of the objects contained in this house.*

— *Captain, Sir?*

— *I mean exactly what I said.*

— *Yes, Sir*[3].

Sur ces paroles, le sous-officier donne les ordres de fouiller la maison de fond en comble et d'ouvrir tous les objets pour découvrir si quelque chose ou quelqu'un ne s'y cache pas.

Peu après, la destruction commence. À partir de l'étage et de façon systématique, une pièce après l'autre, les soldats prennent chacun des objets, les cassent, sous prétexte de les ouvrir et répandent les débris par terre. Il leur faut plusieurs heures par étage pour arriver à leurs fins.

Pendant que les militaires saccagent sa demeure, Marie Alain a réuni ses enfants et ses domestiques autour d'elle. Les quatre soldats qui faisaient la garde auparavant, ont été appelés à l'intérieur pour garder la famille Gautier qui s'est réfugiée au salon, en attendant que ce soit le tour de cette pièce à être détruite. Pendant des heures, au-dessus

---

3. — Fouillez cette maison encore une fois. Aujourd'hui, je veux que vous assuriez que rien n'est caché dans aucun des objets de cette maison.
    — Mon capitaine?
    — Mes ordres sont clairs.
    — Oui, monsieur.

d'eux, le vacarme destructeur continue, alors que les hommes qui les gardent font des plaisanteries entre eux. Ils tentent de deviner, au bruit qu'ils font, quel objet vient d'être cassé.

Lorsque vient le tour du rez-de-chaussée, Marie Alain, sans toutefois la montrer le moins du monde, éprouve la crainte que les soldats ne découvrent la petite cave et la cachette de son mari, de son fils et des deux autres fugitifs. Lorsqu'ils sont à la cuisine, Gorham envoie chercher Marie.

— Comment expliquez-vous toute cette boue sur le plancher de la cuisine, alors que tout le reste de votre demeure est immaculé?

Malgré le moment critique, Mme de Bel-Air réussit à garder son calme. Pas une fois son visage ne trahit la moindre inquiétude, la moindre émotion. Elle est de glace.

— Répondez, Bon Dieu, ou je vous fais fouetter.

— Dans ma maison, monsieur on ne prononce pas en vain le nom de Dieu. Je vous demande de faire attention à vos paroles.

Gorham n'en croit pas ses oreilles. Cette femme assiste à la destruction systématique de toute sa demeure et la seule chose à laquelle elle pense, c'est de faire respecter le nom de Dieu. Cette constatation finit par le calmer et lui inspirer un certain respect envers la châtelaine de Bel-Air.

— Comment expliquez-vous cette boue, madame, sur le plancher de votre cuisine?

— Monsieur, tous les jours, mes domestiques, mes enfants et moi travaillons à notre potager. Nos journées sont longues et ardues. Le soir, lorsque nous rentrons, nous n'avons pas toujours le temps de tout nettoyer.

L'officier, qui ne sait plus s'il doit croire ou non Marie Alain, donne l'ordre à ses hommes de continuer leurs recherches. Ils ont déjà cassé toutes les assiettes de porcelaine et les verres dont les débris jonchent le plancher au point qu'on ne le voit plus du tout. Cette démolition a du bon, car elle empêche les soldats de découvrir la petite trappe qui mène à la cave où sont cachés les quatre hommes.

Vers six heures du soir, la destruction est complète. Le spectacle qu'offre Bel-Air, à ce moment-là, est d'une tristesse révoltante. Malgré cette longue et dure épreuve, pas un son, pas une plainte ne sort de la bouche de Marie Alain ou d'un de ses enfants. Même le petit Jean-Baptiste a paru effrayé au début de l'opération. Il est maintenant dans les bras de sa mère. Composant son visage sur le sien, l'enfant, comme ses frères et sœurs, a adopté un air renfermé. Comme s'ils étaient tous des témoins d'un événement qui ne les touche pas, ils attendent patiemment la fin de cet incroyable drame.

Lorsqu'il ne reste plus dans la maison quoi que ce soit qui puisse être encore détruit, Gorham fait sortir tout le monde et les réunit devant la propriété, tout au fond du jardin. Il donne l'ordre à son sous-officier de lire une proclamation.

— *In the name of George the Second, King of Great Britain and Ireland, I declare Nicolas Gautier to be a pariah. Any person, knowing his whereabouts is obliged to reveal them to the authorities, otherwise they will be prosecuted themselves. The said Nicolas Gautier is condemned to death, his possessions to be destroyed and his land forfeited for the benefit of the crown. God save the King*[4].

Une fois la lecture de la proclamation terminée, Gorham examine ses prisonniers. Là encore, personne n'a bronché. Il croit apercevoir, dans l'œil de Marguerite, quelque chose qui ressemble à une larme. Intrigué, il s'approche

---

4. Au nom de Georges II, roi de Grande-Bretagne et d'Irlande, je déclare Nicolas Gautier un paria. Toute personne connaissant ses allées et venues est forcée de les faire connaître aux autorités sous peine de prison. Ledit Nicolas Gautier est condamné à mort; ses possessions doivent être détruites et ses terres saisies par les autorités pour être rattachées à la couronne d'Angleterre. Dieu Sauve le roi!

d'elle. Mais une fois rendu tout près, il se rend compte que c'est une illusion, causée par le soleil couchant qui, sortant de derrière les nuages, empourpre le visage de ses prisonniers.

Puis, sur un geste de leur commandant, les soldats se dirigent vers Bel-Air qu'ils entourent de tous les côtés. Avec des gestes précis et bien coordonnés qu'ils semblent avoir préparés à l'avance, ils allument simultanément un petit foyer d'incendie à dix endroits différents sur le pourtour de la maison. En quelques minutes, Bel-Air est enveloppé par les flammes.

Gorham force la famille éprouvée à contempler ce déchirant spectacle. Sauf le petit Jean-Baptiste, qui ne peut retenir ses larmes, les autres, l'œil sec, le regard dur, regardent flamber ce lieu où ils ont connu tant d'heures heureuses.

— Bien, madame. Voici maintenant l'heure. Au nom du roi, je vous arrête, vous et votre fils pour complot contre Sa Majesté britannique. *Soldiers, arrest that lady and her son Pierre*[5], dit-il en les désignant du doigt.

Sans le moindre ménagement, voire même avec brusquerie, les soldats lient les mains de Marie et de Pierre. Sans leur laisser le temps de faire des adieux au reste de leur famille, ils sont poussés rapidement en direction des embarcations où ils sont forcés de monter et de s'asseoir face à l'autodafé.

Pendant qu'elle regarde flamber sa demeure, et qu'elle voit ses enfants, laissés à eux-mêmes, sans abri ni nourriture, elle reste droite, le visage impassible. Stimulé par l'exemple de sa mère, Pierre n'est pas moins stoïque qu'elle.

— *Let's go*, commande Gorham à son second. *These people are like Savages, hard as steel*[6].

---

5. Soldats, arrêtez cette femme et son fils Pierre.
6. Partons. Ces gens sont comme les Sauvages. Durs comme l'acier.

Pendant que s'éloigne la barque, la pensée de Marie
Alain se porte vers son mari, son fils Joseph, Oscar Doucet
et Charles Dugas qui, enfermés dans la petite cave, risquent d'y mourir étouffés, puis rôtis comme poulets en
broche. Malgré les adversités qui se sont accumulées sur
elle, les traits de son visage sont figés, ses yeux durs, ses
lèvres si serrées qu'elles ne forment plus qu'une ligne bleue
à travers son visage. Sous ce masque trompeur, s'agite
une terreur indicible.

Les Anglais ont détruit sa demeure, ils ont peut-être
tué son mari, son fils et leurs amis, mais ils n'ont pas réussi
à briser l'esprit de l'indomptable châtelaine de Bel-Air.

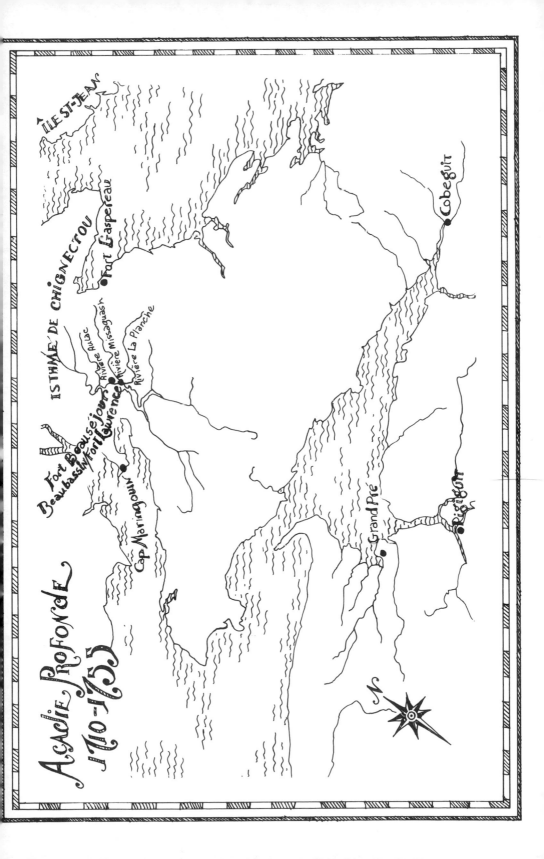

11

Deux soldats anglais, leurs bottes crissant à chaque pas sur la neige durcie, marchent rapidement vers l'entrée du fort d'Annapolis où ils sont de garde. Malgré le soleil qui brille, le froid est si intense que la buée de leur souffle forme des glaçons au bout de leurs moustaches. Au milieu de la place, quelqu'un se tient debout, les fesses appuyées à la barre de bois où l'on attache les chevaux. Cette personne est enveloppée de tant de lainages et de fourrures, qu'il est impossible de dire si elle est homme ou femme, Sauvage ou Blanc. Tout ce qu'on peut affirmer, c'est que ce n'est pas un Anglais. Ceux-ci sont facilement identifiables à leurs longs manteaux en peau de castor qu'ils portent par-dessus leur uniforme.

— *Look at this one*, dit l'un des militaires à son compagnon; *let's wake him up.*

— *You're right. It's passed ten; it's about time*[1].

Ils ricanent en se dirigeant vers la forme qui ne semble pas les avoir vus. Celui qui a fait la suggestion fait semblant de la bousculer par mégarde en passant tout près d'elle. Deux pas plus loin, ils se retournent lorsqu'ils entendent

---

1. — Regarde celui-ci; réveillons-le.
   — Tu as raison. Il est passé dix heures; il est grand temps.

un bruit mat. La personne emmitouflée vient de s'allonger par terre, raide comme une barre.

Cette fois, les soldats rient à gorge déployée.

— *This one is stiff, in more ways then one*[2], dit l'autre, pendant qu'ils continuent leur route.

Quelques instants plus tard, ils disparaissent dans le fort où ils vont prendre leur poste.

De l'autre côté de la place, deux formes, l'une un peu plus courte que l'autre, elles aussi enrobées de fourrures et de lainages, sont appuyées au mur d'une modeste habitation. Seul le mouvement de leurs têtes et la buée qui s'échappe de leurs bouches à travers leur cache-nez indiquent qu'ils parlent entre eux.

— Je pourrais peut-être l'aider.

— Non, Oscar. C'est inutile. Tu ne peux plus rien pour lui.

En dépit de sa force inhabituelle, le vent glacial n'empêche pas les gens de vaquer à leurs affaires. Des dizaines de personnes vont et viennent, toutes enveloppées de la tête aux pieds, leurs yeux seuls à découvert. Le froid est si intense, la bise si cuisante, que des glaçons pendent au bout de leurs cils. Pour se protéger, ils doivent couvrir leurs paupières de temps à autre avec leur main pendant quelques minutes avant de les exposer à nouveau. Ce mois de février 1746 est le plus froid de mémoire d'Acadien.

Deux hommes, qui ont vu la scène, se dirigent vers la forme inanimée et la retournent sur le dos. Sans même chercher à l'identifier, ils la prennent l'un par les épaules et l'autre par les pieds et l'emmènent vers une des maisons de la petite ville.

— Grand-père, si nous restons encore longtemps sans bouger, j'ai bien peur que nous subissions le même sort que ce pauvre homme.

---

2. Littéralement: Celui-ci est raide de plus d'une façon. Double sens du mot stiff: 1) raide, adjectif; 2) un cadavre, substantif.

— Ne t'en fais plus, le moment d'agir est arrivé.

En effet, entre deux maisons, vient de paraître un petit groupe de huit personnes, chacune portant des colis de différentes grosseurs. À cause du froid rigoureux, elles sont toutes, elles aussi, emmaillotées de la même façon que les autres.

— Allons-y, petit.

Le vieillard et l'enfant s'approchent du groupe et s'y mêlent sans attirer l'attention. En quelques instants Oscar et son grand-père portent des colis, pendant que les deux personnes qui les leur ont remis, s'éloignent discrètement du groupe et se perdent dans la foule qui s'affaire sur la place. L'échange s'est fait si rapidement et avec tant d'habileté que personne ne s'est aperçu de quoi que ce soit.

Les familles des prisonniers ont charge de les nourrir. Chaque jour, leurs parents ou des amis se présentent au fort avec le nécessaire. Au moment de passer la porte, un garde les arrête et compte les têtes.

— *Eight. You may go in*[3].

Sans se faire prier, le petit groupe, qui connaît bien le chemin, se dirige sans hésiter vers la partie de l'habitation où sont logés les prisonniers. Ils sont gardés dans deux cellules, fermées par de hauts barreaux. La plus grande contient quatre hommes et une femme et l'autre deux hommes et une femme. C'est vers cette dernière que se dirigent Oscar et son grand-père.

— *Remember, it is forbidden to speak to the prisonners. Put your parcels down*[4].

Ils obéissent et les rangent le long des barreaux. Comme à chaque fois, le garde fait ouvrir les boîtes et sans la moindre délicatesse, il les fouille toutes l'une après

---

3. — Huit. Vous pouvez entrer.
4. — Rappelez-vous qu'il est interdit de parler aux prisonniers. Déposez
     vos colis par terre.

l'autre, endommageant souvent plusieurs des mets qu'ils contiennent. Quand il trouve quelque chose à son goût, il le confisque, sans que personne n'ait le droit de protester. Ce jour-là, ses grosses mains sales fourragent longuement dans les paquets destinés à la plus petite des cellules, comme s'il était à la recherche de quelque chose de précis. Ce faisant, il jette, de temps à autre, un coup d'œil du côté d'Oscar et du vieux Doucet.

Pendant qu'il est ainsi occupé, ces derniers regardent avec attention les prisonniers. Dans le coin de la cellule le plus éloigné de la fenêtre à quatre barreaux qui est couverte de papier gras pour empêcher le froid de passer, trois personnes, pauvrement vêtues et grelottantes, se tiennent serrées les unes contre les autres pour se réchauffer. Ce sont Marie Alain, son fils Pierre et Joseph Le Blanc, dit Le Maigre.

Tandis que le gardien est occupé à examiner les colis de l'autre cellule, Doucet et son petit-fils abaissent leur cache-nez, révélant ainsi leur identité aux prisonniers qui les regardent d'abord avec surprise. Puis, peu à peu, une joie indicible se lisant dans leurs yeux, Oscar met un doigt sur ses lèvres pour leur recommander le silence. Avec une grande économie de mouvements, le jeune garçon sort de sous ses vêtements un marteau et un pic en métal qu'il dépose dans la boîte et recouvre vivement de nourriture. Il a agi avec tant de circonspection et de rapidité que le garde, occupé ailleurs, n'a rien vu.

— *Everybody stand back*[5].

Habitués au rituel, les Acadiens s'éloignent de la porte de la cellule, imités aussitôt par Oscar et Hugues. Ce n'est qu'à ce moment-là que les prisonniers ont la permission de s'approcher de la grille. À travers les barreaux, ils tirent la nourriture à l'intérieur de leur cellule. Avec beaucoup d'adresse, Pierre Gautier réussit à s'emparer

---

5. — Que chacun recule.

des outils sans avoir alerté le gardien. Pendant que les prisonniers commencent à manger, les visiteurs sont reconduits à l'extérieur. Sans demander leur reste, Hugues et Oscar rentrent chez Joseph Dugas où ils habitent pendant leur séjour à Port-Royal. C'est Dugas, le gendre de Joseph Le Maigre, qui a appelé Kesegoo et ses Micmacs à sa rescousse. Depuis quelque temps, il est en fort mauvaise posture, surveillé sans arrêt par les autorités de Port-Royal.

Les vainqueurs de Louisbourg, après la chute de la forteresse, avaient exigé de Dugas qu'il retourne à Port-Royal pour inciter les Acadiens à ravitailler les troupes d'occupation. C'est donc le couteau sur la gorge qu'il avait été forcé d'accepter cette mission. Un premier chargement ayant été organisé, il avait dirigé sa cargaison vers Tatamagouche où était amarré son navire. Les Souriquois, qui avaient eu vent de l'affaire, s'étaient crus trahis, pensant que Dugas était passé du côté des Anglais. Il avait eu beau protester, leur expliquer qu'il avait été forcé d'agir ainsi pour protéger sa vie et celle de sa famille, les Sauvages n'avaient pas été rassurés sur ses intentions. Après avoir menacé de le tuer s'il ne revenait pas dans le droit chemin, ils avaient quand même, en guise de représailles, incendié son navire avec toute sa cargaison. C'est donc un Dugas repentant et déterminé qui reçoit chez lui le vieux Hugues Doucet.

— Les Anglais savent que les Indiens m'ont empêché de remplir ma mission. La vie à Port-Royal est devenue difficile pour moi et ma famille.

— Je n'en doute pas, reprend Doucet. Mais je vous demande encore un peu de patience. Tout sera terminé, si tout va bien, d'ici quarante-huit heures.

— Vous avez vu mon beau-père?

— Oui, il est enfermé dans la même cellule que Mme de Bel-Air et son fils Pierre.

— Comment sont-ils?

— Ils n'ont pas l'air bien en point. Leur cellule est sans feu et leurs vêtements sont trop minces pour les protéger d'un froid si rigoureux. Pour se réchauffer, ils se tiennent serrés les uns contre les autres.

Les jours qui suivent leur visite à la prison, Oscar et son grand-père passent et repassent devant la fenêtre de la cellule pour s'assurer que les prisonniers vont se mettre au travail. Pourtant, chaque fois qu'ils regardent vers les barreaux recouverts de papier gras, rien ne paraît avoir changé. Ce n'est que le troisième jour que Hugues Doucet s'avise que les détenus doivent probablement travailler de nuit, afin de ne pas alerter leurs gardiens. En effet, le quatrième soir, après leur visite au fort, Doucet et son petit-fils sont sous les murs de la prison, lorsqu'ils entendent des grattements discrets contre la pierre. Comme personne ne les observe, le vieillard s'accroupit sous la fenêtre de la cellule et Oscar grimpe sur son dos. Sur la pointe des pieds, son visage arrive presque à la hauteur de l'ouverture recouverte de papier gras.

— Pierre, appelle-t-il à voix basse.

Les bruits cessent à l'instant.

— Je t'entends Oscar. Il nous faudra encore cette nuit pour détacher le dernier barreau. Nous serons prêts demain soir.

— Dans ce cas, nous serons prêts nous aussi.

— Comment quitterons-nous Annapolis?

— Ne vous inquiétez pas. Tout est prévu.

— Merci.

— Bon courage!

Sur ces derniers mots, le garçon saute par terre et avec son grand-père, ils s'en retournent chez Joseph Dugas.

La journée du lendemain est fort occupée par les derniers préparatifs. Un peu avant le coucher du soleil,

Dugas, sa femme, Marguerite et leurs trois enfants en bas âge, quittent leur demeure et se dirigent à pied vers une maison à l'orée du village où les attendent les Micmacs de Doucet.

En même temps, Hugues et son petit-fils retournent vers le fort d'Annapolis, sous la fenêtre de la cellule de leurs amis. Ils ont préféré que les autres Micmacs les attendent en compagnie des Dugas. Hugues croit qu'il vaut mieux être moins nombreux pour ne pas attirer l'attention, surtout s'il s'agit de Souriquois. En temps ordinaire, ils vont et viennent dans Port-Royal toute la journée. Mais, la nuit venue, un attroupement de plus de deux d'entre eux pourrait leur causer des ennuis. De toute façon, il leur faut être prêt à sauter en selle dès que Doucet et son petit-fils apparaîtront avec les évadés.

À condition, bien sûr, qu'ils parviennent à les faire sortir de leur geôle. Car, au moment même où nos deux conjurés vont tourner le coin d'une maison pour longer le mur où sont situées les cellules, un détachement d'une vingtaine de soldats anglais vient en sens inverse, dans leur direction.

— Continue à marcher, petit, comme si rien n'était, chuchote le vieillard à travers son cache-nez.

— Qu'allons-nous faire?

— Nous allons virer vers la droite comme si nous allions dans une de ces maisons tout près.

Pendant que les deux comparses continuent d'avancer d'un pas vif, ils voient, avec appréhension, le détachement s'arrêter presque sous les fenêtres des cellules. Inquiétés par ce nouveau développement, ils se cachent au coin d'une maison d'où ils peuvent observer sans être vus. Le commandant fait exécuter quelques manœuvres à ses soldats avec leur mousquet. Au bout d'un moment, il les fait mettre au garde-à-vous et se plante devant eux, dans la même position.

— On dirait qu'ils ont été prévenus, grand-père.

— Je n'en suis pas si certain. Ils ont l'air d'attendre quelque chose ou quelqu'un. Faisons comme eux. Nous n'avons pas le choix.

La nuit est maintenant noire. Seul un éclairage venant du fort ou de l'intérieur des résidences où brûlent des lampes et des chandelles, jette une lueur jaune suffisante pour se diriger à travers les maisons de la petite ville. Il fait beaucoup moins froid que pendant la journée, le vent a cessé de souffler et une neige à gros flocons commence à tomber lentement.

Il y a déjà plus de cinq minutes que les soldats ont pris position sous les fenêtres des cellules, lorsque apparaissent au détour des murs, un groupe de quatre militaires, parmi lesquels Doucet reconnaît le gouverneur Mascarene. Ils se dirigent aussitôt vers le détachement. Les officiers se saluent et Mascarene échange quelques mots à voix basse avec le commandant. Pendant leur dialogue, ils regardent les fenêtres des cellules à quelques reprises. Puis, le gouverneur et ses compagnons se retirent. Pendant qu'ils s'éloignent, le commandant désigne deux soldats qui sortent des rangs et s'adossent au mur avec leurs mousquets entre les jambes. Il donne ensuite les ordres et le reste des soldats se retire, allant vers l'entrée du fort.

— Suis-les discrètement pour voir où ils vont, petit, et reviens me trouver ici.

Oscar, heureux d'agir, se faufile entre les maisons et disparaît bientôt à la vue de son grand-père. Cinq minutes plus tard, il est de retour.

— Le commandant a fait placer ses hommes à l'entrée du corridor qui conduit aux cellules. Comment allons-nous faire?

Hugues Doucet est pensif et ne répond pas tout de suite.

— C'est bien évident, ils se doutent de quelque chose.

— Comment cela peut-il être?

— Quelqu'un a parlé.

— Mais, grand-père, c'est impossible.

— Plusieurs personnes sont dans le secret. Il est facile pour l'une d'elles, de se trahir sans même s'en rendre compte.

— Dans ce cas, attaquons ces deux soldats, vous et moi. On est assez fort.

Le vieux Doucet rit doucement à l'enthousiasme de son petit-fils.

— Tu as probablement une bonne idée. Mais je vais en ajouter une autre.

— Ah oui? Laquelle?

Doucet chuchote quelque chose à l'oreille du garçon qui l'écoute attentivement. Puis, sans attendre davantage, il repart en se faufilant entre les maisons. Il revient au bout de quelques minutes, portant une lourde cruche dans chaque main. Il en dépose une par terre, débouche l'autre et la porte à ses lèvres.

— N'en bois pas trop, petit. Tu n'es pas encore très habitué. Et puis, rappelle-toi, ce n'est que pour l'odeur.

Il prend la cruche des mains du garçon et répand un peu de ratafia sur son cache-nez et sur le devant de son manteau.

— Voilà, tu es prêt pour l'action. Bonne chance. N'oublie pas, je ne te perds pas de vue.

Oscar repart une fois de plus à travers les petites rues tortueuses de Port-Royal-Annapolis. Quelques minutes plus tard, son grand-père le voit apparaître à l'extrémité du mur. Il traîne la lourde cruche au bout de son bras, tout en titubant de façon fort crédible. À une vingtaine de pas des deux soldats, qui le regardent maintenant avec attention, il s'arrête et tente de soulever la cruche à ses lèvres, mais doit s'y prendre à plusieurs reprises pour y arriver. Lorsqu'il y parvient enfin, un des militaires s'avise d'intervenir.

— *Come over here, boy*[6].

---

6. — Viens ici, garçon.

Oscar, qui fait semblant de ne pas les avoir entendus, continue ses efforts pour boire à même la cruche et finit par s'asseoir dans la neige, adossé au mur, la grosse bouteille de rhum entre les jambes. À ce moment-là les militaires, voyant bien que le jeune garçon est probablement ivre, appuient leurs mousquets au mur et se dirigent vers lui pour se renseigner.

Hugues Doucet ne perd pas un seul mouvement des deux hommes. En même temps, qu'il veille de loin sur son petit-fils, il ne peut s'empêcher d'en être très fier et d'admirer son numéro qui aurait trompé n'importe qui.

Les soldats ont maintenant rejoint Oscar qui les regarde avec l'air hébété de l'ivrogne qui a déjà trop bu.

— *Ain't that a shame. Such a young man...*

— *It's probably an Indian. Let's take his jug.*

— *Sure, why not. It's cold tonight. We need something to warm us up*[7], dit-il en riant et en s'emparant de la bouteille.

Jouant son rôle jusqu'au bout, Oscar proteste mollement, tout en faisant entendre des bafouillages, la salive coulant à la commissure des lèvres.

— *He is dead drunk*[8], dit l'un des soldats en poussant le jeune garçon avec sa botte.

Celui-ci, sans jamais, même pour un instant sortir de son rôle, s'étend sous le coup dans la neige et ne bouge plus.

— *Soon an other dead Indian*[9], dit un des soldats en ricanant.

Puis, sans s'occuper davantage du garçon, ils regagnent leur poste, le long du mur, où sont posés leurs

7. — Quelle honte, un si jeune homme...
   — C'est probablement un Indien. Prenons-lui sa cruche.
   — Sûrement, pourquoi pas. Il fait froid ce soir. Il nous faut nous réchauffer.
8. — Il est ivre mort.
9. — Bientôt, encore un Indien mort.

mousquets. Ils ne perdent pas de temps à porter le goulot de la cruche à leurs lèvres et boire de grandes lampées, tour à tour, à même la cruche. À partir de ce moment-là, Doucet n'a plus qu'à attendre que se produisent les effets puissants et dévastateurs de la liqueur. Il ne s'écoule pas plus de vingt minutes avant que les deux militaires soient à leur tour assis par terre, la cruche posée entre eux deux.

Ils sont maintenant tellement ivres, qu'ils ne voient rien d'extraordinaire au fait que Hugues Doucet, sorti de sa cachette, vient mettre entre eux la deuxième cruche de rhum.

— *This is for you, soldier, for your good work.*

— *Thank you, friend*[10], réussit à articuler l'un des deux hommes avant de s'attaquer aux nouvelles provisions.

Sans ajouter une autre parole, Hugues Doucet regagne sa cachette et recommence une attente dont il sait maintenant qu'elle ne sera plus longue. De son côté, Oscar, qui n'a pas perdu un seul moment de l'action, garde toujours sa même position, attendant le signal de son grand-père avant d'agir.

Moins d'une heure après le début de leur beuverie les deux soldats sont étendus par terre, ivres morts, l'un d'eux faisant entendre même un léger ronflement. C'est alors que Doucet, encore une fois, quitte sa cachette et fait signe à Oscar de venir le rejoindre. Ensemble, ils tirent les deux soldats inconscients par les pieds et les allongent entre deux maisons où il fait complètement sombre.

Puis, comme ils ont déjà fait une fois auparavant, Doucet s'accroupit et son petit-fils grimpe sur son dos. Sur la pointe des pieds, il gratte doucement sur le papier gras qui recouvre les barreaux de la cellule. Il n'y a pas de réponse immédiate à son appel. Ce n'est qu'au bout de la troisième tentative que la voix de Pierre Gautier se fait entendre.

---

10. — C'est pour vous récompenser de votre bon travail.
— Merci, mon ami!

— Il y a encore deux soldats dans les corridors, pas trop loin de notre porte. Il serait plus prudent d'attendre un peu.

— Petit, dis-lui que si ces soldats ne sont pas en vue, qu'il faut prendre le risque.

Le garçon répète les paroles du vieux.

— Demande-lui encore si tous les barreaux ont été descellés.

À la réponse positive, Doucet prend une résolution.

— Oscar, enlève le papier gras et commence à retirer les barreaux un à un. Ne les laisse pas choir, donne-les moi pour que je les dépose par terre.

Le jeune garçon, sans hésiter, exécute rapidement les ordres de son grand-père. La tête de Joseph Le Blanc apparaît à la fenêtre de la cellule.

— Nous sommes prêts. Pierre va descendre le premier.

En quelques minutes, le jeune Gautier se laisse glisser le long du mur, les pieds se posant sur le dos de Doucet. Aussitôt fait, il saute à terre et le vieux se relève en laissant échapper un soupir de soulagement.

— Je suis descendu le premier pour prendre votre place, Kesegoo, dit le jeune homme en usant de son nom Micmac. Ma mère va maintenant sortir.

Marie Alain enjambe la petite fenêtre à reculons, aidée de l'intérieur par Joseph le Maigre. En quelques secondes, elle a atterri près de ses sauveteurs.

— Je n'oublierai jamais ce que vous avez fait pour moi, dit-elle en s'adressant au grand-père et au petit-fils.

— Nous non plus, nous ne l'oublierons pas, répond le vieillard laconiquement.

Quelques instants plus tard, Joseph Le Blanc, mince comme un fil et fort comme un bœuf, n'a pas besoin d'aide pour retrouver sa liberté à son tour.

— Venez vite, dit Doucet aux évadés, nous n'avons pas une minute à perdre.

Il les conduit d'abord à côté des deux soldats ivres, qui dorment comme des bienheureux. Sans perdre un instant, ils les dépouillent de leurs pelisses qu'endossent aussitôt Marie Alain et son fils Pierre. Le Maigre refuse toute protection, disant qu'ils n'ont plus de temps à perdre, alléguant même qu'il ne ressent jamais le froid. Il ne s'écoule pas plus de dix minutes entre le moment où les trois prisonniers ont pris le large et le moment où ils arrivent enfin à la maison, à l'orée de Port-Royal, où les attendent les Micmacs avec les chevaux. Quelques instants plus tard, ils sont en selle et, malgré la nuit, qui n'est éclairée que par un quartier de lune, ils galopent le long de la rivière Dauphin, en direction du nord, vers la liberté et la sécurité.

La première nuit, ils courent sans s'arrêter, car ils savent bien qu'ils n'ont peut-être que quelques minutes d'avance, si leur fuite est découverte bientôt. La chance paraît être de leur côté car, même une fois passé Bel-Air où ils ne s'arrêtent même pas, ils n'entendent pas derrière eux des pas de chevaux à leur poursuite. Le midi du premier jour, ils sont à Grand-Pré où ils passent le reste de la journée à dormir et à se reposer.

Dès le lendemain matin, avant même le lever du soleil, ils sont en selle et se dirigent vers Cobeguit où, là seulement, ils commencent à se sentir en sécurité. Les troupes anglaises ne s'aventurent pas encore fréquemment jusque-là. Comme ils s'y savent en minorité, ils n'oseraient pas entreprendre une action importante, car elle demanderait trop de ressources qu'ils ne possèdent pas encore.

Ce n'est que le jour suivant, vers la fin de l'après-midi, qu'ils entrent enfin dans Beaubassin, leur destination finale. À l'époque, c'est un village qui a déjà soixante-dix ans d'existence et compte plusieurs milliers d'habitants. Comme à Grand-Pré et dans la région des Mines, les fermes sont grandes et prospères.

De plus, Beaubassin est un point de jonction entre le Canada et l'Acadie. On vient de Québec par le Saint-Laurent pour débarquer à la baie Verte qui n'est qu'à une vingtaine de milles de Beaubassin. C'est par cette route que Marie-Josèphe Gautier de Gourville, son mari et ses enfants sont arrivés dans ce village où ils ont rejoint Nicolas Gautier qui s'y est aussi réfugié avec son fils Joseph et ses autres enfants que des Acadiens avaient recueillis après la destruction de Bel-Air, l'année précédente.

Doucet, ayant envoyé Poonhook en éclaireur à Beaubassin, pour leur annoncer le succès de leur mission et leur arrivée imminente, les gens sont sortis dans les rues pour les attendre. Lorsque la cavalcade des Micmacs et des anciens détenus pénètre dans le village, ils sont reçus par des cris de joie et des bravos.

Les plus impatients sont Nicolas Gautier et ses enfants, dont Marie-Josèphe, son mari, Michel de Gourville, et ses quatre enfants, parmi lesquels la jeune Marie-Ange, maintenant âgée de huit ans. C'est presque une jeune fille à cet âge car, à l'époque, les épreuves et les tâches difficiles mûrissent les caractères beaucoup plus rapidement qu'en France, par exemple, où ces malheurs lui auraient été épargnés. Elle regarde Oscar Doucet avec des yeux de biche, ses joues brûlantes d'excitation, ses longues boucles de cuivre doré tombant sur ses épaules.

— Je suis bien contente que tu aies échappé aux Anglais qui te poursuivaient. Il paraît que tu as été très brave.

Oscar voit Marie-Ange avec des yeux nouveaux. Il la regarde, fasciné par son visage ovale, ses pommettes saillantes, son front bombé, mais surtout par quelque chose qui émane d'elle, qu'il est incapable d'identifier, mais qui crée en lui une douce chaleur qui le comble de plaisir.

— Moi aussi, je suis heureux de te retrouver, dit-il enfin en rougissant légèrement. J'ai cru que je ne te reverrais jamais.

— C'est vrai? Tu as pensé à moi?

Marie-Ange n'en croit pas son bonheur. Oscar l'a eue présente à son esprit, s'est inquiété pour elle. Quant à ce dernier, il se demande s'il n'a pas un peu exagéré. Il est vrai que l'image de la jeune fille lui a traversé l'esprit à quelques reprises pendant les épreuves qu'il vient de vivre.

Comme c'est la coutume en pareilles circonstances, ce soir-là, il y a fête à Beaubassin où l'on chante et l'on danse jusque tard dans la nuit. Le jeune Oscar Doucet est l'objet de toutes les attentions, lorsqu'il raconte pour la dixième fois la façon dont lui et ses trois compagnons ont échappé à l'incendie de Bel-Air. À chaque fois qu'il recommence son histoire, elle a pris de l'ampleur, du panache. Marie-Ange est assise à ses côtés, admirative, lorsqu'il consent, encore une fois à faire le récit de leurs aventures.

— Nous avions entendu les pas des derniers soldats quitter la maison, mais nous n'osions encore sortir de notre cachette. Cependant, au bout de quelques minutes, comme le silence continuait de régner, j'ai poussé la trappe au-dessus de nous pour voir ce qui se passait. Nous dûmes nous mettre tous les quatre pour la soulever, car elle était couverte de débris de toutes sortes. Nous nous attendions à pareil désastre, car nous avions entendu la conversation de Mme de Bel-Air avec les soldats anglais, suivie du fracas qui avait accompagné la destruction. Mais ce qui nous causa aussitôt une grande frayeur, ce fut la vision des flammes qui léchaient les murs de la maison. Nous ne disposions que de quelques secondes pour sortir de notre trou et gagner les bois où nous serions en sécurité. Cependant, nous ne savions de quel côté nous diriger. C'est M. Gautier qui suggéra de sortir par l'arrière et de ramper sur le ventre jusqu'à la lisière de la forêt. Pour y arriver, nous dûmes traverser les flammes et nos vêtements prirent feu aussitôt. Nous nous roulâmes dans l'herbe, ce qui les éteignit complètement. Puis, lentement, nous gagnâmes les bois sans être repérés. Notre visage était noirci par la fumée, nos vêtements en lambeaux, mais nous étions vivants, sains et saufs.

La première réunion intime de Marie Alain et de Nicolas Gautier prend l'allure d'un triomphe. Marie visite avec un plaisir évident la nouvelle demeure que son mari a achetée peu après son arrivée ici, l'automne précédent. Mme de Bel-Air, bien qu'heureuse d'avoir toute sa famille à nouveau réunie autour d'elle, y compris Marie-Josèphe, ne peut s'empêcher d'être envahie par une vague tristesse. Lorsqu'elle est seule avec son mari, elle s'épanche enfin, après plus de dix mois de séparation.

— J'ai peur de l'avenir, Nicolas.

— De l'avenir, ma chérie? Dis-moi tes préoccupations.

— Autrefois, nous étions en sécurité à Bel-Air qui n'était pourtant qu'à dix milles d'Annapolis. Les Anglais étaient si peu nombreux qu'ils ne venaient jamais jusque chez nous. Et tu vois, aujourd'hui Bel-Air est en ruine, et les habits-rouges ne se gênent plus pour aller troubler les gens jusqu'à Grand-Pré.

— Ils vont même jusqu'à Cobeguit. Hugues Doucet me dit qu'il songe, lui aussi, à déménager encore plus au nord.

— Nous voici maintenant sur les bords de la Missaguash. Jamais je ne croirai que les Anglais oseront pousser leur domination aussi loin.

Nicolas Gautier regarde sa femme, amaigrie, le front ridé, le dos courbé par les malheurs. Il éprouve pour elle une immense tendresse et la prend dans ses bras pour la réconforter. Presque comme une enfant, cette femme forte, si souvent invincible, si courageuse dans les épreuves, se laisse aller complètement contre la poitrine de son homme dont l'image et la pensée l'ont soutenue durant les pires moments de sa captivité.

— Qu'allons-nous faire?

Marie lève vers lui ses beaux grands yeux bleus d'aiguemarine, où se mélangent l'amour et l'inquiétude. Nicolas hésite avant de répondre, un sourire énigmatique éclairant son visage.

— Tu me caches quelque chose.

— C'est vrai, mais ce n'est plus pour très longtemps.

— À ton air, c'est une bonne nouvelle?

— Je le crois.

Ce disant Nicolas sort de la poche de son pourpoint une lettre qu'il déplie en la présentant à sa femme.

— Marie-Josèphe a reçu, il y a quelques jours, cette lettre qui est la raison de mon optimisme. Elle me l'a prêtée pour que tu la lises à ton tour.

Marie Alain prend la missive des mains de son époux, s'assoit confortablement dans un fauteuil et en commence la lecture.

«À Madame Marie-Josèphe Gautier de Gourville.

Chère amie, tendre et lointaine,

J'ai appris avec un immense chagrin les malheurs qui se sont abattus sur vous et votre famille, à la suite de la chute de Louisbourg. Votre lettre de Beaubassin m'a rassuré sur votre sort. J'ose croire que des jours meilleurs vous attendent dans un avenir prochain. Plus loin je vous dirai d'où me vient cette assurance.

D'abord, laissez-moi vous dire un mot du poste que j'occupe ici, dans ce pays de barbares. Si le climat de la Louisiane est plus clément que celui de Louisbourg, ma tâche ici n'est pas plus aisée. En effet, les gens qui m'entourent me sont insupportables et les problèmes auxquels j'ai à faire face me paraissent insolubles. Tant que durera cette guerre[11], les intérêts supérieurs de la France, je suis forcé de le constater, sont continentaux et non coloniaux.

---

11. La guerre de la Succession d'Autriche.

Vous avez sans doute appris le rôle que ma cousine, Antoinette Le Normant d'Étioles[12], joue auprès de Sa Majesté. En dépit de son élévation, elle est restée en bonne et sincère amitié avec son mari qui, en galant homme, a su s'effacer devant la volonté royale. Geste adroit, bien sûr, car il en récolte aujourd'hui de nombreux fruits. Le moindre de ceux-là étant un agrandissement considérable de sa fortune. Je voudrais bien que l'influence de Jeanne, auprès du Roi, apporte un soulagement mérité à ma situation. Elle m'a quand même promis d'y voir un de ces jours. Je pense, cependant, que je ne suis pas une des premières préoccupations d'une si importante dame.

Ce qui m'amène à vous faire part d'informations qu'a reçues, ces derniers jours, par les bavardages de Jeanne, mon cousin Charles d'Étioles. Il paraît que le Roi a fort mal pris la saisie de Louisbourg par les Anglais de Boston. N'était-ce pas là une forteresse inexpugnable, invincible? SM se sent atteinte dans son Royal orgueil, et cela pour votre plus grand bien. Car, à Sa demande, il se prépare, dans le plus grand secret, une immense flotte de combat qui partira bientôt à la reconquête de l'Acadie tout entière et à l'élimination des Anglais dans toute la Nouvelle Angleterre. N'est-ce pas enfin ce dont vous avez toujours rêvé, vous qui êtes tant préoccupée par l'avenir de l'Acadie?

J'ai voulu vous mettre au courant de ce qui se prépare, afin que vous preniez courage. Si les plans du Roi se réalisent, votre famille et vous-même connaîtrez des jours meilleurs, un avenir prospère. Pour vous montrer l'importance que SM apporte à cette expédition, elle lui a donné comme chef nul autre que le duc

---

12. Antoinette Poisson, marquise de Pompadour, avait épousé le fermier général Charles Le Normant d'Étioles, avant de devenir la maîtresse en titre de Louis XV, à partir de 1745.

d'Anville.[13] Hélas, son expérience maritime est presque nulle. En dépit de cette faiblesse, vous voyez bien que les intentions du Roi sont de nature à vous conforter dans les épreuves qui se sont abattues sur vous.

Permettez que je termine cette lettre en vous assurant qu'est toujours intacte l'amitié que je n'ai jamais cessé de vous porter

François-Ange Le Normant de Mézy.

Fait à la Nouvelle-Orléans[14], ce deuxième jour de janvier 1746.»

Pendant que sa femme prend connaissance de la lettre de l'ancien commissaire ordonnateur, Gautier surveille avec attention ses moindres réactions. Il est déçu lorsqu'il ne voit que froncements de sourcils, moues désapprobatrices, soupirs de découragement ou de lassitude. La dernière ligne lue, elle pose la lettre sur ses genoux et regarde son mari qui, resté debout devant elle, les mains croisées derrière le dos, affiche maintenant, lui aussi, un air déçu.

— Tu y crois vraiment à cette grande expédition qui va enfin nous apporter ce que nous avons demandé pendant tant d'années et que la France n'a jamais cru utile, pour sa politique, de nous accorder?

— Oui, j'y crois. Cette fois, c'est le roi lui-même...

— Non, ce n'est pas le roi qui agit ici, c'est son orgueil blessé. J'ai peur d'un tel mobile. Ce n'est pas une décision issue d'une politique cohérente pour l'Acadie. Très

---

13. Le duc d'Anville: Jean-Baptiste-Louis-Frédéric de Roye de La Rochefoucauld, marquis de Roucy, duc d'Anville. Rejeton d'une des plus illustres familles de France, le duc d'Anville est un descendant de la non moins fameuse Antoinette de Pons, marquise de Guercheville. (Voir *Clovis*, tome 1).

14. Le Normant d'Étioles était alors commissaire général et ordonnateur en Louisiane.

bien, on va chasser les Anglais. Mais ensuite, qu'adviendra-t-il?

— La France sera plus puissante que jamais en Acadie. Notre avenir est assuré.

— Ah! Tu y crois toi, à un avenir dominé par les Français qui vont nous apporter, comme ils l'ont fait jusqu'à ce jour, que leurs divisions et leurs querelles, leurs corruptions administratives et leurs malversations.

Nicolas laisse passer ces dernières remarques sans y répondre. Il a lui-même tant profité des faveurs des gens en place, aux dépens des autres, plus éloignés du pouvoir. Il est surpris lorsque sa femme ajoute une explication en guise d'excuse.

— Je sais, tu me diras que si ce n'eût été toi qui en aurais profité, c'eût été quelqu'un d'autre. Autant que ce soit nous, car je m'inclus dans les bénéficiaires de ces faveurs. Pendant mon incarcération à Annapolis, j'ai eu beaucoup de temps pour réfléchir. J'avais accepté l'état de choses dans lequel nous vivions. Cela me paraissait naturel, ma conscience n'étant jamais troublée par ces marchés que tu accomplissais avec les du Pont.

— Tu es sévère, à leur endroit...

— Non, mon ami, tu te trompes. Je les comprends mieux maintenant. Je vois beaucoup plus clair dans leurs agissements. Contrairement à ce que tu penses, je ne les juge pas. La loi, ici, je veux dire en Acadie, où que l'on habite, est celle du plus fort. Je suis contente que tu aies été un de ceux-là. Pourtant, cela ne fut pas assez pour nous protéger. Ici, je ne blâme personne que moi-même pour ce qui m'est advenu. Aussi, ma résolution nouvelle est plus forte que jamais. La force qui va m'assurer la victoire est en moi-même.

— Tu veux parler de la religion...

— Oui, de la religion, elle peut aider, c'est entendu. Mais je crois maintenant plus en moi-même que dans les autres.

— Mais, Marie, tu n'es qu'une faible femme...

Gautier n'a pas le temps de terminer sa phrase que Mme de Bel-Air, rouge de colère se lève brusquement de son fauteuil, pendant que la lettre de Mézy tombe par terre. Elle est maintenant debout, en face de son mari.

— Ah! Vraiment? dit-elle d'une voix lente et posée, mais derrière laquelle perce une colère contenue. C'est ainsi que tu vois les choses? Pour toi, je ne suis donc qu'une faible femme qui vient de survivre à dix mois d'une incarcération dont je ne suis pas sûre que beaucoup d'hommes seraient sortis vivants. Tu demanderas à ton ami Le Blanc lequel de nous trois a gardé le moral, durant les moments les plus noirs. Ici, j'exclus Pierre qui n'est quand même qu'un garçon de seize ans.

Gautier reste silencieux, mais il est fort impressionné par les propos passionnés de sa femme.

— Non, vraiment, Nicolas, la protection dont j'ai besoin pour survivre ne peut me venir ni de la France ni de l'Angleterre. C'est en moi-même que je trouverai cette force et je t'engage à réfléchir à cette question et à faire de même. Comme tu peux voir, l'expédition du duc d'Anville me laisse plutôt indifférente.

— Pourtant, ma chérie, nous devrions bénir cette intervention de la France, ne serait-ce que pour faire cesser les atrocités commises par les Anglais à Louisbourg, depuis qu'ils s'en sont emparé.

— Ah?

— Je viens d'apprendre que les Anglo-Américains, maintenant maîtres de la forteresse, ont violé, à Port-Toulouse, le lieu sacré où les Souriquois avaient enterré leurs morts depuis des générations. Ces barbares ont exhumé les corps et les ont brûlés. Quel besoin avaient-ils de commettre un acte aussi atroce. Je ne te cite que celui-là, mais il y en a bien davantage, tous plus affreux les uns que les autres.

— Je comprends ton indignation, mon ami. Mais avons-nous l'âme si blanche que nous pouvons nous permettre de jeter la première pierre?

— Tu dois admettre que nous, Français ou Acadiens, n'avons jamais commis d'atrocités contre les Indiens.

— C'est vrai, mon ami, je n'ai jamais entendu raconter que nous ou les Français nous nous étions permis de telles horreurs contre les Sauvages. Cependant, ce n'est pas à leurs corps que nous nous en prenons, c'est à leurs âmes.

— À leurs âmes? Que veux-tu dire?

— Je veux dire que nous ne les attaquons pas dans leur chair. Nous allons même jusqu'à affirmer que nous les protégerons des attaques anglaises.

— Tu vois bien...

— Oui! Oui! je vois bien en effet. Je vois, par exemple, que l'Église, la créature de Notre-Seigneur Jésus-Christ, leur dit, par ses prêtres, qu'ils sont des hérétiques et des sans-Dieu. J'ai appris, dans ma geôle, parce que j'ai partagé ma cellule, à l'occasion, avec quelques-uns d'entre eux, qu'ils sont beaucoup plus près de Dieu que je ne le suis moi-même, avec toutes mes dévotions. Lorsque j'ai appris à connaître leur communion constante avec l'Être Suprême, j'ai compris que personne ne possède la vérité entière que Dieu lui-même. C'est toi-même qui, un jour, m'a parlé de la tolérance du bon roi Henri IV, qui voulait que tous les gens cohabitent en paix les uns avec les autres, sans égard à leurs croyances. Cette idée de ce grand monarque n'a guère fait de chemin dans notre esprit et celui des Français.

Marie Alain suspend son discours, comme si elle cherchait le fil de ses pensées.

— Ah oui! Les Sauvages. Nous ne les agressons pas physiquement, c'est vrai. Même que nombre d'Acadiens en ont pris pour épouse. Ce n'est peut-être pas la même chose pour les Acadiennes. Je n'en connais pas qui ont épousé des Sauvages.

Là-dessus, Nicolas se raidit devant cette éventualité.

— Tu vois, toi-même, tu réagis vivement à cette possibilité. Crois-moi, je pense que nous méprisons les Sauvages, même si nous avons voulu nous en faire des amis. Nous les tenons pour inférieurs à nous, de la même façon que les Français tiennent les Acadiens pour moindres qu'eux-mêmes.

— D'où tiens-tu cette idée qui me paraît exagérée?

— Mais, de l'ami de Marie-Josèphe, l'ancien commissaire ordonnateur, M. de Mézy lui-même dont tu m'as montré la lettre plus tôt.

— Je n'ai rien lu de semblable dans cette missive.

— Non, tu as raison. Ce n'est pas dans cette lettre, mais dans un rapport qu'il a écrit au ministre[15].

— Qu'y dit-il de si dévastateur?

— Ce n'est pas tant dévastateur, mon ami, c'est plutôt l'expression de son mépris pour les colons. Dans cet écrit dont je te parle, il dit que nous, les Acadiens, sommes ignorants et sans ordre dans nos affaires.

— Mais, ceci n'est pas vrai.

— Tu as raison, car tu es l'exemple même du contraire.

— Que dit-il encore?

— Que nous sommes susceptibles d'un désir ardent pour le gain, mais que nous sommes peu propres à prendre les mesures convenables pour en faire, sans industrie. Enfin, il ajoute que nous sommes capables d'artifice.

Nicolas ne proteste pas contre ce dernier énoncé.

— Il ne devrait pas inclure tous les Acadiens dans cette phrase. Nous savons, toi et moi, que nombre d'officiers se sont enrichis aux dépens du roi, pendant la construction de Louisbourg. Mais ce ne sont pas les Acadiens, comme il l'écrit au ministre.

---

15. DBC IV, p. 503.

— Ma chérie, reprend Nicolas, remettons à plus tard notre conversation sur ce sujet. Je tiens à la poursuivre, car ce que tu m'as dit m'intéresse au plus haut point. Pour l'instant, allons retrouver nos enfants et nos petits-enfants qui sont très fiers de leur grand-mère.

Les premières semaines qui suivent la réunion de la famille Gautier s'écoulent paisiblement, comme si les mois qui les ont précédées ne sont plus qu'un lointain cauchemar. Lorsque les neiges disparaissent, au printemps, tous les espoirs sont permis, surtout si l'annonce d'une armada française est vraie, comme la lettre de Mézy le laisse espérer.

Au début du mois de mai, quelle n'est pas la surprise de Michel de Gourville et de sa femme, Marie-Josèphe, de voir arriver à Beaubassin son frère Joseph du Pont du Vivier. Il avait trouvé refuge à Québec, l'année d'avant, avec ses frères Michel et François, lorsque l'île Saint-Jean, où il commandait le poste de Port-Lajoie, était tombée aux mains des Anglais, en même temps que Louisbourg.

— Je suis en mission pour le compte de Nicolas de Ramezay[16]. Il débarquera, le mois prochain à la baie Verte avec un contingent de sept cents hommes répartis sur sept navires.

Marie-Josèphe regarde son mari, l'air triomphant.

— Cet envoi ne fait-il pas partie d'une grande flotte que le roi doit envoyer pour reconquérir l'Acadie?

Joseph du Vivier paraît surpris par la question de sa belle-sœur.

— Comment savez-vous cela?

Elle lui montre la lettre de Mézy. Après en avoir terminé la lecture, il ajoute:

---

16. Jean-Baptiste-Nicolas-Roch de Ramezay, né à Montréal, fils cadet de Claude de Ramezay, gouverneur de Trois-Rivières et de Montréal, officier dans les troupes de la Marine et lieutenant du roi.

—Eh bien, vous en savez autant que moi. À cette chose près, peut-être, que je suis ici pour préparer la venue de M. de Ramezay et recruter des Souriquois qui se joindront à nous. Cette force fera ensuite jonction avec plusieurs autres, venant et de la terre et de la mer, sous le haut commandement du duc d'Anville. Le nombre des vaisseaux dépassera cinquante et les hommes se compteront par milliers.

Ce jour-là et les suivants, des réjouissances nombreuses sont organisées au fond de la petite baie de Chignectou. Enfin, la victoire est à portée de la main. Encore un peu et l'Acadie redeviendra française et les Anglais, s'ils ne sont pas complètement chassés de la côte atlantique, seront refoulés dans un territoire si petit qu'ils seront enserrés comme dans un étau entre la vallée du Mississipi et sa chaîne de forts français, d'une part, le Canada et l'Acadie enfin reconquise d'autre part.

Il n'y a pas à dire, au mois de juin 1746, l'avenir n'a jamais paru plus prometteur aux Acadiens. Tous les espoirs leur sont permis, même les rêves les plus fous.

12

En cette ravissante matinée de printemps[1], tout le village de Beaubassin est en fête. En effet, Nicolas de Ramezay, à la tête d'un régiment de sept cents soldats des troupes de la Marine, fait une entrée qui ne peut être qualifiée que de triomphale. Le temps lui-même s'est mis de la partie. Le ciel est d'un bleu presque royal, si rare dans cette partie du pays, et sans la moindre trace de nuages. L'air est un mélange enivrant du parfum résineux des conifères et des émanations douces et chaudes de la terre bien juste retournée pour les semailles.

Resplendissant et fier dans son uniforme aux tons dominants de bleu et de blanc, le commandant, un bel homme dans la trentaine, à la forte carrure, à la démarche majestueuse et assurée, défile, au son des tambours, à travers les rues du village, flanqué de ses deux lieutenants, Nicolas-Antoine Coulon de Villiers et Pierre Louis de La Corne. À la suite du régiment de la Marine, un nombre presque aussi grand de Micmacs, pieds nus, à peine vêtus d'un pagne en peau d'orignal, le visage peint de couleurs guerrières, et portant en bandoulière l'arc et le carquois

---

1. 12 juin 1746.

rempli de flèches, marchent en dansant et en criant des chants de victoire.

Inutile de dire que l'événement a attiré toute la population de l'endroit et des villages avoisinants. Jamais encore, à Beaubassin, on n'a vu étalées avec tant de promesses, la splendeur et la puissance de l'armée française. Malgré la nécessité de garder le secret au sujet de l'expédition, personne ici n'ignore que ces militaires et les Indiens vont se joindre, quelques semaines plus tard, à l'expédition du duc d'Anville.

Tout le clan Gautier-du Pont s'est porté aux premiers rangs de la foule qui regarde passer cette splendide jeunesse vêtue d'uniformes rutilants, ou de la simple tenue de combat des Braves souriquois. Marie Alain, maintenant remise des suites de son incarcération, se tient debout, la tête haute, le visage immobile, ne reflétant ni joie ni tristesse. Sa main droite serre celle de sa petite-fille, Marie-Ange de Gourville, sa préférée, qui a maintenant huit ans. Ce n'est pas par hasard que l'autre main de l'enfant est tenue par celle du jeune Oscar Doucet, un grand garçon de onze ans. À cette époque, on est déjà un homme fait à quinze ans; plusieurs sont dans les forces armées, parfois même à un âge encore plus tendre.

Les exploits d'Oscar ne laissent pas Marie-Ange indifférente. N'a-t-il pas déjà, par ses actions héroïques, et au mépris de sa propre sécurité, sauvé la vie de son grand-père et de sa grand-mère? En faut-il davantage, pendant des temps si troublés, pour attirer une âme aussi fraîche et tendre que celle de la ravissante Marie-Ange de Gourville.

Ces deux jeunes personnes, regardant défiler les soldats, présentent eux-mêmes un spectacle inattendu. La jeune fille porte une longue jupe de toile vieux rose et, malgré le beau temps, une cape de même ton par-dessus une chemise de fine batiste blanche brodée de rose. Sous son bonnet aux couleurs assorties, s'échappent de longues boucles blondes aux reflets de cuivre comme ceux de sa mère. Son visage rond aux pommettes saillantes, son menton ferme et avancé, son teint de pêche, tout concourt, dans son apparence à souligner le contraste frappant entre elle et celui de son jeune compagnon.

Autant Marie-Ange est toute gracilité, toute douceur, toute fragilité, autant Oscar fait figure de garçon fort, invincible, protecteur. Sa tête, toujours rasée, présente un visage imberbe, éclairé de deux grands yeux vairons, aux pommettes roses et au menton ferme et carré; elle est posée tout naturellement sur un cou de jeune taureau. Même à son âge, qui est encore bien tendre pourtant, sa stature est déjà fortement musclée. Sa poitrine, ses bras et ses jambes, harmonieusement développés par la vie rude de ses vertes années, lui donnent l'allure inusitée et ambiguë d'un grand enfant ou d'un homme jeune à la fois Sauvage, à la fois Acadien, deux vaillantes races dont le sang se mélange dans ses veines.

Pendant ses récentes épreuves, les convictions politiques de Marie Alain ont été renforcées: elle croit plus que jamais que le salut de son peuple réside dans sa neutralité. L'imposant défilé des troupes du roi devant elle, lui suggère des pensées moroses. Elle n'arrive pas à partager l'enthousiasme de son mari pour l'expédition du duc d'Anville qui veut, en quelques semaines, peut-être en quelques jours seulement, grâce à une formidable armada, renverser l'ordre des choses, et établir enfin, solidement et à travers tout le continent, la fameuse Nouvelle-France des desseins visionnaires du roi Henri IV. Le but visé lui paraît si irréaliste, qu'elle n'arrive pas à croire en son succès. Elle est cynique dans ses jugements, ayant été si souvent le témoin impuissant de semblables tentatives qui, soit par la malchance, soit par la maladresse, soit par l'égoïste ambition des participants, ont échoué lamentablement. En bonne patriote, cependant, elle ne partage pas ces noires idées avec qui que ce soit car, dans le secret de son âme, malgré ses convictions politiques, elle ne resterait pas insensible à une victoire totale des armes françaises. Elle se tait, pourtant, afin de ne pas aller à contre-courant de cette vaillante et monumentale entreprise.

Beaubassin n'est pas un village aux rues droites et rectilignes. Les maisons ont été érigées au hasard de la distribution des terres, sur des petites éminences ici et là. Avec le temps, des chemins tortueux, tracés entre les maisons servent de rues à l'agglomération. Ce village, établi sur les bords de la baie de Chignectou, s'étend jusqu'aux bords de la rivière Missaguash.

Lorsque les Guerriers souriquois, appareillés pour la guerre, défilent devant le jeune Oscar, celui-ci ne se contient plus de joie. Dans son excitation, il attire Marie-Ange vers lui, ce qui oblige celle-ci à laisser aller la main de sa grand-mère. Marie Alain, préoccupée par le défilé et les pensées qu'il suscite en elle, ne s'en aperçoit pas sur le coup. Oscar entraîne aussitôt sa jeune compagne au milieu de la rue, où s'avancent, à la toute fin, le vieux Hugues Doucet et ses six Micmacs. Les deux jeunes gens se joignent à eux, aux applaudissements bruyants des spectateurs.

À cette vue, Marie Alain sort de sa torpeur et se précipite vers sa petite-fille qu'elle saisit vivement par le bras et ramène aussitôt dans le rang des spectateurs. Étonné, Oscar hésite un instant, déchiré entre le plaisir de défiler avec les Souriquois et celui de rester avec Marie-Ange. C'est ce dernier choix qui l'emporte et il suit l'enfant en rose, comme attiré par un aimant.

— Reste près de moi. Ta mère t'a confiée à moi. Je ne veux pas que tu t'éloignes, dit-elle en regardant en même temps Oscar qui la dévisage, surpris et défiant.

Marie Alain est en dette envers le jeune garçon. Son grand-père et elle ne l'oublient pas. Au début, Hugues Doucet et ses Micmacs recevaient son approbation et son amitié. Depuis l'arrivée de l'abbé Le Loutre, les choses

ont changé. Le vieux Doucet, même s'il est encore vigoureux à quatre-vingt-douze ans, a laissé le prêtre prendre
trop d'ascendance sur les Micmacs. Alors qu'autrefois, ils
n'étaient qu'un petit groupe de sept personnes, protégeant
les faibles, rétablissant sommairement la justice, exerçant
souvent des vengeances, aujourd'hui, ce sont des hommes
loyaux à la cause du roi de France. C'est l'abbé Le Loutre
qui s'est emparé du groupe pour ses propres besoins et
ceux de l'abbé de L'Isle-Dieu.

Pendant que la fête se continue dans la rue, plusieurs
rentrent chez eux, car le jour commence à baisser. Chez
un grand nombre d'habitants, qui donnent un asile
temporaire à des soldats, les célébrations se poursuivent
jusque tard dans la nuit. C'est chez Nicolas Gautier que
logent le commandant de Ramezay et ses lieutenants. Dès
le premier soir, les trois officiers se retrouvent pour le
souper en compagnie de leurs hôtes et de leurs invités.
Au cours du repas, la conversation est vive et joyeuse,
reflet d'une journée mémorable pour Beaubassin et ses
habitants.

Après souper, les enfants restent dans la cuisine, avec
les deux servantes des Gautier qui les ont suivis dans leur
exil. Oscar, qui n'est plus tout à fait un enfant, ne se fait
pas prier pour rester en compagnie de Marie-Ange.
Pendant ce temps, les grandes personnes se retirent dans
ce que les Gautier appellent «la grande salle». C'est la pièce
de la maison où ont lieu toutes les réunions que, pour une
raison ou pour une autre, on ne veut pas tenir dans la
cuisine, où se déroule la plus grande partie de la vie
quotidienne de la famille.

Une fois dans la grande salle, tout le monde est assis
confortablement dans un fauteuil ou une berceuse, ce que
les Acadiens affectionnent tout particulièrement. Ils passent des heures à se balancer dans ces sièges basculants,
alignés en rang sur la véranda de leurs maisons, par les
beaux soirs d'été. Ils sont à peine installés, que la conver-

sation prend un tour tout autre que celui qui a prévalu pendant le repas.

— Vous voyez bien, Madame de Bel-Air que nous avons eu raison de faire confiance à la France, dit tout à coup l'abbé Le Loutre.

— De quoi voulez-vous parler?

— Mais, de l'expédition du duc d'Anville. L'arrivée de M. de Ramezay et de ses hommes est propre à redonner confiance aux plus méfiants, répond l'abbé en adressant un salut à l'officier.

— Il est vrai que votre entrée à Beaubassin, Monsieur, nous a donné un beau spectacle, enchaîne Marie Alain, sans trop se compromettre. Reste à voir si les résultats attendus suivront.

— Cela ne peut manquer, Madame, lui répond le commandant. Toutes les précautions ont été prises pour que les forces de terre et celles de mer se conjuguent en une action comme l'Acadie n'en aura encore jamais vue.

— Puissiez-vous dire vrai, Monsieur de Ramezay. Je vous parais sans doute bien sceptique, mais votre tentative n'est pas la première. Je ne perds pas un instant de vue le fait que cette expédition a lieu beaucoup plus pour restaurer l'orgueil blessé de Sa Majesté, que pour libérer le peuple acadien du joug anglais.

— Celle-ci, ma chérie, dit Nicolas Gautier qui ne veut pas voir la conversation prendre une tournure trop politique, ne risque pas de faillir. Pas moins de soixante-douze voiles, des centaines de canons, des dizaines de milliers de soldats et de marins formeront une force de frappe invincible.

— Je sais tout cela, Nicolas, c'est mon vieux fond de méfiance qui revient.

Gautier regarde sa femme avec tendresse. Les longs mois de séparation n'ont fait que renforcer le sentiment qu'il lui porte.

— Vous savez, monsieur, continue-t-elle en se tournant vers l'officier, tout ce que je recherche, c'est la paix. Voilà pourquoi, l'entrée dans Beaubassin d'un régiment de sept cents soldats ne va pas dans le sens de mon désir.

— Dois-je comprendre, madame, que vous ne voulez pas plus du roi de France que du roi d'Angleterre?

Le ton de voix du commandant est légèrement irrité, presque antagoniste.

— Cela est dit de façon à me faire passer pour déloyale, monsieur, et je le regrette. Car, en vérité, je ne le suis pas le moins du monde. Il n'y a pas personne plus loyale que moi. Cependant, ma loyauté ne va pas vers leurs majestés britannique ou française, elle va vers le peuple acadien; je ne la donne pas à des souverains qui n'ont pas mon intérêt à cœur, pour qui ce pays est le moindre de leurs soucis. Ils l'utilisent comme un pion sur l'échiquier de leurs guerres européennes. Croyez-moi, monsieur, ces querelles nous affectent, et pourtant, nous n'y sommes pour rien. Je voudrais seulement qu'on nous laisse cultiver nos terres en paix, élever nos familles, bâtir un pays neuf où seront bannies les vieilles chicanes qui ne nous importent pas ici.

Marie Alain s'arrête, après cet exposé enflammé, baisse les yeux, regardant ses mains posées sur son giron.

— Pendant mon séjour dans la geôle de Port-Royal, poursuit-elle au bout d'un moment, j'ai passé bien du temps à réfléchir, à écouter les propos belliqueux de mon fils Pierre et de Joseph Le Blanc. Je les aime bien tous les deux, mais ils ne veulent que perpétuer la guerre quand moi, je veux la paix.

— Mais notre territoire est occupé par les Anglais, reprend Le Loutre.

— C'est quand même pendant leur règne que nous avons tant prospéré.

— C'est juste, et notre prospérité fait leur envie.

— Et puis quoi? Ils resteront avec leur envie et nous avec nos terres.

— Vous savez, Madame, continue l'abbé, que chaque année, les Anglais poussent de plus en plus au nord les frontières qu'ils disent être les leurs. Voyez, autrefois, ils ne commandaient qu'aux environs d'Annapolis. Puis, par la suite, ce fut la destruction de Bel-Air. Ce n'est plus qu'une question de temps avant qu'ils ne s'imposent à Grand-Pré, dans tout le bassin des Mines, à Cobeguit puis, un jour qui n'est peut-être pas très loin, jusqu'à Beaubassin même. Où irez-vous alors?

— Maman a peut-être raison, dit tout à coup la voix mal assurée de Marie-Josèphe de Gourville.

La réaction de surprise est immédiate. Tous se tournent vers elle, le regard incrédule. N'a-t-elle pas, jusqu'à ce jour, soutenu la cause française avec enthousiasme?

— Je veux dire par là qu'elle dit vrai, lorsqu'elle parle des malheureuses tentatives, par le passé, de reprendre Port-Royal. Cette fois, je le sais, les forces sont grandes, mais les ambitions aussi. Il faut avoir vu travailler les Français à Louisbourg, pour savoir qu'ils ne s'entendent pas toujours entre eux. Que l'unanimité ne se fait pas toujours autour de l'amour sacré de la patrie et de son roi.

Venant de Marie-Josèphe de Gourville, cette déclaration surprend. Son père semble peiné par ces propos. Il sent que le patriotisme de sa fille est sur le point de flancher. Il ne dit mot et garde ses pensées pour lui-même, préférant le tête-à-tête avec Marie-Josèphe.

— Mais, Madame, continue Le Loutre en se tournant à nouveau vers Marie Alain, comme pour faire oublier rapidement cette errance de Marie-Josèphe dont il ne doute pas qu'elle n'est que passagère, qui donc protégera les Acadiens, s'ils n'ont pas de roi?

— Je sais, Monsieur, cela vous paraît impensable. Mais prenez les Souriquois, par exemple, avant notre arrivée, ils se débrouillaient fort bien sans nous. J'admets que nous leur avons apporté nos progrès, mais ces dons bien modestes compensent-ils pour tout le mal que nous leur avons fait?

Cette fois, même Nicolas est étonné par les arguments de sa femme. Évidemment, cela ne devrait pas le surprendre, car, en vue de préserver leur bonheur et d'éviter les ruptures, ils n'abordent jamais entre eux que des sujets domestiques. Pourtant, de mémoire de Nicolas Gautier, jamais auparavant elle n'a tenu de pareils propos devant lui. Il la regarde, les yeux agrandis par la surprise. Pas une fois, même dans leur plus grande intimité, il n'a réalisé combien sa femme est véritablement une Acadienne, autant dire une Souriquoise dont elle vient de prendre la défense avec une telle chaleur. Car, pour beaucoup d'Acadiens de naissance dont l'allégeance reste française, la nature du paysan acadien n'est pas très éloignée de celle du Souriquois.

M. de Bel-Air en est là dans ses pensées, lorsque s'élève une autre voix, mélodieuse, chaude et ferme. M. de Ramezay, qui l'entend pour la première fois, sort subitement de sa rêverie où la discussion, qui manquait pour lui d'intérêt, l'avait jeté. Étonné par la qualité de la voix, il lève la tête et regarde dans la direction du vieux Hugues Doucet. Il examine avec intérêt ce petit homme rabougri, tassé sur lui-même au fond d'une bergère qu'il ne remplit qu'à moitié. Loin de paraître apathique, le personnage lui donne plutôt l'impression, malgré son âge avancé, d'être une boule d'énergie prête à exploser.

— Je vous remercie, Madame de Bel-Air, d'avoir dit en quelques mots ce qui forme aussi le fond de ma pensée, commence Hugues Doucet avec lenteur. Il y a plus de quatre-vingt-dix ans, mon protecteur, le père Joseph et moi avons été accueillis à Cobeguit par les Souriquois, comme si nous étions des leurs. Ensuite, d'autres Acadiens sont venus s'établir dans ce village dont les terres ont été distribuées aux colons sans qu'on demande même l'avis des Souriquois qui les habitaient et où ils chassaient. Je sais, vous me direz que nous n'avons pas la même conception de la propriété, d'où le conflit. N'empêche...

La pensée du vieux Kesegoo reste suspendue dans la pièce où quelques habitants tirent la fumée de leur calumet, une habitude qu'ils ont prise des Indiens. Pendant quelques brèves secondes, c'est le silence total.

— Monsieur de Ramezay, dit Nicolas Gautier, vous devez surtout comprendre la délicate position dans laquelle nous nous trouvons, dans laquelle se retrouvent aujourd'hui les Acadiens. Les événements du passé nous ont placés entre deux feux.

Marie Alain est surprise d'entendre, pour la première fois, son mari s'identifier, sans restriction, aux Acadiens.

— De quelque côté que nous allions, nous serons brûlés. Laissez-moi vous expliquer. Nous sommes amis des Sauvages depuis les débuts de cette colonie, lorsque, pour la première fois, en l'an 1604, M. de Poutrincourt leur a apporté l'amitié des Français. Les gens de ce pays nous ont accueilli à bras ouverts, nous ont sauvé la vie à plusieurs reprises et, depuis cette époque, ils nous sont restés fidèles. Mais je vous parle ici d'une fidélité indéfectible, à la souriquoise. Nos ennemis sont les leurs, comme ils accueillent avec chaleur ceux qui sont nos amis. Ceux qui prêteraient le serment d'allégeance au roi d'Angleterre passeraient pour traîtres à leurs yeux et mériteraient la mort. D'autre part, ceux qui se disent Acadiens parce qu'ils ont fait du Nouveau Monde leur pays, ne peuvent oublier qu'ils sont de souche française. Ces deux considérations jouent un grand rôle dans la décision des Acadiens de vouloir rester neutres en cas de conflit entre la France et l'Angleterre.

Tous ont écouté avec gravité les paroles de Gautier, hochant de la tête en signe d'acquiescement.

— Je comprends vos propos, mes amis et j'en tiens compte, reprend de Ramezay. Cependant, après notre victoire, les choses vont changer. Vous n'aurez plus à craindre les Anglais. Ils auront ou bien été repoussés dans un territoire si restreint qu'ils seront obligés de l'abandonner peu après, ou bien ils seront éliminés complètement de la côte Atlantique, nous laissant seuls maîtres de cette Nouvelle-France.

Les frères du Pont, Marie-Josèphe de Gourville et Nicolas lui-même, répondent avec enthousiasme aux propos patriotiques du commandant de Ramezay. La France, cette fois, il faut bien l'admettre, ne fait pas les choses à moitié. On ne peut être qu'optimiste.

Ainsi, le régiment s'installe à Beaubassin dans l'attente d'ordres qui vont l'obliger bientôt à rejoindre l'invincible expédition qui se prépare en secret. Le mois de juin passe sans que Ramezay reçoive la moindre consigne. L'été est magnifique, les récoltes seront belles et abondantes. Les nouvelles qui arrivent jusqu'à Beaubassin sont encourageantes, mais l'ordre de se mettre en route ne vient toujours pas. Personne, évidemment, ne s'alarme de cette lenteur, ni de cette attente. Surtout pas les Acadiens qui bénéficient de bras supplémentaires pour les aider aux travaux des champs. Ramezay, entre les exercices militaires, oblige ses hommes à participer aux activités de la communauté, afin qu'ils ne restent pas oisifs.

Le 22 septembre, Marie-Josèphe de Gourville reçoit une autre lettre de François-Ange Le Normant de Mézy. Contrairement à la précédente, les nouvelles qu'elle apporte sont désastreuses.

«À Mme Marie-Josèphe Gautier de Gourville, à Beaubassin.

Chère et tendre amie, je vous fais parvenir cette courte lettre, que j'écris à la hâte. Je vous l'expédie par *un navire que j'ai fait affréter dans le seul but de vous porter mon message. Ce que j'ai à vous apprendre est tragique. Il n'y a que trois jours, une terrible tempête s'est abattue sur l'escadre si imposante du duc d'Anville, la dispersant complètement aux quatre coins de l'horizon, détruisant un grand nombre de ses navires, causant ainsi de nombreuses pertes de vie. En une seule nuit, Dieu a permis que soit anéanti le grand espoir qu'avait suscité dans tous les cœurs français et acadiens l'entreprise si prometteuse du comte de Maurepas[2]. J'ose espérer que ma lettre vous atteindra avant que vous ne preniez quelque décision contraire à vos intérêts qui restent les plus chers à cet ami qui vous baise respectueusement les mains,*

François de Mézy.

Fait à la Nouvelle-Orléans, ce 16ᵉ de septembre 1746.»

La nouvelle, comme l'éclair, fait le tour de la petite communauté avec les résultats qu'on peut imaginer. Finis les braves propos, les projets d'avenir échafaudés sur une victoire française totale qui allait changer l'aspect de la Nouvelle-France et de l'Acadie!

Marie Alain, inquiète comme les autres, à la suite de cette annonce dramatique, se garde bien de rappeler son pessimisme du début de l'été, lorsque l'expédition du duc d'Anville se préparait et que tous les espoirs étaient permis. Au contraire, elle éprouve une grande culpabilité à la suite du désastre, comme si elle était responsable, par ses actions, de la colère de Dieu qui s'était déchaînée contre l'escadre.

---

2. Maurepas: Jean-Frédéric Phélypeaux, comte de Maurepas, secrétaire d'État à la Marine et aux Colonies, sous Louis XV.

Lorsque des communications arrivent quelques jours plus tard de Québec, elles ne font que confirmer les mauvaises nouvelles de François de Mézy. Dans une lettre à son supérieur de Québec, Ramezay lui mande des instructions pour faire face à la nouvelle situation. Lorsqu'elles lui parviennent, elles lui enjoignent d'entreprendre, avec ses hommes, le siège d'Annapolis Royal. Il exécute aussitôt les ordres mais, à court de renforts, il est obligé de se replier sur Beaubassin où il décide de passer l'hiver. On lui promet qu'au printemps de l'aide, venue du Canada, lui permettra de reprendre le siège d'Annapolis et de s'emparer enfin de la capitale de la Nouvelle-Écosse.

Au début du mois d'octobre, Marie-Josèphe de Gourville reçoit une autre missive, plus longue celle-là, de l'ancien commissaire ordonnateur à Louisbourg.

«À Mme Marie-Josèphe Gautier de Gourville, à Beaubassin.

Chère et douce amie, j'étais trop pressé par le temps et les événements, lors de ma dernière lettre que je vous fis parvenir à la fine épouvante, pour avoir le temps de vous faire part de tout ce que j'ai appris sur cette expédition qui subit un si malheureux sort.

Cette fois, madame, c'est un avertissement que je vous adresse. Je connais trop bien vos sentiments à l'égard de la France pour savoir qu'il ne vous concerne pas. Cependant, je sais assez que des personnes qui vous sont très proches, ne voient pas les choses de la même façon que vous. C'est à elles que je vous incite à communiquer ce que j'ai à vous apprendre.

Pendant que se préparait l'expédition du duc d'Anville, Sa Majesté a fait parvenir, dès le mois de mars de cette année, des instructions précises au commandant de la formidable escadre. Grâce à des intelligences que j'ai conservées dans le cercle intime de ma parente, Mme de Pompadour, j'ai obtenu copie de ces instructions. Elles ne vous concerneraient pas le moins du monde si je n'y avais relevé un paragraphe qui ne peut manquer de vous intéresser au plus haut point. En effet, si les directives qu'il contient étaient appliquées, le sort de vos proches pourrait en être affecté.

C'est bien par pure amitié pour vous que je me permets de mettre sous vos yeux un écrit qui aurait dû rester secret. Aussi, je vous prie d'en faire l'usage le plus discret possible, n'avisant que les personnes que vous croirez touchées par ces ordres de SM. Voici ce que le Roi, par la main du Comte de Maurepas, écrit dans ce Mémoire:

«S'il y en a sur la fidélité desquels (les Acadiens) il (le duc d'Anville) juge qu'on ne puisse pas compter, il les fera sortir de la colonie, et les enverra soit à la vieille Angleterre soit dans quelqu'une des Colonies de cette Nation suivant les facilités qu'il pourra avoir pour cela; et à l'égard des habitants qui devront rester il en prendra le serment de fidélité à S. M. (Louis XV), ou s'il n'en a pas le temps, il donnera les ordres pour le leur faire prester entre les mains du Commandant qu'il laissera dans la colonie[3].»

Vous voyez bien, madame, que le contenu de ce paragraphe est important et qu'il touche la plupart des Acadiens. Ceux-ci, en effet, sont si acquis à la neutralité qu'ils ne voudront jamais s'en départir. Or, comme la fortune des armes françaises, malgré le désastre qui s'est abattu sur l'expédition, demeure incertaine, je n'ai pas de conseil à vous donner, sinon celui d'être circonspecte et prudente.

---

3. Mémoire du Roy pour servir d'instruction au Sr Duc d'Enville Lieutenant général des Armées Navales et des Galères pour les opérations de son Escadre, 25 mars 1746, AC, B 84: 87-89 v. cité par Guy Frégault in François Bigot.

*Nous vivons à une époque où la domination fran-
çaise s'étend de plus en plus dans le Nouveau
Monde, mais elle ne semble pas vouloir prendre les
moyens nécessaires pour s'y implanter de façon définitive. Les Anglais, au contraire, occupent un bien
petit territoire, comparé à l'immense empire sur lequel flottent les couleurs de SM Louis XV. Mais les
terres qu'ils se sont appropriées, sont presque toutes
défrichées, productives, et habitées par des colons qui
sont dix fois plus nombreux que les nôtres.*

*Je ne vous cache pas, chère amie, que peu de jours
s'écoulent sans que nous parvienne une mauvaise nouvelle. Comment garder l'optimisme en pareille cir-
constance?*

*Soyez assurée, madame, de l'appui entier et
indéfectible de votre plus humble et obéissant serviteur,*

François Le Normant de Mézy

*Fait à la Nouvelle-Orléans, en ce 20ᵉ jour de sep-
tembre 1746.»*

La lettre de l'ancien commissaire ordonnateur que
Marie-Josèphe communique à sa famille suscite des réactions diverses. Les frères du Pont n'y accordent que peu
d'attention, alléguant que, de toute façon, le roi, après
l'échec de son expédition, n'aura jamais l'occasion d'exiger
ce serment des Acadiens. Nicolas Gautier, ses fils et Marie-
Josèphe, qui avaient épousé la cause française sans réserve, se sentent trahis. Cependant, contrairement à Marie
Alain, ils n'osent exprimer leur colère trop ouvertement.
Celle-ci, en effet, qui, un temps, s'était sentie coupable
d'avoir péché par pensée envers son ancienne mère patrie, s'exprime maintenant sans retenue, la conscience claire
et nette.

— Qu'aurais-tu fait, Nicolas, si les événements nous avaient menés jusque-là?

— Nous serions partis avec toi, Marie, lui répond ce dernier sans un moment d'hésitation.

Lorsqu'ils s'embrassent, trop émus pour ajouter un mot, des larmes coulent sur les joues ridées de Marie Alain. Son époux, aussi bouleversé qu'elle, la serre très fort contre sa poitrine, pendant qu'il prononce à son oreille des paroles rassurantes, comme on ferait à un enfant, à la suite d'une grande peine.

— Et Marie-Josèphe, demande-t-elle une fois calmée, que crois-tu qu'elle aurait choisi?

— Tu ne t'en doutes pas?

— Oui, je suppose qu'elle aurait fait comme toi.

— Je le pense aussi. Le drame aurait été beaucoup plus grand pour les du Pont. Leurs attaches nobiliaires ne leur auraient laissé aucun choix. De par leur naissance, même s'ils sont nés en Acadie, ils doivent verser leur sang pour leur roi. C'est ainsi qu'ils payent leurs impôts.

À cause de ces nouvelles circonstances, Mme de Bel-Air se rapproche davantage de Hugues Doucet et de son petit-fils.

Autant l'été de 1746 a été glorieux et prometteur, autant l'automne est triste et morose. Les habitants de Beaubassin voient leur nombre grossir, car des Acadiens des régions plus au sud remontent vers le nord, pour s'éloigner le plus possible des Anglais, de peur de représailles à la suite de la tentative avortée du duc d'Anville.

Au début du mois de janvier, la nouvelle parvient à Beaubassin que le gouverneur d'Annapolis, Paul Mascarene a envoyé à Grand-Pré un détachement de quatre cent soixante-dix hommes, sous le commandement du colonel Arthur Noble. Des restes, éparpillés ici et là, de la formidable escadre causent encore des maux de tête aux Anglais de la Nouvelle-Écosse, de même qu'à ceux de la Nouvelle-Angleterre. Le gouverneur d'Annapolis a donné comme mission à ses troupes de rester sur place et de surveiller celles du commandant de Ramezay, cantonnées pour l'hiver à Beaubassin.

Et quel hiver encore! Non seulement la neige est plus abondante que d'habitude, mais le froid est plus intense, les rafales aveuglantes, rendant souvent les déplacements quasi impossibles. Oscar et ses amis chassent quand même pendant ces périodes de mauvais temps, où les bourrasques de neige, véritables maelströms de poudre blanche, rendent le succès de leurs efforts encore plus remarquables. C'est ainsi que le jeune Doucet découvre le plaisir et le triomphe de chasser par mauvais temps, alors que les animaux à fourrure eux-mêmes n'osant s'aventurer hors de leurs trous, sont traqués jusque dans leurs tanières.

À cause de la présence de troupes anglaises si près d'eux, les habitants de Beaubassin décident de se réunir à l'église pour parler de l'affaire. Pendant ces assemblées informelles, tout un chacun a droit d'assister et de prendre la parole. La réunion est généralement présidée par un ancien dont la sagesse et la pondération sont des qualités qu'on lui reconnaît.

La discussion est chaude et vive, sans doute parce qu'il reste de nombreuses déceptions dans les esprits, dues au récent échec des forces françaises. Cela explique aussi le nombre imposant d'Acadiens à cette réunion qui compte plusieurs tenants de la neutralité. Comme les autres, ils sont convaincus qu'il faut déloger les soldats de Grand-Pré. Sans y mettre trop de difficulté, ils concèdent Annapolis aux Anglais, y compris toute la partie de la Nouvelle-Écosse le long de l'Atlantique et jusqu'à Canseau. Mais pour eux, tout ce qui est au nord de cette agglomération, c'est la Nouvelle Acadie où les colons, à partir de 1719, ont fondé de nombreux villages, devenus, avec le temps, prospères, populeux et productifs. Défendre cette

Acadie, ce n'est pas attaquer Annapolis Royal, c'est protéger son bien si durement acquis.

L'avis général semble être que, à cause du mauvais
temps qui fait rage depuis plusieurs jours et ne donne aucun
signe d'accalmie, on doit attendre que cesse la tempête.
D'autres pensent même qu'il faudrait attendre le printemps
avant d'entreprendre une pareille action.

Pendant le débat, Oscar, qui assiste à la réunion, se
lève et prend la parole. Comme il est encore trop petit
pour se faire voir de l'assemblée, il monte sur sa chaise
avant de parler.

— Il me semble que la tempête qui sévit en ce moment
est l'occasion propice pour attaquer.

Les réactions à cette suggestion sont bruyantes et
négatives. Pendant quelques minutes, des gens crient,
d'autres rient, certains commencent à se dire des gros-
sièretés à haute voix. Le président de l'assemblée à beau
frapper sur sa table, les esprits ne se calment pas. Lorsque
Hugues Doucet se lève et regarde posément la salle, lentement, le silence revient.

— Pourquoi, petit, penses-tu que c'est un bon temps
pour une attaque? demande le vieux Doucet à son petit-
fils.

— Parce que nous, les Acadiens et les Souriquois,
savons nous déplacer par des temps pareils. Comme les
Anglais, eux, ne l'ont jamais appris, ils ne nous attendront
pas et nous les prendrons par surprise.

Quelques voix s'élèvent pour dire qu'une telle entreprise est vouée à l'échec, que le mauvais temps n'est
pas un avantage et surtout, que la distance entre
Grand-Pré et Beaubassin est beaucoup trop grande
pour songer à s'y rendre à pied dans de telles conditions. D'autres encore exhortent à la prudence, certains
allant même jusqu'à dire que c'est attirer le malheur sur
leur village s'ils se mêlent de ce qui, en fait, ne les regarde pas.

— Au contraire, la présence à Grand-Pré d'un détachement de soldats anglais nous concerne au premier chef, dit Nicolas Gautier au milieu du débat. Jamais encore ils n'avaient osé pénétrer avec leurs forces aussi profondément dans notre territoire. Aujourd'hui c'est Grand-Pré, demain ce sera au tour de Cobeguit, puis de Beaubassin, de Chipoudy, de Petitcoudiac et bien d'autres villages qui ne leur appartiennent pas. À ce rythme, bientôt, ils nous auront refoulés jusqu'à la baie des Chaleurs. Est-ce bien ce que nous voulons?

Malgré les applaudissements qui suivent la sortie de Gautier, des voix discordantes se font encore entendre.

— J'ai quelque chose à dire, prononce tout à coup Marie Alain qui prend tout le monde par surprise avec son intervention.

Jamais auparavant la femme de Nicolas Gautier n'avait parlé au cours d'une assemblée publique. En général, les épouses des Acadiens laissent à leur homme le soin d'exprimer l'opinion de la famille. Or, c'est un fait notoire que Marie Alain et son mari n'ont jamais partagé les mêmes vues politiques. Les femmes de cette famille ont la réputation de ne pas s'en laisser imposer par les autres. Contrairement au plus grand nombre qui reste assis, elle s'est levée pour parler, ce qui ajoute un plus grand poids à ses paroles. Il n'y a pas que son mari qui est surpris par la démarche de sa femme. Tous attendent avec intérêt ce que va ajouter Mme de Bel-Air.

— Nous savons maintenant quel sort le roi de France réservait aux neutres. Je l'ai déjà été, mais je ne le suis plus. On m'a dit tant de fois qu'il est impossible de ne pas prendre parti. Aujourd'hui je leur donne raison, je prends le parti de l'Acadie, d'une Acadie débarrassée de toute tutelle étrangère.

Cette déclaration enflamme l'assemblée. Une vive discussion suit, pendant laquelle plusieurs Acadiens s'expriment pour la première fois. En moins de dix minutes, l'atmosphère est complètement transformée. À la fin, les participants votent en faveur d'une expédition immédiate à Grand-Pré pour chasser les Anglais qui s'y sont installés.

Pendant les jours qui suivent, toute la population de Beaubassin vit dans une atmosphère fébrile et intense. Nicolas de Ramezay, trop heureux de cette initiative qui évite l'oisiveté à ses troupes, organise les préparatifs en grande hâte, avant que ne cesse la bénéfique tempête. En moins de vingt-quatre heures, il a rassemblé deux cent quarante Canadiens et volontaires Acadiens auxquels il faut ajouter une soixantaine de Souriquois recrutés par Hugues Doucet. Il va sans dire qu'Oscar sera de la partie, accompagnant, pour l'occasion, les Micmacs de son grand-père.

Alors que les préparatifs tirent à leur fin et que le départ est imminent, Marie-Ange et Oscar se retrouvent en tête à tête.

— Tu sais bien qu'il ne m'arrivera rien. Je suis avec Kesegoo.

— Je sais, reprend la jeune Marie-Ange, la voix tremblante d'émotion, mais je ne puis m'empêcher de craindre pour toi. Ce n'est pas ma faute, je suis ainsi faite.

C'est justement cet aspect fragile de la jeune fille qui séduit Oscar. En plus de se sentir nécessaire, il éprouve le besoin de la protéger.

Le 12 janvier, le mauvais temps continue de faire rage. C'est justement ce jour-là que choisit Ramezay pour envoyer l'expédition vers Grand-Pré. Pendant qu'il reste à son poste de Beaubassin, il délègue ses lieutenants, Joseph Coulon de Villiers et Paul de La Corne, pour commander les hommes de la troupe.

Leur habillement est conçu pour les protéger du froid et des engelures. Ils portent tous des sous-vêtements, des culottes, des chemises et des mitaines de lainages épais. Par-dessus le tout, ils endossent des manteaux en peaux de castor, de loup, de lynx ou d'autres animaux sauvages. Leur tête et leur visage sont entièrement couverts, sauf les yeux et la bouche. Ils sont tous chaussés de solides mocassins en peau d'orignal enduits d'huile de phoque pour empêcher l'eau de s'infiltrer. Sous leurs pieds, retenues par des courroies de cuir, de larges raquettes leur permettent de marcher sur la neige sans s'y enfoncer. C'est l'attirail normal du trappeur, un métier pratiqué par la plupart des membres de l'expédition.

En ligne droite, la marche n'est que d'une quarantaine de milles, un trajet qui, malgré la tempête peut être parcouru en trois ou quatre jours. Mais il faudrait, pour ce faire, que le canal du bassin des Mines soit gelé solidement pour en permettre la traversée. Or, sa profondeur et la force de son courant empêchent, la plupart du temps, que se forme ce pont de glace. C'est donc la route la plus longue, une centaine de milles, que choisissent les hommes de Jumon de Villiers. Si rien ne vient entraver leur marche, ils prendront au moins trois semaines pour parcourir cette distance.

Dès le premier jour, Oscar Doucet se distingue par son tir exceptionnel. Il abat, à lui seul, deux orignaux qui procurent de la nourriture à la troupe pour les premiers milles. Le soir venu, ils choisissent un lieu à l'abri des bourrasques pour y élever leurs ouaguams afin d'y préparer leur repas et y passer la nuit. Les Souriquois sont accompagnés d'un grand nombre de leurs femmes dont le rôle est de s'occuper des ouaguams qu'elles montent et démontent chaque jour, après les avoir transportés sur leur dos toute la journée. C'est aussi à elles que revient le rôle de la préparation des repas. Quelques Acadiens, Doucet et ses Micmacs, y compris son petit-fils, sont bien heureux de partager la nourriture que les Souriquoises ont préparée. Ils y sont plus habitués que les Canadiens qui choisissent de faire cuire leur propres repas.

Malgré toutes les précautions prises, les conditions dans lesquelles voyagent la troupe sont rudes et difficiles. Avant de monter leur abri pour la nuit, il leur faut déblayer le terrain, couper des branches de sapin pour en couvrir l'espace. Puis, au centre, on fait un feu dont la fumée s'échappe par l'ouverture pratiquée au sommet. Comme la tempête sévit sans relâche, il est souvent difficile de maintenir le foyer allumé. Certains soirs, les hommes s'étendent sur les branches pour dormir, mais le froid est si intense que certains ne peuvent fermer l'œil de la nuit. Ce n'est jamais le cas d'Oscar qui, encore si jeune, s'endort comme un enfant dès la fin de son repas.

Le soir du vingtième jour de marche ardue à travers les bois et dans une tempête incessante, les hommes sont fatigués, à bout de force. Heureusement, le but est proche et Paul de La Corne imite la plupart des soldats et s'endort aussitôt le repas du soir terminé. Pendant ce temps, Coulon de Villiers réunit autour de lui quelques-uns des plus expérimentés de son régiment de fortune. Il veut s'entretenir avec ceux qui sont les chefs de ses divisions, pour ainsi dire, des gens comme Joseph Le Blanc, Hugues Doucet et ses Micmacs. Il les regarde tous à tour de rôle, s'interrogeant en lui-même sur le bon sens d'une pareille entreprise. Villiers n'est pas un pleutre, bien au contraire. Pourtant, il lui apparaît que leur expédition, qui marche depuis près de trois semaines, est la chose la plus insensée du monde et qu'elle n'aurait jamais dû être même envisagée. La première chose qui le frappe ce soir, en voyant ces visages ridés, burinés, sur lesquels le reflet des flammes fait danser des ombres effrayantes, c'est l'âge avancé de ceux qu'il considère comme ses lieutenants.

Kesegoo, Mtaë et Booktao sont tous nonagénaires. Le Blanc, Mabou et Pege sont dans la cinquantaine. Il n'y a que les jumeaux Poonhook et Wegoon qui, au début de la trentaine, ont à peu près son âge. Le reste de la troupe, s'il est d'âge à servir dans une telle expédition, manque d'expérience militaire.

— Vous avez connu de meilleurs jours, mon commandant, n'est-ce pas? dit Hugues Doucet, sur un ton moitié question, moitié affirmation.

Coulon de Villiers le regarde avec étonnement. Ce vieillard, qui pourrait être son grand-père, aurait-il deviné ses pensées?

— Ne vous méprenez pas sur le sens de mes paroles, continue le vieillard. Elles n'ont pas pour but de saper votre moral, bien au contraire. Après trois semaines de ce régime, de bien plus aguerris que vous auraient déjà abandonné la partie. Vous nous avez conduits jusqu'ici avec toute la diligence possible et vous nous avez menés tout près de notre but. Je vous en suis reconnaissant.

De Villiers regarde ces hommes enrobés d'épais lainages et de fourrures, qui font oui de la tête en lui souriant d'un air quasi enfantin. Il ne sait pas s'il doit pleurer ou rire. Il choisit ce dernier parti et aussitôt, l'angoisse qui s'était emparée de lui plus tôt, l'abandonne complètement, mais il ne sait pas au juste pourquoi.

— Je vous observe depuis notre départ, mon commandant. J'ai vu s'allonger sur vous, au fil des jours, les ombres du découragement, poursuit Kesegoo, dont la voix chaude aux nuances si jeunes encore, contribue à son apaisement. Vous ne nous avez jamais vus à l'œuvre, monsieur. Je vous promets que, en dépit de notre âge avancé, nous ferons un travail dont vous ne pourrez que vous féliciter.

— Il est vrai que votre réputation vous a précédés...

Hugues Doucet fait un geste de la main pour signifier que cela n'a guère d'importance.

— Ce qui compte surtout, monsieur, c'est que nous fassions un succès de cette excursion.

— Croyez-vous que nous serons là demain soir? demande Villiers.

— À n'en pas douter, mon commandant. Depuis cet après-midi, mes compagnons et moi avons noté des signes qui nous laissent croire que les habitations ne sont pas éloignées de plus de deux ou trois milles, ce qui représente une petite journée de marche.

— Nous approcherons donc de Grand-Pré vers les quatre heures de l'après-midi?

— Oui, quatre heures, ou peu après.

— Nous sommes tous d'accord pour attaquer dès la nuit tombée, lorsque les feux seront éteints?

Encore des hochements de tête en signe d'assentiment.

— J'ai besoin d'envoyer quelqu'un en éclaireur, pour avertir les Acadiens de nos intentions.

— Oui, en effet, cela paraît nécessaire, car les troupes de Noble logent chez l'habitant. Cependant, il y a un risque à courir.

— Vous craignez que quelqu'un parle et alerte les Anglais sur notre présence?

— Je sais qu'il y a, parmi les Acadiens de Grand-Pré, des gens qui préviendront nos ennemis.

— Des traîtres, chez les Acadiens? s'exclame Villiers avec surprise.

— Non, monsieur, ce ne sont pas des traîtres. Ce sont d'honnêtes gens qui poussent leur scrupule de la neutralité jusqu'à l'extrême. Et ils sont le plus grand nombre.

— Nous faudra-t-il donc laisser les Acadiens dans l'ignorance?

— C'est mon avis. Sauf qu'il nous faut prévenir l'abbé Girard, dont j'ai appris, lorsque nous sommes passés à Cobeguit, qu'il se trouve à Grand-Pré en ce moment. C'est la seule personne à qui on doit passer cette information. Il saura tout de suite ce qu'il faut faire.

Villiers regarde le vieux Doucet avec une sorte d'admiration mêlée d'étonnement.

— C'est entendu. Qui suggérez-vous pour cette mission?

Il y a un moment de silence pendant lequel tout le monde paraît réfléchir.

— Oscar ne serait-il pas celui qui se ferait le moins remarquer? demande Villiers.

— Je suis heureux que la suggestion vienne de vous, mon commandant. Je suis certain que mon petit-fils, non seulement pourra remplir ce rôle, mais qu'il en sera ravi.

— Dans ce cas, c'est entendu. Voulez-vous vous charger de lui expliquer sa mission?

— Je le ferai.

Sur ces paroles, les hommes se séparent et chacun regagne sa couche où ils dormiront pendant quelques heures, avant d'entreprendre leur dernière marche avant la bataille.

La journée du lendemain se déroule sans incident. Le mauvais temps dure toujours, mais il ne neige plus. Ce sont des bourrasques de neige qui forment le dernier obstacle aux membres de l'expédition. Le vent est si fort, la poudrerie si aveuglante que, ce jour-là, les habitants de la région et les soldats de Mascarene se voient forcés de rester à l'intérieur des maisons. Ainsi, sans avoir rencontré âme qui vive, les hommes de Villiers arrivent en vue de Grand-Pré dont ils aperçoivent de loin, à travers les relâches momentanées des bourrasques, la fine pointe du clocher de son église.

Il est près de quatre heures de l'après-midi lorsque Oscar se met en route vers le village pour accomplir sa mission. Déjà les lampes commencent à s'allumer aux fenêtres des maisons. Le jour tombe tôt en ce temps de l'année pendant lequel la vie des Acadiens se recroqueville sur elle-même, devient tout intérieure. Ils ne s'aventurent au dehors de leurs chaudes demeures que pour chasser le gibier et les animaux à fourrure, ou encore couper le bois nécessaire pour nourrir l'âtre. Aussi, le jeune garçon est-il étonné de voir quelqu'un chaussé de raquettes et emmitouflé comme lui croiser sa route près des premières maisons de Grand-Pré. Il porte en bandoulière une gibecière de toile grise qui semble bien garnie. Il vient sans doute de lever ses collets, songe Oscar au moment où le chasseur est tout près.

— Tu as pris beaucoup de lièvres? lui demande le jeune garçon.

— À cause du mauvais temps, je ne suis pas venu voir à mes pièges depuis deux jours. J'ai déjà huit lièvres dans ma gibecière.

Sa voix est étouffée par le cache-nez de laine qu'il porte au travers de son visage. À l'endroit de la bouche, à cause de sa respiration, des glaçons se sont formés, qu'il enlève du revers de sa mitaine de laine.

— Es-tu venu lever tes collets toi aussi?

— Oui, lui répond Oscar, mais moi, comme j'y viens souvent, aujourd'hui, il n'y avait rien. On ne peut être chanceux tous les jours.

— Ça c'est vrai, mon garçon, lui dit l'Acadien qui paraît, par sa démarche et son parler, être un homme dans la quarantaine. Bon, eh bien, moi, j'ai fini ma tournée. Il est temps que je rentre si je ne veux pas me faire prendre par la noirceur.

Les yeux de l'homme sourient à son compagnon de rencontre, des petits glaçons pendus au bout de ses cils.

— T'es un petit Doucet, toi.

Ce n'est pas une question, c'est une affirmation.

— Oui, répond simplement Oscar, qui n'est pas troublé le moins du monde par le fait que ce chasseur ait deviné son nom.

En fait, les Doucet sont si nombreux à Grand-Pré qu'il doit probablement, ainsi enveloppé contre le froid, ressembler à plusieurs d'entre eux. L'homme et le jeune garçon, tout naturellement se remettent en route vers le village. Ils marchent d'un pas régulier, que leurs larges raquettes rendent quand même assez lent. Ils vont ainsi en silence au grand soulagement d'Oscar. Au bout de dix minutes, ils arrivent aux premières maisons. Contrairement à Beaubassin, où les habitations paraissent avoir été jetées ici et là, comme par hasard, celles de Grand-Pré mieux disposées, forment des rues qui se croisent comme dans la plupart des villages.

— Il faut que j'aille dire à M. le curé que je n'ai rien trouvé dans ses collets, dit Oscar au moment où ils passent près de l'église.

— C'est là que loge le commandant des Anglais, Arthur Noble.

Oscar ne s'attendait pas à cette remarque et par prudence, il n'y répond pas.

— Tiens, dit son compagnon en mettant la main dans sa lourde gibecière, prends ces deux lièvres. Comme ça, t'auras pas les mains vides. Les curés n'aiment pas beaucoup ça, ajoute-t-il en riant.

Oscar le remercie, dit adieu à son bienfaiteur et se dirige vers le presbytère où il frappe aussitôt à l'huis. Dans sa main gauche, il tient par les oreilles les deux lièvres gelés du bon Samaritain. Au bout d'un moment, la porte s'ouvre et pendant que le vent s'engouffre, le prêtre qui le reçoit, le tire vivement vers l'intérieur.

— Entre vite. Tu vois bien qu'il vente encore trop fort.

La porte aussitôt refermée, Oscar abaisse le foulard de laine qui recouvre son visage et fait signe au curé de se pencher, comme s'il allait lui dire un secret. L'abbé Jacques Girard, car c'est bien lui, reconnaît aussitôt le petit-fils de Hugues Doucet. Il met un doigt sur la bouche et lui montre la pièce arrière.

— M. Noble loge chez moi, lui chuchote-t-il rapidement.

— Oui, je sais. J'ai ce billet à vous remettre de la part du commandant Jumon de Villiers.

À la lumière de la chandelle qu'il tient dans la main droite, le curé prend connaissance de la missive de l'officier.

— Mon garçon, tu es bien brave d'être venu jusqu'ici, au péril de ta vie, lui dit-il une fois sa lecture terminée et après avoir fourré la lettre dans la poche de sa soutane.

Oscar hausse les épaules comme pour signifier que son action est ce qu'il y a de plus ordinaire et qu'il ne vaut même pas la peine de la mentionner.

— Bah! ce n'est rien.

— J'avais fini par ne pas y croire, lui dit le prêtre, tant l'hiver paraissait un obstacle insurmontable à toute action militaire.

— Comment? Vous saviez que nous allions venir? demande Oscar, étonné des propos du curé.

— Nous, les Acadiens, nous nous en doutions. Les Anglais qui logent chez nos gens, s'attendent aussi à cela. Beaucoup d'Acadiens, par zèle, ou pour bien prouver qu'ils sont vraiment neutres, leur répètent sans cesse qu'une attaque française est possible.

— Ce n'est pas de la neutralité, ça, Monsieur le curé.

— Oui, je le sais bien, mais c'est une notion très compliquée où personne ne s'y retrouve. Il ne faut pas leur en vouloir.

— Oh, je ne leur en veux pas. Je ne sais pas, moi non plus, ce que ça veut dire, la neutralité.

— Tu auras toujours le temps de l'apprendre. D'abord, occupons-nous de toi. Tu dois avoir faim.

— Qu'est-ce qui se passe, crie, de la cuisine, une voix avec un fort accent anglais.

— C'est un des mes jeunes enfants de chœur qui m'apporte des lièvres, lui répond le prêtre d'une voix forte. Il a froid et il est encore loin de chez lui. Je vais le garder à souper.

Le curé prend les deux lièvres, et aide Oscar à enlever quelques pelures de son habillement d'hiver.

— Garde ta tuque, lui chuchote l'abbé. Ta tête rasée ressemble trop à celle des Micmacs.

À la cuisine, la table est encore mise et occupée par les convives. Trois officiers anglais, Arthur Noble et ses lieutenants, terminent leur souper, pendant qu'un vieille servante s'affaire, avec une plus jeune, à les servir et à ranger les casseroles et la vaisselle.

— C'est un des petits Doucet qui vient de m'apporter ceci, dit le prêtre en levant les lièvres au-dessus de sa tête comme un trophée.

Les hommes qui ont un peu bu, rient bruyamment et font quelques plaisanteries en anglais, pendant que l'un d'eux met la main à une fesse de la jeune servante qui se trouve à passer près de lui. Le curé fait semblant de ne rien voir et ordonne qu'on serve Oscar aussitôt.

Le jeune garçon ne se fait pas prier et prend place aussitôt sur une chaise que le curé tire à la table, à côté de la sienne. À peine est-il assis, que la vieille servante dépose devant lui un grand plat fumant, répandant dans la pièce les parfums savoureux de la viande sauvage.

— C'est un petit ragoût de lapin, de perdrix et de lièvre, lui dit-elle avec chaleur. Ça va te faire du bien. Tu m'en donneras des nouvelles, ajoute-t-elle avec un clin d'œil.

Pendant qu'il mange, les trois Anglais prennent encore une large rasade de vin, après quoi ils décident de se retirer pour la nuit.

—Il est déjà huit heures, Monsieur le curé. Il est temps de nous préparer pour nous mettre au lit.

Bruyamment les hommes quittent la pièce et montent à l'étage où ils couchent tous les trois. Le curé et ses servantes se partagent le rez-de-chaussée; le prêtre dort dans son petit cabinet, les deux femmes, sur le plancher de la cuisine.

— Il est temps, petit, chuchote l'abbé à voix basse, une fois qu'ils ont gagné son cabinet, de faire le signal à M. de Villiers. Dans quelques minutes, nos Anglais vont ronfler bruyamment et cuver leur vin jusqu'à...

Il ne finit pas sa phrase et serre l'épaule du jeune garçon, comme pour remplacer des mots qu'il n'ose prononcer.

— J'ai compris, Monsieur le curé. Où trouverai-je la lampe?

— Ne t'en fais pas, je traverserai à l'église avec toi. Cela est tout naturel et ne pourra attirer l'attention. D'ailleurs, ils seront déjà endormis. Ils ont bu plus que de coutume.

Oscar et le prêtre s'habillent chaudement avant de parcourir rapidement la courte distance qui sépare le presbytère de l'église.

— Tu vois, mon garçon, lui dit l'abbé Girard, une fois à l'intérieur où ils rencontrent d'abord un gros câble de chanvre qui monte jusqu'au plafond, c'est là haut qu'il faut faire monter une lampe, qui est le signal attendu.

— Comment y arriver sans faire sonner la cloche? lui demande Oscar.

— C'est que tu n'es pas trop lourd, alors qu'il faut deux bons hommes juste pour l'ébranler.

— Vous voulez que je grimpe le long de ce câble?

— Oui, mais avec précaution. Si tu vois que la cloche bouge, arrête-toi. J'attache une extrémité de cette corde à ton poignet, et à l'autre, je suspends la lampe que nous avons apportée. Une fois que tu seras là-haut, tu la tireras vers toi.

Oscar comprend tout de suite son rôle. Dès que les préparatifs sont terminés, il commence à se hisser prudemment le long de la corde de chanvre.

La montée est lente et, plus il approche du sommet, plus il risque de faire sonner la cloche. Enfin, dans le silence le plus total, il atteint la trappe, au milieu de laquelle est percé un trou par où descend la corde rattachée à la cloche. Il éprouve beaucoup de difficultés à pousser le panneau, car les bourrasques de vent s'engouffrent dans le clocher en sifflant. Il y réussit enfin et parvient même à se soulever jusqu'à s'asseoir sur les rebords de la trappe. Ainsi, confortablement installé, il ne prend que quelques secondes à tirer vers lui la lampe qui est fermée de tous les côtés, sauf au-dessous.

«Permettez, mon Dieu, qu'elle reste allumée assez longtemps, pour que les troupes la voient», prie l'abbé Girard qui, d'en bas, surveille les efforts du jeune garçon.

— Ça y est, Monsieur le curé, elle est en place.

— La flamme tient-elle bon?

Ils doivent presque crier pour se faire entendre, car le bruit du vent couvre parfois leurs paroles.

— Oui, la lampe est toujours allumée.

Combien de temps restent-ils ainsi à se demander à quel moment les Anglais vont se rendre compte de ce qui arrive? L'abbé n'en est pas sûr, mais il croit que Oscar est bien resté dix minutes dans le clocher avant qu'une rafale de vent éteigne enfin la lampe. Lentement, il la laisse descendre jusqu'à terre où le curé la prend et la rallume. Puis lentement, avec autant de précaution que pour la montée, Oscar descend le long de la corde de chanvre pour atterrir à côté de l'abbé qui l'aide à se débarrasser du câble attaché à la lampe.

— Tout est en place, mon garçon. Maintenant, à la grâce de Dieu.

L'homme et l'enfant regagnent le presbytère et s'enferment dans le petit cabinet du curé.

— Maintenant, demande Oscar à voix basse, que va-t-il se passer?

— Les ordres du commandant de Villiers sont formels. Tu dois rester à mes côtés jusqu'à nouvel ordre. Ta mission est de me protéger si nous sommes attaqués.

En même temps, l'abbé Girard lui montre deux armes qu'il garde cachées sous un coffre. Oscar est rassuré, mais il voudrait en savoir davantage.

— Les ordres de M. de Villiers, approuvés par ton grand-père, sont que nous ne devons pas bouger de cette pièce tant qu'il ne viendra pas lui-même en personne nous délivrer.

Le jeune garçon ne dit rien, mais il éprouve une frustration qui le rend agité sur la chaise où il a pris place.

— Calme toi, mon petit, commence l'abbé Girard...

— Je ne suis pas si petit que cela, Monsieur le curé. J'en ai assez d'être pris pour un enfant. J'ai participé à des batailles avant aujourd'hui. Je peux accomplir davantage si je ne reste pas assis ici à ne rien faire.

— La première règle à observer pour un bon soldat, Oscar, c'est d'obéir aux ordres de son chef. Et M. de Villiers, ton commandant...

Le curé n'a pas le temps de terminer sa phrase, car il est interrompu par des bruits légers qui se font entendre dans le corridor et dans l'escalier qui mène à l'étage. Le jeune garçon, vif comme l'éclair, est debout, se dirigeant aussitôt vers les armes sous le coffre. L'abbé retient son geste en lui prenant le bras fermement avec sa main.

— Tu dois rester ici, sans bouger, à moins que nous ne soyons attaqués. Ceux que tu entends sont des nôtres.

Oscar se rassoit, le visage buté. Tout à coup, ce qui n'était qu'un discret remue-ménage se change soudainement en un tapage infernal au-dessus de leurs têtes. Il faut toute l'autorité physique et morale de l'abbé Girard pour retenir Oscar et l'empêcher de courir vers l'action. Ils entendent des cris, des bruits de meubles renversés, des sons qui, pour Oscar ressemblent étrangement à ceux d'un corps à corps, suivis d'une lourde chute. Toute cette action ne dure pas deux minutes. Elle est suivie d'un long silence, puis des pas de bottes descendant l'escalier.

Le curé fait signe que oui à Oscar lorsque celui-ci veut s'emparer d'une arme. Le jeune garçon la prépare, l'amorce et la pointe vers la porte du cabinet, lorsque celle-ci s'ouvre soudainement.

Dans l'encadrement, apparaissent tour à tour, les visages de son grand-père et de celui de Coulon de Villiers. Leurs habits et leurs mains sont éclaboussés de sang. Le souffle du commandant est rapide et nerveux, tandis que Hugues Doucet, le visage impénétrable, regarde le curé et son petit-fils, comme s'il ne les voyait pas. La main droite de M. de Villiers, abaissée à la taille, tient une épée ensanglantée qui révèle, à elle seule, le drame qui vient de se dérouler au-dessus d'eux.

L'abbé Girard va au devant du commandant, lui retire son arme et la dépose sur la table qui lui sert de pupitre. Les deux hommes se regardent et, par un signe de tête léger, se comprennent sans avoir à dire un mot.

— Je vais monter. L'un des lieutenants était catholique.

Oscar, encore secoué par les événements, reste sur place, immobile, hébété, incapable de bouger. Hugues Doucet, qui en a vu de bien pires au cours de sa longue vie, se dirige vers son petit-fils, le serre contre sa poitrine, sentant son cœur battre fortement contre le sien. Le jeune garçon, brisé par les sentiments divers qui l'envahissent, se laisse aller contre son grand-père, tremblant comme feuille au vent. Peu à peu les secousses s'espacent et Oscar redevient calme et paisible. Au même moment, la cloche de l'église de Grand-Pré se met à sonner à toute volée, des cris et des coups de feu clairsemés se font entendre à l'extérieur.

Lorsqu'ils quittent le cabinet, les trois hommes et le jeune garçon trouvent les deux servantes, recroquevillées dans un coin de la cuisine, tremblantes de peur, s'étreignant dans les bras l'une de l'autre. Villiers et les deux Doucet laissent les femmes aux soins du curé et sortent dans la rue. Ils y sont accueillis par des cris venant de toutes parts, des gens courant dans toutes les directions dans la plus totale confusion. Au bout d'une heure de ce charivari, de Villiers réussit à prendre le contrôle de la situation. Avec l'aide de ses lieutenants, il rassure la population qui n'a pas tout de suite compris ce qui s'était passé.

Le reste de la nuit est employé à remettre un semblant d'ordre dans la terrible cohue qui a suivie l'attaque surprise par le régiment de Coulon de Villiers. Le matin venu, on fait le décompte des victimes: les Anglais, cent quarante morts et trente-huit blessés, les Acadiens et les Souriquois, sept morts et quatorze blessés. Plus de trois cents soldats britanniques sont faits prisonniers, lorsqu'ils apprennent que leur commandant, Arthur Noble a été passé au fil de l'épée.

Ce n'est qu'une heure après le lever du jour que Hugues Doucet et les jumeaux Poonhook et Wegoon, qui les cherchaient frénétiquement, découvrent les corps inanimés de Mtaë et Booktao. Ils ont tous les deux été atteints dans le dos par une décharge de mousquet à bout portant. Leurs meurtriers, après les avoir scalpés, puis suspendu ces trophées à leur ceinture, ont été abattus à leur tour, sans doute par une patrouille acadienne qui passait par là, s'effondrant sur le dos à côté de leurs victimes.

Kesegoo est profondément secoué par la mort de ses deux vieux compagnons. Oscar, qui a tout de suite compris sa douleur, reste aux côtés de son grand-père, ne le quittant pas d'une semelle.

Trois jours plus tard, Villiers rend leur liberté aux prisonniers, à la condition qu'ils évacuent le village de Grand-Pré et retournent à Annapolis Royal. Après avoir rendu les derniers devoirs à leurs morts, les Anglais prennent le chemin du retour. Ils n'ont pas prisé cette humiliante défaite. et se promettent de revenir dès qu'ils le pourront.

De retour à Beaubassin les Acadiens et les Souriquois sont accueillis comme des héros. Cette victoire, au cours de laquelle ils ont refoulé les Anglais dans leur enclave d'Annapolis, leur donne les plus grands espoirs. L'expédition du duc d'Anville, après tout, n'aura pas eu que des résultats désastreux. Si elle ne leur a pas redonné leur chère Acadie dans sa totalité, elle vient de marquer un point dans cette interminable querelle de frontières et de serments de loyauté.

Aussi, est-ce une explosion de joie, un regain d'espoir, lorsque, vers la fin de la même année, les Acadiens de toute la péninsule, depuis Port-Royal jusqu'à Beaubassin, apprennent que la guerre en Europe étant terminée, le traité d'Aix-la-Chapelle vient de rendre à la France et l'île Royale et l'île Saint-Jean. Port-Royal, hélas, lui, continuera de s'appeler Annapolis Royal. Nicolas Gautier, Hugues Doucet et nombre d'autres Anciens n'arrivent pas à comprendre comment il se fait qu'après tant de tentatives, ils n'aient jamais pu reprendre Port-Royal, malgré le fait que ce soit un petit fort en mauvais état, gardé la plupart du temps par une garnison insuffisante. Qu'il s'appelle Port-Royal ou Annapolis Royal, le lieu reste un symbole puissant aux yeux des Acadiens. C'est le berceau de leur nation, le creuset de leur peuple.

13

L'été de 1748 restera à jamais marqué dans la mémoire d'Oscar Doucet. C'est celui au cours duquel il accède, par plusieurs points, à l'âge adulte. Non pas à sa plénitude, bien entendu, mais à sa découverte, à son commencement.

Depuis près d'un an, son univers se transforme. L'existence de son grand-père, qui l'a pris avec lui après la tragédie dans laquelle a péri toute sa famille, connaît aussi des bouleversements. La mort de ses deux vieux compagnons, Mtaë et Booktao, lors du raid à Grand-Pré, l'affecte plus qu'il ne le laisse paraître. Depuis cette date, la célèbre bande des Micmacs de Kesegoo a pour ainsi dire cessé d'exister comme telle. En même temps, l'abbé Le Loutre l'a reprise en main pour ses propres besoins et l'a considérablement augmentée. Les exploits de la bande à Kesegoo sont devenus légendes au cours des ans, à force d'être répétés lors des longues soirées d'hiver, dans les foyers acadiens, de Port-Royal jusqu'à Beaubassin, et même au-delà.

Lorsque, au printemps, Mabou et Pege, un peu plus jeunes que Kesegoo, disparaissent mystérieusement au cours d'une expédition de chasse vers le pays armouchiquois, Hugues Doucet est fortement ébranlé. Cette fois, il ne peut plus dissimuler la peine qu'il éprouve à la suite de cette seconde tragédie, si rapprochée de la première. En l'espace de quelques mois, il a perdu ses quatre plus proches amis, ceux avec lesquels il a partagé près de soixante ans d'une vie qui leur a apporté des joies et des peines en abondance.

Après des semaines de vaines recherches pour retrouver les traces de ses vieux compagnons, le vieillard, accablé par ce nouveau malheur, rentre en lui-même et devient indifférent au monde qui l'entoure. Oscar, qui partage sa vie de tous les jours, s'inquiète du changement survenu dans l'humeur de son grand-père. C'est vers son petit-fils et les jumeaux, Poonhook et Wegoon, les plus jeunes et les derniers survivants de la bande, qu'il se tourne pour chercher des consolations. Leur affection et leur sollicitude lui sont d'un grand secours. Ils viennent de participer avec lui, mais sans succès, aux nombreuses battues pour connaître le sort de leurs compagnons. Dans le but de fixer son esprit sur d'autres choses, ils proposent au vieillard de rendre visite aux Gautier, qui habitent Beaubassin. C'est une idée d'Oscar qui veut profiter de l'occasion pour se rapprocher de Marie-Ange. Doucet, pour montrer qu'il apprécie leurs efforts, accepte leur proposition et ils se mettent en route quelques jours plus tard.

Lorsqu'ils arrivent à destination, après un voyage de cinq jours, ils trouvent la population du village dans un état d'excitation extrême. Ils se rendent directement chez Nicolas Gautier, où ils sont, bien entendu, reçus à bras ouverts, comme ils pouvaient s'y attendre, l'hospitalité des Acadiens étant immense et toujours désintéressée. C'est Doline qui les accueille, lorsqu'ils se présentent vers la fin de l'après-midi.

— Comme Doudou et Moussié seront heureux de vous voir, s'exclame la servante noire en les apercevant.

Le vieux Doucet et son petit-fils entrent, pendant que les deux Micmacs s'occupent des bagages et des chevaux.

Ils sont aussitôt conduits dans la salle à manger où leur entrée interrompt une conversation qui paraît fort animée. Autour de la table, qui occupe le centre de la pièce, sont assis Nicolas Gautier, Marie Alain, Marie-Josèphe et Michel de Gourville, ainsi que l'abbé Jean-Louis Le Loutre.

— Vous tombez à point, leur dit Gautier en les invitant à s'asseoir. Le sujet de notre discussion devrait vous intéresser au plus haut point. Mais d'abord, dites-nous ce qui vous amène.

Avec sa voix chaude habituelle, mais sur un ton beaucoup moins énergique qu'auparavant, Hugues Doucet leur fait part des derniers événements. Le changement dans la personnalité du vieillard n'échappe à personne. Il parle avec une lenteur délibérée, sa voix exprimant la souffrance et la tristesse.

— Doucet, lui dit Nicolas Gautier à la fin de son récit, vous êtes chez vous dans cette maison. Elle est aussi la vôtre. Je vous ai dit plus tôt que vous arriviez à un moment fort opportun. C'est encore plus à propos que vous ne le pourriez imaginer.

Cette fois, l'œil bleu de Doucet paraît s'éveiller, lorsqu'il relève la tête et regarde Gautier, l'air interrogateur. Celui-ci se tourne vers l'abbé Le Loutre, comme pour l'inviter à continuer.

— Lorsque vous êtes entré, dit le missionnaire, nous étions en train de discuter d'un important projet. Les autorités de Versailles, par ma voix et celle d'autres missionnaires, incitent les Acadiens à aller s'établir soit à l'île Royale, soit à l'île Saint-Jean qui, comme vous le savez, sont redevenues françaises par le traité d'Aix-la-Chapelle.

Lorsque le prêtre s'interrompt, Doucet continue de le regarder avec intensité.

— Hélas, poursuit le missionnaire, les Acadiens ne semblent pas comprendre le bon sens et ne répondent pas à mon incitation.

Le Loutre, à nouveau suspend son discours, comme s'il attendait des commentaires.

— Mais pourquoi les Acadiens quitteraient-ils des terres si fertiles, des propriétés dans lesquelles ils sont établis depuis si longtemps, pour des lieux qui ne sont pas propres à la culture? demande le vieux chef micmac.

— C'est porter un jugement bien précipité sur la qualité du sol de ces deux îles et je ne crois pas...

— Mon jugement n'est guère précipité, monsieur, l'interrompt Doucet qui semble tout à coup sortir de sa léthargie. Je connais bien le sol inhospitalier à la culture de l'île Royale. Ce ne sont que roches et sédiments de toutes sortes laissés par les tempêtes au cours des ans. Je ne vois pas l'avantage à aller s'établir sur des terres si hostiles.

— Admettez quand même que l'île Saint-Jean est tout autre. Elle est formée d'un riche terreau où l'on peut faire croître toutes les céréales et les légumes que l'on obtient ici. Ses pâturages sont assez fertiles pour nourrir les troupeaux qu'on y voudra mettre.

— Je connais bien l'île Saint-Jean. Il est vrai qu'elle serait plus hospitalière au fermier acadien que l'île Royale. Cependant, la qualité de son sol est loin de valoir celle des terres alluvionnées que nos habitants ont arrachées à la mer depuis plus de cent ans en Acadie, tant le long de la rivière Dauphin, qu'autour du bassin des Mines et de la baie de Chignectou. Et vous voudriez qu'ils abandonnent cet immense patrimoine, acquis à la sueur de leur front, pour un pays inférieur et à l'avenir incertain?

— Je connais bien vos arguments et je mesure leur importance, Monsieur Doucet. Ils me sont servis à répétition par tant de gens que je ne puis les ignorer.

— Alors, dans ce cas...

— C'est qu'il y a des raisons d'un autre ordre, reprend Gautier, lorsqu'il voit la tournure que prend la discussion.

— Ah?

— Oui, la première et non la moindre étant celle du serment inconditionnel qu'on nous veut faire prêter, comme vous savez, au roi d'Angleterre. Tout d'abord, les Sauvages ne nous le pardonneraient pas, se croyant trahis. Ensuite, je ne nous vois pas, prenant les armes contre les Français qui chercheraient à reconquérir l'Acadie.

— Ce serment, vous le savez aussi bien que moi, argue Doucet, les Anglais nous le demandent depuis plus de quarante ans. Il me semble qu'ils ont accepté que nous étions capables de tenir parole et de rester neutres en cas de conflit. Nous le leur avons assez prouvé.

— Ce fut le cas dans le passé, je vous l'accorde, intervient à nouveau Le Loutre mais, récemment, leur position s'est durcie. Le raid à Grand-Pré y est pour quelque chose.

— Évidemment. Mais tout ça n'est pas nouveau.

— Non, c'est juste, mais ce qui est nouveau, ce sont les plans qu'ils font pour s'imposer sur tout le territoire que nous considérons comme l'Acadie Nouvelle, qui va de Pigiguit jusqu'à la rivière Missaguash et au-delà.

— Des plans, dites-vous?

— Oui. Des troupes d'occupation plus nombreuses sont en route vers l'Acadie. Un recrutement intensif de colons anglais rencontre un vif succès dans les îles Britanniques, surtout en Écosse. Bientôt, ces gens seront ici et leur gouverneur voudra les établir sur des terres riches et fertiles, comme on le leur a promis.

— Eh bien, pourquoi pas? Le pays est assez grand pour nourrir encore plusieurs milliers de foyers de plus.

— Vous avez sans doute raison, mais il ne s'agit plus de cela. Cette fois, la menace d'arracher les colons à leurs terres et de les déporter vers les colonies américaines doit être prise au sérieux.

— Les Français aussi, ont fait des plans en ce sens, rappelle Doucet en se tournant vers Marie-Josèphe, n'est-ce pas, madame?

— Oui, c'est juste, répond Marie Alain à la place de sa fille. C'est ce projet du ministre français de la Marine qui a fait changer mon point de vue sur la neutralité.

Doucet se tourne vers Mme de Bel-Air avec un air interrogateur.

— En effet, monsieur, je me leurrais en pensant que l'on peut rester neutre. Il nous faut être entièrement ou pour l'un ou pour l'autre. La France, pas plus que l'Angleterre n'accepteront rien d'autre.

— Voilà une position bien embarrassante, en effet, dit Doucet d'un air songeur.

— C'est justement où nous en étions rendus dans notre discussion. J'étais en train d'exposer un plan, au moment où vous êtes arrivés.

Doucet fait un geste de la main comme pour l'encourager à poursuivre.

— Ce que je proposais, c'est que nous déménagions tous à l'île Saint-Jean, et que nous en fassions la nouvelle Acadie.

Le vieil homme regarde Marie Alain avec l'air de ne pas comprendre.

— Qu'y a-t-il dans cette proposition qui diffère tant de ce que veut M. Le Loutre? demande-t-il au bout d'un moment.

— Ce que je suggère, c'est que nous répondions aux vœux du gouvernement français et que nous allions tous nous établir dans l'île Saint-Jean. Une fois cela accompli, nous n'aurons qu'à rejeter la domination de l'une et de l'autre nation à qui nous dirons que nous voulons nous occuper de nos propres affaires. N'avons-nous pas prospéré lorsque nous avons été laissés à nous-mêmes, depuis 1710?

Cette fois, Doucet est vraiment étonné par cette nouvelle idée.

— Mais comment est-ce possible? Vous croyez vraiment que la France et l'Angleterre accepteront aisément une telle déclaration d'indépendance de notre part. S'ils n'étaient pas d'accord, nous n'aurions plus qu'un seul ennemi, mais plutôt deux.

— Je sais, dit-elle, mais nous pourrions leur représenter que nous ne voulons que vivre en paix, laissés à nos propres moyens. La mer serait notre frontière naturelle et rassurerait ces deux pays sur une expansion possible au-delà de cette limite.

— Mais, madame, la population acadienne grandit à un rythme si rapide que bientôt l'île Saint-Jean serait trop petite pour nous contenir tous. Il nous faudrait alors trouver un pays encore plus vaste.

— Je suis de votre avis, Doucet, dit le missionnaire. Je ne crois pas que cette idée soit réalisable. La France ne laissera jamais s'émanciper une colonie dans laquelle elle a mis tant d'effort et d'argent.

— Est-ce là, résumé en quelques mots, monsieur, toute la sagesse du gouvernement de Sa Majesté Louis XV? demande le vieillard avec ironie.

— Croyez-moi, je parle en connaissance de cause. L'abbé de L'Isle-Dieu est très ferme sur ce point.

Le silence suit cette affirmation de Le Loutre. Ses accointances à Versailles, songe Marie Alain, donnent sûrement du crédit à ses paroles. Pour elle, qui toute sa vie a mené le combat de la neutralité, elle se sent quelque peu désarçonnée par de pareils propos.

— De toute façon, dit Nicolas Gautier après un moment et voyant la détresse de sa femme, nous songeons sérieusement, Marie et moi, à aller nous établir à l'île Saint-Jean, avec les trois plus jeunes qui sont encore avec nous. Joseph du Vivier, le frère de mon gendre, y a fait un séjour prolongé, il y a quelques années, lorsqu'il était en poste à Port-Lajoie[1] où plusieurs familles acadiennes se sont établies il y a déjà plus de vingt ans.

---

1. Port-Lajoie: aujourd'hui, Charlottetown.

— D'ailleurs, si j'en crois les propos que j'entends chez des gens de Beaubassin, M. de Bel-Air ne sera pas le seul à faire ce déménagement. C'est le sujet de toutes les conversations ces temps-ci.

— Voilà donc pourquoi nous avons trouvé la population si agitée lorsque nous sommes arrivés.

— Je fais tout en mon possible, dit l'abbé, pour les convaincre de partir. Je ne rencontre pas autant de succès que je l'aurais espéré. Plusieurs refusent de reconnaître le danger qui les menace. Mais l'exemple de M. Gautier en incitera sûrement plusieurs à faire comme lui. Que ne l'imitez-vous, Monsieur Doucet. Pourquoi ne pas vous établir avec Oscar et les jumeaux à l'île Saint-Jean?

Le vieux chef met beaucoup de temps avant de répondre. Il jette un coup d'œil du côté de son petit-fils qui le regarde, l'œil inquiet.

— J'aime beaucoup l'idée de Mme de Bel-Air, mais je préférerais qu'elle se réalise dans l'Acadie actuelle, où nous sommes déjà si nombreux, enracinés profondément dans le sol si riche que nous avons arraché à la mer.

Les paroles du vieux chef micmac font réfléchir tout le monde. Il représente le point de vue du plus grand nombre des Acadiens.

— Je comprends Doucet, continue Gautier. Son pays, c'est Cobeguit depuis près d'un siècle...

M. de Bel-Air s'interrompt brusquement, lorsqu'une main discrète frappe à la porte. Avant d'obtenir une réponse, la tête de Doline paraît dans l'entrebâillement.

— Un moussié vient voir Moussié.

— Un moussié? Quel moussié? demande Marie Alain intriguée.

Le visiteur ne laisse pas à la servante le temps de répondre, pousse la porte et entre pesamment dans la petite pièce en marmonnant des paroles incompréhensibles. Michel de Gourville, en l'apercevant, ne peut retenir une exclamation d'étonnement.

—Louis[2]! Quelle surprise! Depuis quand es-tu revenu?

La réaction si vive de Gourville est dictée beaucoup plus par la surprise que par la joie de revoir son cousin. Vergor est un homme court, aux traits épais, à la bouche lippue. Son regard est fuyant et son cou, lorsqu'il parle, se cabre brusquement vers la droite, en un geste saccadé, au rythme de son débit. Rien dans sa personne n'inspire la sympathie. Ses vêtements sont sales et négligés.

— Je... Je... Je... commence-t-il avec le terrible bégaiement qui l'afflige la plupart du temps.

Il tente de poursuivre sa phrase, mais il n'y parvient pas, tant sa timidité le paralyse. Au lieu de cela, il tend une lettre à son cousin et une autre à Nicolas Gautier.

—Que contient donc ce document? demande Gourville.

Il s'empare de la missive et en commence aussitôt la lecture, n'attendant pas de réponse à sa question. Il se souvient que Vergor ne sait pas lire, qu'il peut à peine signer son nom.

De son côté, Nicolas Gautier prend aussi connaissance du message qu'on lui a remis. Il est le premier à exprimer sa réaction.

— Marie, c'est une réponse de M. de Maurepas à ma requête, dit-il a sa femme, l'air souriant, tout en lui tendant sa lettre.

Marie Alain lit la missive à son tour, pendant qu'un sourire éclaire son visage.

— Le ministre de la Marine et des Colonies me fait parvenir une compensation pour les pertes que m'ont fait

2. Louis du Pont du Chambon de Vergor, est le fils de Louis du Pont du Chambon, qui a été gouverneur intérimaire de Louisbourg en 1744. Il est le cousin germain de Michel de Gourville. Ils sont presque du même âge. Il était à Louisbourg en 1744 lorsque son père avait rendu la forteresse aux Anglais. Blessé à cette occasion, il avait été rapatrié en France, mais était revenu au Canada après que les îles Royale et Saint-Jean eurent été rendues à la France. C'est ce même Vergor qui laissera passer les Anglais au poste de l'anse au Foulon en septembre 1759.

subir les Anglais à Bel-Air, il y a trois ans, ajoute son mari, à l'intention des autres.

Après les félicitations d'usage, les têtes se tournent alors vers Gourville qui est toujours plongé dans sa lecture.

— Alors Michel, lui demande Marie-Josèphe qui s'impatiente, de qui vient cette lettre?

— De mon commandant, qui m'enjoint de retourner à mon poste à Louisbourg.

— Oh! dit sa femme, c'est une excellente nouvelle. Elle le serait encore davantage si mon père se ralliait à la suggestion qui lui a été faite de déménager ses pénates à l'île Saint-Jean.

L'abbé Le Loutre, en entendant ces paroles, sourit d'un air satisfait.

— Vous voyez, Gautier, que je ne suis pas le seul de cet avis.

Tous les yeux regardent maintenant dans la direction de Nicolas Gautier. Celui-ci paraît hésiter. Il a repris la lettre des mains de sa femme et la regarde longuement. Il semble lire mais, en fait, il réfléchit au message du ministre de la Marine.

— Que penses-tu de tout cela, Marie? demande-t-il en se tournant vers sa femme.

Celle-ci regarde longuement son époux avant de lui répondre. Son visage est détendu et ses yeux rieurs.

— La générosité de M. de Maurepas nous permet certainement un plus grand nombre de choix.

— N'as-tu pas une préférence?

— Tu veux que je choisisse entre rester ici et aller nous établir ailleurs?

Nicolas Gautier hoche la tête plusieurs fois en signe d'acquiescement.

— Tu me connais, Nicolas. Tu sais que je te suivrai partout. Si tu veux connaître ma préférence, c'est de rester ici, dans l'Acadie Nouvelle.

— Mais, madame, intervient Le Loutre, les îles Saint-Jean et Royale font partie de l'Acadie Nouvelle.

— Ah! monsieur, dit Marie Alain, le visage courroucé en se tournant vers le missionnaire, votre fanatisme vous entraîne dans le ridicule. Tous les arguments sont bons, à votre avis, pourvu qu'ils supportent votre intolérable point de vue.

Le Loutre rougit sous l'algarade, mais se mord les lèvres et choisit de se taire pour l'instant.

— Mme de de de de B B B B B B Bel-Air, n'a pas tout à fait tort en désirant rester ici, parvient à articuler Vergor, avec grand peine.

Tous se sont tournés vers le messager et le regardent avec étonnement. Il n'est pas dans les habitudes de Louis du Chambon de prendre une initiative aussi tranchante. Ordinairement, il préfère se taire, n'ayant pas l'étoffe voulue pour contredire un personnage aussi important que l'abbé Le Loutre.

— Veux-tu t'expliquer davantage, Louis, lui demande Michel de Gourville qui, comme les autres, n'en est pas revenu de l'audace de son cousin.

Après plusieurs minutes de bégaiement, il ressort que du Chambon apporte des nouvelles de Paris qui ont l'air de plaire aux personnes présentes. Le ministre des Colonies annonce la construction de deux forts, le plus important sur les rives de la Missaguash, vraisemblablement à une ou deux lieues de Beaubassin et l'autre sur les rives de la baie Verte. Lorsque la clarté du message est parfaitement établie et que son impact se fait sentir, Marie Alain réagit avec un certain sarcasme à l'endroit de Le Loutre.

— Vous voyez bien, Monsieur l'abbé, le roi lui-même me donne raison.

— Comme nous voilà royaliste, madame, lorsque la chose nous accommode.

— Cela n'a guère d'importance, n'est-ce pas, puisque les Acadiens seront enfin protégés. Il n'y a que cela qui me préoccupe. Je ne puis dire, monsieur, que vos actions ont toujours eu à cœur le bien-être des miens.

L'abbé va relever cette dernière remarque, mais Hugues Doucet reprend la balle avant qu'elle ne rebondisse plus loin.

— Je ne suis pas si assuré, madame, que les Acadiens seront ainsi en plus grande sécurité.

Tous les yeux se tournent vers le vieillard qui prononce ces paroles d'un air mystérieux.

— Alors, Doucet, il y a donc quelque chose que vous connaissez et que nous ignorons, dit Nicolas Gautier.

— En effet, j'ai appris, ces jours derniers, que les Anglais s'apprêtent aussi à manifester une présence plus grande et plus forte dans l'isthme de Chignectou.

— Ah? Comment cela va-t-il se produire? demande Le Loutre pour qui la conversation prend un tour qui l'intéresse au plus haut point.

— Le lieutenant-colonel Charles Lawrence[3], continue Doucet, qui était en poste à Louisbourg pendant l'occupation anglaise, est devenu commandant d'une compagnie en Nouvelle-Écosse. Mes informateurs m'ont appris que le remplaçant de Mascarene, comme gouverneur de la Nouvelle-Écosse, le baron Cornwallis est arrivé ici avec des ordres de Londres qui ne sont pas pour nous rassurer.

Les paroles de Doucet ont immédiatement obtenu l'attention de tous.

— C'est un homme de grande importance qui a reçu comme mission de mater les Acadiens coûte que coûte. Il a donné ordre à Lawrence de se rendre dans cette région pour y établir la présence anglaise. Cela fait, ils auront une bonne raison de revendiquer nos terres.

— Oui, mais si nous construisons deux forts, argumente l'abbé, ils hésiteront sans doute...

---

3. Charles Lawrence, un protégé de Lord Halifax, président du *Board of Trade*, sera gouverneur de la Nouvelle-Écosse en 1753.

— Peut-être avez-vous raison, Le Loutre, intervient Gourville, mais ce que je viens d'entendre me fait penser que le problème, bien loin de se régler, se complique davantage.

Vergor fait un effort pour ajouter quelque chose à la conversation. On l'ignore d'abord, puis on finit par l'écouter. Il ressort de ce qu'il a à ajouter, que le gouverneur Cornwallis protège Lawrence, parce qu'il est un parent de Lord Halifax.

— L'intention de Cornwallis, paraît-il, reprend Doucet, est de déménager la capitale de la Nouvelle-Écosse de Port-Royal à Chebouctou et de la baptiser Halifax.

— Tout cela est fort intéressant, remarque Le Loutre légèrement piqué, mais en quoi cette outrancière manifestation de népotisme me regarde-t-elle?

— Cela signifie que le projet du lieutenant-colonel Lawrence aura bel et bien lieu, Monsieur l'abbé, ajoute Gourville.

— Dans ce cas, messieurs, je serai là, avec mes Micmacs pour le recevoir.

— Je n'en doute pas Monsieur Le Loutre, dit Marie Alain avec humeur. Vous ne cesserez jamais de m'étonner.

— Ah?

— Oui, monsieur. Vous tordez le cou des gens pour les forcer à vous aimer.

Gautier et Gourville rient à haute voix, ce qui ne manque pas de vexer le missionnaire encore davantage.

— La compensation du ministre est fort généreuse, même si elle ne couvre pas toutes les pertes que m'ont fait subir les Anglais, continue M. de Bel-Air. Dans sa lettre, M. Rouillé me prie d'encourager les Acadiens à déménager dans l'île Saint-Jean. Il m'est difficile de le faire si je ne donne pas l'exemple moi-même. Voilà pourquoi j'ai l'intention d'appuyer la politique officielle de Versailles et d'aller m'établir avec ma famille sur les bords de la rivière du Nord-Est[4].

Le Loutre réagit favorablement à la déclaration de Gautier. Il aimerait manifester sa satisfaction, mais il n'ose pas, par crainte d'essuyer de nouvelles critiques de Marie Alain.

— Allez, le Loutre, réjouissez-vous comme il convient, le taquine Gourville qui a deviné ses pensées.

Le prêtre sourit seulement, mais reste silencieux.

— Et vous, Doucet, lui demande Gautier, que ferez-vous?

Le vieil homme regarde ses amis avec un sourire malicieux.

— Ah! Que de graves décisions à prendre, dit-il au bout d'un moment. D'un côté j'ai Oscar qui voudrait sans doute aller à Louisbourg...

— À Louisbourg? demande l'abbé avec étonnement.

— Si j'en crois les révélations de M. de Vergor et le retour prochain des Gourville dans l'île Royale...

Doucet s'interrompt tout en cherchant son petit-fils des yeux, mais il a disparu. Tous se regardent en souriant, sachant bien que le jeune homme, que la conversation avait cessé d'intéresser, était parti à la recherche de Marie-Ange.

— ...et de l'autre, poursuit Doucet, il y a vous, Gautier qui désirez m'entraîner à l'île Saint-Jean. Cependant, je ne ferai ni l'un ni l'autre et je resterai à Beaubassin... pendant un certain temps, en tout cas. Pour, à la fois ne décevoir personne et tout le monde, je ne bouge pas de cet endroit, à moins, bien sûr, qu'on m'en chasse, ajoute-t-il en riant, tout en regardant l'abbé Le Loutre.

Sur ces paroles dites sur un ton léger, Marie Alain et ses invités passent à table où ils célèbrent les heureuses nouvelles qu'ils viennent d'apprendre.

---

4. Rivière du Nord-Ouest: aujourd'hui la rivière Hillsboro.

Peu après ces événements, comme l'avait d'ailleurs annoncé du Chambon, les Français construisent deux forts. Le premier, nommé Beauséjour, est érigé à l'ouest de la rivière Missaguash, à moins d'un mille de Beaubassin. Louis du Chambon de Vergor, le cousin de Michel de Gourville a été nommé, à la grande surprise de tous, commandant du nouveau fort. Son incompétence et ses désastreux états de service ne semblent pas avoir influé sur la décision de ses supérieurs de lui confier un poste aussi stratégique pour l'avenir de l'Acadie. Quant au deuxième, le fort Gaspereau, un peu plus modeste, il est construit à la baie Verte, pour parer aux attaques venues de la mer. Le but de Versailles est de montrer aux Anglais que la France est sérieuse dans ses revendications du territoire de l'Acadie Profonde.

Gautier, quelques mois plus tard, quitte Beaubassin pour les bords tranquilles de la rivière du Nord-Est, dans l'île Saint-Jean. La campagne de Le Loutre pour encourager les Acadiens à suivre son exemple, ne connaît pas le succès escompté. Le prêtre, alors, menace ses paroissiens de tous les maux physiques et spirituels. Il leur annonce que les Anglais vont venir s'établir chez eux et qu'ils seront alors chassés de leurs terres. Mais Le Loutre a crié au loup trop souvent pour que les habitants lui accordent encore quelque crédit.

Quelle n'est pas la surprise des Acadiens lorsque, au printemps de 1750, un régiment anglais, commandé par le lieutenant-colonel Charles Lawrence, se présente dans la région de Beaubassin, un petit régiment assez imposant pour susciter les pires craintes chez l'habitant et confirmer les sombres prédictions de Le Loutre. Inutile d'ajouter que l'abbé, voulant profiter de cette nouvelle frayeur, intensifie encore sa campagne pour forcer les Acadiens à émigrer. Ceux-ci sont têtus, car ils refusent encore de bouger.

Cette fois, le prêtre n'en peut plus. Il décide de porter un grand coup pour forcer les habitants à obtempérer à son commandement. Sous le prétexte d'empêcher les Anglais de s'emparer de leurs maisons et de leurs terres, il incendie, avec l'aide de ses Micmacs, le village entier de Beaubassin, réduisant ainsi à néant l'œuvre de plusieurs générations d'Acadiens.

Doucet, comme les autres, se voit obligé, avec son petit-fils, de chercher refuge à Beauséjour, tandis que d'autres vont à Gaspereau. Pourtant, ce geste désespéré du missionnaire n'a pas l'effet escompté. Les habitants, une fois à l'intérieur des palissades, ne cherchent pas à émigrer. La plupart, peut-être par dépit, décident de rester sur place. Les commandants des forts paraissent assez satisfaits du cours des événements. S'ils trouvent difficile et coûteux de loger tant de gens et de nourrir un si grand nombre de bouches, ils ne s'en plaignent pas trop. En effet, la présence, dans leurs murs, de quelques centaines d'hommes en état de se battre, leur assure une meilleure défense en cas d'attaque.

Hélas, le plaisir est de courte durée. À l'automne, Lawrence revient dans la région à la tête de près de deux mille hommes. L'abbé Le Loutre, plus belliqueux que jamais, attend le colonel avec une impressionnante bande de Micmacs. Mais le prêtre-soldat, cette fois, est incapable, malgré la bravoure de ses hommes, de repousser les Anglais. Mis en déroute, ils se réfugient à leur tour dans les forts Beauséjour et Gaspereau. C'est de cet endroit qu'ils assistent, impuissants, à l'érection d'un autre fort, par les Anglais cette fois et qui pis est, sur le site même de Beaubassin incendié. Le Loutre est furieux. Maintenant, les deux partis sont en face l'un de l'autre et se regardent avec une animosité croissante.

Éventuellement, quelques familles retournent sur leurs terres et commencent à reconstruire leurs fermes. D'autres, guère plus nombreuses, émigrent finalement dans l'île Saint-Jean. La plupart, cependant restent soit au fort, soit dans les environs, où elles se sentent en sécurité.

En ces temps de plus en plus troublés, Hugues Doucet et son petit-fils, chassés par l'autodafé qui a consumé le village de Beaubassin, vivent au fort où ils s'occupent de liaison avec les Micmacs, qui leur sont restés très attachés. Un beau soir du mois de septembre 1753, Oscar et son grand-père sont attablés dans un coin sombre d'une buvette érigée à l'intérieur des murs. Derrière eux, dérobés à leur vue par un pilier, mais quand même à portée de voix, un dialogue s'échange entre deux hommes. L'un est nul autre que Louis du Chambon de Vergor, facilement reconnaissable à son bégaiement maladif.

— Que peut faire le gouverneur de Beauséjour dans un pareil établissement? chuchote Hugues Doucet à son petit-fils.

Les deux hommes, dissimulés à la vue des autres clients de l'établissement, s'entretiennent à voix basse, tout en se croyant à l'abri des oreilles indiscrètes. Doucet et Oscar prennent un intérêt croissant dans leurs propos, à mesure que progresse la conversation.

— Je vous l'avais promis, dit l'étranger à Vergor. M. de Raymond[5] m'avait assuré que votre nomination à Beauséjour était chose faite. J'ai appris de lui que vous devez ce poste au bon zèle de votre ami dévoué, François Bigot[6].

— Je je je je vous vous vous en re re re re...

— Ces formules sont inutiles entre amis, monsieur. Lorsque je rentrerai à Louisbourg, la semaine prochaine,

---

5. Jean-Louis, comte de Raymond, gouverneur de l'île Royale, de 1751 à 1754.
6. François Bigot, ancien commissaire ordonnateur à Louisbourg, où Vergor l'avait connu et où ils s'étaient liés d'amitié, était devenu intendant à Québec en 1748 et le resta jusqu'à la chute de la colonie en 1760.

je ferai au Gouverneur un rapport très flatteur sur votre commandement. En revanche, vous voudrez sans doute m'obliger en m'honorant de vos faveurs.

Vergor, pensent les Doucet, doit faire un mouvement affirmatif de la tête, car son interlocuteur poursuit au bout d'un moment.

— En signe de bonne amitié, je m'attends, cher ami, à ce que vous achetiez toutes les fournitures que je vous ferai parvenir avant l'hiver.

— Oui, mais mais mais...

— Bien sûr, bien sûr, mon ami, il y aura des surplus. C'est justement à cause d'eux que notre affaire devient intéressante.

Les Doucet ne voient pas le visage des conspirateurs, mais ils peuvent facilement imaginer Vergor, fixant son vis-à-vis, ses yeux globuleux encore agrandis par la cupidité.

— Co co co co comment cela?

— Des munitions et des armes, destinées à Beauséjour, peuvent être habilement et discrètement détournées vers le fort Lawrence, pour un profit beaucoup plus intéressant que celui que vous feriez si vous les receviez ici. J'ai mes petites et grandes entrées chez les Anglais, ce qui peut aplanir bien des difficultés.

Un silence prolongé suit cette troublante déclaration. Doucet et Oscar se demandent si Vergor est embarrassé par des propos d'une telle traîtrise ou bien s'il se donne de la peine pour exprimer son approbation. Ils ne tardent pas à l'apprendre.

— Mais, si M. de Raymond a ve ve ve vent...

— Le gouverneur n'en saura jamais rien car, je ne vous l'ai pas encore dit, Son Excellence rentre en France d'ici une semaine ou deux.

Une pause dans la conversation donne à penser que Vergor cherche encore ses mots.

— Vous savez comme M. de Raymond aime les honneurs et les cérémonies. Il trouve son poste à

Louisbourg trop peu glorieux et ses administrés trop peu reconnaissants de l'avoir pour gouverneur. C'est un homme de piètre envergure qui se croit plus important que le roi.

Doucet imagine aisément l'embarras de Vergor. Son affliction du langage l'empêche de réagir avec rapidité aux révélations de l'autre.

— Mais mais mais... articule-t-il enfin.

— D'ailleurs, je vous l'ai dit bien souvent, mon ami, coupe son vis-à-vis, j'ai droit à ces bénéfices. M. de Raymond, qui ne songe vraiment qu'à sa propre gloire, m'avait promis mers et mondes pour m'attirer en Acadie. Hélas, comme tous les gens de son espèce, la promesse est facile, mais le paiement est difficile. En conséquence, je me rembourse moi-même comme je peux.

Des sons indistincts que Doucet et Oscar prennent pour de l'acquiescement, sortent de la bouche de Vergor.

— Qui donc est cet homme qui s'entretient avec du Chambon? demande-t-il à voix basse à son petit-fils.

— C'est Thomas Pichon[7], le secrétaire du comte de Raymond. Ce que je viens d'entendre m'a confirmé dans l'opinion qu'on m'en avait donnée.

— C'est-à-dire?

— Que c'est un traître et un espion à la solde des Anglais.

— Comme c'est intéressant, ajoute Hugues Doucet, le visage rêveur.

Oscar examine son grand-père avec attention. Celui-ci, le regard perdu, semble transporté loin de ces lieux, plongé dans ses pensées.

— Ne devrions-nous pas le dénoncer?

---

7. Thomas Pichon, né en 1700, fut secrétaire du comte de Raymond, avant d'être nommé à Beauséjour, après le départ de ce dernier. Il y cumula les fonctions de secrétaire et d'âme damnée du commandant de Vergor et de commis en chef et responsable des magasins de Beauséjour, un poste avantageux pour ses affaires.

— Nous ferons mieux que cela, mon petit. J'ai un plan qui devrait donner ce résultat, en plus de nous apporter un autre avantage.

Pendant que les deux compères s'apprêtent à vendre l'Acadie pour leur profit, Hugues et Oscar Doucet se coulent au dehors, non sans que le vieillard ait jeté un coup d'œil sur les visages empourprés des deux conspirateurs. Il est déjà tard et Vergor et Pichon sont dans un état avancé d'ébriété.

14

Éblouissante comme une princesse de conte de fées, dans sa robe de mariée en satin pêche, Marie-Ange de Gourville descend lentement et avec une majesté naturelle le grand escalier de Bel-Air[1]. Un léger trouble rosit ses joues et donne à son visage d'ange l'éclat de la porcelaine de Sèvres. Marie-Ange, la bien nommée, pense son père en la voyant paraître. Emportée par l'atmosphère de la fête qui se prépare, la jeune fille, radieuse de bonheur, sourit à ses parents, à sa grand-mère et à quelques domestiques qui, dans un silence admiratif et ravi, l'attendent au pied de l'escalier.

Elle n'est encore qu'à mi-chemin, lorsqu'un soudain bruissement d'ailes la fige sur place. Un oiseau vient d'entrer dans la maison par les doubles portes grandes ouvertes en cette resplendissante matinée du début de septembre[2]. Avant qu'elle ait eu le temps de prendre garde,

---

1. Après son déménagement à l'île Saint-Jean (aujourd'hui l'île du Prince-Édouard), Nicolas Gautier avait fait construire une seconde résidence, aussi somptueuse que la première et qu'il avait aussi baptisée Bel-Air. Elle était située sur les bords de la rivière du Nord-Est, à trois milles en amont de son embouchure, à un endroit appelé aujourd'hui Scotchfort. Nicolas Gauthier, hélas, n'y vécut pas très longtemps, puisqu'il y rendit l'âme en 1752.
2. 1754.

la bestiole a frôlé la chevelure de Marie-Ange, puis s'est enfuie vers l'étage où elle a repris sa liberté par une fenêtre entrebâillée.

Au pied de l'escalier, les femmes ne peuvent étouffer complètement un petit cri effrayé. Un tel événement, dans pareilles circonstances, ne peut apporter que présages funestes.

— Doux Jésus! murmure Marie Alain, la grand-mère de la mariée, chez qui doit avoir lieu la cérémonie.

Personne n'ose dire un mot, à cause de l'atmosphère qui est à la fête. Mais chacun n'en pense pas moins: un oiseau qui entre dans une maison annonce une mort prochaine, ça c'est certain.

— Je n'aime pas cela, dit tout bas Marie-Josèphe de Gourville, la mère de la mariée, en se portant aussitôt vers sa fille.

— Des contes de bonne femme, reprend son mari qui veut la rassurer.

Marie-Ange, elle, n'a pas paru effrayée. Elle s'est arrêtée net et son beau visage s'est seulement rembruni.

— Ne t'en fais pas, ce n'est rien, ma chérie, puisque l'oiseau est sorti tout de suite, dit Marie-Josèphe en rejoignant sa fille dans l'escalier. N'est-ce pas? ajoute-t-elle en se tournant vers son mari et sa mère.

L'acquiescement de son père aux paroles de Marie-Josèphe ramène les couleurs sur les joues de la mariée. Elle est d'un naturel optimiste et choisit d'ignorer cet incident.

— Ne vous en faites pas. Aujourd'hui, rien ne peut gâter mon bonheur, dit-elle avec assurance.

— Bravo, ma chérie, ajoute son père, pendant que la jeune fille, avec sa mère, arrive au bas de l'escalier.

Comme si on s'était donné le mot, personne ne fait allusion à l'incident de l'oiseau. Mais rien n'empêche que les deux femmes et les domestiques présentes ne prennent pas à la légère un pareil présage. Marie Alain a beaucoup de mal à retenir sa langue. Toute sa vie a été jalonnée de prémonitions funestes et d'augures bons ou mauvais. Un coq chante-t-il après le coucher du soleil, une lumière paraît-elle mystérieusement dans la maison d'une personne qui vient de mourir qu'elle envisage toujours le pire.

Après un bref moment d'hésitation, Marie Alain se précipite vivement vers le buffet dans la pièce attenante, saisit le rameau tressé par ses soins lors des Pâques précédentes, le trempe dans l'eau bénite, revient rapidement au pied de l'escalier et asperge abondamment la mariée ainsi que les personnes présentes.

— Que faites-vous là, petite mère? s'exclame Marie-Ange en regardant avec chagrin le satin pêche de sa robe, marqué de plusieurs taches sombres, laissées par l'eau bénite.

— Ça, ma petite-fille, c'est un présage bien malheureux. Ça veut dire...

— Ça veut dire que tu vas voler sur les ailes du bonheur toute ta vie durant, coupe sèchement Marie-Josèphe, tout en jetant un regard sévère du côté de sa mère.

— Je n'ai jamais entendu une interprétation aussi farfelue d'un présage pourtant bien connu. Quand un oiseau entre dans une maison...

Devinant qu'une scène désagréable se prépare, si elle n'intervient pas aussitôt, Marie-Josèphe, d'une main ferme, entraîne sa mère dans la petite pièce voisine et tire la porte derrière elles. Pendant ce temps, les domestiques emmènent la mariée à l'étage, pour réparer les dégâts de sa toilette.

— Maman, votre interprétation ne convient pas aux circonstances, prononce sur un ton d'irritation contenue, la mère de la mariée. Je ne veux pas que Marie-Ange soit troublée en ce jour si important pour elle. D'ailleurs, les temps ont bien changé. Nous ne pensons plus comme ça.

Marie Alain se raidit à la remarque de sa fille. Toute guindée dans sa robe de satin noir, ornée de broderies mauves, la veuve de Nicolas Gautier fait plus vieille que ses soixante-deux ans. Neuf grossesses, le harassement incessant des Anglais et un séjour en prison ont laissé des traces. Son corps s'est épaissi et son visage s'est creusé de rides profondes. «Les canaux des larmes», les appelle-t-elle par plaisanterie. Superstitieuse comme dix, elle est pourtant stoïque devant le malheur qu'elle endure en silence et les yeux secs.

— Ma fille, tu apprendras que les prémonitions m'ont été plus utiles que les conseils de ce genre, même ceux des prêtres, pour guider mes actions.

— Bien maman, j'ai compris, concède Marie-Josèphe pour calmer sa mère. Je ne réussirai pas à vous faire changer d'avis aujourd'hui. Cet oiseau a peut-être de l'importance, mais je vous demande en grâce, pour le bonheur de Marie-Ange, d'ignorer cet incident. D'ailleurs, je suis beaucoup plus préoccupée en ce moment par l'absence de mon futur gendre. Le mariage a lieu dans moins d'une heure et personne ne l'a encore vu à Bel-Air.

— Son grand-père est déjà là. Oscar ne peut pas être bien loin.

— Ma fille aurait pu trouver mieux, il me semble, que ce petit paysan aux mœurs plus que douteuses...

— Ah non! Tu ne vas pas recommencer cette rengaine. Tu le sais bien, je n'aime pas t'entendre parler de la sorte d'une famille que j'estime plus que tout. Rappelle-toi l'amitié qui la liait à ton père. Surtout, n'oublie pas que ta mère et ton frère doivent leur liberté à ce garçon. Pour cette raison seule, tu devrais montrer plus de grandeur d'âme à leur endroit. Ces deux jeunes gens s'aiment. N'est-ce pas suffisant?

— Non, ce n'est pas assez. J'admire son courage et son audace. Ces qualités, pour autant, ne lui donnent pas de la naissance.

— De la naissance! s'exclame Marie Alain, choquée, la voix incrédule. Je me demande vraiment où tu as pris ces idées. Elles ne viennent ni de ton défunt père ni de moi. Aurais-tu honte de tes origines?

— Non, maman, je n'en ai pas honte. Mais je ne vois pas d'obstacle à vouloir améliorer son sort.

— Justement, par le seul fait de son mariage au jeune Doucet, c'est ce qui va se produire. La grossesse de Marie-Ange ne se voit pas encore.

— Faut-il que vous me rappeliez cet honteux état?

— Honteux état, dis-tu, ma fille? Comme on oublie vite le passé lorsqu'il nous gêne. Je me souviens que tu t'es trouvée, toi-même dans cette embarrassante position...

— Bien! Bien! J'ai compris, maman.

— J'irai jusqu'à dire qu'en s'alliant aux Doucet, ta fille redore son blason.

— Comment cela, redore son blason? demande Marie-Josèphe la voix hargneuse, l'œil soupçonneux.

— Les Doucet sont gens fort honorables et qui ont beaucoup fait pour l'Acadie. Je ne pourrais pas en dire autant d'un bon nombre de nos officiers qui ont eu plus de succès à s'enrichir qu'à défendre notre cause.

En entendant ces paroles, Marie-Josèphe blêmit et se mord la lèvre, pour ne pas répondre, tout en prenant une grande respiration pour se calmer. Cette allusion à son mari, à ses frères et à leurs pratiques commerciales, la fait bouillir de colère. Ce n'est pas la première fois que les deux femmes abordent ce sujet épineux. Déterminée à conserver la paix en ce grand jour, elle rougit, mais choisit d'ignorer la blessante évocation.

— Enfin, Marie-Josèphe, qu'as-tu, au juste, contre le jeune Doucet? demande Marie Alain qui, sentant qu'elle est allée trop loin, tente de faire marche arrière.

— Ça n'a plus beaucoup d'importance aujourd'hui, n'est-ce pas? dit-elle, le ton amer, tranchant. La décision est prise, ma fille va épouser un Sauvage.

Marie Alain ne répond pas. Son regard se projette dans le vide, au delà de sa fille, comme si elle ne voulait plus parler de cette question. En même temps, celle-ci se tourne vers l'entrée du cabinet où une ombre vient d'apparaître dans l'embrasure de la porte.

Marie-Josèphe sursaute et rougit comme une coupable. Hugues Doucet, le grand-père du marié, est survenu sans bruit, comme le chasseur à l'affût dans la forêt. En dépit de son âge, il se déplace avec une agilité surprenante, le pas marqué d'une certaine lenteur, ce qui lui donne de la majesté, selon l'avis de Marie Alain. Le vieillard s'est arrêté sur le seuil en entendant les voix animées. Il se tient debout, droit comme un piquet. Dans le contre-jour, sa chevelure et sa barbe blanches et abondantes éclatent en auréole tout autour de sa tête. Dans son visage ridé, bruni par la vie au grand air, pétillent ses yeux d'un bleu intense comme le saphir.

— Monsieur Doucet! s'exclame nerveusement Mme de Gourville, tout en espérant que le nouveau venu n'a pas entendu sa dernière remarque. Quel plaisir de vous voir.

— Je suis votre serviteur, madame, répond Doucet en s'inclinant avec galanterie.

— Savez-vous où se trouve votre petit-fils, monsieur? enchaîne-t-elle rapidement. L'heure approche et nous n'avons pas encore un seul signe de sa présence.

— Il ne faut pas s'inquiéter pour Oscar, déclare le centenaire avec un geste de la main. Il a dit qu'il sera là. Je puis vous assurer qu'il tiendra parole. Il attend ce grand jour depuis si longtemps.

— Nous ne l'avons pas encore aperçu, ne peut s'empêcher de poursuivre Marie-Josèphe. Personnellement je n'ai guère confiance en des gens qui...

— Monsieur Doucet vous cherchez peut-être quelque chose, interrompt fort à propos Marie Alain.

— Non, madame, ou plutôt si. C'est vous et votre fille que je cherche. Je suis venu vous prévenir que leurs excellences viennent d'arriver de Fort-Lajoie[3] où elles ont passé la nuit. Elles sont accompagnées de l'abbé Jacques Girard, le curé de la Pointe Prime[4].

Aussitôt, Marie-Josèphe de Gourville, oubliant sa querelle avec Marie Alain, se transforme en hôtesse du beau monde. À la nouvelle de l'arrivée de ses invités de marque, elle quitte vivement la pièce et se dirige vers la sortie, entraînant dans son sillage sa mère suspendue au bras du vieux Doucet.

La deuxième résidence de Bel-Air est située stratégiquement sur une élévation, à quelque deux cents pieds de la rive. À quelques pas, sur le devant de la maison, se dresse une tente abritant un autel déjà décoré pour la cérémonie du mariage. Des gerbes de glaïeuls bleus et jaunes, arrangés en massifs dans de grands vases, sont déposés sur chaque marche et jusque sur l'herbe de la prairie qui descend en pente douce jusqu'à la rive.

Ici et là dans la prairie, des dizaines de femmes s'affairent autour de grandes tables couvertes de nappes blanches et d'arrangements floraux où prédominent, cette fois, les tons de rouge et de blanc. Elles s'occupent à mettre en place les assiettes de porcelaine, les ustensiles en argent et la verrerie de cristal, que Mme de Gourville a apportés avec elle de Louisbourg pour l'occasion. Ce qui n'a pas été sans attirer les commentaires sarcastiques de Marie Alain.

À l'insistance de cette dernière, tous les habitants de l'île, qui compte près de quatre cents personnes, sont aussi de la fête. Ils sont déjà assemblés par groupes disséminés ici et là dans la prairie. Les hommes et les femmes s'exhibent dans des costumes variés, selon qu'ils appar-

---

3. Fort-Lajoie: Fort construit sur le site actuel de la ville de Charlottetown. C'est là que résidait le commandant de l'île Saint-Jean.
4. L'abbé Girard avait été nommé curé de la Pointe-Prime en 1752. La Pointe Prime était une paroisse située en face de Fort-Lajoie, de l'autre côté de la baie. Aujourd'hui Prime Point.

tiennent à la noblesse, à la classe moyenne naissante ou à la paysannerie.

Malgré les vœux exprimés par sa fille pour un mariage simple et discret, Mme de Gourville a tenu à une grande cérémonie, «comme elle se serait déroulée au château Saint-Louis», dit-elle, puisque Marie-Ange a insisté pour que le sacrement soit célébré à Bel-Air, chez sa grand-mère.

Une fois sortie sur le perron, Marie-Josèphe peut apercevoir un deux mâts, amarré au petit quai de bois, qui borde la rive. Elle n'en est pas si éloignée car, du lieu où elle se tient, elle peut lire son nom, *Le Sérieux*, peint en lettres blanches sur sa proue bleue. Sur le mât de misaine flotte l'oriflamme royale à trois lys d'or sur fond blanc. Elle peut même entendre les cris des marins qui s'affairent à l'amarrage du navire. Déjà, des hommes et des femmes ont mis pied à terre, pendant que les autres s'apprêtent à faire de même. Comme si elle était elle-même la châtelaine de Bel-Air, Mme de Gourville descend rapidement les marches du perron et se dirige avec célérité vers les nouveaux arrivants, pour les accueillir.

En passant, elle s'arrête auprès de son mari qui jase avec les visiteurs des forts Beauséjour et Gaspereau, arrivés depuis la veille. Le premier fort est représenté par son commandant, le cousin Louis du Pont du Chambon de Vergor, le fameux abbé Jean-Louis Le Loutre, maintenant grand vicaire de l'évêque de Québec pour l'Acadie, l'ingénieur Louis Thomas Jacau de Fiedmont, Louis-Léonard Aumasson de Courville, le notaire royal pour toute l'Acadie française et Thomas Pichon, un homme au regard fuyant. La seconde délégation, celle de Gaspereau, beaucoup plus modeste, ne comprend que son commandant, Benjamin Rouer de Villeray.

Mme de Gourville leur présente sa mère et Hugues Doucet que plusieurs, arrivés depuis peu en Acadie, ne connaissent pas encore. Joseph Gautier, le chef du clan depuis la mort du patriarche Nicolas, deux ans plus tôt, les a rejoints, pendant que sa femme vaque aux préparatifs du mariage. Marie-Josèphe prend un plaisir évident à dérouler les noms à particule de ses invités, comme autant de tapis précieux conduisant à l'autel de son succès. Son frère, qui n'a pas les mêmes prétentions qu'elle, la regarde avec un léger amusement. C'est un homme timide et réservé, mais qui ne manque ni de force ni d'assurance, lorsque les circonstances l'exigent. Sa femme, Marguerite Bujold, du même bois que son mari, préfère le travail domestique aux réunions sociales de Louisbourg où ils ne vont presque jamais. Bien qu'ils soient les hôtes officiels de Bel-Air, ils en laissent généralement les honneurs à Marie Alain ou Marie-Josèphe quand elle y séjourne.

Lorsque, suivie de près par son mari et ses amis de Beauséjour et Gaspereau, elle arrive près du quai où sont descendus les autres invités de marque, l'ambitieuse Mme de Gourville fait une révérence profonde devant l'un des personnages qui paraît, tant par son costume que par sa prestance, être le plus important du groupe. Il s'agit en effet du nouveau gouverneur de Louisbourg, Augustin de Boschenry de Drucour, arrivé trois semaines plus tôt pour occuper son poste[5]. Il est accompagné de sa femme, de son prédécesseur par intérim, Charles-Joseph d'Ailleboust de Saint-Vimé, de son épouse et de leurs quatre enfants, tous au début de la vingtaine. À côté des deux gouverneurs, se tient Gabriel Rousseau de Villejoin, le commandant du fort La Joie où leurs excellences et leurs suites ont passé la nuit. Le contingent de Louisbourg est complété par Jacques Prévost de La Croix, commissaire ordonnateur, Jean-Baptiste Morin de Fonfay, garde-magasin, et enfin, par l'abbé Pierre Maillard, grand vicaire

---

5. Les Drucour, étaient arrivés à Louisbourg le 15 août 1754.

de l'évêque de Québec pour l'île Royale, résidant à Louisbourg.

Michel de Gourville prend la relève et présente les officiers des forts de la Missaguash au nouveau gouverneur qui n'a pas encore eu l'occasion de les rencontrer.

— Ah! Monsieur Le Loutre, commence Boschenry, un fois les présentations faites, l'abbé Maillard me dit que vous avez un grand ascendant sur les populations indigènes.

— Oh! Monseigneur, M. Maillard me donne plus de crédit que j'en ai en vérité. C'est plutôt lui, le missionnaire des Sauvages, dont il parle la langue comme personne d'autre. Ce que je sais d'eux, je l'ai appris de lui.

Le gouverneur écoute sans broncher cette manifestation d'humilité dont il n'est pas dupe.

— Je ne vous parle pas d'étude des langues, Monsieur, mais de pouvoir réel sur ces peuples.

L'abbé jette un coup d'œil discret vers son confrère de Louisbourg qui se tient à côté de Boschenry. Sur son visage, par ailleurs impassible, Le Loutre croit détecter un petit sourire amusé.

— Puisque Votre Excellence montre un tel intérêt envers les Micmacs, il est à propos qu'elle sache que je m'efforce de les faire travailler pour la plus grande gloire de Sa Majesté.

— Et aussi celle de Dieu, sans doute, ajoute le gouverneur.

— Et celle de Dieu, cela va de soi, reprend sans trouble apparent le grand vicaire de l'évêque de Québec. Cependant, si Monseigneur me le permet, je me dois de lui signaler que les Acadiens eux-mêmes me donnent plus de difficultés que les Indigènes.

Boschenry continue de regarder le prêtre avec attention, comme pour l'encourager à continuer.

— J'ai beau utiliser toutes les menaces, je n'arrive pas à les faire déménager dans la nouvelle Acadie, située au nord de la rivière Missaguash.

— J'ai cru comprendre que vous n'aviez pas réussi non plus à les faire venir ici ou dans l'île Royale, malgré des mesures coercitives qui auraient dû ébranler de plus entêtés.

Le Loutre ne répond pas, mais continue de regarder Boschenry, l'œil dur, presque défiant.

— Pourquoi tant vous obstiner à vouloir les déplacer?

— Parce que c'est un territoire français, Excellence, alors que Port-Royal ne l'est plus.

— Rien n'est moins certain, Monsieur. La commission chargée d'en délimiter les frontières est loin d'avoir terminé ses travaux. Les partis ne paraissent pas près de s'entendre.

— Je sais, Monseigneur. L'abbé de l'Isle-Dieu m'en a déjà fait la remarque, répond Le Loutre qui veut rappeler au gouverneur qu'il a des amis à Versailles.

— À part le motif que vous venez de me citer, pour les faire déménager, y en a-t-il un autre?

— Oui, Excellence, répond le Grand Vicaire après un moment de réflexion, il y en a un autre qui me paraît encore plus puissant que le premier. Si les Acadiens ne se mettent pas bientôt en lieu sûr, les Anglais se saisiront d'eux, car ils continuent à refuser de prêter le serment d'allégeance inconditionnel à leur roi.

— Vous êtes donc persuadé qu'il faut prendre les Acadiens par la manière forte.

Le Loutre reste silencieux après les paroles du gouverneur qui pourraient être aussi bien une question qu'une simple remarque.

Les témoins de cet échange sont tout oreilles. Le nouveau chef de Louisbourg semble indiquer qu'il ne s'en laissera pas imposer.

— Vous avez parlé, Monsieur, d'utiliser toutes les menaces. Pouvez-vous me préciser lesquelles?

Le Loutre cherche des yeux ceux de son confrère de Louisbourg qui continue à se dérober. Le prêtre n'est pas accoutumé à se faire interroger ainsi en public par le gouverneur.

— J'aimerais répondre à Votre Excellence avec toute la franchise possible. Je ne le pourrai cependant que si elle me le demande en privé.

Boschenry ne bronche pas d'un poil, tout en fixant son regard ferme sur l'ancien curé de Shubénacadie. Rien dans son visage ne trahit ses sentiments. Ses nobles traits presque toujours impassibles, sont traversés brièvement, de temps à autre, par un léger tressaillement, l'effet de la douleur, causée par une sciatique aiguë.

— Très bien, Monsieur, dit-il enfin. Nous reprendrons cette conversation un peu plus tard. Je ne veux en rien diminuer l'éclat de cette fête par des propos trop sérieux.

Le Loutre n'a pas le temps de répondre au gouverneur, car Marie-Josèphe, désireuse de faire dévier la conversation, intervient rapidement.

— Excellence, permettez que je vous présente ma mère, Marie Alain et le grand-père du marié, Hugues Doucet qui est centenaire.

Boschenry détache enfin son regard de l'abbé Le Loutre et se tourne vers ces deux personnes. Il se penche avec galanterie devant Marie Alain dont il baise la main tendue.

— Je suis peut-être ici depuis peu, dit-il avec un aimable sourire, mais je connais déjà vos noms. Ils m'ont été cités, accompagnés des plus grand éloges sur votre patriotisme. Croyez que c'est un grand honneur que de vous rencontrer.

Hugues Doucet tranche sur le reste de la compagnie, autant par ses vêtements que par son allure. Il va pieds nus dans ses mocassins, porte une culotte de toile bleue et une veste en daim, ouverte sur sa maigre poitrine, et décorée de perles de verre du même bleu que ses yeux. Il a gardé, de ses longues années de vie parmi les Micmacs, l'habitude de fumer le calumet.

— Saviez-vous, Monsieur le gouverneur, dit-il en lui présentant une pipe au long tuyau, que les Micmacs appellent cette île Abegweit?

Augustin de Boschenry, ennuyé par sa sciatique, regarde le vieillard en grimaçant fortement sous l'effet de la douleur.

— Je n'ai pas encore eu le temps d'instruire son Excellence de tous ces détails, intervient le commissaire ordonnateur, Jacques Prévost de La Croix, se sentant étrangement coupable, tout en repoussant de la main l'offre de Doucet. Il y a tant de choses...

— Non, monsieur, je n'ai pas le plaisir de posséder cette connaissance, interrompt le gouverneur en se tournant avec sympathie vers Doucet. Vous allez nous en révéler la réponse, j'espère.

Sur un signe discret de Joseph Gautier, des domestiques apportent des sièges et des bancs qu'occupent aussitôt le gouverneur et son entourage. Pendant que, d'un geste, celui-ci invite Hugues Doucet à prendre place à ses côtés, il saisit le calumet offert et le porte à ses lèvres. Les seigneurs présents vont s'interposer, mais Doucet ne leur en laisse pas le temps.

— C'est un mot de la langue micmaque, qui veut dire «berceau sur les vagues», à cause de la forme de l'île, répond le vieillard, pendant que Boschenry, sans hésitation, aspire la fumée du calumet.

Les gens de la suite du gouverneur le regardent avec une certaine inquiétude. Bien peu d'entre eux auraient osé porter à leurs lèvres la pipe de Hugues Doucet.

— Je dois le faire circuler? demande Boschenry en tendant le calumet à son voisin.

— En effet, Monsieur. Ce geste en est un de paix et d'harmonie.

L'abbé Le Loutre, qui reste constamment auprès du gouverneur, comme s'il cherchait à le protéger de quelque chose, explique longuement le symbolisme du partage du calumet, que les Français et les Acadiens ont emprunté aux Micmacs. Boschenry semble l'écouter avec intérêt, mais il n'en poursuit pas moins son idée.

— Mais vous n'êtes pas Micmac vous-même, Monsieur Doucet? lui demande-t-il tout à coup, faisant dévier la conversation.

Doucet va répondre au gouverneur lorsque, brusquement, des cris, venant de la rive, attirent l'attention du vieillard et de ses interlocuteurs. D'où ils sont, ils peuvent apercevoir, près du navire royal, des gens accourus en grand nombre au bord de la rivière, ce qui les empêche d'identifier la cause de ce branle-bas.

— Va donc voir ce qui se passe, dit Joseph Gautier à une servante qui se trouve à proximité.

En peu de temps, et avant même que cette dernière ait atteint la rive, le groupe de gens qui s'y étaient assemblés s'ouvre pour laisser passer un étonnant défilé. À la grande surprise de tout le monde, un groupe de quatre jeunes guerriers Micmacs, se dégagent de la foule. Ils n'ont pas plus de vingt ans et sont sommairement vêtus. D'une main seulement, ils tiennent au-dessus de leurs têtes un canot d'écorce qu'ils déposent sur la grève, avant d'aller plus avant.

— Excusez-moi, Excellence, voilà mon petit-fils qui vient de débarquer, dit Doucet. Je vais à sa rencontre. Avec votre permission, nous reprendrons cette conversation un peu plus tard.

Pendant que le vieillard s'éloigne rapidement, le gouverneur et sa suite, intrigués au plus haut point, attendent patiemment la suite des événements. À mesure que les nouveaux arrivants approchent, ils peuvent distinguer les détails de leur accoutrement. Ils sont pieds nus avec, pour tout vêtement, par devant et par derrière, une petite peau en daim retenue à la ceinture par une courroie de cuir. Ils portent tous, au-dessus du biceps gauche, un large bracelet de cuivre et au front une bande de cuir ornée de perles, dans laquelle sont plantées, à l'arrière, deux plumes d'aigle. À l'épaule gauche, ils portent un arc et un carquois rempli de flèches.

Sûrs d'eux, le menton relevé et souriant de toutes leurs dents blanches et droites, ils avancent sans hésiter vers le groupe de gentilshommes. Ils en sont maintenant assez près pour que ceux-ci puissent constater que le torse puissant des jeunes hommes, de même que leurs pagnes, sont maculés de sang qu'ils n'ont pas pris soin de nettoyer. Sur leurs cuisses fortes et musclées pendent des peaux sanguinolentes, attachées par la chevelure à leur ceinture. À cette vision, quelques officiers qui entourent Boschenry ont un haut-le-corps et veulent s'interposer entre lui et les nouveaux venus. L'abbé Le Loutre, qui a compris leurs intentions, fait un geste de la main dans leur direction, pour les empêcher d'intervenir.

— Laissez-les venir jusqu'à nous, dit le gouverneur d'une voix calme, tout en jetant un coup d'œil du côté du représentant du Grand Vicaire.

Hugues Doucet a rejoint Oscar et le conduit, avec ses compagnons, devant le groupe de seigneurs assemblés.

— Voici votre gendre, madame, dit-il en s'adressant à Marie-Josèphe de Gourville. Vous voilà tout à fait rassurée, j'espère. Excellence, voici mon petit-fils Oscar et ses trois compagnons Micmacs qui arrivent d'une expédition fort réussie, si j'en juge par les trophées qu'ils portent à la ceinture.

Un silence embarrassé suit cette déclaration du vieillard, pendant que l'abbé Le Loutre prend un air satisfait.

— Votre Excellence est peut-être en Acadie depuis trop peu de temps pour connaître à fond toutes nos coutumes. Qu'elle me permette de lui apporter, à la première occasion, des éclaircissements sur les mœurs des gens du pays, lui dit le missionnaire.

Le gouverneur, le visage impassible, regarde les quatre garçons avec attention pendant quelques instants, sans laisser paraître, encore une fois, ses sentiments.

— Comme vous voyez, Excellence, nous avons connu un grand succès, dit Oscar Doucet sur un ton légèrement insolent, propre à son âge et à sa nature.

Puis, il se tourne vers les trois Micmacs qui l'accompagnent et leur tend la main. Ils détachent le contenu de leurs ceintures qu'ils donnent au jeune homme. Celui-ci s'en empare, s'approche de Boschenry et jette le tout à ses pieds, éclaboussant de taches de sang vermillon les bas-de-chausse en velours jaune du gouverneur. Quelques-uns des hommes ont un bref mouvement pour s'interposer, mais l'attitude de fermeté de leur chef prévient leur geste. Il regarde les jeunes guerriers sans broncher, tout en les examinant avec attention.

Ils ont vingt ans à peine et sont tout en muscles, ce qui leur confère à la fois une apparence de force et d'agilité. Leur occiput dégarni, le corps et le pagne maculés de sang, ils dégagent une forte odeur de bête sauvage, qui prend certains invités à la gorge. Tous les quatre affichent la même assurance, le même air de victoire et de triomphe. Dans le visage d'Oscar, ouvert et souriant de toutes ses dents, brillent ses beaux yeux vairons. De fait, en ce moment même, dans son œil droit, est allumée une petite flamme dont il est difficile de dire si elle est moqueuse ou belliqueuse.

— Excellence, dit l'abbé Le Loutre en s'adressant au gouverneur, puisque tout le monde est là, nous devrions procéder à la cérémonie du mariage. L'abbé Jacques Girard, qui doit bénir l'union de ces jeunes gens, est déjà paré et prêt à commencer.

— L'abbé Girard? s'enquiert le Gouverneur en regardant le missionnaire, je croyais que c'était vous qui...

— Non, monsieur. Il sera célébré par le curé de Saint-Paul de la Pointe-Prime. La plupart de ses paroissiens viennent de Cobeguit où il a été leur curé pendant des années. Tout comme moi, l'abbé Girard est un ami des Micmacs.

Un peu après onze heures du matin, les invités se pressent près de la tente érigée devant Bel-Air, les nobles assis confortablement dans des fauteuils, les autres debout, éparpillés par petits groupes. Sur l'autel, de chaque côté du tabernacle, sont allumés de hauts cierges. Derrière la tente, des voix enfantines chantent des cantiques. À quelques pas, devant ce sanctuaire improvisé, sont placés deux prie-Dieu couverts de tissu de velours rouge. Légèrement en retrait de celui de droite, se tiennent maintenant Oscar Doucet et son grand-père. Les trois Micmacs qui accompagnent le jeune homme ont été refoulés à quelques pas de l'autel où ils sont assis dans l'herbe, fumant le calumet, comme s'ils étaient à un pétun.

Soudainement, les invités se taisent et les enfants, de leurs voix fraîches et claires, entonnent l'*Ave Maris Stella*. Les portes de Bel-Air s'ouvrent toutes grandes pour livrer passage à Michel de Gourville et sa fille, Marie-Ange, dont la main gauche est posée sur le bras de son père. Ils s'arrêtent un moment dans l'éclatante lumière du soleil pendant que l'assistance émue applaudit. Le père de la marié, en costume de velours vert émeraude, n'est pas moins bien vêtu qu'à Versailles. Marie-Ange a réparé, sans qu'il y paraisse le moins du monde, les dégâts faits plus tôt à sa robe de satin pêche. Un voile de fine dentelle de même couleur et parsemé de petites perles lui couvre toute la tête, descend dans son dos pour former une traîne de plusieurs pieds de long, portée par deux cousines de la mariée, âgées de trois ans.

Au même moment, du côté opposé de l'autel, surgit l'abbé Girard, vêtu d'une aube en toile et dentelles blanches, recouverte d'une riche chasuble d'or. Il est accompagné de deux jeunes servants en soutanes rouges et surplis blancs amidonnés. Ils se dirigent aussitôt vers l'autel, pendant que la mariée s'avance avec son père, vers le prie-Dieu qui lui est réservé. Lorsque tous les participants ont regagné leurs places, le prêtre se tourne vers les futurs époux qui se tiennent maintenant debout au pied des marches de l'autel. Oscar, qui n'a rien changé dans son apparence, présente un contraste frappant avec sa fiancée. Celle-ci, regardant le jeune homme avec une tendresse émouvante, ne semble pas perturbée par le costume et l'allure du jeune guerrier.

Marie-Ange a hérité de sa mère des traits fins et délicats, une peau blanche et une chevelure châtain clair, tirant sur le roux. Elle a les yeux bruns de son père, son port de tête altier et ses lèvres gourmandes. Les vœux des nouveaux époux sont échangés dans le plus grand silence, brisé seulement par le chant des oiseaux et le bruit de la rivière qui coule au bas de la prairie. Puis, l'abbé Girard monte à l'autel et célèbre le sacrifice de la messe. À la toute fin, il se tourne vers Oscar et Marie-Ange et leur donne une bénédiction finale. C'est le signal du commencement des réjouissances.

Les invités se dirigent vers des tables placées en cercle au milieu de la prairie et sur lesquelles, pendant la cérémonie, les domestiques ont étalé des viandes, des pâtés, des fruits et des légumes, puis, disposé des muids de vin sur le pourtour. Le gouverneur et son entourage occupent une longue table qui leur a été réservée au centre du cercle.

Autour d'Augustin de Boschenry de Drucour, de son épouse et des nouveaux mariés, sont réunis les abbés Le Loutre, Maillard et Girard, les Gourville, les Gautier et les Doucet. La plupart des membres de la noblesse de Louisbourg, de Beauséjour et Gaspereau, assis à des tables différentes, bien que proches de celle du gouverneur, paraissent vexés que Boschenry ne les ait pas fait asseoir avec lui. Ces gens à la mentalité coloniale, restent habituellement entre eux, évitant soigneusement les contacts avec le peuple. Ils forment de petits attroupements qui paraissent un peu gauches, comme s'ils appartenaient à une autre race, à un autre peuple. Quelques gentilshommes seulement, tels les Gourville, habitués aux contacts fréquents et intimes avec les Acadiens, se mélangent aux paysans, sans gêne apparente. Lorsque les libations du repas de noces sont assez avancées, les convives se déplacent plus librement d'une table à l'autre dans la prairie. Un observateur averti s'apercevrait que les barrières entre les classes sociales commencent à s'abaisser, en même temps que diminuent les muids de vin.

À la table du gouverneur aussi, la bonne humeur règne. Boschenry, malgré les douleurs lancinantes qui le tenaillent, a réussi à créer autour de lui une ambiance joyeuse, presque badine. Pendant que les autres convives bavardent gaîment entre eux, le gouverneur se tourne vers Jean-Louis Le Loutre.

— Monsieur l'abbé, je voudrais poursuivre en privé la conversation commencée plus tôt.

Le Loutre n'est pas peu surpris par le ton presque amène du gouverneur à son endroit. Il incline gravement la tête en signe d'assentiment.

— Plus tôt, Monsieur, poursuit-il en se tournant vers Hugues Doucet, vous m'avez promis une explication, avant l'arrivée de votre petit-fils. Ce moment vous convient-il pour m'en faire part?

Le vieillard hoche la tête en signe d'assentiment.

— Je suis au service de Votre Excellence.

— Monsieur de Bel-Air, dit Boschenry en s'adressant à Joseph Gautier, puis-je me retirer chez vous, avec M. Doucet et l'abbé, où nous serons plus à l'aise pour parler.

Après un geste de l'Aîné, en guise d'approbation, les trois hommes quittent discrètement la table et se dirigent vers la maison aux portes restées grandes ouvertes. Ils sont bientôt confortablement installés dans le cabinet du maître de Bel-Air.

— Je vous écoute, Monsieur, dit le gouverneur en se tournant d'abord vers le missionnaire.

Le Loutre hésite, regardant tour à tour Doucet et Boschenry, comme pour faire comprendre à ce dernier qu'il ne peut parler devant un tiers.

— Je comprends vos scrupules, Monsieur, dit-il en s'adressant au prêtre. Vous pouvez parler devant M. Doucet, car votre rôle d'agitateur n'est un secret pour personne.

Le Loutre regarde le gouverneur en fronçant les sourcils.

— Je ne vous fais pas de reproches, Monsieur. Je veux seulement savoir combien ces scalps vous ont coûté.

Le missionnaire paraît soulagé lorsqu'il est assuré que les intentions de son interlocuteur ne lui sont pas défavorables.

— Votre Excellence a raison, j'ai de quoi payer ces jeunes gens, mais ils ne veulent accepter aucune récompense.

Boschenry relève les sourcils, l'œil interrogateur, à la recherche d'une explication.

— Monsieur Doucet, ici présent, pourra vous le confirmer, Oscar n'a jamais voulu une seule fois accepter de l'argent en paiement d'un pareil...

— ...service? termine le gouverneur lorsque le prêtre hésite.

Le Loutre hoche la tête.

— Oscar pense que s'il acceptait l'argent de M. Le Loutre, il serait son obligé, ajoute Hugues Doucet.

— Il n'en est pas à ses premières armes, n'est-ce pas?

— Non, monsieur. Je ne compte plus ses trophées. Quant aux Micmacs, ils ont pour l'argent un souverain mépris.

— Micmac, dites-vous? Mais votre petit-fils n'en est pas un?

Le vieillard regarde le gouverneur et hausse les épaules en étendant les deux mains. Boschenry, intrigué par l'ambiguïté du geste regarde Doucet, l'air confus.

— Si j'ai bien compris les explications qu'on m'a données sur vous, Monsieur Doucet, vous êtes un Français vivant parmi les Micmacs.

— En effet, Monsieur, je suis né à Paris en 1654. Mais je suis parti pour l'Acadie quelques jours seulement après ma naissance. Arrivé d'abord à Port-Royal, je fus, quelques quinze jours plus tard, transporté à Cobeguit où j'ai été élevé chez les Micmacs, par le père Joseph, un capucin, répond le centenaire, de sa voix chaude et veloutée. Puis, à treize ans, juste avant que le missionnaire ne rende l'âme, il m'a remis aux Blancs qui ont poursuivi mon éducation. Quelques années plus tard, j'ai épousé Marie, qui était la fille de Obenoke, une Souriquoise et de Mathieu Martin, le seigneur de Cobeguit. Malgré le fait que son père était acadien, elle fut élevée par les Sauvages. J'ai eu un fils et trois filles de ce mariage. De celles-ci, une seule a survécu et a épousé un Micmac. Quant à mon fils, Germain et sa famille, ils ont eu une fin tragique aux mains des Anglais qui, les ayant pris pour des Micmacs, les ont exécutés de sang-froid.

Le visage du vieillard tressaille légèrement à cette évocation.

— Votre petit-fils, que nous avons marié aujourd'hui, a donc échappé au massacre, observe-t-il après un moment d'hésitation.

— Oui, Monsieur. Par chance, il était avec moi au moment de la tragédie.

Boschenry semble incertain de ce qu'il va dire ensuite.

— Comment expliquez-vous sa conduite aujourd'hui?

Doucet regarde le gouverneur comme si sa question était superflue.

— Est-ce parce qu'il y a du sang sauvage qui coule dans ses veines? ajoute-t-il sur un ton où percent à la fois l'admiration et le dédain.

Cette ambivalence échappe ni à l'abbé ni à Doucet.

— Votre Excellence fait sans doute allusion aux scalps qu'elle a reçus en hommage de la part de ces quatre jeunes guerriers, répond le vieillard.

Le Gouverneur fait signe que oui.

— Je pense que c'est à moi d'expliquer à Son Excellence les raisons de la conduite d'Oscar, intervient le missionnaire.

En même temps, il met la main dans la poche de sa soutane et en sort un document qu'il tend ensuite à Boschenry. Celui-ci le prend, l'ouvre et en fait lentement la lecture à haute voix: «À M. Jean-Louis Le Loutre, Spiritain. Monsieur, comme nous l'avons convenu avec M. Rouillé, le Ministre de la Marine, vous êtes notre agent en Acadie où vous enverra Mgr de Pontbriand, l'évêque de Québec, dès votre arrivée en Nouvelle-France. Vous préserverez et défendrez les intérêts du Roy en ce lieu, par tous moyens que vous jugerez utiles.» C'est signé «Pierre de La Rue, abbé de l'Isle-Dieu, Grand Vicaire de l'Évêque de Québec à Paris.» Le Gouverneur replie la lettre et la tend à Le Loutre qui la glisse à nouveau dans les replis de sa soutane.

— Très bien, Monsieur. On m'avait bien dit que vous étiez nanti de grands pouvoirs, mais je ne les savais pas aussi étendus. Qu'en est-il donc de ces scalps que ces jeunes hommes ont apportés ce matin?

— Ils ont été cueillis par Oscar et ses trois compagnons.

— Dans quelles circonstances?

— Il y a quelques mois, explique le prêtre, quatre hommes du fort Beauséjour ont été tués puis scalpés par les Anglais. Comme, depuis l'érection du fort Lawrence, ces attaques sont monnaie courante, nous nous sommes vus forcés de leur rendre la pareille. Il y a quelques jours, nous avons appris que nous allions être attaqués à l'île Saint-Jean par un petit détachement de soldats anglais, dont la mission était d'empêcher la cérémonie d'aujourd'hui. Votre Excellence comprendra facilement que le jeune Doucet et ses amis aient désiré les intercepter.

— Vous aviez sanctionné leur projet?

— Il faut d'abord que j'explique à Votre Excellence que je suis un desservant des Français et des Acadiens aussi bien que des Sauvages. J'exhorte les premiers à s'installer au nord de la Missaguash. Encore mieux, je les encourage à fuir la partie continentale de l'Acadie, dominée par les Anglais, et à s'établir soit, à l'île Saint-Jean, soit à l'île Royale qui sont toutes deux à la France. Je dénonce auprès des Micmacs toute tentative des Anglais de faire la paix avec eux. Je leur donne en exemple la malheureuse tentative de Jean-Baptiste Cope[6], afin qu'ils ne la répètent pas.

— C'est tout? demande le gouverneur.

— Non, Excellence. Dans la même foulée, je les encourage à harceler l'occupant à la première occasion et sous le moindre prétexte. Ce sont de bons soldats pour la France, car ils n'ont besoin que de peu d'encouragement pour passer à l'attaque. À cette fin, je dispose de fonds importants, afin de récompenser les Micmacs de leurs succès.

Boschenry continue de regarder le missionnaire avec un grand intérêt.

— Vous ne m'avez toujours pas dit combien vous payez pour une... chevelure ennemie.

— Je paye cent livres par scalp anglais qu'on m'apporte. L'un des jeunes Sauvages, arrivés ici ce matin

---

6. Jean-Baptiste Cope, Sagamo d'une tribu de Micmacs en Shubénacadie, qui avait signé un traité de non-agression avec les Anglais de Halifax en 1752. Quelques mois plus tard, les Anglais avaient rompu le traité.

avec Oscar, dit-il en se tournant vers le vieux Doucet, est le petit-fils de Cope. À lui seul, il me vaut deux chevelures.

— Et de toutes vos actions auprès des Français, Monsieur l'abbé, quels résultats avez-vous obtenus? Ont-ils quitté l'Acadie anglaise pour venir à l'île Saint-Jean?

— Pas encore, Monsieur. J'ai essayé toutes les méthodes, la douce comme la dure. Aujourd'hui, je sens que le temps presse et j'emploie les grands moyens.

Boschenry ne bronche pas d'un poil, tout en fixant son regard ferme sur l'ancien curé de Shubénacadie, pour l'encourager à continuer.

— D'abord, Monsieur, je les ai menacés de les abandonner et de leur retirer leurs prêtres. Comme cet avertissement ne les convainquait pas, je leur ai dis que je ferais enlever leurs femmes et leurs enfants, pour les décider à déménager. N'ayant pas plus de succès avec cette nouvelle admonition, je les prévins que je ferais dévaster leurs maisons et leurs terres par les Micmacs. C'est bien la seule de mes menaces que je mis jamais à exécution.

— Comment ont-ils répondu à cette manière forte?

— Hélas, encore là, je n'ai pas obtenu les résultats escomptés. Plutôt que de déménager où je leur demandais, ils se sont réfugiés au fort Beauséjour, près de Beaubassin. Certains ont même tenté de retourner sur le lieu de leurs fermes incendiées et de les reconstruire. C'est l'érection du fort Lawrence par les Anglais qui les fit enfin déguerpir. Je vous assure, Monseigneur, je ne connais pas de peuple plus entêté que celui-là.

— Mais, Monsieur Le Loutre, ne reconnaissez-vous pas en cela une qualité bien française?

Le missionnaire, comme si ce rapprochement lui avait échappé, reste silencieux, tout en contemplant ses mains qu'il a croisées devant lui.

— Les Micmacs ne leur font-ils donc pas peur? demande Boschenry.

— Oh! que si, Monseigneur. Mais pas pour les raisons que vous croyez. Les Acadiens ne craignent la colère des Micmacs que s'ils signent le serment inconditionnel qu'exigent d'eux les Anglais.

— Et pourquoi cela?

— Parce que les Sauvages ne leur pardonneraient pas ce geste, croyant avoir été abandonnés et trompés par eux.

Les deux hommes sont si préoccupés par leurs propos, qu'ils ne prêtent plus attention au vieux Doucet, toujours engoncé dans son fauteuil. Ses paupières sont abaissées et son menton repose sur sa poitrine, comme s'il était endormi.

Un long silence suit cette explication du missionnaire, comme si les deux hommes avaient épuisé leurs sujets de conversation. Pendant qu'ils réfléchissent à la suite de leurs propos, un bruit venant du fauteuil où est assis Doucet, attire l'attention de Boschenry. L'estomac du centenaire se soulève avec force, en même temps que sa bouche s'ouvre largement et produit une bruyante éructation qui fait se retourner vers lui le gouverneur.

— Il n'est pas bien, son visage est tout blanc, dit celui-ci avec une certaine inquiétude dans la voix.

— Votre Excellence commence donc à comprendre les difficultés que j'éprouve, poursuit Le Loutre qui, pris dans le feu de la conversation, n'a pas prêté attention à ce qui se passe autour de lui.

— Fi de vos difficultés, Monsieur, cet homme a besoin de nos soins, dit le gouverneur en se levant péniblement de son fauteuil.

Le Loutre, tiré soudainement de ses préoccupations, se lève à son tour. Lorsqu'ils sont tous les deux auprès du vieillard, ils entendent distinctement les râles qui s'échappent de sa bouche.

— Allez chercher un médecin, Monsieur, commande Boschenry. Vous voyez bien que Doucet est fort mal en point.

L'abbé hésite un moment, puis il sort sans plus de bavardages. À peine a-t-il refermé la porte que le centenaire ouvre les yeux et aperçoit le gouverneur penché au-dessus de lui.

— J'ai eu une pâmoison, dit-il d'une voix presque éteinte.

— Gardez la paix, Doucet, ne vous fatiguez pas. Le Loutre est parti à la recherche d'un médecin.

— Je n'ai plus besoin du secours des hommes, Monsieur. Je le sens, j'arrive à la fin de ma longue course. Faites venir mon petit-fils. C'est à lui que je dois parler avant que mon dernier souffle ne me quitte.

Le Gouverneur, sentant la gravité de la situation, se lève vivement, s'arrête un moment et regarde Doucet en se demandant s'il est sage de le laisser seul. Il n'a pas à se poser la question longuement, car le vieil homme, le bras posé sur celui du fauteuil, agite légèrement les doigts de la main droite comme pour encourager son interlocuteur à agir. Celui-ci quitte vivement la pièce. Ne rencontrant personne dans la maison, il sort sur le perron, cherchant des yeux le jeune marié. Le front plissé, le regard soucieux, Boschenry attire l'attention d'une jeune servante qui passe tout près.

— Ma fille, cours vite me chercher le marié. Son grand-père, qui s'est soudain trouvé mal, le réclame d'urgence.

La domestique, alarmée par le ton et l'allure angoissés du gouverneur, se hâte d'accomplir la mission qui vient de lui être confiée. Lorsqu'il retourne auprès du malade, Boschenry ne se doute pas le moins du monde des révélations étonnantes qu'il est sur le point d'entendre.

15

L'après-midi de cette glorieuse journée tire à sa fin.
Au pied du promontoire, devant Bel-Air, des jeunes gens
dansent encore aux sons des violons de Joseph Le Blanc
et de ses deux garçons, Simon et Olivier. Même s'ils ont
joué pendant la plus grande partie de l'après-midi, ils ne
paraissent pas fatigués. Leurs archets volent avec allé-
gresse sur les cordes de leurs instruments, pendant que
les couples tournoient, se défont, se forment à nouveau
pour repartir de plus belle avec entrain dans une sorte de
ballet à la chorégraphie parfaitement réglée. Les longues
jupes ourlées de dentelles à la base, se gonflent d'air
lorsque le garçon fait tournoyer sa compagne du bout de
son index droit qu'il élève entre eux, au-dessus de leurs
têtes.

En retrait de la résidence, dans un bosquet qui les cache
à la vue des autres invités, sont assises la jeune mariée en
compagnie de sa sœur Marie-Josèphe, de sa tante Marie-
Madeleine Gautier et d'une amie, Anne de Latour[1].
Toutes trois ont à peu près le même âge que Marie-Ange

---

1. Anne de La Tour, arrière petite-fille de Charles de Saint-Étienne et de
   La Tour, un des premiers compagnons de Charles de Biencourt en
   Acadie en 1610. (Voir *Clovis*, tome 1). En 1758, elle épousa Paul Le
   Blanc, un fils de Joseph Le Blanc, dit Le Maigre.

et toutes également affichent le même teint rosé, une belle chair ronde et ferme. Elles discutent avec animation de leurs galants respectifs, mais surtout, elles comparent entre elles leurs chances de se faire épouser dans l'année. C'est Anne de La Tour qui paraît la plus près de convoler car, depuis un an, elle est la fiancée de Paul Le Blanc, le frère des deux violonneux. En Acadie on se marie tôt, les jeunes filles étant hantées par la crainte d'être encore célibataires à vingt ans.

Tout à coup, leurs bavardages s'interrompent lorsqu'une ombre s'étend soudainement au-dessus d'elles. En même temps qu'elles lèvent la tête, des petits cris de frayeur s'échappent de leurs ravissantes bouches. Le nouveau marié et ses trois compagnons Micmacs ont surgi au milieu d'elles, encore attifés de la même façon qu'à leur arrivée le matin même. Leurs corps sont couverts de sueur, leurs visages encore rouges, leurs poitrines se soulevant à un rythme accéléré, à cause de l'effort qu'ils viennent de déployer, en exécutant une danse micmaque fort endiablée.

— Marie-Ange, commence Oscar haletant, grand-père me demande. Je veux que tu sois avec moi.

La jeune épouse se lève aussitôt, obéissante comme il se doit, si fraîchement mariée. Au moment où s'éloigne le jeune couple, Paul Le Blanc survient, à la recherche d'Anne de Latour, ce qui fait se disperser le petit groupe.

— Grand-père est au plus mal, dit Oscar pendant qu'ils arrivent à l'entrée de Bel-Air.

— Peut être ma présence sera-t-elle de trop?

— Je veux que tu sois à mes côtés. En me demandant, c'est toi aussi qu'il appelle. C'est ainsi depuis ce matin, ajoute-t-il en plantant un baiser sur la nuque de sa femme.

Marie-Ange, accrochée au bras de son mari, le regarde de ses grands yeux. L'adoration de la jeune femme pour son homme ne peut être plus évidente.

Ils entrent dans la maison et suivent la voix du gouverneur qui les appelle depuis la pièce où il s'était retiré avec le centenaire. En apercevant le vieillard, écrasé au fond du fauteuil, avec l'air d'un oiseau blessé, Oscar se précipite à ses pieds, prend les mains de son grand-père dans les siennes et ne peut retenir les larmes qui commencent à couler lentement sur ses joues.

— Il ne me reste que peu de forces, mes enfants, prononce avec peine le moribond, en s'adressant pour la première fois au couple que forment maintenant les deux jeunes gens. J'ai encore beaucoup à vous apprendre et je veux que vous m'écoutiez attentivement. Que Votre Excellence soit le témoin de ce que j'ai à dire.

Pendant que Boschenry prend place dans le fauteuil en face du vieillard, les jeunes mariés s'assoient par terre à ses pieds.

— Je suis né en France, mais je suis arrivé en Acadie alors que je n'avais que quelques semaines d'âge. Je n'ai donc jamais connu ni mon pays d'origine, ni mes parents. Mais ça fait cent ans de ça. Plus personne ne s'en souvient. Je suis le seul survivant de cette époque.

Sa pomme d'Adam, comme tous les os de son visage, s'agite sous sa peau parcheminée. Il parle dans un registre si faible que ses auditeurs doivent se rapprocher afin de ne pas perdre un seul mot de ses propos.

— C'est vrai que vous avez cent ans, monsieur? lui demande Boschenry.

— Oui, Excellence, lui répond aussitôt le vieillard. J'ai eu cent ans bien sonnés le premier juillet de cette année, répond-il avec un voix qui paraît plus forte, où perce de la fierté.

Le gouverneur et les jeunes gens regardent Hugues Doucet avec un air qui tient à la fois de l'amusement et de l'émerveillement. Ils ne connaissent personne d'aussi vieux que lui. Pourtant, on compte beaucoup d'octogénaires, voire de nonagénaires en Acadie. Mais les centenaires sont plus rares.

— Mais vous n'êtes pas venu ici avec vos parents? s'enquiert encore le gouverneur.

Le vieillard fait entendre un petit rire qui se prend dans sa gorge et lui cause une quinte de toux.

— Mes parents m'ont rejeté dès ma naissance, parce que je les gênais, dit enfin le vieux Doucet, lorsqu'il se fut calmé.

Les jeunes mariés et le gouverneur se regardent les uns les autres sans comprendre. Comment la naissance d'un innocent enfant pouvait-elle gêner ses parents? En Acadie, un nouveau-né est toujours considéré comme un cadeau du ciel.

— Je vois que la chose vous surprend, continue le centenaire. Je gênais mes parents parce que j'avais un frère jumeau.

Ses auditeurs dévisagent Doucet, comprenant de moins en moins.

— Dans une famille acadienne, je le sais, des jumeaux sont vus comme une bénédiction de Dieu. Ce n'était pas le cas de mon père qui craignait d'avoir à diviser sa couronne.

— Sa couronne? demande Boschenry intrigué. Votre père était-il le roi? ajoute-t-il presque en se moquant.

— Il était le petit-fils de César de Vendôme, lui-même fils du roi Henri IV.

Boschenry, qui n'en croit pas ses oreilles, se redresse dans son fauteuil, l'œil vif, l'esprit alerte. La lignée du premier fils légitimé du célèbre Béarnais est depuis longtemps éteinte. Il comprend tout de suite qu'il est sur le point d'entendre un histoire extraordinaire.

L'explication de Doucet n'a pas, sur ses jeunes auditeurs le même effet de reconnaissance et de surprise qu'elle a sur le gouverneur. Vivant depuis des générations en Acadie, séparés de la France par un océan, garçons et filles n'ont pas pour l'ancienne mère patrie, les mêmes sentiments que les Français de Louisbourg, par exemple.

Ils n'ont plus guère qu'un intérêt mitigé pour l'Ancien Monde auquel ils ne se rattachent plus que par des liens fort ténus. Les Grands de France et les activités de la Cour leur sont inconnus et ils ne s'en soucient guère. Même le duc de Vendôme, qui pourtant avait été vice-roi d'Acadie, ils n'ont, jusqu'à ce jour, jamais entendu son nom.

— Il faut donc que je vous raconte mon histoire depuis le début, conclut le vieux Doucet.

Un silence suit, pendant que tous les yeux sont fixés sur le visage du vieillard, dont la peau est burinée par une longue exposition au soleil et au grand air. Malgré la faiblesse qui l'accable, ses yeux bleus comme de profondes aigues-marines pétillent au milieu de ce parchemin bruni. Les traits de son visage s'animent et ses mains se joignent et s'élèvent vers son menton. Marie-Ange prend la couverture de laine sur laquelle elle est assise et la place sur les genoux du vieux Doucet.

— Ce que je vais vous raconter, c'est la pure vérité. À part mon fils César-Germain qui est décédé et que j'avais mis dans le secret, j'ai toujours gardé cette histoire pour moi-même. Avec les années, elle avait fini par m'apparaître fort extravagante et je croyais que, pour quiconque d'autre, elle aurait été difficile à croire.

— Pourquoi, dans ce cas allez-vous nous la raconter aujourd'hui, après toutes ces années de silence? demande le gouverneur. Nous pensez-vous assez crédules pour avaler n'importe quelle fable? ajoute-t-il avec un rien de défi dans la voix.

Boschenry commence à être légèrement mal à l'aise à la suite des premières déclarations de Doucet. Il n'est pas certain que les jeunes gens devraient être présents pour entendre les révélations qui ne vont pas manquer de suivre. Pendant un moment, Doucet regarde le gouverneur de ses yeux qui ne pétillent plus, mais qui ont emprunté soudainement un air presque sombre. Le bleu d'aigue-marine a pris la couleur du lapis. Pour les jeunes gens qui connaissent bien le caractère vif du centenaire, ils s'attendent à une explosion de colère devant l'impudence de son interlocuteur. Au lieu de cela, il garde son calme en dévisageant Boschenry qui l'a mis au défi. Pendant quelques instants, il hésite sur le ton à prendre avec lui. Il va l'attaquer verbalement et le remettre à sa place vivement, mais il se souvient à temps qu'il a une histoire à raconter et que pour ce faire, il ne faut pas se laisser distraire.

— Votre Excellence parle comme un Français. Ici, il faut parler comme les Acadiens.

Le gouverneur, surpris par le reproche de la réplique, reste d'abord silencieux.

— Mais vous êtes Français de naissance, Monsieur, finit-il par articuler.

— Ah! dit le vieillard en levant son regard pétillant vers le gouverneur, vous avez raison, Excellence. Je suis né en France, mais je n'y ai vécu que six jours. En ce temps-là, je ne pesais que sept livres. Aujourd'hui, mon poids fait cent cinq livres. Où croyez-vous que j'ai pris cette chair, ces os, ces muscles? En Acadie, Monsieur, pas en France. Ce que vous avez devant vous, c'est tout acadien à cent pour cent. Des sept livres des débuts, il ne reste plus rien.

Les jeunes gens échangent un regard et se sourient aux propos du vieillard.

— Je continue donc mon histoire, dont les moindres détails m'ont été rapportés par le père Joseph, sur son lit de mort.

— Mais, le père Joseph, de qui tenait-il ces détails? demande le gouverneur intrigué.

— D'un Français, appelé Emmanuel Le Borgne, qui les avait appris de la bouche même du duc de Vendôme. Je vous parlerai de ce Le Borgne dans un moment, car il joue un rôle dans mon récit.

—Je ne voulais pas vous fatiguer davantage, Monsieur, mais j'avais besoin de savoir.

Doucet fait un geste de la main en signe de compréhension, avant de poursuivre.

— Je suis né à Paris, à l'hôtel de Condé, au moins une minute après mon frère et au grand étonnement de mes parents, Louis de Vendôme et Laure Mancini. Mon père, saisissant tout de suite la gravité de la situation, me fit disparaître prestement, aidé en cela par la sage-femme. Cela lui fut assez facile, car tout le monde était occupé, près d'une grande fenêtre, dans la pièce voisine, à contempler le nouveau-né, lorsque ma mère fut prise à nouveau des douleurs de l'enfantement. Personne ne remarqua ma naissance et la sage-femme, ayant compris son devoir, par le regard impérieux que lui jeta mon père, m'emmaillota rapidement et disparut derrière les tentures, à la tête du lit, où était dissimulée l'entrée d'un passage secret, conduisant hors de l'hôtel. La sage-femme me mena chez elle sans attendre un moment de plus et me procura tous les soins qu'on donne à un nouveau-né. Mon frère jumeau fut baptisé Louis-Joseph, au cours d'une imposante cérémonie qui eut lieu à l'hôtel de Condé. Quant à moi, à l'occasion d'un rite sacramentel tout simple, qui eut lieu le lendemain et auquel assistait, sur l'ordre du duc de Vendôme dont il était l'employé, un certain Emmanuel Le Borgne, je reçus les prénoms de César-François Hugues.

— Père Doucet, demande la jeune Marie-Ange, qui étaient ces gens, au juste?

Le gouverneur, surpris par la naïveté de la question, regarde la mariée avec étonnement. Comment pouvait-on être aussi ignorant que cette fille, que ces Acadiens?

— Comme je vous l'ai dit plus tôt, mon grand-père n'était autre que César de Bourbon, duc de Vendôme, fils légitimé d'Henri IV et de Gabrielle d'Estrées.

Le vieil homme s'arrête après cette déclaration pour voir l'effet produit sur ses auditeurs. Il n'est pas surpris par l'absence totale d'intérêt dans les yeux des deux jeunes gens. Ce n'est pas le cas du gouverneur qui est tout oreilles depuis que Doucet a révélé ses origines royales. Aussi est-ce en s'adressant plutôt à lui qu'il continue à parler à Oscar et Marie-Ange.

— Vous ne le savez peut-être pas, mais César de Vendôme, pendant un certain temps, fut considéré comme le futur dauphin, puisque le roi, l'ayant fait légitimer, avait décidé d'épouser mon arrière-grand-mère. Vous voyez bien, mes enfants, que mon existence créait, pour la maison de Vendôme un problème de succession.

À nouveau, Doucet fait une autre pause pour observer l'effet de ses paroles sur son auditoire. Le gouverneur de Louisbourg, tout en contemplant le moribond, hésite entre l'incrédulité et la foi aveugle. Il se demande s'il doit continuer à écouter ces propos qui, après tout, peuvent bien n'être que les divagations démentes d'un mourant, ou bien s'il doit sortir pour montrer qu'il ne verse pas dans la fabulation.

— Mais, Monsieur, il y avait déjà longtemps que les Vendôme savaient bien que le trône de France, s'il était passé près d'eux, n'allait plus jamais revenir.

— Allez dire ça à ceux qui ont failli s'y asseoir. La maison d'Orléans en est un bel exemple. Ils font mille complots pour y parvenir. Il n'est pas dit qu'un jour ils n'y parviendront pas. Les Vendôme, dont tout le monde croit aujourd'hui qu'ils se sont éteints, y ont cru jusqu'au dernier descendant.

— Oui, mais enfin, tout de même... continue le gouverneur, de plus en plus troublé par ces révélations.

— Je ne vous raconte pas ces événements pour que vous me croyez, Monsieur, prononce doucement Doucet, en regardant Boschenry avec sympathie. Je n'en ai cure. Je veux que ces faits soient dits devant vous, afin que mon petit-fils, lorsqu'il jugera à propos de les raconter à son tour, ait des témoins pour le soutenir, jusqu'à la fin de sa vie.

— Je m'en souviendrai, dit Oscar Doucet.

—Pouvez-vous m'apporter des preuves de ce que vous avancez, monsieur, s'entête le gouverneur.

—En temps et lieu, Excellence, mon petit-fils vous fera voir ce que vous me demandez.

Doucet fait une pause, après ces derniers mots, comme si leur exécution lui avait demandé un effort surhumain. Il ferme les yeux quelques instants pour se retirer en lui-même. Ses lèvres tremblent légèrement lorsqu'il reprend la parole.

— Donc, comme je vous le disais, poursuit-il enfin, je fus baptisé le lendemain de ma naissance en présence d'un certain Emmanuel Le Borgne. Deux jours plus tard, cet homme, suivant les instructions du duc de Vendôme, alors vice-roi d'Acadie, me conduisit à bord d'un navire appelé *Le Châteaufort*, et fit aussitôt voile pour l'Acadie. Il avait comme mission de me placer dans une bonne famille chrétienne de ce pays qui serait chargée de m'élever. Pour ce service, Le Borgne avait reçu, outre le navire, soixante-quinze mille livres de vivres, de marchandises et de munitions pour ses comptoirs.

Boschenry est maintenant suspendu aux lèvres du vieillard, et le regarde comme sous l'effet d'un charme ou d'un sortilège.

— Qui était ce Le Borgne? demande le gouverneur qui n'a pas eu le temps de se familiariser avec l'histoire de l'Acadie.

— C'était l'homme de confiance de mon père, lorsqu'il s'agissait des affaires de sa vice-royauté. Vous allez voir qu'en cette histoire Le Borgne lui fut d'une grande utilité. J'aurais beaucoup à dire sur ce personnage, pour lequel je conserve une opinion défavorable. Une fois en ce pays, il abusa de son autorité, se croyant tout permis de par l'appui qu'il s'était acquis en métropole. Surtout, il causa de grands torts à Charles de La Tour, alors gouverneur d'Acadie. Je me souviens encore de lui, puisqu'il est mort alors que j'avais à peine douze ans. Mais je m'égare, puisque je ne raconte pas les faits dans l'ordre.

Le gouverneur opine de la tête et attend la suite.

— Peu après mon arrivée à Port-Royal, je fus adopté par une famille dont le père s'appelait Germain Doucet. Hélas, je n'avais pas encore trois mois, lorsque la colonie fut attaquée et prise par les Anglais. Doucet fut gardé à l'œil avec toute sa famille et les trois capucins, missionnaires en ce lieu, qui eurent à subir les sévices du nouveau conquérant. À cause de cette surveillance de tous les instants, mon père adoptif me confia aux religieux. Devant la gravité de la situation, ceux-ci avaient été mis au courant de toute l'affaire par Le Borgne. À chaque jour, l'étau se resserrait sur la petite colonie et Le Borgne crut que le secret de ma naissance allait être éventé. Pour éviter cette désastreuse issue, il pria les capucins de me conduire en lieu sûr, loin de Port-Royal, à l'abri des inquisitions anglaises. Des trois religieux, ce fut au père Joseph que son supérieur, le père Léonard de Chartres me confia, avec l'ordre de m'éloigner à l'instant de Port-Royal, quitte à ne jamais y revenir, s'il jugeait que ma sécurité restait menacée. L'obéissant moine partit aussitôt pour la forêt où il ne tarda pas à rencontrer des Souriquois qui étaient nos alliés. Nous voyageâmes en leur compagnie pendant près d'un mois, chassant et pêchant, jusqu'à ce que les rivières fussent gelées. Nous finîmes par atteindre la source de la rivière au Dauphin. Mais nous ne nous attardâmes pas longtemps dans cette région qui paraissait au père Joseph se trouver encore à trop courte distance du conquérant anglais. Nous poussâmes encore plus vers le nord lorsque, quelques jours plus tard, nous parvînmes en un village appelé Cobeguit et habité par des Souriquois sédentaires, établis au fond du bassin des Mines. C'est en ce lieu que je vécus les treize premières années de mon existence. J'avais à peine vingt ans, lorsque les Acadiens sont venus s'établir à côté de Cobeguit[2].

Le vieillard fait une longue pause, car il vient de parler sans arrêt pendant plusieurs minutes. Ses interlocuteurs, suspendus à ses lèvres, n'osent intervenir.

— Je m'aperçois que je m'égare encore. Je vais plus vite que les faits. Il me faut revenir en arrière. Je disais donc qu'en 1667, alors que je n'avais que treize ans, le père Joseph rendit l'âme après une brève maladie. Avant de mourir, il m'avait fait venir auprès de lui pour me révéler les circonstances entourant ma naissance. Je l'écoutai avec la plus grande attention, retenant avec fidélité les moindres détails de son histoire. Pour moi, à cette époque, ce récit m'apparut comme un merveilleux conte de fées que je me récitai par la suite si souvent dans ma tête. C'est peut-être à cause de cela que je retins dans ma mémoire tous les événements de cette affaire. Puis, durant mon enfance, habitué comme je l'étais à vivre parmi les Souriquois, ayant adopté leurs costumes et leurs usages, l'histoire du duc de Vendôme ne parut pas me concerner. Ce n'est qu'avec les années et au contact des Français ayant vécu à la Cour, que je pris pleinement conscience des dernières paroles du père Joseph concernant ma naissance.

«Le missionnaire, pendant mon enfance et le début de mon adolescence, m'avait enseigné à lire, à écrire et à compter. Ses connaissances en histoire étaient assez étendues, mais il m'avait surtout parlé de saint Louis. Cependant, il m'avait aussi raconté, mais beaucoup plus brièvement, l'histoire des grands rois tels que Charlemagne, Philippe Le Bel, François 1er et Henri IV. Sur sa couche, le saint homme devina mon trouble. La veille de sa mort, il m'encouragea à retourner auprès des Blancs, dont il savait qu'ils avaient continué à progresser en grand

---

2. Le village acadien de Cobeguit fut fondé en 1689 par Mathieu Martin, sur l'emplacement actuel de Truro (N.-É.).

nombre en Acadie. Il croyait qu'un jour viendrait où j'aurais pu lui reprocher de ne m'avoir pas fait connaître les miens. Il fit venir auprès de lui Mathieu Martin à qui il me confia, le priant de poursuivre avec moi l'éducation qu'il avait commencée. Le lendemain, vers le milieu du jour, il trépassa. C'était un saint homme qui vécut et mourut en modèle de vertu. J'avais été très attaché à lui et lorsqu'il quitta cette terre, j'en éprouvai un immense chagrin. Le seigneur de Cobeguit prit très au sérieux cette promesse faite à un mourant et me conduisit aussitôt à Port-Royal, pour me faire connaître le reste du monde. Je fus profondément étonné d'y découvrir tant d'Acadiens et de Français en un même lieu. Jusque là, j'avais cru que la terre était surtout peuplée de Souriquois. Je fus très malheureux d'avoir quitté ma tribu car, avec le père Joseph, elle était devenue ma véritable famille. Le départ de mon protecteur pour l'autre monde me parut comme un abandon. Je réalisai aussitôt que j'étais seul sur cette terre.»

Peut-être est-ce l'émotion soulevée par les souvenirs que ses propos remuent, la voix de Hugues Doucet tremble, puis faiblit à cet endroit de son récit. Son petit-fils étend la main et prend celle de son grand-père dans la sienne.

— Reposez-vous, père. Vous n'êtes pas forcé de tout raconter aujourd'hui.

Le vieillard sourit et plaçant ses mains sur la tête des deux jeunes gens, il les regarde avec affection.

— Vous avez la vie devant vous, mes enfants. Quant à moi, je serai bien aise d'avoir encore quelques heures avant de rencontrer mon créateur. Je n'ai plus le luxe du temps pour vous dire ce que j'ai à vous transmettre avant de partir.

Les yeux de Marie-Ange sont embués. Elle s'est blottie tout contre la poitrine encore maculée de sang et de sueur de son guerrier.

— Peu après notre arrivée à Port-Royal, je n'avais qu'une idée en tête, retourner à Cobeguit. J'allais avoir quatorze ans et depuis peu, j'étais amoureux de Marie, la fille que Mathieu Martin avait eu avec Obenoke. Avec sa mère et ses deux frères, elle habitait le ouaguam voisin du nôtre. Je n'eus que peu de difficulté à convaincre mon protecteur de revenir à Cobeguit dont il était le seigneur et de me marier à Marie. Ce fut chose rapidement faite et je m'installai dans mon nouveau rôle de père nourricier de ma nouvelle famille. J'y fis la chasse, la pêche et m'initiai à la traite des fourrures. Après la naissance de trois filles, qui épousèrent toutes des Souriquois, mais dont une seule survécue, un fils naquit de mon union avec Marie. Je le nommai César-Germain en l'honneur de mon père et de l'Acadien qui m'avait si généreusement adopté peu après mon arrivée en ce pays. Ma femme et sa mère moururent, victimes de la cruauté des Anglais. Mon fils et sa famille, sauf Oscar-François qui était avec moi, subirent le même sort des années plus tard. Depuis la mort de mon fils, je me suis consacré à l'éducation d'Oscar.

Le vieil homme s'arrête longuement à la suite de ce monologue que ses auditeurs ont écouté avec une gravité solennelle. Pendant longtemps, tout le monde garde le silence; au loin on entend encore les bruits de la fête qui se continue dans la prairie, devant la maison de Bel-Air.

— Père, demande Oscar au bout d'un moment, pourquoi m'a-t-on appelé Oscar-François.

— C'est ton nom.

— Pourquoi suis-je Oscar, alors que mon père et toi vous vous appelez César, comme ton propre père?

Un pâle sourire se dessine sur les lèvres du centenaire. Sa mémoire remonte en ce jour de 1737, dans l'église de Port-Royal.

— Le jour de ton baptême, le prêtre, qui s'appelait M. de Saint-Poncy, au moment de verser l'eau bénite sur ton front, fut interrompu par le bruit des soldats qui frappaient à la porte de l'église pour m'arrêter. Il fut si troublé par cette intrusion qu'il en oublia le nom qu'on lui avait dit de te donner et te baptisa Oscar-François, au lieu de César-François. Après la cérémonie, ton père refusa de changer les paroles de M. de Saint-Poncy et toute ta vie tu t'es appelé Oscar.

Un moment s'écoule, pendant lequel Boschenry cherche à retourner au sujet qui l'intéresse.

— Monsieur, demande le gouverneur, d'une voix tout en douceur et qui a perdu les aspérités du début, vous m'avez promis des preuves tangibles. Je n'ai rien, hors de votre parole, pour supporter la véracité de votre récit.

— Ma parole devrait suffire, Monsieur, mais puisque vous me le demandez avec autant d'égards, je vous répète que j'ai des preuves.

Devant le silence qui suit cette affirmation, Boschenry croit inutile de pousser davantage sa requête.

— En effet, reprend enfin le vieux Doucet, je possède quelques documents que mon père, le duc de Vendôme, a confiés à Emmanuel Le Borgne et que j'ai toujours en ma possession.

— En quelles circonstances avez-vous reçu ces documents?

— J'avais alors treize ans. Un jour que j'étais seul avec le père Joseph, il me remit une sacoche en cuir qui contenait, me dit-il, des papiers importants de ma famille. Sans me donner plus de détails sur ce sujet, il me laissa entendre que les lettres, enfermées dans le sac, me renseigneraient, le temps venu, sur ce sujet. À l'époque, des propos sur mes origines n'avaient guère d'intérêt pour moi, puisque je me considérais comme Souriquois. Aussi, je mis la sacoche de côté et ne pris pas tout de suite connaissance de son contenu.

En prononçant ces paroles, le vieillard porte la main droite à l'intérieur de sa veste de cuir, comme s'il allait chercher, dans une poche, le sachet en question. Son auditoire a les yeux rivés sur le moindre de ses gestes. Tout à coup, sa main gauche retombe lourdement sur ses cuisses, pendant que la droite agrippe sa poitrine, à travers la chemise de toile qui la recouvre. En même temps, ses traits se contorsionnent sous l'effet d'une douleur cuisante qu'il semble éprouver au centre de la poitrine. À la pâleur de son visage succède une congestion qui l'empourpre violemment. Oscar, vif comme l'éclair, le soutient avec force, lorsque le torse du vieil homme penche en avant, risquant de basculer par terre. Avec l'aide du gouverneur qui s'est avancé pour apporter son secours, ils soulèvent Doucet de son siège et lentement, avec délicatesse même, ils l'étendent sur la couverture de laine que Marie-Ange vient d'étendre sur le sol.

— Excellence, il faut aller chercher un prêtre et un médecin au plus vite, dit Oscar avec autorité, en se tournant vers le gouverneur.

Celui-ci, peu habitué à recevoir les ordres d'un subalterne, se raidit quelque peu au commandement du jeune homme. Il n'hésite qu'un instant, pendant que des pensées diverses lui traversent l'esprit. Si les propos du mourant sont vrais, il se trouve devant l'héritier d'une lignée royale que l'on croit éteinte depuis plus de quarante ans. Il oublie ces vaines pensées et marche avec difficulté hors de la pièce à la recherche d'un secours quelconque.

Pendant ce temps, dans la petite pièce, le visage du vieil homme a cessé de se contorsionner et se décongestionne lentement. La respiration qui a d'abord été haletante est devenue hoquetante et rauque. Puis, soudainement, elle s'est arrêtée. Le corps de Doucet est agité par une secousse violente et brève, se raidit, puis se relâche avant de devenir complètement immobile. Aussitôt sa peau prend une teinte bleutée, presque violacée, ses lèvres et ses joues se gonflent démesurément.

Au même moment, la porte s'ouvre et le gouverneur revient en compagnie de l'abbé Le Loutre et d'un médecin.

Ils s'arrêtent tous les trois, à la vue d'Oscar et de Marie-Ange, en larmes tous les deux, agenouillés auprès du vieil homme. Il est étendu de tout son long sur la couverture de laine. Toute sa personne est immobile et ses yeux sont fermés. Pour les nouveaux venus, la scène ne laisse aucun doute. Pour la forme, le médecin se penche sur le corps étendu à ses pieds. Il se relève au bout d'un moment, regarde le gouverneur et l'abbé.

— M. Doucet est mort, leur dit-il simplement.

L'abbé Le Loutre s'approche d'Oscar et Marie-Ange, les aide à se relever. Après avoir prononcé quelques paroles de consolation, il s'agenouille auprès du cadavre et lui administre quand même les rites ordinairement réservés aux mourants.

Lorsque le prêtre a terminé ses prières, Joseph Gautier, Marie Alain, Marie-Josèphe et Michel de Gourville, ayant été avertis du drame, sont venus pour apporter leurs respects. C'est Marie Alain qui prend la direction des opérations. Elle fait venir des femmes qui emportent le défunt pour lui faire sa toilette et le préparer à l'ensevelissement. Ceci fait, elle fait asseoir les gens autour d'elle et leur parle, comme l'aurait probablement fait Nicolas Gautier lui-même, s'il avait été présent. Pas une fois elle songe à passer les rênes à l'Aîné, à qui pourtant ce rôle reviendrait, selon la tradition.

— Excellence, dit-elle en se tournant vers le gouverneur, je regrette que votre visite soit attristée par un si terrible dénouement. Que cela ne vous empêche pas de considérer notre maison comme la vôtre, pour le temps qu'il vous plaira. Nous sommes en deuil, car nous avons toujours tenu Hugues Doucet pour un membre de notre famille, à laquelle il a été associé depuis plus de quarante ans. Je viens de donner des ordres pour que les invités rentrent maintenant chez-eux. La fête est finie.

Le lendemain de cette journée mémorable pour Oscar Doucet, aussi bien par son mariage que par le deuil dans lequel il se voit plongé, les derniers invités encore sur place, quittent Bel-Air à destination de Louisbourg. Sauf le nouveau marié et sa jeune épouse, qui partent en direction opposée, vers le fort Beauséjour. Ils voyagent en canot en compagnie de Le Loutre et des trois Micmacs. Au fond de la deuxième embarcation est étendu le corps du vieux Hugues Doucet, enveloppé dans une couverture de laine. Son petit-fils le ramène en Acadie pour l'inhumer à Cobeguit, selon son désir si souvent exprimé.

16

Étendu sur le dos, un bras passé par-dessus la poitrine de sa femme, Louis du Pont du Chambon de Vergor[1] ronfle bruyamment, la bouche grande ouverte. Il est si profondément plongé dans son sommeil qu'il ne s'éveille même pas, lorsque des coups sont frappés avec force à la porte de leur chambre. Marie-Joseph tente, mais sans succès, d'éveiller son mari. Son action n'a pour effet que d'interrompre les vrombissements nasaux du gros homme qui se retourne sur le côté pour continuer son sommeil.

Les coups reprennent, mais cette fois avec une plus grande vigueur. Mme du Chambon, alarmée par une telle insistance, secoue son mari une seconde fois. Elle y met tellement d'énergie que le bonhomme s'éveille en sursaut, en se redressant tout droit sur son séant.

— Quoi quoi quoi...

— On frappe, mon ami...

— Mais ou ou ou ouvre donc...

— Entrez, crie Marie-Joseph d'une voix forte.

Aussitôt, la porte s'ouvre, et quelques instants après, l'ingénieur, Jacau de Fiedmont est au bord de l'alcôve, dont les rideaux sont déjà ouverts.

---

1. En 1752, Vergor avait épousé Marie-Joseph Riverin, avec qui il eut huit enfants.

— Monsieur, les Anglais sont à nos portes.

Vergor se frotte les yeux et secoue la tête, comme pour réveiller, si c'est possible, son intelligence endormie.

— En effet, mon commandant, un homme du cap Maringouin[2] est accouru pour nous prévenir qu'une flotte d'une quarantaine de navires anglais vient d'arriver en face de sa demeure, dans la baie de Chignectou. Elle est immobilisée là, attendant la marée montante pour entrer dans la Missaguash et la remonter jusqu'au fort Lawrence.

Cette fois, Louis du Chambon est tout à fait éveillé.

— Les Anglais. Qu'a qu'a qu'a qu'allons-nous faire?

— Nous défendre, Monsieur. Mais il faut que vous veniez à l'instant pour donner les ordres.

— Mon mari va se lever tout de suite, Monsieur l'ingénieur. Attendez-le à l'extérieur.

Fiedmont, qui ne demande pas mieux que d'éviter d'assister au petit lever de son commandant, sort en tirant la porte derrière lui.

Il est cinq heures du matin et le soleil, déjà, commence son ascension à l'horizon. L'ingénieur n'attend pas que Vergor sorte de sa chambre pour sonner l'alarme générale. Cela fait, il quitte rapidement la forteresse et se dirige vers la maison d'Oscar Doucet, qui est construite dans la pente à mi-chemin entre Beauséjour et la Missaguash. Il n'a pas besoin de frapper à sa porte, car le jeune homme est déjà levé. Il est assis sur le perron, avec ses amis Micmacs, et ils devisent avec fébrilité.

— Que disent-ils? lui demande l'ingénieur qui les écoute depuis un moment.

— Ils sont venus me trouver, un peu plus tôt, pour me prévenir de l'arrivé de la flotte anglaise. Ils croient que les navires transportent de cinq à six mille hommes.

— Oh! Notre tâche ne sera pas facile.

---

2. Le cap Maringouin: une pointe s'avançant dans la baie de Chignectou, à cinq milles du fort Beauséjour.

— En effet. Qu'allez-vous faire?

— Je n'ai pas attendu de parler au commandant pour envoyer des messagers dans les campagnes et chez les Micmacs pour les appeler tous aux armes. Hélas, les rapports qui me parviennent ne sont guère encourageants.

— Comment cela?

— Les Acadiens, pour la plupart, ne veulent pas se mêler de cette affaire, à moins que le commandant ne menace de les faire exécuter s'ils ne prennent pas les armes pour la France.

— Je suis du même avis. Quoi que nous fassions, quelqu'un nous donnera tort, soit les Micmacs, soit les Anglais, soit les Français. Il faudra donc convaincre M. de Vergor de passer aux menaces.

— Il le fera, soyez-en assuré. Le plus difficile, sera de convaincre ensuite les Acadiens du sérieux des représailles. J'aimerais vous confier cette mission auprès d'eux. Je sais qu'ils vous écouteront plus que moi.

— C'est entendu. Je serai heureux de me charger de cette mission. Que restera-t-il à faire ensuite?

— Je vais prier le commandant d'envoyer à l'instant des courriers à Québec, Louisbourg, à la rivière et à l'île Saint-Jean. Nous n'aurons pas trop de tous ces bras, si seulement ils veulent bien nous prêter leur concours.

— Nous avons jusqu'à ce soir, avant que la flotte n'atteigne le fort Lawrence. La marée ne sera haute que vers cinq heures.

— La journée sera longue.

— Nous devons l'utiliser, avec toute la diligence possible, à compléter la défense de Beauséjour. Ce sera miracle si nous y parvenons.

Après avoir embrassé Marie-Ange et son fils Nicolas, Oscar s'éloigne en compagnie de Fiedmont, pour se rendre auprès du commandant.

— J'espère que M. de Vergor, même s'il s'est fait tirer brusquement du lit ce matin, sera dans de bonnes dispositions, dit l'ingénieur lorsqu'ils approchent du pont-levis.

— Hélas, parce que j'en ai trop souvent été le témoin, je crains qu'il ne soit pas à la hauteur.

— Il nous faudra garder quelqu'un auprès de lui en tout temps, afin de neutraliser l'influence néfaste de Pichon. Cet homme est un traître. Je ne serais pas étonné d'apprendre qu'il connaissait à l'avance les plans des Anglais.

Les deux hommes se taisent, lorsqu'ils arrivent à l'intérieur du fort où, déjà, règne une activité fébrile. Quand ils pénètrent dans le cabinet du commandant, Pichon, qui parlait avec animation, s'interrompt brusquement. À leur vue, ses yeux expriment à la fois la crainte et la colère, et il ne salue même pas les nouveaux arrivants.

Tout en ignorant le secrétaire, l'ingénieur énumère ce qu'il juge utile d'entreprendre à l'instant, pour parer au plus pressé. Vergor, à sa grande surprise, réagit de façon positive. Il ordonne aussitôt qu'on envoie des messagers pour demander du secours et qu'on poursuive avec vigueur les préparatifs de la défense de Beauséjour.

— Le fort est trop petit pour que nous y fassions des manœuvres, explique l'ingénieur à Louis du Chambon. Nous devrons libérer la place et démolir certaines constructions qui nuisent à sa défense. D'autre part, je voudrais faire creuser une tranchée entre le fort et la Missaguash.

— Ah? Pour pour pour...

— Nos troupes, placées dans ce nouveau fossé, retarderont tant qu'elles pourront l'avance de l'ennemi. De plus, nous jetterons sur le terrain des embûches pour ralentir sa marche.

— Cela me paraît une action bien pusillanime devant une telle force, monsieur, commente Pichon, sortant soudainement de son mutisme.

— Hors cette défense, que vous jugez insuffisante, il nous restera le courage et la bravoure de nos hommes, répond-il sèchement. J'attends d'eux qu'ils rendent la tâche si difficile aux Anglais que ceux-ci retarderont l'assaut final. Je compte sur ce délai pour permettre aux renforts de Louisbourg ou de la rivière Saint-Jean de nous rejoindre.

— C'est c'est c'est bien peu...

— En effet, c'est bien peu de choses pour empêcher des forces dix fois plus nombreuses de nous envahir, reprend le secrétaire. La simple logique devrait guider notre conduite.

— Ah, oui? Et quelle est cette simple logique? rétorque Oscar sur un ton assez agressif.

— La logique des nombres, monsieur, qui veut qu'il est présomptueux de vouloir se battre à un contre dix.

Oscar et Fiedmont sont choqués par les paroles de Pichon.

— Si j'ose interpréter vos paroles, Pichon, intervient Oscar, vous recommandez la capitulation, rien de moins.

— La logique, jeune homme, toujours la logique.

— Vos propos sont séditieux et sentent la trahison, reprend Oscar qui a du mal à dominer sa colère. Si j'étais votre commandant, je vous ferais passer en conseil de guerre pour de pareils propos.

Le secrétaire rougit sous l'affront et jette vers Doucet un regard plein de haine.

— Je je je je...

— Surtout. n'allez pas répéter ces paroles démoralisantes à ceux qui travaillent à rendre cette place plus propre à se défendre, interrompt Fiedmont qui ne veut pas qu'une nouvelle querelle retarde encore ses efforts.

— Je je je je voulais dire que c'est c'est c'est bien peu de temps pour accomplir cette tâ tâ tâ tâche. Mais elle est né né nécessaire.

— Je suis heureux de vous l'entendre dire, Monsieur, continue l'ingénieur en se tournant vers Vergor. Pendant que nous sommes dans de si bonnes dispositions, je vous prie également, Monsieur le commandant, de m'autoriser à faire cesser les travaux de l'aboiteau de l'abbé Le Loutre. Nous avons des besoins plus pressants auxquels nous devons employer les Acadiens qui y sont occupés. Il faudra qu'ils apportent avec eux tous les outils dont ils disposent pour creuser notre tranchée.

— Vous vous vous avez ma permission.

— Excellent. De plus, il nous faudra bien, j'ai le regret de vous le dire, faire évacuer les maisons, dans la pente devant le fort. Il faudra ensuite les incendier, car elles pourraient servir à l'ennemi. Cela fait, il faudra aussi brûler le pont qui enjambe la Missaguash près de la butte à Roger.

Vergor acquiesce encore à ces suggestions de l'ingénieur. Puis, Fiedmont et Oscar prennent congé du commandant et quittent la pièce en ignorant le secrétaire. Une fois dehors, ils déplorent la protection que Vergor accorde à Pichon, mais se félicitent de son attitude énergique devant l'urgence de l'action à entreprendre.

— Avons-nous réussi à diminuer l'influence néfaste du secrétaire, demande Oscar.

— Je n'en suis pas tout à fait sûr. Mais ce dont je suis certain, c'est que tu viens de te faire un ennemi dangereux.

— Je n'ai pas le temps de me préoccuper de cet homme et de sa haine. Je suis plus inquiet du succès de ma mission à l'aboiteau de l'abbé Le Loutre, à la rivière Aulac. Ils sont près de deux cents à y besogner.

— Une des grandes difficultés, sera de convaincre les Acadiens d'abandonner leurs travaux pour assurer la défense du fort. Où en sont tes relations avec le missionnaire?

— Je m'entends assez bien avec lui. En général, il écoute ce que j'ai à lui dire. Il n'en tient pas toujours compte, cependant.

— Tu crois pouvoir le convaincre de libérer ses Acadiens?

— Je le crois. Le plus difficile sera de persuader les Acadiens de se battre.

— Il te faudra donc faire allusion aux représailles du commandant.

— La menace de mort?

— Rien de moins.

— Dans ce cas, c'est entendu. Je pars à l'instant pour l'aboiteau. Je reviendrai bientôt avec, je l'espère, de bonnes nouvelles.

Le soir venu, les habitants de Beauséjour regardent, avec inquiétude, la flotte anglaise entrer sans opposition dans la baie de Beaubassin. Elle comprend trente-sept voiles, dont trois frégates et deux vaisseaux de combat. Peu après, les troupes descendent à terre et pénètrent dans le fort Lawrence où elles passent la nuit.

Le lendemain matin, le soleil est à peine levé, lorsque Oscar arrive sur l'immense chantier de la rivière Aulac. Même à cette heure matinale, les hommes, en grand nombre, sont déjà au travail. L'abbé Le Loutre, la soutane relevée, les manches retroussées, patauge dans la boue sans se soucier le moins du monde de ses vêtements dont le noir disparaît sous la vase séchée. Il aide à mettre en place les pièces qui vont supporter l'aboiteau lui-même. Il est au milieu de l'action, encourageant celui-ci, dirigeant celui-là. Il est constamment en mouvement, déployant une énergie surhumaine. Les veines de son front sont gonflées, son visage est rouge, de par l'effort physique énorme qu'il fournit. Il ne voit pas venir le jeune homme tant que celui-ci n'est pas rendu sur eux.

— Je n'ai pas cru la nouvelle de cette immense flotte, lorsqu'on est venu me l'apprendre hier, dit le prêtre sans interrompre son travail.

— Et maintenant, vous en êtes convaincu?

— Comme vous voyez, Doucet, nous n'avons guère le temps de nous occuper de ce qui regarde vraiment M. de Vergor. La tâche que nous avons entreprise est tellement grande et donnera de si étonnants résultats qu'il nous est impossible de l'interrompre tout simplement parce qu'une flottille de vaisseaux anglais se dirige vers le fort Lawrence.

Oscar n'en croit pas ses oreilles. Ou bien cet homme est inconscient et incapable d'évaluer la situation, ou bien il a simplement décidé d'ignorer cet incident qui vient contrecarrer ses projets.

— Monsieur l'abbé, vous ne semblez pas avoir compris l'importance de ce qui vient de se passer.

— C'est vous qui n'avez pas compris l'importance de la tâche que nous avons entreprise. L'arrêter maintenant, c'est perdre à jamais tout ce bel effort qui nous a menés jusqu'ici. Pour y revenir, il nous faudrait recommencer à zéro.

— Je comprends très bien votre situation, Monsieur. C'est vous qui ne semblez pas voir que les aboiteaux perdent de leur importance, lorsque l'existence même de l'Acadie est en jeu.

Le Loutre, à ce moment, daigne s'interrompre et relever la tête vers le jeune homme.

— Vous vous retrouverez Gros-Jean comme devant, lorsque vous aurez de riches terres fertiles dans un pays qui ne vous appartiendra plus.

— Ne dramatisez-vous pas quelque peu? Ce n'est pas la première fois que les Anglais font de tels déploiements.

— Mais, Monsieur, quarante voiles et trois mille hommes ne sont pas seulement un déploiement de force. C'est une préparation de guerre.

Cette fois, Le Loutre se redresse tout à fait et regarde Oscar, qui le domine depuis le remblai où il se tient debout.

— Aidez-moi à sortir de ce trou, ordonne-t-il aux Acadiens qui travaillent à ses côtés.

Quelques hommes, avec l'aide d'Oscar tirent le prêtre vers le haut avec de grands bruits de succion, lorsque ses pieds, encore chaussés, quittent la boue où ils étaient enlisés.

— Vous êtes donc si certain de ce que vous dites? demande le missionnaire, une fois debout aux côtés d'Oscar.

— Oui, monsieur. Les agissements des Anglais ne laissent plus aucun doute sur leurs intentions. Ils ont commencé à déployer leurs troupes et à se préparer à nous attaquer.

— Qu'a fait M. de Vergor jusqu'à maintenant?

— Le fort Beauséjour est en fébriles préparatifs de défense, organisés par Jacau de Fiedmont. C'est lui qui, autorisé en cela par le commandant, m'envoie pour vous prier de venir, avec tous les Acadiens, pour participer à cet effort. Le temps presse et nous avons besoin de tous les bras disponibles. Sans cela, nous serons incapables d'opposer la moindre résistance.

— Vous connaissez, tout comme moi, l'aversion des Acadiens à prendre les armes.

— Oui, mais dans ce cas-ci, il ne s'agit pas pour eux de se battre, mais de participer aux travaux de fortification.

— Vous voulez dire qu'une fois la tâche finie, nous pourrons regagner nos maisons, demande un des Acadiens qui travaille aux aboiteaux.

Oscar hésite avant de répondre.

— Si nous ne nous défendons pas, vous n'aurez plus de maison où vous retirer.

C'est au tour de l'Acadien de réfléchir avant de s'exprimer.

— Nous irons nous en construire d'autres ailleurs.

— Belles intentions que celles-là, mais vous n'aurez pas l'occasion de les réaliser, car vous n'aurez même plus de pays où bâtir.

L'Acadien paraît ébranlé.

— Nous ne pouvons, de notre plein gré, prendre les armes contre les Anglais. Nous avons promis de rester neutres.

— Les mots Mère Patrie n'ont donc plus de sens pour vous? intervient l'abbé, agacé par cette maudite neutralité.

— Vous devez nous comprendre, Monsieur. Nous avons une affection pour la France bien plus grande que celle qu'elle a pour nous.

Le Loutre se raidit et son visage, déjà congestionné, paraît s'empourprer encore davantage.

— Nous savons que notre position vous gêne, Monsieur. Mais vous devez tenter de nous comprendre. Regardez: nous sommes entourés par les Français, les Anglais et les Indiens. Les premiers veulent que nous égorgions les seconds, avec l'aide des troisièmes; les seconds que nous n'aidions pas les premiers s'ils les attaquent et que nous empêchions en même temps les troisièmes d'intervenir dans le conflit. Quant aux troisièmes, amis des premiers et ennemis des seconds, ils ne nous pardonneraient pas toute collusion avec les deuxièmes. Avouez, Monsieur, que notre position est intenable.

Oscar ne peut s'empêcher de sourire en entendant l'argument de l'Acadien.

— Qu'êtes-vous donc, enfin, si vous n'êtes pas capable de défendre votre propre maison.

— Vous n'êtes pas ici depuis assez longtemps, Monsieur l'abbé, poursuit le paysan, pour savoir que si nous sommes encore Français de cœur, nous sommes devenus, avec les générations, des Acadiens. Notre vrai pays, il est de ce côté-ci de l'Atlantique.

— Justement, mes amis, c'est l'Acadie qui est menacée. N'allez-vous point réagir. On ne vous demande pas ici de prendre un fusil, mais la pioche. N'allez-vous pas, au moins, faire ce sacrifice pendant que d'autres se battront pour protéger votre pays.

En fin de compte, les Acadiens finissent par accepter de se rendre à Beauséjour pour aider aux travaux de fortification.

— Le commandant de Vergor vous fera les menaces nécessaires pour justifier, auprès des Indiens, votre participation aux travaux, ajoute le jeune homme pour les aider à soulager leur conscience.

Il est près de six heures du soir, lorsque Oscar et quelques deux cents Acadiens arrivent en vue du fort Beauséjour. Il est étonné et inquiet lorsque, de loin, il voit une fumée noire monter vers le ciel entre le fort et la rivière Missaguash, à l'endroit où s'élevaient sa maison et celles de quelques autres habitants. Il hâte le pas et arrive rapidement sur les lieux, pour découvrir les restes fumants de quatre où cinq demeures. Seules les cheminées de brique, tristes témoins muets, s'élèvent vers le ciel. Aussitôt, le jeune homme veut savoir où est passée sa famille. Il s'élance vers Beauséjour et se rend directement chez Fiedmont pour obtenir des renseignements. Il n'est pas chez lui, mais il le trouve sur la place où il surveille la démolition d'une baraque qui nuisait aux manœuvres.

— Ce n'est pas moi qui ai fait incendier ces maisons. J'attendais ton retour pour ce faire.

— Et ma femme et mon fils?

— Tes voisins, que j'ai interrogés m'ont dit qu'ils avaient été avertis, par un Acadien, d'évacuer leurs demeures, pour les raisons que tu connais. Ils ont été logés dans le fort.

— Qui est cet Acadien?

— Voilà qui est plutôt étrange. Personne n'est capable de me dire son nom.

— Vous voulez dire que personne ne le connaissait?

— Jusqu'à maintenant, je ne sais toujours pas qui est l'auteur de cet incendie.

— Donc Marie-Ange et Nicolas sont ici. Mais où?

Oscar regarde autour de lui. Plusieurs habitants des environs, affolés par l'arrivée des Anglais, ont déjà envahi la place. Dans un charivari indescriptible, les gens vont et viennent dans toutes les directions, certains criant, d'autres pleurant. Le jeune homme, à cette vue, commence à s'affoler.

— Comment trouver ma famille dans un pareil branle-bas? demande-t-il à Fiedmont.

— Viens, dit celui-ci. Allons chez Vergor. Nous y trouverons peut-être Pichon. J'espère qu'il aura réponse à nos questions.

En même temps qu'il parle, Oscar s'élance vers la résidence du commandant, suivi de près par l'ingénieur. En moins de deux minutes, ils sont devant le cabinet de Vergor, et frappent à la porte. Comme ils n'obtiennent pas de réponse, ils n'hésitent pas un instant et pénètrent dans la pièce qu'ils trouvent vide. Ils ne se gênent pas pour regarder partout, derrière les meubles et les tentures. En désespoir de cause, ils vont s'attaquer aux tiroirs du pupitre du secrétaire, lorsque la porte s'ouvre précipitamment. En même temps, le commandant entre et s'arrête court en les voyant. Son gros visage rond exprime la surprise à la vue des deux hommes penchés au-dessus du bureau de Pichon.

— Vous vous vous vous ici, mon cousin.

Fiedmont ne peut s'empêcher d'avoir un mouvement de pitié envers cet homme si médiocre qui, placé dans un endroit stratégique, est entouré de mauvais conseillers et ne possède pas lui-même les qualités qu'il faut pour être à la hauteur.

Pas de telles pensées chez Oscar qui n'a qu'une préoccupation en tête.

— Où sont ma femme et mon enfant?

— Vo vo vo votre femme et vo vo vo votre enfant? Je je je ne sais pas.

— Comment, vous ne savez pas. Vous avez fait incendier ma demeure et ma femme et mon fils ont disparu.

— Ce n'est pas moi qui qui qui...

— Si ce n'est vous, qui donc a donné l'ordre de brûler ces maisons?

— Vous aviez dé dé dé décidé, hier, monsieur, de les dé dé détruire, dit-il en se tournant vers l'ingénieur.

— C'est juste. Mais je n'avais pas donné ordre de le faire. Si ce n'est pas vous, c'est donc votre secrétaire qui en aura pris l'initiative, puisqu'il était la seule autre personne avec nous.

Vergor regarde les deux hommes de ses yeux de poisson, dans lesquels se lisent l'impuissance et la faiblesse.

— Où est votre secrétaire?

— Je je je je ne sais pas.

Oscar, qui en a entendu assez, sort vivement et se précipite au dehors. Il finit par trouver un de ses voisins dont la maison a aussi été incendiée.

— Lorsque nous avons été priés d'évacuer nos demeures, j'ai vu Marie-Ange et son fils s'entretenir avec l'homme qui nous a donné cette consigne.

— Qui était-ce?

— Un Acadien qui travaille au fort Beauséjour. Je ne connais pas son nom.

— Qu'est-il arrivé ensuite?

— J'ai vu votre femme, portant son fils dans ses bras, se diriger en direction du fort Lawrence.

— Du fort Lawrence? répète Oscar avec étonnement.

— Oui. Moi-même, j'ai trouvé la chose bizarre. Lorsque j'ai demandé à cet Acadien où elle allait, il m'a répondu qu'elle partait retrouver son mari.

Oscar et Fiedmont se regardent avec inquiétude.

— Que vas-tu faire? demande ce dernier.

— Aller au fort Lawrence, pour la trouver.

— Je t'accompagne.

— Non, restez ici. Vous y avez trop à faire. Je prendrai Poonhook et Wegoon avec moi.

Sur ces paroles, les deux hommes se quittent, Fiedmont retournant à ses occupations et Oscar se mettant à la recherche des Micmacs qu'il trouve au bout d'un moment. Il leur explique son projet et les deux Braves acceptent tout de suite de l'accompagner.

En peu de temps, ils ont laissé Beauséjour derrière eux et ils marchent rapidement en direction du fort Lawrence. Les jumeaux, après une dizaine de minutes, ont relevé des traces qu'ils disent être celles de Marie-Ange.

— Regarde, dit Poonhook en montrant du doigt une trace de pas dans la terre boueuse. Tu vois, elle porte un enfant dans ses bras.

Oscar les regarde, cherchant des explications, car il sait, par expérience, qu'ils ne se trompent probablement pas.

— La trace de son talon gauche est plus profondément marquée que celle de son pied droit. Sous son bras gauche, elle porte quelque chose ou quelqu'un, pas plus lourd qu'un jeune chien.

— C'est Nicolas. Elle a dû partir à l'épouvante, car autrement, si elle avait eu le temps de se préparer, elle aurait pris l'enfant sur son dos comme le font les Souriquoises.

À partir de ce moment, les trois hommes suivent la jeune femme à la trace. Ils arrivent rapidement au bord de la Missaguash, en face du fort Lawrence. Là, des pistes nombreuses brouillent celles de Marie-Ange.

— Cette démonstration me suffit. Quelqu'un l'a fait monter dans une embarcation, dit Oscar en montrant la marque laissée par la quille de la pinasse. Cette personne l'aura conduite de l'autre côté de la rivière.

— Dans quel but?

— Je n'en suis pas tout à fait sûr, mais je crois que je commence à comprendre. Le fort Lawrence, il n'y a pas encore bien longtemps, c'était Beaubassin.

— Pourquoi ta femme te chercherait-elle du côté de Beaubassin? Tu ne lui avais pas confié où tu allais?

Oscar regarde ses amis et réfléchit, tout en fronçant les sourcils.

— Si Marie-Ange est partie vers l'ancien établissement acadien autrefois si prospère, avant que l'abbé Le Loutre ne le fasse incendier, c'est que quelqu'un l'y a incitée. Cette personne, bien entendu, c'est Pichon qui lui aura raconté quelque histoire dans laquelle il aura fait jouer ses superstitions. Naturellement, comme il pouvait s'y attendre, elle aura cru tout ce qu'il lui a raconté. C'est ainsi qu'il l'aura envoyé se jeter tout droit dans la gueule du loup.

— Dans ce cas, qu'attendons-nous, dit Wegoon. Allons la chercher là où elle se trouve.

Sans dire un mot, les trois hommes remontent le courant, afin de se préparer à traverser la Missaguash en amont, pour ne pas être repérés. La chance leur sourit enfin, car ils trouvent, au bord de l'eau, dissimulés sous les branches d'un bouleau, deux canots d'écorce qui ont dû être laissés là par d'autres Souriquois. Ils en empruntent un et se laissent glisser dans le courant qui les entraîne rapidement sur la rive d'en face.

La première chose qu'ils notent, en approchant de l'établissement anglais, c'est le mouvement continuel des soldats à l'extérieur du fort. Par les grandes portes entrouvertes, ils peuvent apercevoir un nombre aussi considérable d'hommes en uniforme en train de faire des exercices à l'intérieur. Il n'y a pas de doute, l'atmosphère est à la guerre. Ces manœuvres ne laissent rien présager de bon. Les jumeaux regardent Oscar, l'œil interrogateur.

— Il nous faut d'abord nous renseigner pour savoir si Marie-Ange est bien retenue prisonnière ici et si oui, en quel lieu précisément.

— C'est simple, dit Poonhook. Nous n'avons qu'à attraper un soldat qui nous donnera réponse à ces questions.

— Avec vous, dit Oscar, tout est tellement simple. Mais comment s'emparer de l'un d'eux sans jeter l'alarme? N'oubliez pas que cet homme, une fois pris, doit être en assez bonne condition pour qu'il puisse parler?

C'est au tour des deux Micmacs de réfléchir, en regardant autour d'eux dans toutes les directions. Au loin, le fort Beauséjour, de l'autre côté de la rivière; de ce côté, un groupe d'une douzaine d'Indiens, hommes et femmes, au centre d'un champ, qui s'adonnent à l'agriculture. Après quelques instants, ils se regardent et hochent la tête. Sans dire un mot, ils se sont compris.

— Laisse-nous faire. Nous serons de retour dans un moment.

— Dans un moment? Nous n'avons pas tant de temps...

— Ne t'inquiète pas. Reste ici, à cette place même. Nous reviendrons dans une demi-heure avec celui qui satisfera ta curiosité.

Avant même que le jeune homme approuve ou désapprouve, les Micmacs disparaissent dans la forêt, où ils se déplacent avec la souplesse et la rapidité des cerfs. Pendant qu'ils vont ainsi à la chasse, Oscar ne quitte pas des yeux le fort Lawrence. Deux régiments sortent sur le terre-plein, à l'est, en direction de la rivière la Planche. Leurs manœuvres vont certainement gêner ses opérations quelles qu'elles soient. Évidemment, avec tout ce va-et-vient, il est incapable de voir clairement à l'intérieur de l'établissement. D'ailleurs, il n'espère pas apercevoir sa femme de cette façon. Il sait bien que, si elle est prisonnière, elle est sans doute enfermée quelque part où quelqu'un est en train de l'interroger. Son cœur se serre à cette pensée. Davantage encore lorsqu'il pense à son fils qui, pauvre être innocent, est soumis à ces horribles sévices. Le jeune homme, incapable de s'en empêcher, broie du noir en tournant ces pensées dans son esprit. Tout à coup, au bout d'une demi-heure, les jumeaux réapparaissent comme ils l'avaient promis. Ils traînent avec eux un soldat anglais, ligoté comme un fagot, les yeux bandés, le visage sanglant.

— Que s'est-il passé? leur demande Oscar dans leur langue.

— Nous avons fait comme à la chasse. Nous avons tendu un appât, pour éloigner l'un d'eux du troupeau. C'est celui-là qui est venu.

— Un appât?

— Oui, un appât, auquel se laissent aisément prendre les Anglais et les Français.

— Quel sorte d'appât?

Les deux Micmacs se regardent et éclatent de rire. Oscar sait bien qu'ils le lui diront s'ils le veulent, mais que s'ils ont décidé de garder l'information pour eux, rien ne les fera parler. Puis, Wegoon fait un signe avec le menton en direction de la forêt toute proche. Le jeune homme, surpris, suit leur regard et aperçoit à une centaine de pieds, une jeune et jolie Souriquoise, qui est en train de se rhabiller. Elle ne paraît pas gênée ou intimidée par le rôle que viennent de lui faire jouer ses congénères.

— Comment avez-vous fait?

— Elle s'est plantée complètement nue au bord du bois pendant quelques minutes. Puis, à mon signal, lorsque j'ai vu que le poisson avait mordu, elle est entrée précipitamment dans un fourré. Moins d'une minute plus tard, un soldat anglais est arrivé et a tenté de prendre Menichk de force.

— C'est vraiment son nom?

Les deux hommes font signe que oui. Oscar sourit à cette idée. En langue micmac, ce mot veut dire petit fruit.

— C'est alors que vous êtes intervenus?

— Comment donc! Allions-nous laisser ce barbare violer notre sœur?

— Naturellement pas. Vous ne lui avez pas dit qui j'étais?

— Bien sûr que non. C'est pourquoi nous lui avons couvert les yeux.

— Bien fait. Attachez-le maintenant à cet arbre, ajoute-t-il en désignant un grand pin au tronc dégarni à la base.

Les Micmacs font comme il leur est demandé. Le soldat, tremblant de peur, laisse échapper un petit cri lorsque ses liens sont trop serrés. Le travail terminé, Oscar s'approche de lui et, avec son arc, il touche le prisonnier à différents endroits de son corps, aux bras, aux cuisses, à la poitrine et sur la tête. Chaque fois, celui-ci tressaute de tout son être, effrayé par ce manège incompréhensible.

— Depuis combien de temps es-tu au fort Lawrence? demande soudain le jeune homme dans son anglais assez passable.

Le soldat est d'abord surpris que celui qu'il prend pour un Micmac lui parle dans sa langue.

— Six mois, lui répond le prisonnier, la voix étranglée.

— Que vont faire toutes ces troupes qui viennent d'arriver?

Silence. Oscar lui donne quelques coups, avec l'extrémité de son arc, ce qui lui arrache des petits jappements de frayeur.

— Elles doivent s'emparer de Beauséjour.

— Comment vont-elles faire?

— Nous devons construire un pont sur la Missaguash. Les travaux sont d'ailleurs commencés. Nous sommes dix fois plus nombreux que les Français. Le combat ne devrait pas être bien long.

«Tiens, se dit Oscar, notre homme prend de l'assurance.» Il fait un signe aux jumeaux qui s'approchent. Il leur raconte ce qu'il vient d'apprendre et leur demande de faire perdre au prisonnier cette belle confiance nouvellement retrouvée.

— Tu es bien arrogant, chien d'Anglais, lui dit Oscar qui prend le style des Micmacs.

Avec leurs couteaux, ses deux compagnons mettent en pièce les vêtements du prisonnier qui, d'abord, se tortille inutilement, dans le but de se libérer de ses liens. Le travail est long car, adossé à l'arbre, ils doivent le dénuder pièce par pièce. Lorsque le pauvre bougre sent la lame sur sa peau, il devient soudainement immobile. Pas une fois, cependant, il laisse échapper un cri. Ce n'est qu'une fois complètement dévêtu que Poonhook lui met la main sur la bouche, avant de soulever avec sa lame son pénis recroquevillé. La précaution avait été bien avisée car, au même moment, le prisonnier tente de lancer un cri qui meurt dans sa gorge, lorsque la main de l'Indien se resserre davantage sur ses mâchoires.

— Tu as avantage à ne pas jeter l'alarme, lui dit Oscar à l'oreille.

Il fait signe à Poonhook de retirer sa main. Il sent que son homme est prêt à passer aux aveux.

— Vos soldats ont-ils amené une prisonnière blanche aujourd'hui, en compagnie d'un petit garçon?

— Nous ne l'avons pas amenée. Elle est venue d'elle même.

— Qui est cette femme?

Le soldat est surpris par cette question. Il était certain que ses geôliers connaissaient son identité. Sinon, pourquoi la lui poser?

— C'est la femme d'un certain Doucet, un Acadien qui vit en face de Beauséjour.

— Qu'est-elle devenue ensuite?

— Elle a été conduite chez le commandant Scott.

— Et après?

Cette dernière question est suivie d'un assez long silence.

— Et après cela? répète Oscar sur un ton menaçant.

— Après cela, je ne sais pas.

Le jeune homme fait un signe aux Micmacs. Ils ont compris. L'un d'eux, avec la pointe de son couteau, trace une ligne sur la joue droite du prisonnier. Aussitôt, le sang commence à dégouliner lentement sur son visage, et tombe jusque dans sa bouche et sur ses épaules. L'homme se met à trembler de tous ses membres. Cette fois, lorsqu'il goûte son propre sang, il est prêt à tout dire.

— J'attends.

— Elle a été retenue prisonnière avec son fils.

— Prisonnière? Mais dans quel but?

— Le commandant croit que, grâce à cette prise, il pourra attirer au fort ce Doucet qui est un bien dangereux personnage, à ce qu'il paraît.

Oscar traduit ce dialogue pour le bénéfice des Micmacs qui s'esclaffent bruyamment, ce qui confond encore davantage le captif.

— Où exactement cette femme est-elle retenue prisonnière?

— Eh bien, comme il n'y a pas de geôle pour les femmes à Lawrence, ils l'ont mise dans l'ancienne poudrière.

Le jeune homme regarde les Micmacs qui lui font un signe affirmatif.

— Cette ancienne poudrière, où est-elle située au juste?

— Elle est construite le long de la palissade nord, à peu près en son centre.

— Comment y entre-t-on?

— De l'intérieur, bien sûr. Mais une petite porte basse, pratiquée à l'extérieur de la palissade, pour y entrer les munitions, permet aussi d'y accéder.

À nouveau, Oscar traduit ces renseignements à ses amis. Les trois hommes se consultent du regard.

— Tu as un plan? demande l'un des Micmacs.

— Oui, j'en ai un, mais il est dangereux.

Les deux hommes haussent les épaules, comme si ce détail était sans importance.

— Vous avez vu le nombre de soldats qui rôdent partout. Par chance, la porte extérieure de l'ancienne poudrière est située du côté le moins achalandé. Nous devrons agir sous le couvert de la nuit. Heureusement, le soleil est presque couché.

— Je suis certain que des hommes vont bientôt se mettre à ma recherche, dit le prisonnier qui n'aime pas voir son sort débattu par des Sauvages.

— Pourquoi nous dis-tu cela?

— Pour que vous ne fassiez pas quelque action qui pourrait vous coûter cher ensuite.

— Comme tu te soucies de notre bien-être, nous allons aussi nous occuper du tien.

Oscar fait le geste de poser sa main sur sa bouche et aussitôt, ses deux compagnons se préparent à bâillonner le prisonnier.

— Ces renseignements, que tu viens de nous donner sont-ils exacts? demande-t-il avant qu'ils ne le fassent.

— Je le jure.

— Tu n'as pas besoin de faire de serment. Si tes informations sont fausses ou même inexactes, tu paieras de ta vie.

Sur ce, le prisonnier est rapidement bâillonné.

— Deux de mes guerriers vont te surveiller pendant que nous irons vérifier tes dires. Nous reviendrons ensuite pour te faire connaître ton sort.

Là-dessus, les trois hommes s'éloignent rapidement, abandonnant l'Anglais en proie aux pires inquiétudes. En lui-même, il prie pour que la prisonnière n'ait pas été déménagée depuis qu'il a quitté son peloton. Il se demande comment il se fait que personne ne se soit encore aperçu de son absence. En effet, à l'heure qu'il est, on aurait déjà dû envoyer une patrouille à sa recherche. Évidemment, avec tous ces nouveaux soldats dans la place, la disparition d'une seule personne peut bien passer inaperçue.

Pendant ce temps, Oscar et ses compagnons, depuis l'orée de la forêt, scrutent l'obscurité, en direction de Lawrence. Le premier quartier de la lune éclaire faiblement la prairie qui s'étend devant eux. Du fort, s'échappe de la lumière et des bruits de manœuvres militaires. Les troupes, qui étaient sorties pendant la journée, semblent toutes rentrées à l'intérieur des palissades, maintenant que le jour est tombé.

— Je n'aperçois personne, chuchote Oscar à l'oreille
de ses amis. Le chemin semble libre.

Ils font un grognement d'approbation. Aussitôt, ils se
glissent tous les trois jusqu'au sol et rampent avec prudence
en direction de la palissade. En peu de temps, ils touchent
la base des pieux et aussi rapidement, ils trouvent la petite
porte, à l'endroit que leur a indiqué le prisonnier.

Oscar est fort ému, à l'idée que Marie-Ange et son fils
ne sont plus qu'à quelques pieds d'eux. Doucement, et le
plus silencieusement possible, ils sondent la porte qui ne
semble pas avoir été ouverte depuis longtemps. Malgré
cela, il ne leur faut pas un bien grand effort avant de la
faire basculer. Aussitôt, leur parviennent les pleurs déchirants d'un enfant. Le jeune homme, ému plus qu'il ne le
voudrait dans les circonstances, glisse sa tête à l'intérieur,
où il fait noir comme chez le loup.

— Marie-Ange, dit-il d'une voix étranglée.

Un petit cri étouffé lui répond.

— C'est moi, Oscar. Je suis venu te délivrer, ajoute-
t-il pour la rassurer.

Sans plus attendre, les trois hommes se glissent dans
l'ancienne poudrière et un des Micmacs, habilement,
allume une torche qu'il avait apportée avec lui. Aussitôt
apparaît Marie-Ange, ligotée et bâillonnée comme le
dernier des malfaiteurs. Elle gît, recroquevillée dans un
coin du réduit. À ses pieds, Nicolas, qui doit avoir faim,
est enroulé dans une couverture et pleure à fendre l'âme.

En un rien de temps, Oscar coupe les liens de sa femme
et la prend tendrement dans ses bras où elle sanglote
doucement, comme brisée par tant d'émotions. Peu à peu,
elle se calme et retrouve ses esprits. Elle prend ensuite
son fils dans ses bras, ouvre rapidement son corsage et
lui donne la tétée. Aussitôt, il cesse de pleurer.

— Raconte ce qui s'est passé.

— Hier, après ton départ pour la rivière Aulac, j'ai
reçu la visite d'un homme qui disait venir en ton nom. Je

lui ai demandé quel était le but de sa visite. Il m'a répondu que ta mission, à l'aboiteau de l'abbé Le Loutre avait été modifiée. Plutôt que d'aller à la rivière Aulac, tu étais allé à Beaubassin.

— Ah, celui-là! Il a dit Beaubassin?

— Oui, il a dit que tu étais allé chercher les restes de ton grand-père, afin qu'ils ne tombent pas aux mains des Anglais.

— Mais Kesegoo n'est pas enterré à Beaubassin.

— C'est ce que je lui ai dit, mais il m'a assuré que dans les moments de dangers graves, les mânes de nos ancêtres se rapprochent de nous.

— Et tu l'as cru?

Marie-Ange est interloquée. Pour elle, ces explications sont pleines de sens.

— Comment ne pas le faire? dit-elle, au bord des larmes.

— Tu as raison, Marie-Ange. Tu ne pouvais faire autrement. Qu'est-il arrivé ensuite?

— Cet homme m'a dit qu'il fallait faire vite, car les Anglais construisaient un pont sur la Missaguash pour attaquer Beauséjour. Il fallait que j'aille au fort Lawrence le plus tôt possible, que je prenne les restes de ton grand-père et revienne rapidement me mettre à l'abri dans le fort. Pendant mon absence, notre maison allait être détruite pour que les Anglais ne s'en servent pas comme d'un rempart pour nous attaquer.

La jeune femme s'arrête à ce moment de son récit. Elle commence à se rendre compte de l'absurdité de son entreprise.

— Tu m'en veux, Oscar de m'être laissée prendre par les paroles de cet homme? demande-t-elle la voix tremblante.

— Pas du tout. Tu as bien fait de suivre ton instinct. La preuve, c'est que nous sommes à nouveau réunis. Continue, ma chérie.

— Ensuite, poursuit Marie-Ange partiellement rassurée, j'ai emmailloté Nicolas et je suis partie. Mais avant de sortir, comme on allait détruire notre maison, j'ai glissé dans les langes de notre fils le sachet de cuir dont tu m'as dit qu'il contenait des objets précieux.

— C'est ce qu'il fallait faire, Marie-Ange, dit-il en embrassant sa femme.

— Ensuite, j'ai marché le long de la Missaguash, jusqu'en face du fort Lawrence. Chose étonnante, une pinasse avec quatre soldats anglais s'y trouvait, comme par hasard.

Oscar ne dit rien, mais il sait que ces militaires n'étaient pas venus là par hasard.

— Ils m'ont parlé gentiment et m'ont offert de me conduire au fort Lawrence. Une fois sur place, ils m'ont menée auprès du commandant. Je lui ai exposé ma mission et j'ai cru qu'il allait me permettre de l'accomplir, car il m'a dit des paroles aimables. Deux soldats m'ont ensuite escorté vers le lieu où j'allais, pensais-je, trouver les mânes de ton grand-père. Au lieu de cela, ils m'ont prise, m'ont ficelée comme tu m'as trouvée, puis jetée dans cet horrible cachot où j'étais incapable de nourrir Nicolas. Maintenant, tu es là.

— Oui, Marie-Ange. Sois rassurée, je ne vais plus jamais te quitter.

Oscar donne les instructions de départ à ses compagnons. Comme si la mission n'en avait pas été une, car ils n'avaient pas eu à se battre, ceux-ci protestent, en demandant s'ils ne pourraient pas prélever quelques chevelures avant de partir. Oscar refuse, car il trouve la proposition trop dangereuse. Comme sa femme et son fils sont maintenant retrouvés, il n'a plus qu'une idée en tête, aller les mettre à l'abri le plus rapidement possible. Sans plus attendre, ils quittent la poudrière par la petite porte basse et attendent, au pied du mur, pour voir si le chemin est libre. Au bout d'un moment, l'un d'eux fait signe qu'ils peuvent avancer. Cette fois, cependant, à cause de Marie-Ange et de l'enfant, ils ne peuvent ramper sur le sol. Bravement, tout en sachant qu'ils prennent un risque, ils se mettent à courir en direction de la forêt qui n'est qu'à une centaine de pas devant eux. Le premier quartier de la lune les éclaire suffisamment pour leur permettre de se diriger dans la nuit sans trop de difficultés. Oscar prend la main libre de sa femme dans la sienne et la serre fortement. Dans l'autre bras, elle porte son fils encore emmailloté dans ses langes.

À mi-chemin, Marie-Ange s'arrête saisie tout à coup d'une grande frayeur. Oscar s'immobilise aussi, puisqu'il tient sa femme par la main. Juste devant eux, vient de traverser une forme sautillante, de la grosseur d'un chien. Son dos est parcouru d'une rayure sombre et elle s'arrête devant eux, les contemplant de ses yeux fascinants, masqués de noir. C'est un raton laveur qui, sans doute surpris par les visiteurs, s'enfuit aussitôt en poussant des cris sinistres et inquiétants.

— Ah! Oscar, cet animal est un bien mauvais présage, dit Marie-Ange, la voix tremblante.

— Je sais, ma chérie, un raton qui croise ton sentier la nuit, est signe de catastrophe. Sois rassurée. Tant que je serai là, rien ne pourra t'arriver.

Marie-Ange hésite encore un moment avant de se remettre en route. Oscar tire gentiment sur sa main, pour l'inciter à continuer. Quelques instants plus tard, ils ont franchi la distance qui les séparent de la forêt où ils trouvent enfin refuge. Par la suite, ils reprennent le canot dans lequel ils avaient traversé la Missaguash un peu plus tôt et regagnent l'autre rive. Ils remettent ensuite l'embarcation où ils l'avaient prise plus tôt dans la soirée, et repartent en direction du fort Beauséjour.

Le soleil se lève déjà, lorsque Marie-Ange et Oscar arrivent à destination. La première chose qu'ils aperçoivent, ce sont les restes calcinés de la maison où, il n'y a que deux jours encore, ils vivaient heureux. Sans s'attarder davantage devant le spectacle désolant, ils se rendent chez Jacau de Fiedmont, qui les reçoit aussitôt. Oscar lui fait part des derniers événements et lui raconte le sauvetage de Marie-Ange. L'ingénieur est furieux. Il ne doute pas un instant que Pichon soit derrière ces événements.

Après avoir laissé Marie-Ange et son fils aux soins de ses domestiques, Fiedmont, en compagnie d'Oscar, retourne à son travail qui est d'assurer que les défenses du fort soient dans le meilleur état possible. Hélas, jusque-là, il n'a pas eu beaucoup de succès. Les Acadiens, qui vivent en paix depuis cinquante ans, n'ont pas l'habitude de ce genre d'activité et ne travaillent qu'avec peu d'ardeur. Ils ne croient pas que les choses seront différentes de ce qu'elles ont été jusqu'à ce jour.

De plus, les renforts que, dès l'arrivée des Anglais, Vergor avait envoyé quérir à Gaspereau, à Louisbourg, à la rivière Saint-Jean et à Québec, se sont tous récusés à tour de rôle, invoquant leur grande faiblesse en hommes et en argent. En ce matin du 15 juin 1755, une armée anglaise de plus de deux mille hommes est retranchée, à moins de cent pas du fort Beauséjour. Un feu nourri des Français force l'ennemi à sortir de son abri. Mais celui-ci s'étant repris, il commence à bombarder, avec vigueur, les installations françaises.

Après s'être entretenu encore une fois avec Louis du Chambon de Vergor, Jacau de Fiedmont et Oscar se rendent bien compte que le commandant n'a pas l'échine qu'il faut pour faire face à la situation difficile dans laquelle ils se trouvent. Ils craignent fort que, dès les premières attaques sérieuses, il voudra rendre les armes.

Le lendemain, les bombardements continuent. À Beauséjour, dans le bureau du commandant, sont réunis avec lui l'ingénieur Fiedmont, le secrétaire Pichon et quelques officiers. Une bombe vient de tomber sur une casemate et a tué un prisonnier anglais et ses gardiens qui s'y trouvaient. L'effet est désastreux. Les Acadiens sont affolés et demandent à Vergor de capituler. En dépit du conseil de Fiedmont, qui était de continuer à se battre, Louis du Chambon de Vergor rend le fort aux Anglais et signe une humiliante capitulation.

Le 16 juin au soir, vers sept heures et demie, les soldats du fort Lawrence envahissent Beauséjour. Marie-Ange et Oscar, qui ont reçu la consigne de ne pas quitter leurs appartements, regardent par la fenêtre, d'où leur parviennent des cris et des bruits de toutes sortes.

Par les portes grandes ouvertes, s'avancent deux officiers anglais à cheval. Ce sont les colonels Robert Monckton[3] et son second, John Winslow[4].

— Je m'en vais chez le commandant du Chambon, dit soudain Oscar qui s'impatiente d'être ainsi enfermé, loin de l'action.

Marie-Ange, qui connaît trop bien son mari pour s'opposer à ce geste, le regarde quitter la pièce avec fierté.

Le jeune homme se présente chez son petit-cousin juste avant l'arrivée des officiers anglais. L'atmosphère est si tendue que personne ne paraît se soucier de sa présence. Seul Fiedmont lui fait un petit salut amical de l'autre côté de la pièce où il se trouve entre Vergor et Pichon.

Après les échanges de politesse usuels dans pareilles circonstances, le colonel Monckton présente au commandant du Chambon les termes définitifs de la capitulation, décidés plus tôt dans la journée par des parlementaires de chaque camp.

---

3. Robert Monckton (1726-1782): officier anglais né à Londres. Il fut commandant du fort Lawrence de 1752 à 1753. Il prépara et dirigea l'attaque contre le fort Beauséjour.
4. John Winslow (1703-1774): officier anglais né dans le Massachusetts. Il participa avec Monckton à la prise de Beauséjour et fut chargé du transport des Français vers Louisbourg, l'île Saint-Jean et Québec. Quelques semaines seulement après la prise de Beauséjour (devenu le fort Cumberland), Winslow commença la déportation des Acadiens.

— Dès demain matin, nous commencerons l'évacuation des troupes vers Louisbourg. Quant à la population acadienne, je veux qu'elle nous rende leurs armes. Nous les recevrons ici, dans l'enceinte de ce fort.

— Mais, mon mon mon mon monsieur, commence du Chambon avec peine, cela n'est pas pas pas...

— Le commandant trouve que ce n'est pas juste pour les Acadiens qui n'auront plus d'armes pour se défendre en cas d'attaque, ou afin de chasser pour leur subsistance, intervient Pichon pour accélérer le dialogue.

Monckton et Winslow regardent Vergor qui leur fait de la tête un signe d'approbation.

— C'est à nous, dorénavant de les protéger. Quant à la chasse, ils n'auront pas tant besoin de s'y rendre. Je vois de nombreuses têtes de bétail dans vos pâturages. C'est de là que viendront vos provisions.

Commencée sur ce ton, la rencontre est de courte durée. Elle se termine par un échange de politesse froid, mais correct. Lorsque les officiers anglais se retirent, Oscar et Fiedmont vont retrouver Marie-Ange. Elle est toujours à la fenêtre à regarder le spectacle. Dans l'enceinte du fort, les Acadiens et les soldats anglais et français se livrent au pillage de tout ce qu'ils peuvent trouver.

— Mes amis, dit Fiedmont, vous êtes témoin d'un spectacle bien désolant. J'aurais tant voulu que nous remportions cette victoire. Elle comptait beaucoup pour l'avenir de l'Acadie. Hélas, nous n'avions ni les hommes ni les vertus pour ce faire.

— Nous avons pourtant déjà perdu des batailles bien plus importantes que celle-ci, il me semble, lui réplique Marie-Ange. Cette défaite est-elle d'une si grande portée?

— Je le crains fort, madame. Il m'est avis que ce que nous venons de voir n'est que la première scène du dernier acte.

Le visage bouleversé, la jeune femme se tourne vers son mari, pour y chercher des paroles rassurantes.

— Je vous encourage tous les deux, continue l'ingénieur, à vous embarquer pour Louisbourg le plus tôt possible. Les Anglais mettront quelques navires à notre disposition, comme les termes de la capitulation nous y autorisent.

— Nous le ferons, bien sûr, reprend Oscar, mais auparavant, nous nous devons de faire une dernière visite à Cobeguit, sur la tombe de grand-père.

— C'est un sentiment qui vous honore, et je ne peux qu'y souscrire. Cependant, ne vous y attardez pas trop, car je crains fort que les choses se gâtent au cours des prochains mois, dans cette partie du pays.

— Qu'avez-vous au juste à l'esprit, Monsieur, demande Oscar à l'ingénieur.

— Les troupes seront parties et la population désarmée. Ainsi, les conditions seront réunies pour l'élimination permanente des Acadiens.

Les jours suivants, les officiers français et toute la garnison sont renvoyés à Louisbourg, en France et au Canada. En même temps, Oscar, Marie-Ange et Nicolas, en compagnie des jumeaux Poonhook et Wegoon, partent pour Cobeguit où ils arrivent deux jours plus tard. Ils vont tout droit chez l'abbé Maillard qui y réside encore comme missionnaire.

— Soyez les bienvenus, mes amis. J'aurais aimé vous revoir en des circonstances plus heureuses. Hélas, les temps sont fort troublés, ce qui n'est pas pour vous surprendre, puisque que vous arrivez de Beauséjour où vous avez déjà eu un avant-goût de ce qui nous attend.

— Que voulez-vous dire, Monsieur? demande Oscar.

— Nous sommes maintenant encerclés de toutes parts. D'ici peu, l'Anglais aura imposé sa volonté dans toute cette partie du pays.

— Y compris le fameux serment?

— Je le crains. Cette fois, il sera inconditionnel.

— Sinon?

— Sinon...

L'abbé s'arrête un moment avant de poursuivre. Il ferme les yeux, pendant que son visage s'empreint de tristesse.

— ...sinon, je crains le pire.

Oscar et Marie-Ange se regardent puis se tournent vers les jumeaux et reviennent enfin vers l'abbé.

— Que veut dire le pire? La fin des Acadiens?

Maillard ne répond pas tout de suite. Il regarde longuement ses invités l'un après l'autre, comme s'il n'allait plus jamais les revoir.

— Et aussi, la fin de l'Acadie, prononce-t-il sur un ton qui fait pâlir Marie-Ange et frémir Oscar et ses amis.

Dans son cœur, le jeune père de famille songe à protéger sa femme et son enfant, se faisant à lui-même la promesse de les mettre à l'abri, même au péril de sa vie.

C'est le cœur rempli de tristesse que, le lendemain, les jeunes parents et les jumeaux emménagent dans l'ancienne maison de Kesegoo. Dans ce lieu, où Oscar a passé une partie de son enfance, le bonheur a disparu. À sa place, le jeune homme sent la présence inquiétante des sombres nuages amoncelés au-dessus de leurs têtes.

17

Le bras gauche de Marie-Ange s'agrippe avec force au mât du navire. De l'autre, elle tient désespérément son fils pressé sur sa poitrine. Ses beaux cheveux cuivrés, sont mouillés et lui collent au front par grandes mèches sombres.

Le vaisseau monte et descend rapidement les hautes vagues d'une mer déchaînée. Il est ballotté avec une telle violence qu'il menace à chaque coulée, de se briser en mille morceaux. Les craquements de son armature sont si terrifiants, que la jeune femme crie de frayeur chaque fois qu'ils recommencent. Et chaque fois une vague balaie le pont du navire. En même temps, les hurlements de ceux qui n'ont pas réussi à s'accrocher à quelque objet, accompagnent les bruits de la bourrasque, lorsqu'elle les projette dans la mer.

Une fois, au sommet d'une vague, elle distingue à travers sa vision déformée par l'eau salée, des centaines de corps, flottant comme des épaves, au gré des flots. Ce sont des hommes et des femmes de son village, happés par la rafale, avant même d'avoir eu le temps de se protéger.

Tout à coup, déferle sur le pont un torrent plus violent que les autres. En dépit de l'effort surhumain qu'elle déploie pour garder son enfant pressé sur son sein, les forces déchaînées de la nature lui arrachent Nicolas et le projettent au loin dans l'abîme, léger comme un fétu de paille.

Marie-Ange, au désespoir, lance un cri déchirant et abandonne son ancrage. Elle se sent à son tour enlevée par la tempête et lancée avec force dans la mer, à une grande distance de l'endroit où son fils est tombé.

Au même moment, une main se pose sur son front et la voix de son mari lui parle doucement.

— Tu as fait un cauchemar, ma chérie.

Marie-Ange, les yeux encore inondés de frayeur, regarde Oscar avec une assurance croissante. Elle met un temps à comprendre ce qui s'est passé et à chasser de son esprit les images effroyables qu'elle vient de voir en rêve.

— Oh! Oscar, je viens de faire un rêve horrible. Nous avions tous péri en mer, au cours d'une tempête comme je n'en avais jamais vue auparavant.

— Qui avait péri?

— Toi, moi, Nicolas, nous tous, les gens de Cobeguit qui nous trouvions sur le navire.

— Sur un navire? Pourquoi étions-nous montés sur un navire?

— Je ne sais pas, mais nous y étions contre notre gré.

— Qui nous y avait fait monter?

— Je ne sais pas. Jamais je n'ai pu voir leurs visages.

— Calme-toi, ma chérie, lui dit son mari. Tout ça n'était qu'un cauchemar. Je suis là, Nicolas est avec nous et nous sommes en sûreté.

— J'ai peur, Oscar!

Le jeune homme prend sa femme tendrement dans ses bras et la berce doucement pour la rassurer.

— Tu sais que lorsqu'on rêve à une tempête, cela signifie qu'une grande tourmente va s'abattre sur nous. Rappelle-toi l'année des mauvaises récoltes, qui avait suivi un songe de grand-mère Alain.

Oscar s'en souvient très bien, mais il n'attache pas d'importance aux superstitions de sa femme.

— Si ça peut te rassurer, je vais demander aux jumeaux d'interpréter ton rêve. Tu le sais, ils ont le don d'expliquer les songes.

Appelés aussitôt, Poonhook et Wegoon, sont mis au courant du cauchemar de Marie-Ange. Celle-ci leur raconte en détail sa vision apocalyptique. Les jumeaux écoutent attentivement, mais ils ne réagissent aucunement au récit de la jeune femme.

— Que vous en semble, mes amis, leur demande Oscar devant leur silence qui se prolonge.

— Nous n'avons pas la sagesse et la connaissance pour interpréter ce songe, dit Poonhook. Il aurait fallu la science de Mtaë.

— Comment faire, alors?

— Nous pouvons invoquer ses mânes. Elles sont ici même, à Cobeguit. Wegoon et moi irons aujourd'hui rendre visite à sa sépulture.

Oscar sait qu'il ne les accompagnera pas. Même s'il est en partie Souriquois, il n'est pas initié à certains secrets de la tribu, qui sont réservés aux membres seulement.

Lorsque l'abbé Maillard survient, Marie-Ange est déjà calmée. Le prêtre, ordinairement joyeux, est sombre et son visage est triste.

— Rien qu'à vous voir, Monsieur le curé, lui dit Marie-Ange, je pressens que les nouvelles ne sont pas bonnes.

— En effet, madame, je crains que les temps heureux ne soient mis en veilleuse.

— Que voulez-vous dire? lui demande Oscar.

— Quel jour sommes-nous aujourd'hui? répond le curé.

— Nous sommes jeudi, le 18 septembre.

— Bien! Il y a eu treize jours hier, tous les hommes de Grand-Pré ont été arrêtés, après avoir été invités à l'église sous un fallacieux prétexte, par le colonel John Winslow.

— Où sont-ils en ce moment?

—Ils sont sur le point d'être embarqués dans des navires et déportés dans les colonies anglaises de l'Amérique.

— Et les femmes et les enfants?

—Eux aussi vont l'être, mais sur des navires différents et envoyés ailleurs que leurs maris et pères.

—C'est horrible, s'écrie Marie-Ange. Comment peut-on séparer ainsi les familles que Dieu a faites? Ces hommes sont du diable.

— Calme-toi, ma chérie, l'incite Oscar sur un ton apaisant. Nous sommes loin de Grand-Pré. Les Anglais ne sont pas encore ici.

— Attention, mon petit, lui dit Maillard qui continue à l'appeler ainsi, voilà pourquoi je suis venu dès que la nouvelle m'a été transmise par un jeune garçon qui a réussi à s'échapper de Grand-Pré. Il a marché jour et nuit pour nous prévenir que les soldats britanniques vont faire la même chose ici et jusqu'au fond du bassin des Mines et de la baie de Chignectou. Ils veulent, di-sent-ils, nettoyer ce que votre grand-père appelait l'Acadie Profonde. Ils ont l'intention d'arrêter les Acadiens et de les déporter tous vers les colonies an-glaises.

—Mais, monsieur le curé, c'est impossible, lui dit Oscar, nous sommes plusieurs milliers. Il faudrait pour ce faire une incroyable quantité de navires et de troupes pour y arriver.

— Vous savez que les deux mille cinq cents hommes du colonel Monckton sont toujours à Beauséjour. Ils ont déjà commencé depuis quelques semaines, à embarquer les Acadiens sur des navires, afin de les déporter.

— Mais, ils n'ont que leurs vaisseaux pour le transport des troupes.

— Justement, de Boston sont arrivés des centaines de soldats et des navires de toutes sortes, grands et petits. Certains sont en bien piètre état et ne paraissent pas capables de tenir la mer durant de longs voyages.

— Mais enfin, déplacer ainsi une si grande population demande des moyens importants. Comment nourrir une telle foule pendant toutes ces journées?

— Je sais tout cela Oscar, mais ces Anglais sont déterminés, cette fois, à nous éliminer coûte que coûte.

Oscar et Marie-Ange sont atterrés.

— Mon rêve, dit tout à coup la jeune femme, comme si elle sortait d'une torpeur.

L'abbé la regarde, l'œil inquisiteur.

— Ma femme a fait un cauchemar, ce matin, qui l'a beaucoup bouleversée.

— Nous étions sur un navire, dans une tourmente, dit-elle, au bord des larmes.

— Ne t'inquiète plus ma chérie, je suis là avec les jumeaux pour te protéger. Quand pensez-vous que les soldats anglais seront ici?

— Dans un jour ou deux. Trois au plus. Comme vous voyez, vous n'avez pas de temps à perdre. Il vous faut prendre le chemin de la forêt.

— Et vous, mon père? demande le jeune homme.

— Oh! moi, je suis le capitaine de ma barque. Je dois être le dernier à l'abandonner. Je suis venu ici pour vous inciter à vous organiser. Il faut commencer à l'instant même.

Après le départ de l'abbé Maillard, les jumeaux reviennent à la maison. Leur consultation des mânes de Kesegoo passe au second plan, lorsqu'ils apprennent la nouvelle que vient d'apporter le curé.

— Il faut nous mettre au travail à l'instant, dit Oscar. Nous allons fixer le départ à demain matin, cela nous donne vingt-quatre heures pour nous préparer. Maillard a parlé de deux à trois jours de répit. Il nous faut convaincre le plus grand nombre d'habitants de Cobeguit de partir dès demain matin au petit jour avec un minimum d'effets et de nourriture.

— Mais où irons-nous?

— Il nous faudra monter vers le nord, au-delà de la Missaguash, en direction du Canada.

— Ne crains-tu pas que les Anglais soient sur notre chemin?

— Il nous faudra louvoyer pour les éviter, à moins que leur nombre soit assez petit pour que nous les prenions en combat.

— Il y a combien d'habitants à Cobeguit? demande Wegoon.

— Il y a une cinquantaine de familles environ, ce qui forme un contingent d'un peu plus de cent adultes et de près de quatre cents enfants, répond Oscar. Ce n'est pas un petit groupe à faire circuler de par les bois sans être repérés. Mais avons-nous le choix?

Les jumeaux secouent la tête en signe de négation.

— Mettons-nous au travail à l'instant.

Oscar et ses amis ont vite fait de lancer l'alarme à travers les maisons de Cobeguit. Il ne leur a pas été facile de convaincre tous les gens de s'arracher à leurs demeures, pour courir, dans des conditions difficiles et dangereuses, vers un avenir incertain. La déportation est-elle vraiment un sort pire? demandent certains. Le soir venu, en dépit d'un grand nombre de résistances, tout est prêt pour le départ le lendemain matin. En fin de compte, tout le village va partir, y compris l'abbé Maillard. Ce soir-là, le soleil étant à peine couché et après bien des pleurs et des gémissements, chacun se retire dans son foyer pour y passer une dernière nuit.

Le sommeil ne vient pas vite dans pareilles circonstances. Comme précaution supplémentaire, Oscar et Marie-Ange ont couché dans la remise, à une cinquantaine de pas de la maison, leur fils Nicolas entre eux deux. Vers minuit, malgré les émotions qui les étreignent les jeunes parents s'endorment enfin d'un sommeil agité.

À quelques reprises, Oscar s'éveille, lorsqu'il entend sa femme en proie, une fois de plus à des cauchemars qui lui arrachent des gémissements et des cris. Nicolas, quant à lui, paraît dormir profondément, n'ayant aucun souci du danger qui le menace, lui et sa famille. S'éveillant tout à coup, le jeune papa passe le bras au-dessus de son fils et caresse doucement le front de Marie-Ange. Celle-ci cesse aussitôt ses lamentations et se retourne vers lui, mais sans jamais s'éveiller. Par la suite, Oscar se rendort à son tour, mais d'un sommeil qu'il veut léger, afin de rester à l'affût, au cas où quelque problème inattendu surviendrait.

Il dort comme entre deux eaux, ni profondément, ni trop en surface. Et sans qu'il s'en rende compte, il rêve lui aussi. Son sommeil n'est pas troublé par des cauchemars, mais il vit des songes troublants où des lumières intenses surgissent ici et là dans sa tête. Il voit, dans son rêve, les bêtes de l'écurie, qui est juste à côté de la remise, se démener vivement, comme elles feraient si elles étaient brusquement attaquées. Il s'adresse aux chevaux, leur parle doucement pour les calmer. Il palpe leur licol, leur flatte le cou et le sommet du crâne, puis leur gratte le derrière des oreilles. Il sent, grâce à ses soins, que ses bêtes se détendent et cessent de remuer et de s'agiter. Tout en continuant de dormir, il émet quelques sons approbateurs, pour marquer son contentement. Toujours, ces points lumineux, qui vont et viennent dans son rêve, jusqu'au moment où l'un d'eux, plus brillant que les autres, s'arrête au-dessus de son visage.

À ce moment-là, il s'éveille en sursaut et ouvre les yeux. D'abord, il ne peut rien voir, car une lampe est suspendue devant son visage et l'empêche de distinguer qui que ce soit dans la pièce. Instinctivement, il se tourne vers Marie-Ange et son fils qui ne se sont pas encore éveillés.

— Que se passe-t-il? demande Oscar au bout d'un moment.

— Levez-vous, monsieur, sans résister. Cette maison est encerclée par nos troupes. Vous et les membres de votre famille êtes nos prisonniers.

— Qui êtes-vous?

— Je suis le lieutenant Buckley des troupes de Sa Majesté britannique.

En même temps que parle l'officier, l'enfant s'éveille et commence à pleurer, ce qui secoue Marie-Ange de sa torpeur. À la vue de la lumière aveuglante, et en entendant les dernières paroles de l'Anglais, elle sait tout de suite qu'il ne faut pas bouger. Pourtant, elle ne peut s'empêcher de se tourner vers Nicolas et de le prendre dans ses bras. Oscar, profitant de cette diversion, se jette à bas de sa couche et se met rapidement hors de l'aveuglante lumière, afin de mieux voir ce qui l'entoure. Il n'a pas le temps de se relever que trois hommes lui tombent dessus et, en un rien de temps, ils lui ont ficelé mains et pieds comme un paquet.

— On m'avait prévenu que vous étiez vigoureux, Monsieur et que vous ne seriez pas facile à prendre. On ne m'avait pas trompé. Je vous conseille cependant de nous suivre sans résister davantage, sinon, il pourrait vous en coûter, à vous et à votre famille. J'ai cinquante hommes placés de façon stratégique dans le village. Ils sont, en ce moment même, en train de mettre toute la population aux arrêts.

Des yeux, Oscar cherche un signe de Poonhook et Wegoon qui devaient dormir à quelques pas de l'entrée de la remise.

— Vous cherchez vos Micmacs? dit Buckley qui a suivi le regard de son prisonnier. Vous n'avez plus besoin de vous inquiéter pour eux.

En même temps, un soldat éclaire, avec sa lanterne, dans la cour, deux formes allongées par terre. Elles ont toutes les deux un poignard planté dans leur dos et leur crâne dénudé est rouge et sanguinolent.

Des larmes viennent aux yeux d'Oscar, à la vue du corps de ses deux amis et compagnons. À cause du choc, il met un certain temps à retrouver ses sens.

— Que va-t-il se passer? prononce-t-il enfin, sa torpeur une fois secouée.

— Dès l'aube, un navire arrivera dans la baie de Cobeguit et vous monterez tous à bord.

— Qu'allez-vous faire de nous?

— Il ne m'appartient pas de vous faire connaître votre sort. Le colonel Winslow, mon supérieur, vous instruira sur ce sujet en temps et lieu. Je puis seulement vous apprendre que notre premier arrêt sera à Grand-Pré où nous rejoindrons d'autres navires.

Oscar, qui brûle d'agir, remue fortement dans ses liens, mais sans réussir à se dégager.

— Vous feriez mieux, monsieur, de ne pas tenter de vous enfuir. Si vous y arriviez, mes hommes vous abattraient sur place. Je vous conseille de vous tenir coi.

Oscar, qui a déjà connu de tels périls, se rend compte que tout effort est inutile en ce moment et qu'il vaut mieux attendre son heure. Il regrette de s'être emporté. Il lui faut maintenant faire marche arrière, afin de gagner la confiance de ses gardiens.

Le lendemain matin, comme convenu, deux navires mouillent devant Cobeguit. À la fin de l'après-midi, cinq cent trente personnes, c'est-à-dire toute la population du village, sont montées à bord du *Pelican* et du *Heron*, des petites frégates d'un certain âge qui sentent les excréments et le poisson pourri.

Une fois à bord du *Pelican*, en compagnie de Marie-Ange et de Nicolas, Oscar, qui paraît être revenu à des sentiments plus calmes, réussit à convaincre ses gardiens de lui détacher les pieds et les mains. Pendant les jours qui suivent, sa conduite est exemplaire. Aucun des soldats anglais n'a à se plaindre du jeune homme et de ses agissements. Bien au contraire, ils n'ont que des éloges à faire à son endroit. Car Oscar, souvent accompagné de son épouse et de leur fils, dépense son énergie à secourir celui-ci, à consoler celle-là, à répandre la bonne humeur et à remonter le moral de ceux qui se trouvent sur son bateau.

Les frégates attendent en rade pendant plusieurs jours avant de se mettre en route. Le désœuvrement, dans de pareilles conditions, ajoute au désespoir des Acadiens qui viennent de perdre leurs maisons et leurs terres. Ils n'avaient apporté, lors de l'embarquement, que des provisions pour quelques jours. Lorsque les vaisseaux mettent enfin la voile, les estomacs commencent déjà à crier famine. Il leur faut s'arrêter à Pigiguit pour prendre des provisions. Ils y réussissent tant bien que mal, car, là aussi, les habitants ont été mis à bord d'autres navires, ayant apporté avec eux presque tout ce qu'ils possédaient comme nourriture.

Quand ils arrivent finalement à Grand-Pré, ils y trouvent d'autres vaisseaux à l'ancre. Dans leurs cales sont entassés des milliers d'Acadiens. Leurs femmes, restées pour l'instant dans les fermes, apportent à leurs maris des rations quotidiennes. Elles sont ensuite réquisitionnées pour nourrir aussi les prisonniers de Cobeguit et Pigiguit. Puis enfin, Winslow, qui commande à Grand-Pré, soustrait à ces malheureux de la nourriture pour ses troupes qui sont mal ravitaillées. Après tout, les soldats doivent rester plus forts que les prisonniers.

Une nouvelle attente commence pour les Acadiens entassés dans les cales des vaisseaux ancrés dans le bassin des Mines. Enfin, le mercredi, 8 octobre, lassé d'attendre l'arrivée de navires supplémentaires, Winslow décide de faire monter à bord des bateaux en rade les femmes et les enfants qui étaient jusque-là restés dans leurs maisons. Les bâtiments, qui étaient déjà complets, sont alors remplis à craquer. Les gens sont tellement serrés les uns contre les autres, que personne ne peut s'étendre pour dormir. Inutile d'ajouter que les conditions sanitaires qui n'ont pas été prévues, viennent ajouter au malheur que vivent ces déportés dans cet enfer puant et si délabré qu'il risque, à chaque instant, de sombrer corps et biens au fond de la mer.

Heureusement, Oscar, Marie-Ange et Nicolas ont trouvé à se garer sur le pont du *Pelican*. Même si les nuits d'octobre sont fraîches dans la baie Française, ils préfèrent de beaucoup cet endroit aux cales nauséabondes et bruyantes.

— Grand-père prenait beaucoup plus de précautions à transporter des animaux sur ses navires, qu'on en a pris à entasser plus de dix mille êtres humains sur ces vieux rafiots, dit Oscar à son voisin.

C'est un jeune homme de son âge, à l'air éveillé et à la musculature remarquable. Il est habillé à la façon des paysans acadiens, avec une longue culotte en laine et une chemise en toile sale et grisâtre, trop petite pour lui. Sur sa tête, un bonnet aussi crasseux et des sabots dans ses pieds. Il s'appelle Martin Belliveau et vient de Beaubassin. Mais, après l'incendie du village par Le Loutre, sa famille s'était réfugiée à Pigiguit. Comme Oscar, il avait été fait prisonnier quelques semaines auparavant.

Pendant près d'une heure, les deux jeunes hommes se racontent leur vie. Oscar présente sa femme et son fils. Martin, récemment marié, mais encore sans enfant, a été séparé de sa jeune épouse avant de monter sur le *Pelican*. Il n'a aucune idée où elle se trouve et se demande s'il la reverra jamais. S'il y a surtout de la tristesse dans sa voix, Oscar croit détecter une colère contenue, comme si elle n'osait se manifester.

— Je n'ose parler trop, dit enfin Belliveau, de peur que des oreilles indiscrètes rapportent mes propos en vue d'un bénéfice.

— Ici, avec tous ces Acadiens?

L'autre ne répond pas et Oscar pense qu'il a peut être raison de se méfier. N'a-t-il pas lui-même connu des traîtres?

— Dans ce cas, parlons à voix basse. Je puis t'assurer, Martin, que je n'ai pas l'intention de me faire déporter dans un pays hostile où on nous traitera comme des esclaves.

— C'est bien d'avoir de si bonnes intentions, mais n'oublie pas que nous sommes sans armes et gardés par des soldats sur un navire où nous sommes entassés comme des fagots. Nous sommes complètement démunis et affamés. Ah! ils le savent bien ceux qui nous tiennent prisonniers, qu'il nous est impossible d'agir et qu'il ne nous reste qu'à nous soumettre.

Leur trop bref dialogue est interrompu par des cris, puis par une grande agitation qui vient de l'avant du bateau. Il y a beaucoup trop de monde sur le pont pour qu'ils puissent rapidement aller aux nouvelles. Il leur faudrait enjamber trop de corps étendus dans toutes les directions. De toute façon, les nouvelles courent rapidement de bouche en bouche. Une jeune mère de famille, séparée de ses trois enfants et de son mari a perdu l'esprit et s'est mise à crier et à hurler en disant qu'elle allait se jeter dans la mer pour mettre fin à ses souffrances. Quelqu'un réussit à l'apaiser, car au bout d'une dizaine de minutes un calme relatif est revenu sur le pont. On n'entend plus que les gémissements et les pleurs réguliers qui eux ne cessent jamais. Même pendant la nuit, il y a toujours quelqu'un qui geint, qui râle ou qui sanglote. De temps à autre un cri déchirant retentit dans la nuit. Un enfant a fait un cauchemar, ou quelqu'un vient de perdre l'esprit.

Sur le pont, les prisonniers se soulagent dans la mer, mais les malheureux, à fond de cale, n'ont pas cet avantage. De leur cachot monte une pestilence écœurante, au point que certains s'évanouissent et doivent être hissés sur le pont pour leur faire reprendre connaissance. Voyant cela, Oscar et Martin unissent leurs efforts pour aider un malheureux dans cet état.

C'est à la suite de ce premier sauvetage que les deux jeunes hommes commencent à organiser des séjours en rotation sur le pont, pour les prisonniers dans les cales. Peu à peu, ils convainquent les soldats anglais de les laisser améliorer leur sort autant que faire se peut. Au début, ils ignorent les requêtes du jeune homme. Puis, peu à peu, comme ils se rendent compte que ses actions facilitent leur tâche, ils se laissent fléchir et permettent aux prisonniers de se déplacer plus facilement. Grâce à ce relâchement, les femmes et les enfants sont déménagés sur le pont, tandis que les hommes se partagent le fond du navire à tour de rôle. Ils nettoient la cale autant qu'ils le peuvent avec les moyens du bord. À partir de ce moment-là, tout le monde doit faire ses besoins par-dessus le bastingage, les femmes à bâbord, les hommes à tribord. Après deux jours de ce régime, la vie sur le *Pelican* est déjà un peu moins pénible. Cependant, si une petite partie des souffrances physiques a été soulagée, les vraies douleurs, les tourments de l'âme et de l'esprit ne sont pas faciles à apaiser.

Plus personne ne se souvient de la résistance d'Oscar, au moment de son arrestation, car aucun des soldats qui étaient à Cobeguit, à ce moment-là, ne se trouve maintenant sur le *Pelican*. Au contraire, les soldats anglais qui les gardent, se félicitent des actions du jeune homme. Leur tâche est plus simple et les problèmes sont moins nombreux.

Lorsqu'Oscar se promène librement à travers le navire, allant d'un groupe à l'autre, ses déplacements finissent par passer inaperçus. Il est presque toujours accompagné de Martin Belliveau, allant au secours de celui-ci ou de celle-là, ayant souvent à régler des querelles qui surgissent entre les passagers, soit pour des raisons de rations ou de place à occuper.

Après trois semaines de ce régime, les vaisseaux, finalement, se mettent en branle, mais non sans avoir reçu chacun un surcroît de nouveaux prisonniers, ce qui porte leur nombre à sept cents sur le *Pelican* seulement, qui humainement, ne devrait pas en accommoder plus de trois cents. Lorsqu'ils débouchent dans la baie Française, une dizaine de vaisseaux les y attendent déjà. À la mi-octobre, lorsqu'un vent favorable se lève, c'est une flottille de vingt-cinq voiles, transportant une cargaison humaine, qui se met en route vers la haute mer et les colonies anglaises d'Amérique.

Cette nuit-là, Oscar et Martin sont fort occupés. Ils se faufilent discrètement de groupe en groupe, grâce au va-et-vient des hommes qui montent et descendent entre la cale et le pont. À chaque endroit où ils s'arrêtent, Oscar transmet la même consigne: «Demain matin, au lever du soleil, à mon signal!» Depuis vingt-quatre heures, le *Pelican*, comme un bon nombre d'autres navires, se trouve éloigné du gros de la flottille qui finira d'ailleurs par se disperser, chaque bâtiment se dirigeant vers une destination différente.

Pendant qu'ils vaquaient à leurs activités auprès des prisonniers, les deux jeunes chefs ont pressenti une vingtaine d'hommes dont ils peuvent être sûrs. Sans jamais éveiller l'attention de leurs gardiens, ils ont réussi à se réunir tous à quelques reprises dans la cale, afin de préparer et de mettre au point un plan qui devrait leur rendre la liberté.

Le reste de la nuit est long pour les conjurés dont la plupart, qui n'ont jamais combattu de leur vie, ne réussissent pas à fermer l'œil. Lorsque la barre du jour commence à éclairer l'horizon à bâbord, Oscar et Martin font leur ronde habituelle, mais celle-ci n'a pour but que de vérifier que leurs hommes de main sont bien en place. Une troupe de trente soldats garde les sept cents prisonniers. Une vingtaine d'hommes pourra suffire, pour commencer, mais Oscar et Martin comptent sur le premier moment pour convaincre les autres de se joindre à eux dans leur effort de libération.

Les feux rougeoyants du soleil flamboient déjà avant de briser la ligne bleue de l'horizon. Oscar se dirige, avec naturel, vers le commandant, qui se tient près du timonier. Comme il s'est déjà entretenu à quelques reprises avec lui, celui-ci ne prête guère attention au jeune homme. Au contraire, il est occupé à parler à son pilote, sans doute pour discuter de la route à suivre ce jour-là.

Lorsqu'Oscar aperçoit Martin, qui se tient près de l'écoutille conduisant aux cales, il sait que tout est prêt pour l'action. Il sait qu'ils ne doivent pas faire d'erreur et qu'ils doivent remporter cette manche, sinon la répression sera pire que leur sort actuel.

Dans un moment, le disque rouge va surgir de la mer. Oscar, les yeux fixés sur l'horizon, aperçoit brièvement, flottant au-dessus des flots, la silhouette de Eonamoog. Cette vision le rassure, même si elle ne dure que l'espace de quelques secondes. Elle vient toujours au secours des malheureux en cas de besoin. Puis, enfin, une parcelle du soleil paraît au-dessus de la ligne d'horizon. C'est le signal attendu.

D'un geste bref et puissant, Oscar brandit un bâton qui provient d'un petit meuble apporté par un prisonnier, et l'abat rapidement sur le crâne du capitaine, qui s'écroule par terre, sans connaissance. Au même moment, Martin fait la même chose au soldat qui garde l'entrée de la cale et les vingt hommes, stratégiquement placés, font subir le même sort aux vingt soldats qui gardent le pont. Les hommes, ensuite, ne mettent même pas cinq minutes à attacher solidement les mains et les pieds de leurs victimes avec leurs propres uniformes qu'ils déchirent en lambeaux. Les dix autres militaires sont dans la cale, n'ayant pas eu connaissance des événements sur le pont.

Une fois l'écoutille libérée, les conjurés descendent dans la cale et, avec les armes saisies aux premiers soldats, ils immobilisent de la même façon le reste de la garnison. En moins d'une demi-heure, l'équipage au grand complet est ficelé et emprisonné dans la cale où les Acadiens sont trop heureux de lui faire une place.

Sur le pont, où presque tout le monde a réussi à s'entasser, Oscar s'adresse aux déportés.

— Mes amis, nous sommes libres!

Des cris et des bravos lui répondent et fusent de toutes parts.

— Cependant, une autre étape difficile nous attend. Il nous faut maintenant retourner sur la terre ferme où nous avons plus de chance de nous échapper qu'en restant sur la mer.

— Mais il y a des Anglais partout, aussi bien sur terre que sur mer, objecte quelqu'un.

— Oui, je le sais, mais nous sommes des fermiers, pas des marins. Notre plus grande chance de survie est à terre.

— Dans ce cas, allons à Louisbourg ou au Canada.

— Si nous allons dans cette direction, nous serons rapidement interceptés car, depuis Halifax, toute cette côte est patrouillée par de nombreux navires anglais.

— Que suggères-tu, Oscar? demande un autre.

— Je propose que nous allions vers l'embouchure de la rivière Saint-Jean qui est tout près. De là, nous pouvons remonter le cours d'eau sur une bonne distance, en direction du Canada. Il y a un grand nombre de Souriquois le long des côtes, qui seront heureux de nous porter secours.

Il y a un moment de flottement dans l'assistance. Les gens sont déjà tellement épuisés par les événements des semaines précédentes, qu'ils n'ont presque plus la force d'agir.

— Oui, Oscar, tu as raison, c'est là notre seule planche de salut. Saisissons-la! crie une voix anonyme.

Aussitôt, des centaines d'autres lui répondent avec enthousiasme. En l'espace de quelques minutes, tout le monde est d'accord. Le pont est rempli de tant de gens, qu'il faut en encourager plusieurs à redescendre dans la

cale, afin de ne pas faire pencher le navire dangereuse-
ment. Le timonier, qui est gardé par deux Acadiens armés, reçoit l'ordre de mettre le cap sur l'entrée de la rivière
Saint-Jean. Il dit ne pas connaître cette côte, puisqu'il a
toujours navigué entre Boston et New York. Malgré ses
réticences, il finit par être d'accord, lorsque Oscar le
menace du même sort que le commandant.

Il est déjà onze heures, lorsque le *Pelican* tourne enfin
le nez vers la côte acadienne. Hélas, peu après, le vent
tombe, les voiles se dégonflent et le navire s'immobilise
à une mille à peine de l'entrée de la baie de Port-Royal.
Il faudrait au petit rafiot une journée complète de bon vent
pour aller jusqu'à l'embouchure de la rivière Saint-Jean.
Pendant près de quatre heures, rien ne vient troubler le
calme plat de la baie Française, ordinairement assez agitée.
C'est une douce journée du mois d'octobre et les pâles
rayons du soleil réchauffent agréablement les passagers.
Le navire paraît être seul dans la baie et l'atmosphère est
à la détente. À bâbord, des hommes improvisent des
instruments de pêche pour attraper du poisson, pendant
qu'à tribord, de jeunes garçons sautent dans la mer et
s'amusent comme des dauphins. C'est l'heure de l'insou-
ciance, après les dures semaines qu'ils viennent de vivre.

Il est près de quatre heures lorsque le vent recommence
à s'élever. Oscar fait un appel aux jeunes gens qui
s'ébrouent dans l'eau et leur demande de remonter aussitôt
sur le pont, car il lui tarde de mettre la voile. Mais les
garçons, qui ne s'étaient pas autant amusés depuis
longtemps, mettent du temps à regagner le *Pelican*.

Soudain, entre les imposants rochers qui gardent
l'entrée de la baie de Port-Royal, paraît une flottille de
trois navires qui, elle aussi, devait attendre tout près que
le vent se lève à nouveau. Il faut encore au *Pelican* une
bonne demi-heure avant d'avoir ramené tout son monde
à bord. Lorsque le dernier a enfin enjambé le bastingage,
Oscar donne l'ordre d'appareiller vivement. Les voiles sont

hissées rapidement et le timonier reçoit l'ordre de diriger son bateau en ligne droite vers la Saint-Jean.

Les navires anglais, pour une raison inconnue, ne semblent pas se préoccuper de ce misérable petit rafiot. Bien qu'ils paraissent mieux équipés et plus rapides que le *Pelican*, celui-ci prend de la distance, au point qu'un certain espoir renaît dans le cœur des déportés.

Hélas, ce bonheur est de courte durée. Une vingtaine de minutes après sa sortie, la flottille anglaise s'avise enfin de la présence du *Pelican* et se met visiblement à sa poursuite. Oscar tente de faire presser le timonier, mais peu de gens à bord connaissent assez la navigation pour pouvoir lutter de vitesse contre les poursuivants. Une heure plus tard, ceux-ci sont assez rapprochés des fuyards pour tirer du canon. Les boulets, heureusement, tombent dans la mer à plus de deux cents pieds de l'embarcation. En même temps, cette courte distance permet aux poursuivants, avec des lorgnettes, de se rendre compte que les prisonniers se sont mutinés et qu'ils commandent maintenant le navire.

Oscar et Martin savent très bien que les Anglais les auront rejoints dans moins d'une heure. C'est à ce moment-là qu'ils décident de ne pas se rendre et de tenter une dernière chance de s'échapper. La vingtaine d'Acadiens qui les ont aidés sont faciles à convaincre car, comme les meneurs, ils n'ont rien à perdre et tout à gagner. Quant à ceux qui n'ont pas trempé dans la mutinerie, ils se divisent en deux camps: les vaillants et les pleutres, qui forment quand même le petit nombre, espérant obtenir un sort plus clément, s'ils ne font pas les mutins.

— C'est parce que vous, vous êtes certains de perdre, leur dit Oscar. En ce qui nous concerne, nous avons l'intention bien arrêtée de gagner.

— Mais ils sont armés et peut être deux ou trois fois plus nombreux que nous. Nous n'avons aucune chance de nous échapper.

— J'ai déjà connu des situations au moins aussi désespérées que celle-ci et je m'en suis tiré. De toute façon, si vous comptez sur la mansuétude des Anglais, au cas où ils gagneraient, vous vous trompez. Pour eux, il n'y aura que des mutins sur ce navire. Que vous soyez avec nous ou contre nous, pour eux, c'est la même chose. Il est bien fini, le temps de la neutralité. Vous voyez ce qu'elle nous a valu jusqu'ici?

Après cette petite harangue d'Oscar les peureux balancent encore un moment avant de se ranger du côté de la majorité. Enfin, les mousquets sont distribués à tous ceux qui sont capables de s'en servir. Des munitions en quantité bien insuffisante pour un long combat, sont remises à chacun. Cinquante hommes sont armés et postés sur le pont tout autour du bastingage.

Lorsque les navires ennemis se rapprochent lentement du *Pelican*, l'un est à bâbord, l'autre à tribord et le troisième suit derrière. Ils sont tous au milieu de la baie Française, à mi-chemin entre l'entrée de la baie de Port-Royal et l'embouchure de la Saint-Jean. Oscar, après une rapide consultation avec Martin, donne au timonier l'ordre de changer de cap et de se diriger vers la haute mer.

— Où allons-nous? demande l'un des hommes près du timon.

— Le vent semble meilleur dans cette direction, répond Oscar. Notre chance de distancer les Anglais sera beaucoup plus grande.

— Oui, c'est bien, mais ensuite, si nous les semons, quelle sera notre destination?

— Alors nous tenterons d'atteindre Louisbourg.

— Et la rivière Saint-Jean, on oublie tout ça?

— Si tu as une meilleure solution, je t'écoute.

L'autre reste muet, mais on sent que l'inquiétude gagne les Acadiens, qui se pressent maintenant autour de celui qui s'est imposé comme leur chef.

— Écoutez, mes amis, nous jouons notre vie contre l'esclavage qu'on veut nous imposer. Voulons-nous vivre en hommes libres, ou bien servir des maîtres détestables, dans la misère et l'indigence pour le reste de nos jours?

Des grognements répondent à cette question du jeune chef. Il sent qu'il lui faut haranguer ses troupes, afin qu'elles donnent ce qu'elles ont de mieux au cours de l'engagement qui ne peut manquer de se produire.

— Cette victoire signifie une vie meilleure, la paix pour nous et pour nos enfants.

— Regardez, crie l'un des jeunes garçons, grimpé sur la hune.

Tous se tournent vers les poursuivants pour s'apercevoir que la manœuvre d'Oscar a porté fruit. La distance entre les Acadiens et les Anglais a considérablement augmenté. Des cris enthousiastes soulignent ce nouveau développement. À mesure que le temps passe, que le *Pelican* s'avance en direction de l'océan, les navires derrière lui diminuent rapidement au point où les fuyards peuvent croire que la chance leur sourit enfin.

Lorsque le soleil commence à baisser à tribord, les poursuivants ne sont plus que trois petits points noirs à l'horizon, que la nuit effacera complètement. Il faut maintenant prendre la décision, soit de s'arrêter pour la nuit, soit de continuer la course en direction de Louisbourg.

— Mais il nous faut passer loin des côtes de la Nouvelle-Écosse, si nous ne voulons pas être repérés, fait remarquer Martin à son compère.

Oscar donne au timonier l'ordre de se diriger vers Louisbourg, mais à une distance d'une dizaine de lieues des côtes. Le ciel est clair, la nuit rempli d'étoiles, ce qui, pour un navigateur, apporte assurance et réconfort. Jusqu'à maintenant cet Anglais a obéi correctement aux ordres d'Oscar.

— Si tu nous mènes à bon port avec tous les Acadiens sains et saufs, lui dit le jeune chef, je te rendrai ton bateau, les officiers et les soldats seront libres et je te ferai un cadeau de cent livres.

L'homme paraît heureux d'une telle proposition et assure Oscar qu'il fera comme il le demande. Sur cet échange, ce dernier engage les passagers à se préparer pour la nuit, car le lendemain. ils devraient être en vue de l'île Royale et à deux pas de la liberté. Ce message est reçu avec enthousiasme, pendant que la lune monte au-dessus du *Pelican*, comme un Dieu bienfaisant qui les guidera à bon port.

Oscar retrouve sa femme et son fils qui sont sur le pont arrière près du bastingage. Avant de s'endormir, il scrute l'horizon.

— Regarde, murmure-t-il doucement à l'oreille de Marie-Ange. C'est elle dont je t'ai parlé si souvent.

La jeune femme tourne les yeux dans la direction indiquée. À quelques centaines de pas derrière le vaisseau, comme si elle marchait dans son sillage, Eonamoog semble flotter, diaphane, sur la crête des flots. Le contour plus foncé du grand manteau qui la recouvre se détache vivement dans la lumière de la lune.

Marie-Ange, qui n'a jamais de sa vie vu cette apparition, se met à trembler.

—N'aie pas peur, ma chérie, lui chuchote Oscar. C'est une présence bienfaisante pour nous.

Puis, contrairement aux apparitions précédentes, où elle s'évanouit simplement dans l'éther, Eonamoog, cette fois, s'enfonce lentement dans la mer sous un rayon de lune qui marque l'endroit de sa disparition.

18

Des cris stridents éveillent Oscar en sursaut. À l'instant, il est debout, alarmé. La première chose qu'il aperçoit, ce sont les côtes de la Nouvelle-Écosse, à un mille de distance à peine.

Puis, du littoral, son regard se porte vers l'avant du navire. À moins d'une lieue, un vaisseau de guerre de deux cents tonneaux environ, muni d'une quarantaine de canons et battant pavillon britannique se dirige en plein sur le *Pelican*, comme si son intention était de le saborder.

— En position de combat, crie le jeune capitaine.

Les Acadiens, qui s'éveillent à peine, ont un choc en apercevant, si près d'eux, le terrible engin meurtrier.

— Nous avons été trahis par ce timonier, dit Martin à Oscar.

— Oui, je le crois. Nous n'avons plus le temps de trouver des explications. Il ne nous reste qu'à nous battre.

Son ami, le regard grave, opine du bonnet.

— C'est de la folie que de vouloir se battre contre un tel monstre, proteste un Acadien qui, la veille, voulait refuser le combat. Nous mourrons tous si nous résistons.

— Nous mourrons tous si nous sommes pris vivants, rétorque sèchement Belliveau.

Le navire ennemi est maintenant si près, qu'Oscar peut lire le nom *Warren*, peint en lettres bleues sur fond blanc. Au même moment, une flamme sort du bastingage et l'instant d'après, un tir bien placé vient frapper le *Pelican* sur sa poupe, au-dessus de la ligne de flottaison. Heureusement, si le coup a fait une brèche dans sa carcasse, personne n'a été blessé. Les femmes et les hommes, effrayés, sont tous montés sur le pont et crient comme des perdus. Oscar tente de se faire entendre, mais les clameurs des passagers couvrent sa voix. Un deuxième tir manque le bateau cette fois et va se perdre derrière lui dans la mer.

Après ce second boulet, les cris hystériques ont cessé. Seuls les sanglots des femmes et des vieillards se font entendre, mêlés aux pleurs des jeunes enfants.

— Mes amis, leur crie Oscar, profitant de l'accalmie, descendez femmes et enfants dans la cale. Les hommes, aux armes. La liberté ou la mort.

Ce disant, il s'élance avec son fusil, l'épaule en direction du *Warren* qui va les croiser à bâbord dans quelques instants. Sans égard pour sa propre sécurité, il s'approche du bastingage et, à découvert, il vise le timonier ennemi et d'un seul coup, il l'étend raide mort sur le pont de son navire.

Il y a un moment d'hésitation sur le *Warren*, pendant que le gros vaisseau ralentit, tangue à gauche et à droite jusqu'à ce qu'un autre timonier vienne prendre la relève. Pendant ce temps, Martin et Oscar, qui n'ont pas perdu de temps, visent et tuent chacun un marin, avant que le navire ennemi ait fini de les dépasser. La surprise a dû être assez grande chez les Anglais, car ils n'ont pas encore riposté aux coups du *Pelican*. À cause des manœuvres difficiles que le *Warren* doit entreprendre pour virer de bord et donner la chasse aux Acadiens, ceux-ci mettent un bon mille de distance entre eux et leurs poursuivants.

Ils croient s'être assurés une avance assez confortable pour atteindre les environs de l'île Royale avant d'être rattrapés. Hélas, cet espoir est de courte durée. En effet, venant de la direction de Canseau, deux autres vaisseaux de guerre, aussi terrifiants que le premier, surgissent tout à coup au détour d'une baie, se dirigeant à pleine voile vers le pauvre vaisseau des déportés. Ce sont le *Halifax* et le *Nightingale*. Le *Pelican* a beau tenter de prendre la haute mer, les trois bâtiments, l'un derrière et deux devant, convergent vers lui à toute vitesse. Il n'y a plus maintenant sur le pont qu'une trentaine d'hommes qui, mousquet au poing, semblent prêts à défendre leur vie et leur liberté.

— C'est de la pure folie, dit l'un des Acadiens, un homme d'âge mûr qui, jusqu'ici, est parmi ceux qui ont montré le plus de courage. Avec tous ces canons, ils peuvent nous couler à fond en quelques minutes, noyant ainsi nos familles entassées dans la cale.

Oscar foudroie de son regard celui qui ose vouloir se rendre sans se battre.

— J'admire ta détermination, Doucet, continue l'homme doucement, mais avec fermeté. Tu es bien le petit-fils de Kesegoo. Mais tu te dois de préserver par-dessus tout la vie de ta femme et de ton enfant, comme nous nous devons tous de faire de même pour nos propres familles.

Des murmures approbateurs suivent cette déclaration. Oscar, ébranlé, se tourne vers Belliveau qui, jusque-là, a marqué autant d'enthousiasme que lui pour le combat.

— Ils ont raison, Doucet, lui dit son ami.

— Comment peux-tu parler comme ça? Tu n'as même pas de famille dans la cale.

— Ma famille ce sont tous les Acadiens, Oscar. C'est beau la bravoure, mais je n'ai pas de goût pour les carnages.

Oscar est secoué par ces paroles. Pendant qu'il réfléchit à sa réponse, un autre coup, parti du *Halifax*, cette fois, arrache la figure de proue, représentant un pélican prenant son envol et peinte de couleur argent. Les deux navires venant vers eux ne sont plus maintenant qu'à mille pieds environ et ralentissent leur allure, comme s'ils allaient accoster le *Pelican*. Ils sont si près que le vaisseau des fugitifs est forcé de ramener les voiles lui aussi. Derrière eux, le *Warren* se rapproche à vive allure. Dans quelques instants, les Acadiens seront cernés de toutes parts.

C'est à ce moment précis qu'Oscar Doucet, incapable de baisser pavillon ni de se laisser prendre en esclavage, s'élance vers la proue de son navire, prenant en passant un porte-voix suspendu à un mât. L'ennemi n'est plus qu'à une centaine de pas à peine. En dépit du danger, il monte sur le bastingage, s'exposant ainsi aux représailles des Anglais.

— Vos officiers et vos soldats sont enfermés dans la cale, pieds et poings liés, leur crie le jeune homme. Laissez-nous passer et je vous promets que nous renverrons vos hommes et le bateau sains et saufs dès que nous serons en sûreté à Louisbourg.

— Sinon? demande une voix sur le *Nightingale*.

— Sinon, je ne donne pas cher de leur peau.

La réponse des Anglais tarde à venir.

— C'est entendu. Mais si vous ne tenez pas parole, nous saurons bien vous retrouver, Doucet.

Pendant que le jeune homme s'étonne d'avoir été reconnu, des cris de joie éclatent sur le pont du *Pelican* et jusque dans la cale où la nouvelle se répand comme une traînée de poudre. Aussitôt, les épouses et les enfants remontent à l'air frais, puisque tout danger est passé.

Marie-Ange, portant Nicolas dans ses bras, est une des premières à reparaître sur le pont. Elle se dirige vers son mari qui, toujours juché sur le bastingage, le dos maintenant tourné vers l'ennemi, la regarde venir vers lui, le visage éclairé d'un sourire triomphant. Ils ont gagné.

Au même moment, le coup sec d'un mousquet éclate dans l'air encore tranquille du matin. Oscar écarquille les yeux, comme d'étonnement, et laisse tomber le porte-voix qui va rouler sur le pont avec un bruit de ferraille. Il lève les bras de chaque côté et les agite comme les ailes d'un oiseau blessé. Puis, l'incrédulité peinte sur son visage, il vacille un moment avant de plonger en avant, tête première, sur le pont du *Pelican*. Les Acadiens, sidérés, contemplent avec horreur leur jeune commandant étendu sans vie à leurs pieds. Au beau milieu de son dos, un grand trou rouge écarlate fait lentement tache sur sa chemise de toile grise.

Aussitôt, une voix, venue du *Nightingale*, se fait entendre dans le silence terrible qui suit la détonation.

— *Edward How*[1], *you are avenged*[2].

C'est Marie-Ange qui réagit la première. Ayant laissé Nicolas aux soins d'autres femmes, elle se rue vers son mari et se jette sur son corps en sanglotant. Au bout de quelques minutes, des mains amies la touchent, des voix encourageantes lui parlent. Lentement, elles aident la jeune femme à se relever. Celle-ci regarde les Acadiens qui l'entourent, sans avoir l'air de comprendre tout à fait ce qui vient de se passer. Son visage est défait, ses yeux sont comme fous et sa robe est tachée du sang encore frais de son mari. Des hommes retournent le corps sur le dos. Dans le visage du mort, ses yeux grand ouverts expriment encore la stupéfaction qui fut son dernier sentiment.

La mort d'Oscar Doucet laisse les Acadiens du *Pelican* complètement désemparés. Belliveau tente de reprendre le commandement.

— Nous avons une entente avec les Anglais, leur dit-il.

---

1. Edward How (1702-1750): officier de milice et membre du conseil de la Nouvelle-Écosse. Le 4 octobre 1750, à la suite d'une séance de négociations avec des Français au bord de la Missaguash, il fut abattu d'un coup de fusil. Longtemps, les Anglais blâmèrent les Micmacs pour cet assassinat, mais ne purent jamais le prouver. La plupart des historiens en rendent plutôt responsable l'abbé Jean-Louis le Loutre.
2. — Tu es vengé.

Mais les gens sont trop affligés pour l'écouter. Les femmes et les enfants crient et pleurent,

Les trois navires anglais ont maintenant encerclé les fugitifs de toutes parts. Avec une grande précision, ils lancent des grappins sur le bastingage du vaisseau acadien. En quelques minutes, des dizaines de soldats britanniques envahissent le *Pelican*, sous le regard abattu et résigné des malheureux déportés. Ils ont tôt fait de désarmer les rebelles qui sont trop abattus pour offrir la moindre résistance. Une fois de plus, comme il est arrivé si souvent dans leur histoire, les Acadiens sont venus bien près du but, pour le voir leur échapper à la dernière minute.

Les soldats, emprisonnés dans la cale, sont libérés et retournent à leurs tâches coutumières. Martin Belliveau est ensuite fait prisonnier et emmené sur le *Nightingale* en même temps que le corps de Doucet. Marie-Ange, qui proteste en vain, est apaisée par des Acadiennes qui l'entraînent avec son fils. Les Anglais, sans plus attendre, procèdent aux funérailles des quatre hommes morts pendant le bref combat. Dans un silence brisé seulement par leurs sanglots, les déportés regardent avec tristesse le corps d'Oscar Doucet, enveloppé dans de la toile, une pierre attachée aux pieds, glisser sur la planche de bois et tomber dans les flots qui l'engloutissent aussitôt. Peu après, le *Pelican* est remis sur la route qu'il aurait dû d'abord suivre, pour continuer le triste voyage commencé quelques jours plus tôt.

Se déplaçant maintenant seul et sans escorte, le navire blessé se dirige vers les côtes de la Nouvelle-Angleterre. En traversant la baie Française, il tangue légèrement à droite, mais, heureusement, les vents sont favorables et la mer est clémente. Après les émotions éprouvées durant les jours précédents, c'est maintenant le désespoir qui a envahi les cœurs. Pendant les quelques jours qui les séparent de leur nouvelle terre d'exil, les Acadiens les passent à la prière, qui est tout ce qui leur reste du monde qu'ils ont connu autrefois.

Marie-Ange, après la mort de son mari, s'est renfermée en elle-même et ne s'occupe plus que de son fils avec qui elle passe ses journées entières. Elle vit dans une sorte de torpeur, ne paraissant pas voir les gens qui l'entourent. Elle ne semble pas se rendre compte des soins que lui prodiguent les autres femmes, afin de la ramener à la santé. Malgré le malheur qui les oppresse toutes, elles croient que Marie-Ange a eu le plus mauvais sort. Pourtant, plusieurs d'entre elles ont été séparées de leur mari et de leurs enfants, mais elles ne se plaignent pas, car elles conservent l'espoir qu'elles vont les retrouver un jour. Pour Marie-Ange, rien de semblable. Elles voient en elle une femme qui a souffert plus qu'elles-mêmes.

Un jour, en dépit de toute cette sollicitude, la jeune femme se retire dans un coin sur le pont, seule avec son fils. Les autres Acadiennes sont maintenant habituées à ses agissements et ne risquent pas de la déranger. L'enfant est éveillé et regarde sa mère avec curiosité, ainsi que le font les bébés à la découverte des objets et des gestes de la vie. C'est un moment solennel pour l'épouse d'Oscar Doucet. Avec des gestes mesurés et lents, comme s'il s'agissait d'une tâche sacrée, elle prend dans ses mains un sac en cuir qu'elle garde caché dans les langes de son fils, depuis le jour où elle avait été faite prisonnière au fort Lawrence. Elle ne sait pas exactement ce qu'il contient, mais elle sait que ce qu'elle y trouvera appartient au passé d'Oscar et à l'avenir de Nicolas. Elle tient donc dans ses mains ce qui la rapproche le plus du seul homme qu'elle ait jamais aimé.

Ses yeux se mouillent lorsqu'elle extrait du sac en cuir trois feuilles de papier séché de différentes dimensions. La veille de son départ pour la rivière Aulac, Oscar lui avait promis de les lui lire dès qu'il serait de retour à Beauséjour. Hélas, de tragiques événements en avaient décidé autrement. Ces morceaux de papier sont si vieux et si fragiles qu'elle manque de les déchirer en les manipulant. Avec d'infinies précautions, elle déplie les feuilles de parchemin dont l'encre, avec le temps s'est effacée en quelques endroits, mais pas suffisamment pour en empêcher la compréhension. Elle prend d'abord la plus grande des trois et l'examine attentivement. L'écriture est fine et appliquée; les mots sont tassés les uns sur les autres comme si l'auteur avait voulu économiser le papier. Son fils toujours attentif sur ses genoux, la petite-fille de Nicolas Gautier commence, à haute voix, une lecture étonnante, qu'elle ne comprendra qu'à moitié.

«Au Révérendissime supérieur des Capucins, Paris.

Révérend Père, Vous êtes sans nouvelles de moi depuis si longtemps que vous devez bien penser que j'ai déjà quitté cette terre. Il n'en est rien encore, mais je sens que Notre-Seigneur viendra bientôt me chercher. Je mourrai sans doute sans le secours de l'Église. En effet, je n'ai pas vu un seul missionnaire depuis que je me suis réfugié ici il y a treize ans. J'ai cru bien faire car, grâce à mes actions, j'ai pu sauver la vie du jeune prince de Vendôme et prodiguer mon ministère aux Sauvages chez qui nous vivons.

À l'heure qu'il est, vous avez sans doute déjà entendu raconter par le père Léonard de Chartres, mon supérieur[3], les événements de Port-Royal, l'arrivée d'Emmanuel Le Borgne et du jeune César-Hugues, la prise de la ville par les Anglais et ma fuite en forêt pour protéger la vie d'un pauvre innocent.

---

3. Ce que le père Joseph ne savait pas, parce qu'il n'avait plus jamais quitté Cobeguit, c'est que le père Léonard de Chartres avait été assassiné par les Anglais quelques semaines seulement après la prise de Port-Royal.

Hugues Doucet, mon protégé, a maintenant treize ans. Ces jours derniers, je l'ai fait venir auprès de moi pour lui dire que j'allais bientôt quitter ce monde et qu'il allait être abandonné à ses propres ressources. Je crois l'avoir bien préparé pour ce moment, car il m'écouta avec une grave attention. Pendant que je lui parlais, ses yeux se remplirent d'eau et je vis que ma mort l'allait attrister infiniment. Je l'incitai au courage et à la prière, afin de surmonter les difficultés qu'il n'allait pas manquer de rencontrer. Puis, je lui révélai sa véritable origine et lui remis, par la même occasion, les deux documents que Le Borgne avait confiés à ma garde, treize ans plus tôt, lorsque je m'étais enfui de Port-Royal en emportant l'enfant avec moi. Je joins à ce pli des copies manuscrites que j'ai faites moi-même de ces deux documents, afin que vous compreniez bien le dilemme dans lequel je me suis trouvé pendant toutes ces années au cours desquelles je n'ai pas cru bien avisé de vous donner de mes nouvelles.

Le premier document est une lettre que Mgr le duc Louis de Vendôme avait adressée à Emmanuel Le Borgne avant son départ pour l'Acadie. Le deuxième est aussi une lettre. Elle est signée de la main de Gabrielle d'Estrées, l'ancêtre maternelle de mon protégé. En quittant Port-Royal, j'ai promis à Le Borgne, qui en avait lui-même pris l'engagement solennel à la demande de Mgr de Vendôme, de remettre ces deux pièces à Hugues lorsqu'il aurait atteint l'âge adulte. En ce pays, la maturité des êtres vient plus tôt que dans le nôtre. Je lui ai donc rendu les deux documents hier et l'engageai à les lire sur le champ, ce qu'il fit.

Votre Paternité comprendra facilement que mes propos, aussi bien que la lecture des deux lettres, n'eurent pas sur lui l'effet que vous pourriez penser. Sa vie ici n'est faite que de chasse, de pêche, de jeux, de batailles et de l'instruction que je lui donne chaque jour. J'ai beau l'avoir élevé dans la religion catholique, lui avoir enseigné à lire, à écrire et à compter, lui avoir raconté l'histoire de France et de nos grands rois, le fait qu'il est de sang royal ne semble pas l'avoir touché le moins du monde. Tout est pur aux cœurs purs. Voyant cela, j'ai cru qu'il était de mon devoir de corriger la situation autant que faire se pouvait.

J'ai donc encouragé Hugues, après ma mort, à briser avec le passé. À cette fin, je lui ai recommandé d'aller s'établir parmi les Blancs. Il réintégrera ainsi le monde dont des événements tragiques l'ont depuis si longtemps tenu éloigné. Comme il est en âge de prendre épouse, je l'ai incité à se trouver une compagne et à s'unir avec elle par le sacrement de mariage. Je suis persuadé qu'il le fera.

Je prie Dieu pour que cette lettre vous atteigne avant trop longtemps. Je la confie à Hugues qui la mettra à bord d'un des navires de pêcheurs français qui croisent le long de nos côtes. Que Dieu vous bénisse, Révérendissime et qu'Il ait pitié de Son pauvre serviteur, Joseph d'Angers.

Fait à Cobequit, ce vingt-troisième jour de septembre 1667.»

Après cette première lecture, Marie-Ange se réfugie dans un silence quasi religieux. Elle remarque, au bas de la page, une note écrite de la main du capucin: «Ceci est une copie exécutée par moi, de la lettre originale. J. d'A.»

Le second document est aussi une feuille unique, beaucoup plus petite, mais plus épaisse que la première. Tout en haut, une couronne ducale noire orne la page.

Au sieur Emmanuel Le Borgne, notre vassal et sujet.

Monsieur, je vous ordonne de procurer tous les soins nécessaires à la survie et au bien-être dans le Nouveau Monde de mon fils François-Hugues, né à Paris ce premier jour de juillet 1654. Que Dieu l'ait pour toujours en Sa Sainte Garde. Je veux que cette lettre et le document ci-joint, scellés de mes armes, soient remis à Hugues, lorsqu'il aura atteint l'âge adulte.

Donné à Paris, en l'hôtel de Vendôme, sous notre seing, ce troisième jour de juillet 1654.

Plus bas, vers la droite, s'étale une large signature: *Louis de Vendôme.* Au centre, sur l'endos, sont encore collés quelques morceaux d'une cire séchée et pâlie, qui avaient dû servir de cachet.

Finalement, la jeune veuve prend le dernier feuillet à peine plus grand que le précédent. Il est adressé au premier duc de Vendôme, né en 1594, fils de Henri IV et de Gabrielle d'Estrées.

À César de Bourbon, duc de Vendôme.

Mon cher enfant, je vais bientôt mourir, non pas rappelée par Dieu auprès de Lui, mais plutôt, expédiée dans l'autre monde par la main d'une diablesse qui se nomme Antoinette de Guercheville. Vous êtes aujourd'hui encore beaucoup trop jeune pour exercer ma vengeance, mais lorsque vous serez en âge de le faire, je vous exhorte à exterminer cette race de vipères. Voyez à ce qu'il ne reste plus sur terre un seul de ces monstres. Je veux que la Guercheville continue de vivre, pour voir mourir, par votre main, ce Clovis et tous ses descendants. Ainsi seulement, serai-je vengée. Si vous n'êtes pas capable d'accomplir mon vœu, faites en sorte que l'un de vos descendants prenne la relève. N'ayez de cesse, mes enfants, que vous ayez anéanti cette lignée maudite. Tant qu'un seul d'entre eux restera vivant, votre avenir ne sera jamais assuré, une épée de Damoclès restera pour toujours suspendue au-dessus de vos têtes.

Fait au Louvre, en ce Jeudi Saint, huitième jour d'avril de l'an de Grâce 1599.

Il est évident que la lettre a été dictée par la marquise, car la signature, légèrement tremblante, n'est pas de la même main. Sur presque la moitié de la largeur au bas droit de la page, s'étalent les mots: *Gabrielle d'Estrées, marquise de Montceaux*[4]. Comme la missive précédente, elle porte encore à l'endos quelques restes de cire séchée.

Malgré le fait que Marie-Ange ne connaît pas l'histoire de France et qu'elle ne comprend pas l'importance de ces documents, elle est fort émue, à la fin de sa lecture. Elle a assez de sens commun pour comprendre qu'elle doit les préserver avec autant de dévotion que son mari l'a fait avant elle.

Lentement, la jeune mère remet dans le sac de cuir les documents qu'elle vient de lire. Elle le glisse à nouveau dans les langes de son fils où elle les trouve en sécurité, dans cet univers si restreint où elle vit maintenant.

En cette fin de journée, accroupie sur le pont du *Pelican*, Marie-Ange regarde approcher les côtes de sa nouvelle patrie. Après les événements qu'elle vient de vivre, elle ne ressent aucune émotion, ni colère, ni tristesse. Elle n'éprouve qu'une sorte d'engourdissement, de l'indolence devant la vie de tous les jours. Elle songe que Nicolas n'aura

---

4. Montceaux: le 1 septembre 1596, Henri IV érigea en marquisat, par lettres patentes, le magnifique domaine de Montceaux et l'offrit à la favorite.

jamais connu l'Acadie. Elle se fait alors à elle-même la promesse qu'elle élèvera son fils dans la connaissance de son père, de son pays, de sa famille et de l'histoire qui a été, et même celle de ce qui a failli être. «C'est mon devoir, se dit-elle. Un devoir sacré.»

ÉPILOGUE

Le vaisseau, transportant Marie-Ange et son fils, atterrit au nord de Boston. Les colons anglais qui s'y trouvaient, leur réservèrent une réception hostile. En dépit de tous ses efforts, la jeune femme ne parvint jamais à faire savoir à sa famille le sort qui avait été le sien. Elle n'apprit jamais, non plus, la mort de sa grand-mère, Marie Alain, survenue à Bel-Air en 1757, de même ce qui était advenu de ses parents, de ses frères et sœurs, après la chute définitive de Louisbourg, île Royale, et de l'île Saint-Jean en 1758.

En fait, Marie-Josèphe Gautier de Gourville, son mari, ses autres enfants et ses beaux-frères furent rapatriés en France où ils moururent. Quant aux autres enfants de Nicolas Gautier, ils connurent des sorts divers. Certains finirent en Louisiane, d'autres à Saint-Pierre et Miquelon. Quant à Joseph, l'Aîné, il réussit à fuir Bel-Air sur sa dernière goélette avec sa famille et un groupe d'Acadiens, évitant ainsi d'être eux-mêmes déportés à leur tour. Il mit la voile en direction de Restigouche, un poste français, au fond de la baie des Chaleurs, que commandait son beau-frère, Jean-François Bourdon de

Dombourg[1]. En 1760, ces réfugiés participèrent à la fameuse bataille de Restigouche, le dernier râlement de la Nouvelle France au Nouveau Monde. Après cette ultime défaite, Gautier et sa famille, en compagnie d'un bon nombre d'Acadiens, réussirent à éviter la capture. Ils remontèrent le long de la côte de la Gaspésie et s'en vinrent se cacher dans l'embouchure de la rivière Bonaventure, dans la baie des Chaleurs. C'est en ce lieu qu'ils s'établirent la même année et fondèrent le village de Bonaventure. L'auteur est un descendant de cette branche aînée de Joseph Gautier.

Malgré tous ces mauvais coups du sort, Marie-Ange de Gourville-Doucet réussit à survivre, tant bien que mal, grâce au soutien que les Acadiens se procuraient les uns les autres. Quelques années après son arrivée en terre d'exil, elle épousa un compatriote, déporté comme elle, et fonda une deuxième famille. En dépit de nombreux pourparlers, visant à retourner sur leurs anciennes terres, ils n'en firent jamais rien et s'établirent définitivement dans cette région de la Nouvelle-Angleterre.

---

1. Jean-François Bourdon de Dombourg: Dombourg avait épousé, en 1752, Marguerite, la fille de Nicolas Gautier et sœur de Joseph l'Aîné. Dombourg était le neveu de Claude-Élizabeth Denys de Bonaventure, commandant à l'Île Saint-Jean jusqu'en 1754.

Lithographié au Canada
sur les presses de
Métrolitho – Sherbrooke